LES FILLES DU FEU

LES CHIMÈRES

SONNETS MANUSCRITS

Du même auteur
dans la même collection

AURÉLIA ET AUTRES TEXTES AUTOBIOGRAPHIQUES

LÉO BURCKART. L'IMAGIER DE HARLEM

VOYAGE EN ORIENT (2 volumes)

GÉRARD DE NERVAL

LES FILLES DU FEU
LES CHIMÈRES

SONNETS MANUSCRITS

Edition
de
Jacques BONY

GF-Flammarion

ISBN : 2-08-070782-5

INTRODUCTION

L'ultime livre

Janvier 1854 : publication des *Filles du Feu.* Nerval a encore un an à vivre. Un an pour écrire *Aurélia* — qui ne sera pas véritablement achevée ; un an pour amener au jour les derniers souvenirs d'enfance avec *Promenades et Souvenirs* — dont on ne sait s'ils ne devaient pas se prolonger au-delà du terme que nous leur connaissons [1]. L'un et l'autre récit paraîtront en revue, *Les Filles du Feu* sont le dernier volume publié par Gérard. Au long de l'année 1853, il a connu trois crises et passé plus de cinq mois en maison de santé ; c'est lorsqu'il est pensionnaire à Passy chez le Dr Blanche à la fin de cette année, qu'il paraît saisi d'une frénésie de création (*La Pandora,* « El Desdichado », « Artémis », premières ébauches d'*Aurélia*), mais aussi de publication, qui aboutira à ce dernier volume. Il ressent à l'évidence le besoin impérieux de prouver au public, à ses amis plus ou moins perfides [2], à son père peut-être avant tout, qu'il n'est ni mort, ni fou, que sa lucidité et sa capacité à écrire restent intactes.

1. Sur ces questions, voir, dans la même collection, le volume *Aurélia et autres textes autobiographiques,* ci-après désigné par : *Aurélia,* GF.
2. Voir plus loin la « dédicace » à Alexandre Dumas et les notes.

Sur ce point pourtant, un lecteur attentif de 1854 n'aurait pas été embarrassé pour prendre l'écrivain en défaut : à l'exception de quatre sonnets, rien dans le livre qui n'ait déjà été publié. *Angélique* vient des *Faux Saulniers* (1850), *Sylvie* de la *Revue des Deux Mondes* (1853), les *Chansons et Légendes du Valois* d'un article de 1842 déjà trois fois réédité et réutilisé dans *La Bohême galante* ; *Emilie* a été publiée une fois en revue, *Jemmy*, comme *Isis*, deux fois, et *Octavie*, en tout ou en partie, trois fois ; sept des douze sonnets des *Chimères* figuraient dans *Petits Châteaux de Bohême*, « El Desdichado » dans *Le Mousquetaire* du 10 décembre 1853 et dans *L'Artiste* du 1er janvier 1854. Mieux : une part non négligeable des nouvelles est « remplie » par des documents : confession d'Angélique de Longueval et pièces diverses de police dans *Angélique*, longue citation de *L'Ane d'or* d'Apulée dans *Isis*. Mieux encore : Nicolas Popa a montré [3] que la majeure partie d'*Isis* était empruntée à un archéologue allemand et la totalité de *Jemmy* adaptée ou traduite d'un romancier de même langue ; Auguste Maquet, pour sa part, a déclaré avoir écrit *Emilie* sur un canevas fourni par Gérard. Au total, près de la moitié de ce volume, l'un des chefs-d'œuvre de Nerval, ne serait donc pas de lui...

Il faut tout de suite remettre les choses à leur place et en leur siècle. L'utilisation du texte d'autrui, souvent d'ordre documentaire ou érudit, est monnaie courante alors ; nul ne songe à en faire grief à Hugo qui l'a longuement pratiquée dans *Notre-Dame de Paris* comme dans *Les Misérables*, et en a abusé dans *Le Rhin* [4], comme le fait Nerval dans le *Voyage en Orient*, comme le fera Jules Verne dans tous ses romans : dans *Les Mots*, Sartre se moquera plaisamment de cette pratique. Il en va de même pour les publications « pré-originales » en revue qui présentent l'avantage de faire verser deux fois à l'auteur ses droits

3. « Les sources allemandes de deux "Filles du Feu" [...] », *Revue de littérature comparée*, 1930, p. 486-520.

4. Voir l'introduction de Jean Gaudon à son édition du *Rhin*, Imprimerie nationale, 1985.

sur le même texte, tout en assurant la publicité du volume à venir : à ce jeu, Balzac est passé maître. Il est vrai que Nerval exagère ; on le devine, en cette fin de 1853, inquiet, surexcité, impatient de voir publié le volume promis (depuis quand ?) à l'éditeur Daniel Giraud. Prenons garde toutefois : si la correspondance avec Giraud révèle l'impossibilité de parfaire une œuvre nouvelle, *La Pandora* en l'occurrence, elle manifeste tout autant le souci d'organiser un recueil cohérent et de lui donner un titre adapté à son contenu.

Au départ, le volume devait, semble-t-il, comporter cinq histoires, dont *Jemmy* et *Angélique,* sous le titre : *Mélusine ou les Filles du Feu.* Le rapprochement entre la fée, serpent ou poisson, liée au monde de l'eau, et l'univers du feu peut surprendre, mais la présence de ces deux éléments — et leur opposition — constitue l'une des lignes de force les plus constantes du recueil tel que nous le connaissons. Mélusine, pour sa part, s'y manifeste à plusieurs reprises, explicitement dans les « Chansons et Légendes du Valois » et dans « El Desdichado » (« Lusignan » et « Les cris de la fée »), par bien des allusions ailleurs. La remarquable édition par Laurence Harf du roman de Coudrette, dans cette même collection met bien en lumière les rapports qui existent entre la légende de Mélusine et les histoires d'amour entre un(e) mortel(le) et un être de l'autre monde, depuis le conte d'Amour et Psyché chez Apulée jusqu'à l'histoire du chevalier au cygne, en passant par la « Mélusine sicilienne [5] ». Nerval était-il conscient des très nombreux rapprochements possibles entre les versions de cette légende et certains des personnages qu'il met en scène ? Il faudrait, pour s'en convaincre, connaître les textes intermédiaires par lesquels la légende lui est parvenue. Avait-il l'intention, à l'origine, de faire figurer un volet fantastique ou folklorique dans le recueil ? Il ne nous resterait alors de ce projet que

5. Coudrette, *Le Roman de Mélusine,* éd. Laurence Harf-Lancner, « GF », 1993, p. 173-175. Toutes ces versions se caractérisent entre autres, remarque L. Harf, par la présence d'un interdit dont la violation brise le couple et plonge les époux dans le malheur.

Pandora, éliminée pour finir, « La Reine des poissons » et surtout la chanson de la fille du roi Loys et du beau Lautrec [6] qui paraît bien être une version de la légende de Mélusine.

A ce moment de la genèse du recueil, *Sylvie* est exclue, Nerval espère la publier séparément avec des illustrations ; début décembre, il change d'avis après avoir adressé par erreur l'ébauche du *Comte de Saint-Germain,* puis décide d'utiliser *Emilie* pour finir le volume, hésite sur le titre (« Les Amours passées » ? « Les Amours perdues » ?). Il faut s'y résoudre, on ne sait quand Nerval a renoncé à intégrer *La Pandora,* quand il a retenu le titre définitif, comment certains textes se sont ajoutés aux cinq histoires mentionnées plus haut, en particulier comment les sonnets des *Chimères* se sont agrégés aux *« Filles du Feu, nouvelles »,* titre figurant sur l'édition Giraud [7]. Parmi les surprises éprouvées par le lecteur, celle-ci n'est pas la moindre : ce recueil de « nouvelles » comprend des récits (?) qui n'ont qu'un lointain rapport avec le genre, *Isis,* entre autres, une œuvre dramatique, *Corilla,* et douze poèmes. Cet aspect hétéroclite, les aléas de la genèse, le caractère énigmatique du titre invitent à poser la question : y a-t-il une unité du recueil ?

6. P. 212-213.

7. Lettre à Daniel Giraud du 22 octobre 1853 : Nerval lui demande de mettre le volume en train. Le 25, il lui envoie *Angélique* et affirme que *Sylvie* ne doit pas figurer dans le volume, mais être publiée à part. Il faut attendre ensuite le 30 novembre, après une période où l'état mental de Gérard a connu de graves perturbations, pour retrouver une lettre à Giraud, et le mois de décembre pour voir paraître la décision de joindre *Sylvie* au volume et de le terminer par *Emilie.* Au début de janvier, Gérard déclare à Giraud qu'il trouve « le titre nouveau » « bien frou-frou » et qu'il vaudrait peut-être mieux « Les Amours perdues. Nouvelles », ou « Les Amours passées ». Le 16, l'imprimeur Gratiot avait déclaré le volume à la Direction de la Librairie sous le titre « Les Amours passées ». A cette date, *Les Chimères* font partie du volume comme le montre une correction à « Artémis » demandée par Nerval le 18 janvier. La *Bibliographie de la France* enregistrera *Les Filles du Feu* le 28 janvier. Sur les anomalies de présentation de ce volume, voir, du P. Jean Guillaume, *Nerval. Masques et visage,* Presses universitaires de Namur, 1988, p. 45-50.

Diversité, recomposition, unité

Qu'est-ce qu'une nouvelle pour Nerval ? On ne s'étendra pas ici sur les multiples essais de définition du genre, à notre époque comme déjà au XIXe siècle. Nous avons montré ailleurs [8] que Nerval distingue nettement *conte* de *nouvelle,* appliquant ce dernier terme à un récit dont le sujet est moderne, et le contenu exempt de merveilleux ou de fantastique. Développement d'un petit fait, anodin, mais prenant pour le narrateur ou les personnages une importance vitale, la nouvelle opère une sorte de grossissement de l'événement ; l'ensemble s'accorde parfaitement avec la forme du récit bref. Or, à moins de donner au terme une extension inhabituelle, il faut bien reconnaître que *Les Filles du Feu* entrent malaisément dans ce cadre : une nouvelle par lettres comme *Angélique* est concevable, mais son contenu se ramènerait difficilement à l'exploitation d'une anecdote unique ; l'appendice de *Sylvie* est un essai sur le folklore valoisien, *Isis* une étude d'histoire religieuse, *Corilla* une pièce de théâtre, quant aux sonnets...

Gardons-nous de conclure hâtivement : la critique du temps ne paraît pas avoir été déconcertée par cet assemblage hétéroclite. Félix Mornand (*L'Illustration,* 18 mars 1854) loue le « nouveau volume de nouvelles » et Champfleury (*L'Artiste,* 1er avril 1854) remarque qu'il connaissait « déjà une grande partie des Nouvelles ». Le voisinage de la prose et des vers était sans doute moins surprenant qu'aujourd'hui : les *keepsakes* avaient habitué au mélange de récits brefs et de poèmes, Gérard lui-même avait pratiqué cette alternance dans *La Bohême galante* et *Petits Châteaux de Bohême* [9]. On peut dès lors se demander si, à ses yeux, le terme de nouvelle ne désigne pas avant tout une forme brève, quelle qu'elle soit, récit ou sonnet. Ainsi conçue autour du seul critère de brièveté, au-delà de toute considération de genre, cette « nouvelle »

8. *Le Récit nervalien,* p. 83-93.
9. Voir *Aurélia,* GF, p. 127-185.

peut atteindre à une intensité d'effet que Baudelaire, quelques années plus tard, soulignera à propos d'Edgar Poe. Elle répond en outre à une exigence qui constitue l'un des pôles de l'esthétique nervalienne, la concentration : « L'art a toujours besoin d'une forme absolue et précise au-delà de laquelle tout est trouble et confusion » écrivait Nerval en 1840 [10], conscient qu'il y a là un rempart salutaire contre les tentations de la divagation, des rêveries métaphysiques, des « théories impossibles » et des « livres infaisables » que l'ami Dumas lui avait peu amicalement attribués ; à ces accusations, Gérard oppose son désir de « concentrer tous [s]es souvenirs en un chef-d'œuvre [11] ».

Faut-il pour autant examiner chaque nouvelle isolément au nom de cet idéal de concentration ? Certes non, car l'autre pôle de l'esthétique nervalienne est le désir d'assemblage, de combinaison, de constitution d'ensembles. On aurait tort, à ce propos, de regarder *Les Filles du Feu* comme un simple regroupement, plus ou moins hasardeux, de textes déjà publiés. Yves Stalloni écrit pertinemment : « Le passage de la nouvelle au recueil n'est jamais réellement indifférent. Devenue partie d'un ensemble, unité de lecture comparable au chapitre pour le roman, la nouvelle échappe, au moins partiellement, à ses caractéristiques d'origine et impose une nouvelle vision [12]. » Nerval, au reste, s'emploie à marquer l'intégration de chaque nouvelle au recueil en en modifiant éventuellement le titre afin qu'il s'accorde avec celui de l'ensemble. *Les Faux Saulniers* deviennent *Angélique ; L'Illusion* devient *Octavie ; Jemmy O'Dougherty, Jemmy ; Le Temple d'Isis, Isis ; Les Deux Rendez-vous, Corilla ; Le Fort de Bitche, Emilie.* Ainsi, chaque héroïne peut être considérée comme une « fille du Feu », désignation qui reste d'ailleurs mystérieuse et que l'on a tenté d'expliquer par référence au feu volcanique de la région

10. Préface de la troisième édition du *Faust* de Goethe.
11. Voir « A Alexandre Dumas », p. 73.
12. *L'Ecole des Lettres,* 15 mars 1982, p. 59.

napolitaine, cadre de trois nouvelles, aux feux de la passion, ou au feu sacré des Vestales [13].

Le travail de recomposition opéré par Gérard ne s'arrête pas là. Pour que *Les Faux Saulniers* puissent devenir *Angélique,* il faut retrancher toute la fin du premier récit (déjà réutilisée dans *Les Illuminés*) et de nombreux passages, afin que l'histoire de l'héroïne occupe une part plus importante de la nouvelle. Pour que *L'Illusion* puisse devenir *Octavie,* il faut... introduire le personnage qui porte ce nom dans un récit qui « encadre » la lettre déjà publiée [14]. De même, pour que « A J-Y Colonna » devienne « Delfica », il faut que le sonnet cède ses deux tercets à « Myrtho » et emprunte le second tercet de « A Mad[e] Aguado ». Il faut encore organiser le recueil selon une structure bien visible : aux deux récits valoisiens succède une nouvelle de transition dont l'action est située en Amérique ; trois nouvelles napolitaines suivent, une nouvelle « alsacienne » conclut l'ensemble avant la série des sonnets qui nous entraînent de nouveau vers le monde méditerranéen. Organisation « géographique » donc, mais aussi arithmétique : sept nouvelles et douze sonnets. On pourrait être tenté de croire que Nerval suit la tradition des recueils de contes et nouvelles dans lesquels chaque personnage prend la parole à son tour en un lieu où ces personnages sont réunis de plus ou moins bon gré ; son modèle serait ici l'*Heptaméron.* Rien dans la dédicace ne se rapproche cependant du « cadre » utilisé en pareil cas, et le personnage du narrateur paraît bien être toujours le même. C'est manifestement la mesure du temps humain qui commande l'organisation du livre selon la ronde des jours et des mois. Ainsi la structure du recueil est à la fois spatiale et temporelle : des nou-

13. Pour de plus amples détails, voir la notice de Michel Brix dans Nerval, *Œuvres complètes* (édition ci-après désignée par : Pléiade), t. III, Gallimard, Bibl. de la Pléiade, 1993, p. 1173.

14. *Octavie* avait, il est vrai, paru sous la même forme dans *Le Mousquetaire,* le 17 décembre 1853, mais on peut penser que le volume était déjà composé à cette date.

velles comme *Sylvie* et *Octavie,* des sonnets comme « El Desdichado », « Delfica » ou « Artémis », pour ne citer que ceux-là, donneront un caractère obsessionnel à ce jeu sur espace et temps.

Organisant son livre selon les mesures du temps qui conservent le souvenir de leur origine religieuse, Nerval donne à son modeste ouvrage une portée quasi cosmique ; il affiche, en tout cas, la volonté de faire de ce livre un couronnement, une somme. Ainsi s'explique peut-être l'aspect hétéroclite des différentes parties : le critique dramatique [15], l'auteur de livrets d'opéra-comique, le narrateur de déambulations fantaisistes, le conteur, le poète, sont représentés ici, comme si Gérard avait voulu rassembler toutes les facettes de son talent, manifester une fois de plus son mépris pour l'artificielle division des genres [16]. Ce livre-somme représente pour Nerval, au moment où il commence à écrire *Aurélia,* l'un des aboutissements possibles d'une quête du livre à faire.

Effort de recomposition, volonté d'organisation, structure fortement marquée, soit ; mais y a-t-il pour autant unité ? Ecoutons Nerval lui-même : « l'*introduction* donnera la clé et la liaison de ces souvenirs », écrit-il, le 30 novembre 1853, à Abel, prote de l'imprimerie qui compose *Les Filles du Feu.* Les nouvelles auraient donc à voir avec l'autobiographie, ce qui est manifeste pour trois d'entre elles, mais pour les autres ? Dans un fragment resté manuscrit concernant Brisacier, c'est à un personnage que Nerval assigne une fonction unificatrice : « Quelques passages retraçaient dans ma pensée le portrait idéal d'Aurélie, la comédienne, esquissé dans *Sylvie.* Ce rapport peut seul donner quelque valeur à un fragment si incomplet. » C'est le mot *rapport* qui importe ici : d'un texte

15. On songera en particulier, en lisant la « lettre de l'illustre Brisacier » (p. 74-81), aux remarquables articles de Gérard : « De l'avenir de la tragédie » (*La Charte de 1830,* 20 et 26 mars 1837).

16. « La division absolue des genres est une convention tout académique qui, au point où nous en sommes venus, ne supporte guère l'examen. » (*La Presse,* 23 septembre 1850).

à l'autre, d'un *fragment* à l'autre, s'établissent des rapports, souvent mystérieux : comment l'Aurélie de la dédicace, aimée de Brisacier au XVIIIe siècle, serait-elle la même que la comédienne de *Sylvie,* aimée du narrateur en plein XIXe siècle ? Et pourtant la mention : « Rappeler le R. tragique » revient dans un canevas manuscrit de *Sylvie*... Les *rapports* sont donc à chercher au besoin ailleurs que dans le monde rationnel, du côté des ressemblances bizarres, des identités inquiétantes (« et si c'était la même ! — Il y a de quoi devenir fou ! [17] »), des souvenirs de « quelque autre existence [18] ». Dans cette perspective, tout peut devenir souvenir, pour qui sait lire les signes ; malheureusement, comme dans le cas des *Chimères,* Gérard a bien souvent omis de nous fournir la *clé.*

On se contentera donc d'explorer quelques pistes en repérant les liens les plus apparents entre les différents « fragments » qui composent le volume, et sans prétention à l'exhaustivité. Au reste, ces liens sont parfois voyants, voire provocants : le lecteur ne peut qu'être déconcerté de voir, dans *Angélique,* le narrateur déclarer : « je n'oublierai jamais ce nom » après avoir assisté, à Senlis, à une représentation dont l'héroïne est Delphine, puis de retrouver, dans la nouvelle suivante, un narrateur qui semble être le même et qui assiste à la même scène, mais à Châalis, avec Adrienne pour héroïne. En se déplaçant d'une œuvre à l'autre, le motif — au sens où l'entendrait un musicien — a changé de sens ; simple vision fugitive du passé aristocratique valoisien dans *Angélique,* cette vision engage le sens profond de la quête du narrateur dans *Sylvie.* De même, un conte apparemment anodin comme « La Reine des poissons » annonce le personnage d'Octavie et les thèses pythagoriciennes de « Vers dorés ». Moins voyant, mais plus obsessionnel peut-être, le personnage du militaire-séducteur : La Corbinière qui enlève Angélique, l'amant d'Aurélie

17. *Sylvie,* chap. III, p. 179.
18. *Aurélia,* seconde partie, chap. VI, GF, p. 307.

qui s'engage dans les spahis, le garde suisse, amant en titre de la brodeuse d'*Octavie,* le lieutenant Desroches, fiancé d'Emilie. On pourrait remarquer encore que le narrateur résigné peut se promener avec Sylvie sous la garde de ses deux enfants, comme avec Octavie sous la garde de son père et de son mari.

C'est l'utilisation d'un prénom féminin comme titre de chaque nouvelle qui constitue le signe le plus visible d'une volonté de donner une unité au recueil ; peu de recueils de nouvelles peuvent afficher pareille homogénéité sur ce point. Cette homogénéité est accrue par le fait que plusieurs sonnets des *Chimères* ont changé de titre afin que les six premiers portent le nom ou le surnom d'un personnage ou d'une divinité. En outre, ces personnages présentent entre eux d'indéniables affinités. Dès la dédicace, Brisacier, dans son rôle favori, l'Achille d'*Iphigénie,* s'indigne du sort réservé aux filles par leur père : « Toujours le père livrera sa fille par ambition, et toujours la mère la vendra avec avidité. » Angélique est victime d'un père qui décourage tous ses soupirants, se débarrassant peut-être du premier, « tué l'on ne dit pas comment », et coupant symboliquement la moustache de La Corbinière. Adrienne, qui chante « une de ces anciennes romances pleines de mélancolie et d'amour, qui racontent toujours les malheurs d'une princesse enfermée dans sa tour par la volonté d'un père qui la punit d'avoir aimé », est enfermée par ses parents dans un couvent où elle mourra. Quant à Octavie, dont le père « paraissait infirme », elle accédera au mariage, mais c'est pour épouser un homme bientôt affligé d'une « paralysie complète » qui le conduit à une « jalousie atroce », et pour « vivre tristement entre son époux et son père ». Rarement le rôle castrateur du père aura été plus apparent qu'ici ; Gérard transpose-t-il inconsciemment son propre conflit avec un père qui s'est toujours opposé à sa vocation littéraire ? *Emilie* pousse au paroxysme le conflit : meurtrier sans le savoir du père d'une jeune fille qu'il ne connaît pas encore, Desroches verra son amour brisé par cette révélation et ne trouvera de refuge que dans la mort.

Ce n'est pas sur ce seul exemple que la dédicace joue un véritable rôle d'introduction, ou, mieux, d'*ouverture*. Nous introduisant d'emblée dans le monde du théâtre, le récit de Brisacier prépare une série de représentations avec héroïne : Delphine à Senlis, dans *Angélique* ; Aurélie aux chapitres I et XIII de *Sylvie,* mais aussi Adrienne au chapitre VII et Sylvie au chapitre XI ; vaudeville au théâtre de Civita-Vecchia, ballet au San-Carlo de Naples, jeu dramatique d'Octavie et du narrateur dans les ruines de Pompéi, dans *Octavie* ; fête à l'antique d'*Isis* ; représentations données par la *prima donna* héroïne de *Corilla.* A ce monde nocturne du théâtre, domaine de l'illusion, se trouve souvent associé celui du chant, thème qui court tout au long du recueil sous une double forme, chant élaboré de l'opéra ou de l'oratorio, mais aussi chanson populaire, présente dans Angélique et surtout dans l'appendice de *Sylvie* qui lui est entièrement consacré. A l'artifice lié au monde de la civilisation, au vertige inquiétant que peut créer l'illusion théâtrale, Nerval oppose un monde rassurant où la naïveté est garante de transparence ; à plusieurs reprises apparaît la tentation d'une régression vers les époques primitives que représentent les paysans du Valois comme les Indiens de Miamy ou les adorateurs d'Isis. Pour conclure le volume, Gérard choisira le sonnet « Vers dorés » qui atteste la pérennité d'une des plus anciennes formes de poésie.

A ces thèmes qui courent d'une nouvelle à l'autre, se joint une insistance sur certaines périphrases et métaphores qui ponctuent le recueil. Dans la dédicace, en tête du livre, Brisacier se présente ainsi : « le prince ignoré, l'amant mystérieux, le déshérité, le banni de liesse » ; en tête des *Chimères,* « El Desdichado » lui fait écho :

« Je suis le ténébreux, — le veuf, — l'inconsolé,
Le prince d'Aquitaine à la tour abolie. »

L'*étoile* de Brisacier, reprise par le narrateur à la fin de la dédicace, se retrouvera au chapitre XIV de *Sylvie* : « Ermenonville ! [...] tu as perdu ta seule étoile qui chatoyait pour moi d'un double éclat », puis dans

« El Desdichado ». « La sainte » et « la fée » du même sonnet font écho aux personnages d'Adrienne, « transfigurée [...] par sa vocation », et de Sylvie, « fée des légendes éternellement jeune ». Certaines de ces métaphores ont un rôle de révélateur : le surgissement de l'exceptionnel dans la grisaille du quotidien ne va jamais sans danger, le *feu* du titre est là pour le rappeler. Peu avant la publication, Gérard, hésitant encore sur le titre, écrivait à son éditeur : « j'ai peur aussi que cela n'ait l'air d'un livre dangereux ». Dangereux avant tout pour lui-même, sans doute : dès la dédicace, s'identifiant à son héros, il « brûle des flammes factices de ses ambitions et de ses amours », ce qui le conduit aux lisières de la folie — ou aux portes des Enfers — cependant que Brisacier ne rêve que d'incendier le théâtre. L'étonnante ressemblance décelée entre l'actrice et la religieuse donne lieu à cette image : « c'est un entraînement fatal où l'inconnu vous attire comme le feu follet fuyant sur les joncs d'une eau morte [19] ». Quant à la nuit napolitaine durant laquelle le narrateur profane son amour avec une étrange créature de rencontre qui ressemble à l'objet aimé, elle se termine par une éruption volcanique. Le feu, passion, volcan ou enfer, constitue bien le fil conducteur du recueil.

Un monde double

De *Sylvie*, Yves Bonnefoy écrit : « Que font ces pages inépuisablement mystérieuses sinon puiser, très précisément, à l'expérience du lieu, comme elle persiste dans la conscience, même aux moments où celle-ci s'en détourne [20] ? » et déjà Proust s'émerveillait de la charge poétique, de « l'atmosphère de rêve » données par Gérard à certains noms de lieux qui « sont faits, non avec des souvenirs de pays réels, mais avec ce plaisir de fraîcheur, mais à base d'inquiétude que ressentait "ce

19. *Sylvie,* chap. III, p. 179.
20. « La poétique de Gérard de Nerval », *La Vérité de parole,* Mercure de France, 1988, p. 48.

fol délicieux" et qui faisait pour lui de ces matinées dans ces bois ou plutôt de leur souvenir "à demi rêvé" un enchantement plein de trouble [21] ». Nulle œuvre en effet avant celle de Proust n'est marquée à ce point par l'attachement aux lieux, et pas uniquement *Sylvie* ; c'est l'ensemble des *Filles du Feu* qui se signale par l'importance accordée à l'espace. Certes, l'espace joue souvent un rôle non négligeable chez les nouvellistes ; Corse de *Mateo Falcone* ou Espagne de *Carmen* chez Mérimée, Normandie chez Maupassant, pèsent lourdement sur le comportement des personnages qui s'y trouvent comme enfermés ; il en va tout autrement chez Nerval où l'espace est avant tout le domaine du voyage.

Longue errance du narrateur à la recherche d'un livre et pérégrinations d'Angélique dans la première nouvelle, allers et retours de Paris au Valois dans *Sylvie,* de *Belle-Rivière* à Miamy dans *Jemmy,* voyage à Naples et à Pompéi dans *Octavie* et *Isis,* parcours fatal de Metz à Haguenau par Bitche dans *Emilie* ; seule *Corilla* échappe, de par son statut dramatique, à cette obligation de mouvement [22]. La pratique du voyage met en place deux pôles de l'espace dont l'opposition va structurer la plupart des nouvelles. Angélique s'échappe du château familial, clos et quelque peu étouffant, pour les grands espaces européens de l'aventure et de l'amour fou, du moins le croit elle ; au bout du voyage, la désillusion et le retour pitoyable au point de départ. Le narrateur de *Sylvie* rêve de retrouver dans le Valois un monde patriarcal, préservé de la corruption parisienne, fidèle à l'image de « vert paradis des amours enfantines » avec Sylvie qu'il en a conservée ; là encore, ce n'est que déception et échec. L'*ailleurs* du rêve, de l'aventure, de l'amour, se révèle bien vite monde de l'illusion, qu'il vaudrait mieux ne pas chercher à approcher.

21. *Contre Sainte-Beuve,* Paris, Gallimard (« Bibl. de la Pléiade ») 1971, p. 240.

22. Pour s'en convaincre, on prêtera attention aux premières phrases de chaque nouvelle, qui insistent sur une distance ou sur un mouvement.

C'est dire que l'espace nervalien est moins fonctionnel ou référentiel que signifiant. Sans doute Gérard rejoint-il de grandes oppositions qui font partie de l'imaginaire de son temps, mais il leur donne un sens qui lui est propre : Nord et Midi, Allemagne et Italie, ne s'opposent pas, dans *Angélique, Sylvie* ou *Octavie,* comme chez Mme de Staël ; il semblerait au contraire que Nerval s'ingénie à leur trouver des points communs. Le voyage d'Angélique la conduit en Italie et en Allemagne et, de préférence, dans les contrées disputées par des troupes appartenant au Nord comme au Midi ; le narrateur de *Sylvie* voyage en Italie et en Allemagne, mais, dans ce dernier pays, il écrit un drame sur un sujet italien. De même, la province d'*Angélique* et de *Sylvie* n'a pas grand-chose à voir avec celle que peignent Balzac et Stendhal. Il n'est pas jusqu'au mythe de Naples qui ne soit exploité par Nerval d'une manière originale : le charme ambigu de la ville réside en grande partie, pour ses contemporains, dans la proximité de sites enchanteurs et de paysages volcaniques désolés ; Nerval articule la région napolitaine autour de deux oppositions. L'une met en face de la ville vivante les villes mortes d'Herculanum et de Pompéi, villes mortes, mais que l'on pourrait faire revivre avec les cultes d'autrefois, cependant que Naples pourrait se trouver ensevelie à son tour par une éruption du Vésuve ; ce sont là des structures visibles dans *Octavie* et dans *Isis.* L'autre opposition met en scène deux pôles de la vie culturelle napolitaine, le musée où trône la *Judith* de Caravage et le Teatro San Carlo où triomphe la *prima donna* Corilla — laquelle ressemble à la Judith.

L'opposition spatiale tend donc vers la fusion, la réconciliation ; ainsi Jemmy « civilise »-t-elle les Indiens et habille-t-elle les enfants qu'elle a eus de Tomahawk « comme s'ils sortaient du magasin de Stubls à Philadelphie », mais cette conclusion édifiante n'est pas due à Nerval. Bien au contraire, toute tentative d'unification se révèle illusoire : Aurélie transplantée dans le Valois sera impuissante à remplir la place laissée vide par Adrienne, comme la brodeuse napolitaine est incapable, malgré la ressemblance, cette fois encore, de faire oublier son sosie parisien. *Emilie* est particulièrement exemplaire à ce propos : tous les personnages voudraient oublier que la France et l'Allemagne ont été ennemies ; Desroches, officier français, épousant Emilie, née allemande, opérerait une parfaite réconciliation des deux pays ; l'étape de Bitche, souvenir d'un combat héroïque, sera fatale à cette illusion. Est-ce en raison d'un dénouement particulièrement désastreux que Gérard pense que cette nouvelle « finira bien le volume [23] » ?

A la bipartition spatiale se trouvent liées des oppositions de différents ordres ; d'ordre social, avec parfois un nouveau dédoublement : ainsi dans *Sylvie* le Valois présumé unique s'avère divisé entre l'aristocratique Chantilly, ville déjà morte, et le bourgeois Dammartin qui suit l'évolution de son temps. Le parcours de la petite paysanne, d'abord dentellière pour Chantilly, puis gantière et, pour finir, pâtissière à Dammartin illustre la dualité valoisienne et révèle du même coup que l'opposition spatiale est liée à la division temporelle. Chaque lieu est porteur d'un passé fait de souvenirs du héros et de références historiques : Adrienne, descendante des Valois ne peut apparaître qu'à Châalis, résidence liée au souvenir de Henri IV, pour faire entendre, « le jour de la Saint-Barthélemy, singulièrement lié au souvenir des Médicis », un « chant italien » remontant « aux premiers essais lyriques importés en France du temps des Valois [24] ». L'inscription du temps dans l'espace va contribuer à la fois à rapprocher des lieux apparemment sans rapport entre eux et à rendre irréductibles des oppositions qui sont aussi des oppositions temporelles. La métamorphose des lieux, Ermenonville ou chambre de Sylvie, consacre la mort d'un passé que tous les efforts du héros ne peuvent faire revivre : la fréquence insolite de l'adverbe *encore*,

23. Lettre à Daniel Giraud, décembre 1853.
24. *Sylvie*, chap. VII, p. 190-191.

notée par Gérald Schaeffer [25], est révélatrice ; paraissant indiquer que le passé subsiste, il dénote en fait la fragilité et l'instabilité des traces du souvenir menacées de disparition. La répétition des gestes et des promenades d'autrefois, sans cesse souhaitée par le héros, ne fait que se dérober, tout en apportant sur le premier épisode un nouvel éclairage qui en dévoile le sens [26]. Le charme particulier de *Sylvie* ne provient-il pas, pour une part, de ce que la nouvelle suggère des rapports secrets, mais essentiels, entre les lieux, les temps et les personnes ?

Dans le monde des *Filles du Feu,* tout est donc double, mais tout est aussi rêvé comme unique. La brodeuse napolitaine ne peut être la même que son « modèle » parisien, mais elle réalise dans sa personne une étonnante synthèse : cette Napolitaine qui ressemble à une Parisienne parle une langue inconnue, hébreu ou syriaque peut-être, unissant ainsi Nord et Midi, Orient et Occident. Adrienne et Sylvie s'opposent en tout, mais elles sont « les deux moitiés d'un seul amour ». Le narrateur, quant à lui, est pourvu d'un frère de lait qui épouse Sylvie à sa place ; le locuteur d'« El Desdichado » s'interroge :

« Suis-je Amour ou Phébus ?... Lusignan ou Biron ? »

cependant qu'« Artémis » affirme l'identité de la Treizième et de la première, tout en établissant un espace religieux à la fois horizontal où s'opposent — mais se rassemblent — la « sainte napolitaine » et la « sainte Gudule » bruxelloise, et vertical où « la sainte de l'abîme » est appelée à triompher des « fantômes blancs » du « ciel qui brûle ». On s'explique mieux dès lors la présence obsédante du théâtre qui unit dans un même lieu le réel et l'illusion, la vie et le rêve, et qui permet à une même actrice d'*incarner* différents personnages, d'être enfin « la même que ». Ainsi pourrait être consacrée une victoire sur le temps, chaque individu étant réincarnation d'un autre qui, par là même,

25. *Une double lecture de Gérard de Nerval,* p. 89.
26. Voir les notes aux chapitres X et XI de *Sylvie.*

n'est plus tout à fait *autre :* Aurélie est peut-être Adrienne la morte, réincarnée ; le monde des esprits peut communiquer avec le monde d'ici-bas, le songe s'épancher dans la vie réelle. La route d'*Aurélia* est ouverte.

Héroïnes et narrateur

Ce recueil de nouvelles qui portent comme titre un prénom féminin est-il le livre des femmes ? La première nouvelle apporte la réponse : l'histoire d'Angélique de Longueval est parallèle à l'histoire du narrateur, la recherche d'un livre — qui n'est pas l'histoire d'Angélique — redonne vie à cette héroïne et crée un lien, à deux siècles de distance, entre la jeune femme et le narrateur qui transcrit, arrange, commente sa confession. Dans chacune des nouvelles à la première personne, les personnages féminins semblent n'exister que par le bon vouloir du narrateur, n'être que des apparences, réduites au regard porté sur elles. « C'est une image que je poursuis, rien de plus » déclare le narrateur de *Sylvie* à propos de l'actrice. Nous ne connaîtrons des femmes que ce que le narrateur en perçoit : voix, visage, costume surtout ; ce qui manque au Valois retrouvé, ce n'est pas la personne de Sylvie, ce sont « son regard enchanté », « ses courses folles, ses cris joyeux », « sa peau hâlée », « son chapeau de paille ». C'est la robe de la tante qui fait de Sylvie un objet de désir, tout comme Adrienne est « transfigurée par son costume ». La multiplicité des périphrases pour désigner les femmes accroît cette assimilation des héroïnes à de simples rôles ou fonctions : l'actrice, la comédienne, la religieuse, la jeune Anglaise, la fille des eaux, la *prima donna*... Même dans les nouvelles où le narrateur n'est pas un personnage, comme *Corilla* ou *Emilie,* le statut des femmes n'est pas différent : Emilie n'a aucune existence propre, elle n'est qu'un enjeu ; quant à Corilla, « la première cantatrice de San-Carlo », elle est adorée de Fabio comme « la forme extérieure d'une femme », mais peut devenir « cette créature » si l'amant se croit trompé. Aussi la surprise est-elle grande lorsque l'objet se révèle être une personne et dénonce sa réduction au statut d'image : « Le seigneur Fabio n'adore en moi que l'actrice peut-être, et son amour a besoin de la distance et de la rampe allumée. » Détail significatif : lorsque le narrateur de *Sylvie* décide, au chapitre XI, d'abandonner la vaine recherche du fantôme d'Adrienne dans le Valois pour retourner au théâtre et entreprendre la séduction de l'actrice, cette actrice est, pour la première fois nommée Aurélie, cependant qu'Adrienne n'est plus que « la religieuse ».

Malheureusement, la personne ainsi dévoilée n'a plus les charmes que le rêveur prêtait à l'objet. Corilla, déguisée en bouquetière, est méconnaissable hors de la scène. Le discours tenu par les héroïnes rendues à leur vérité est bien décevant : Sylvie, incarnation d'un Valois « rousseauiste » et idéal, déclare : « il faut songer au solide » et ne tarde pas à « s'établir » comme pâtissière ; Aurélie, interprète des rôles de princesse, ne laisse paraître « nulle émotion » lorsque le narrateur veut lui faire tenir la place d'Adrienne, et préfère à un « amour entrevu dans les nuits, rêvé plus tard, réalisé en elle », celui du régisseur qui « lui avait rendu des services [27] ». Il n'est pas besoin d'insister sur la transformation de La Corbinière une fois qu'il a pris la fuite avec Angélique — et qu'il dispose de son argent : cet amant présumé platonique et digne de Pétrarque, n'a rien de plus pressé que de se faire faire « encore qu'il n'en eût du tout besoin — un fort bel habit d'écarlate », puis de tirer une balle de pistolet dans le pied de la malheureuse Angélique, ce dont il ne s'émeut guère [28]. La médiocrité de la personne contrastant avec la perfection de l'objet rêvé, c'est l'éternelle illusion du poète ; bientôt, le narrateur d'*Aurélia* écrira : « Ceci est la faute de mes lectures ; j'ai pris au sérieux les inventions des poètes, et je me suis fait une Laure ou une Beatrix d'une personne ordinaire

27. *Sylvie,* chap. XI, p. 200 et XIII, p. 205-206.
28. *Angélique,* 7e lettre, p. 128-129.

de notre siècle [29]. » Lorsqu'elle ne déçoit pas, la fille du Feu inquiète : Jemmy, « dont certains regards faisaient mal », ridiculise successivement ses deux époux ; la brodeuse napolitaine qui s'offre au narrateur, le séduit et l'effraie à la fois ; on sait combien un personnage comme Pandora fascine et trouble Nerval.

Y a-t-il une issue heureuse pour l'amour humain ? Le recueil de Nerval est, à bien des égards, le livre des amours malheureuses [30]. Dès le départ, les couples qui se forment — ou pourraient se former — sont condamnés par la mésalliance : entre Angélique de Longueval, « fille d'un des plus grands seigneurs de Picardie », et La Corbinière, fils d'un charcutier ; entre le narrateur de *Sylvie*, « intellectuel » parisien et roturier, et Adrienne « petite-fille de l'un des descendants d'une famille alliée aux anciens rois de France », ou entre lui et Sylvie, petite paysanne inculte qui assimile Rousseau à Auguste Lafontaine et ne parvient ensuite, en se « cultivant », qu'à perdre tout le naturel qui faisait son charme ; entre Jemmy, pauvre, mais énergique et décidée, et le balourd Toffel, ou entre la même et le sauvage Tomahawk ; entre le Français et la jeune Anglaise d'*Octavie* ; entre le lieutenant français Desroches et la fille du sergent allemand Emilie. Dès la dédicace était évoquée, à propos d'une tragédie, « l'histoire éternelle des mariages humains [31] » ; nouvelles, chansons et même sonnets narrent des amours tragiques. La première et la dernière nouvelle délivrent le même message : la rançon du mariage, c'est la mort pour l'époux, l'enfermement pour l'épouse. Une exception : « La Reine des poissons », mais les deux enfants ne trouveront le bonheur que dans une autre vie ; c'est aussi la leçon d'*Isis* et du discours de la déesse à Lucius, repris d'Apulée : « tu dois me consacrer le reste de ta vie [...] et si, par l'observation de mon culte et par une inviolable chasteté, tu mérites bien de moi, tu sauras

29. Première partie, chap. I, GF, p. 252.
30. Aspect souligné par Michel Brix dans sa notice de la Pléiade (t. III, p. 1178-1179).
31. « A Alexandre Dumas », p. 76.

que je puis seule prolonger ta vie spirituelle au-delà des bornes marquées [32] ».

Les héroïnes ne seraient-elles en si grand nombre dans le recueil que pour figurer les diverses tentations des amours terrestres qui s'opposent à la marche de l'initié, à la manière des voluptés du Venusberg pour Tannhäuser ? Le véritable sujet du livre ne nous est-il pas indiqué par la dédicace à Alexandre Dumas, et l'auteur, dans chaque nouvelle et dans chaque sonnet, n'est-il pas occupé à écrire sa « propre histoire » ? On peut se demander à ce propos si Nerval ne se décharge pas sur ses héroïnes de la révolte qu'il craint d'assumer lui-même à la manière d'un Adoniram, véritable fils du Feu. Aussi peut-on lire l'ensemble du volume comme une tentative d'autobiographie qui, comme toute tentative de ce genre chez Nerval (et chez d'autres), est également une tentative de justification. La dédicace, là encore, est claire : Brisacier, saisi d'un accès de folie furieuse, « abandonné de sa maîtresse et de ses compagnons », et enfermé dans une chambre d'auberge, cherche à se justifier, comme le fait aussitôt l'auteur : « Je vais essayer de vous expliquer, mon cher Dumas »... Gérard invoquera ensuite l'exemple de Nodier avant d'appeler à la rescousse Cicéron, Le Tasse et Dante ; il ne procédera pas autrement au début d'*Aurélia* où, après avoir nommé Swedenborg, Apulée et Dante, il déclare de nouveau : « Je vais essayer, à leur exemple, de transcrire les impressions [...] [33] ». Tous ces génies étaient-ils fous eux aussi ? Nerval suggère ici, avant de l'affirmer plus haut et plus fort dans *Aurélia,* que, pour accéder au surnaturalisme, « il faut au besoin passer les bornes du non-sens et de l'absurdité [34] », que le génie des créateurs se situe hors de « ce qu'on appelle vulgairement la raison », dans le domaine de « ce que l'on appelle illusion, selon la raison humaine [35] ».

32. *Isis,* p. 266.
33. *Aurélia,* GF, p. 251.
34. *Sylvie,* chap. XIII, p. 204.
35. « A Alexandre Dumas », p. 71 ; *Aurélia,* GF, p. 256 ; on trouve aussi : « ce que les hommes appellent la raison » (*Aurélia,* GF, p. 252).

La tension perceptible dans toutes les nouvelles entre deux pôles spatiaux ou temporels recouvre une autre tension, entre naturel et étrange, entre raisonnable et aberrant, entre logique et incompréhensible : la ressemblance entre Adrienne et Aurélie est-elle « normale » ? La fuite d'Angélique, le choix de Tomahawk par Jemmy, sont-ils raisonnables ? Le rapport entre la nuit d'amour à Naples et l'éruption du Vésuve est-il naturel ? A l'horizon des nouvelles apparaît sans cesse un monde autre, qui aurait perdu ses repères ; d'une manière moins visible que chez Hoffmann, le récit nervalien dérange les frontières du réel. Il dérange aussi, on l'a vu, les frontières des genres littéraires : écrire hors des normes, est-ce être fou ? Les illustres modèles sont là pour donner la réponse. C'est pourquoi les sonnets des *Chimères* sont parfaitement à leur place pour clore le volume et le couronner. Nerval est parfaitement conscient que ces poèmes sont le fruit douloureux de la folie : durant douze ans, il a gardé par devers lui cinq des six sonnets du manuscrit Dumesnil de Gramont α [36], n'osant sans doute rappeler une période de sa vie sur laquelle il préfère garder le silence. En 1853, il assume ces crises qu'on ne peut plus dissimuler et que « l'ami » Dumas vient d'étaler au grand jour, mais il est conscient du caractère génial de cette nouvelle poésie : l'« état de rêverie *supernaturaliste* » dans lequel les sonnets ont été composés, est celui qui permet à l'initié d'accéder à l'autre monde. Ainsi se dessine, au fil du volume, une évolution du statut de celui qui dit *je.* D'une manière significative, dans la nouvelle centrale, *Octavie,* le narrateur paraît pour la dernière fois en tant que personnage, et joue le « rôle d'Osiris dont [il explique] les divins mystères [37] ». Du *je* autobiographique, on passe, avec *Les Chimères,* au *je* mythique de l'initié, du nouvel

36. Voir la reproduction de ces sonnets, p. 331-336. On peut faire la même remarque à propos du sonnet « Antéros » dont une première version a récemment été révélée par Claude Pichois (Pléiade, t. III, p. 1489).

37. P. 255.

Orphée, capable d'assumer pour son compte la révolte qui rend maître du Feu, et de triompher de la mort.

Une dédicace ambiguë [38]

Le 10 décembre 1853, dans *Le Mousquetaire,* journal récemment créé par Alexandre Dumas, le romancier, à propos de ses démêlés avec le Théâtre-Français, consacrait la majeure partie de sa « Causerie avec mes lecteurs » à Nerval [39]. Sur un ton apitoyé, Dumas rend hommage aux qualités de rêveur et de conteur de son ami dont il étale la folie au grand jour sans délicatesse, et publie une première version de « El Desdichado » que le poète aurait déposée au journal « en manière de carte de visite [40] ». La réponse que constitue la dédicace des *Filles du Feu* révèle la profonde blessure qu'avait infligée l'article, à une époque particulièrement difficile de la vie de Nerval, blessure qui rappelait cruellement au pensionnaire du Dr Blanche la « nécrologie » jadis rédigée par Jules Janin lors de la crise de 1841 et à laquelle il avait répondu en tête de *Lorely.* On comprend dès lors l'amertume du ton qui perce sous les remerciements ironiques. Au reste, Nerval est sans illusions sur l'amitié de Dumas et le fond de sa pensée se trouve sans doute dans la lettre délirante qu'il adresse à son « ami » le 14 novembre [41] ; il reproche à Dumas de lui avoir fait injure en lui proposant une avance de 60 francs alors qu'il lui doit 500 francs depuis 1835 et ne lui en a remboursé qu'une partie. Il lui fait observer en outre qu'il a collaboré avec lui pour trois pièces de théâtre, mais n'a jamais écrit de roman

38. Pour ne pas rompre l'unité du volume composé par Nerval, nous avons regroupé ci-après les notices des différentes nouvelles et des *Chimères.*

39. Cet article est reproduit, à la suite de l'article de Jules Janin dont il est également question, dans *Aurélia,* GF, p. 376-378. Le premier numéro du *Mousquetaire* avait paru le 12 novembre.

40. Voir cette version dans *Aurélia,* GF, p. 377-378.

41. Pléiade, t. III, p. 821-823.

pour lui ; peut-être y a-t-il là encore un reproche : Dumas ne lui aurait pas fourni l'occasion de gagner quelque argent lorsqu'il était dans le besoin. Onze jours plus tard, Nerval présentera de plates excuses à Dumas, affirmant que son ami lui a largement rendu ce qu'il lui devait, il reviendra encore sur ce sujet le 4 décembre. Il n'empêche, le délire a révélé la rancœur, peut-être Dumas l'a-t-il perçue ; l'article du *Mousquetaire* serait alors une manière de répondre avec malignité. La dédicace de Gérard qui donne du « cher maître » à son ami, met en scène un « héros abandonné » et trahi par... La Rancune.

Au centre de sa réponse à Dumas, Nerval insère en effet un texte qui a pour héros Brisacier ; comme pour une partie du volume, il réutilise un récit déjà publié dans *L'Artiste* le 10 mars 1844 sous le titre de « Le Roman tragique ». Il le présentait alors, il le fait de nouveau ici, comme une suite au *Roman comique* de Scarron, dont on sait qu'il est inachevé, plusieurs suites ayant été rédigées dès le XVIIe siècle. Nerval semble avoir eu de bonne heure une passion pour Scarron qui fait partie des « Grotesques » retrouvés par les camarades du Doyenné ; outre ce projet de suite au *Roman comique,* il a rédigé, sous le titre de *Jodelet,* une adaptation de plusieurs pièces de Scarron, adaptation reçue au Théâtre-Français en 1851, mais qui ne fut jamais représentée. On comprend moins bien l'intérêt porté par Gérard au personnage de Brisacier, qui n'a rien à voir avec Scarron ; issu des *Mémoires* de l'abbé de Choisy, ce personnage historique, noble polonais de fraîche date, était un aventurier, non un comédien, même d'occasion. Dans un texte manuscrit intitulé *Aurélie,* et vraisemblablement contemporain des *Filles du Feu,* Gérard résume les aventures du Brisacier historique, mais les déplace du XVIIe au XVIIIe siècle et poursuit ainsi : « J'avais fait de ce personnage mystérieux le héros d'un *roman par lettres* que je n'ai pas continué, et qui devait être, en quelque sorte, une suite du *Roman comique.* [...] Quelques passages retraçaient, dans ma pensée, le portrait idéal d'Aurélie la comédienne, esquissé dans *Sylvie* [42]. » La mention de cette actrice — qui a traversé allègrement un siècle et demi — invite donc à rapprocher Brisacier du narrateur de Sylvie et de celui de la dédicace.

Dans le texte qui nous occupe, la similitude entre les deux héros s'impose avec évidence quoique la scène soit passée sous silence : l'un et l'autre ont été enfermés à la suite d'une crise de folie furieuse ; la référence au héros furieux est donnée à la fois pour le narrateur (Roland) et pour Brisacier (Achille) [43]. L'un et l'autre se justifient de l'accusation de folie en posant la question de l'identité — que l'ensemble des *Filles du Feu* et des *Chimères* ne cessera de poser, on l'a vu. Pour aborder ce problème, le *Roman comique* était bien choisi : les déguisements, les quiproquos, les méprises, les révélations d'identités cachées y fourmillent ; Brisacier ici se présente comme « le prince ignoré », le « déshérité », « le propre fils du grand khan de Crimée », soupçonné d'être « un prince de contrebande ». Par l'intermédiaire du roman de Scarron, Nerval se rattache à l'un des grands thèmes de la littérature baroque, des comédies de Shakespeare à *L'Illusion comique* de Corneille, thème souvent repris dans les années 1830 qui voient nombre d'œuvres jouer sur la confusion entre art et réalité, entre acteur et rôle : *Sarrazine* de Balzac, *Ines de las Sierras* de Nodier, *Mademoiselle de Maupin* de Gautier, entre autres.

Une sorte de vertige saisit Brisacier lorsqu'il évoque son amour pour Aurélie l'actrice, sa « froide Etoile », qui n'est pas seulement Iphigénie, mais Monime, Junie, Bérénice, « toutes les héroïnes inspirées par les beaux yeux d'azur de mademoiselle Champmeslé, ou par les grâces adorables des vierges nobles de Saint-Cyr » ; autant dire qu'il s'identifie à Racine comme aux person-

42. Voir le texte complet dans Pléiade, t. I, p. 1742. Le personnage de Brisacier apparaît encore dans un scénario dramatique, *La Forêt Noire* (*ibid.*, p. 725-731) ; il y est capitaine de dragons sous les ordres de Villars et l'intrigue n'a aucun rapport avec le *Roman comique.*
43. P. 71 et 75.

nages qu'il interprète, donnant ainsi l'image primitive de l'acteur « possédé », porte-parole du divin. Incarnant de préférence ces héros furieux que sont Achille et Néron, il ne peut plus quitter son rôle depuis qu'il a rêvé d'incendier le théâtre : « mon rôle s'est identifié à moi-même, et la tunique de Néron s'est collée à mes membres qu'elle brûle, comme celle du Centaure dévorait Hercule expirant ». Théâtre et vie se mêlent inextricablement : le rival de Brisacier, qu'il ne nomme pas autrement que Britannicus, a conquis Aurélie-Junie. L'acteur de génie est-il celui qui s'identifie à ses rôles jusqu'à la folie ? Nerval ne répond pas à la question.

La même question se pose pour l'écrivain : « Il est, vous le savez, certains conteurs qui ne peuvent inventer sans s'identifier aux personnages de leur imagination. » Et Nerval de donner pour exemple Nodier qui « racontait comment il avait eu le malheur d'être guillotiné à l'époque de la Révolution ». Les écrivains chers à son cœur ne sont-ils pas ceux qui présentent cette caractéristique, Restif de la Bretonne qui « s'est peint sous des noms supposés » « dans une foule d'ouvrages » ; Cazotte, « le poète qui croit à sa fable, le narrateur qui croit à sa légende, l'inventeur qui prend au sérieux le rêve éclos de sa pensée [44] ». Sans doute Nerval est-il conscient des dangers d'une telle démarche, mais il l'est tout autant de sa fécondité et, lorsqu'il vante le talent de Dumas à faire vivre, au prix de quelques entorses à l'histoire, quantité de personnages, l'éloge est teinté d'ironie : c'est là une forme de création littéraire qui restera toujours inférieure à celle « des écrivains dont la vie tient intimement aux ouvrages qui les ont fait connaître [45] ».

Il reste que le lecteur est, lui aussi, saisi de vertige devant des identifications « en chaîne » : Nerval s'identifiant à un Brisacier qui, lui-même, s'identifie à Néron, se voit « jeté dans le plus étrange désordre d'esprit », persuadé qu'il est d'écrire sa propre histoire. Le symptôme le plus marquant de ce phénomène est l'abolition

44. *Les Illuminés,* « Les Confidences de Nicolas », I, 2 ; « Jacques Cazotte » I. (Pléiade, t. II, p. 956 et 1075-1076).
45. *Promenades et Souvenirs,* VII, *Aurélia,* GF, p. 233.

du temps : Gérard s'imagine avoir vécu au XVIIIe siècle et croit saisir « la série de toutes [s]es existences antérieures ». Se rendre maître du Temps, à l'égal de Dieu, c'est un vieux rêve que la préface de 1840 du *Faust* exprimait déjà : « Il serait consolant de penser, en effet, que rien ne meurt de ce qui a frappé l'intelligence, et que l'éternité conserve dans son sein une sorte d'histoire universelle, visible par les yeux de l'âme, synchronisme divin, qui nous ferait participer un jour à la science de Celui qui voit d'un seul coup d'œil tout l'avenir et tout le passé. » Pour l'écrivain de génie, pour Goethe, « comme pour Dieu sans doute, rien ne finit [46] ». L'ensemble des *Filles du Feu* et plus encore *Les Chimères* mettent au premier plan cette volonté de s'emparer du Temps.

Angélique

D'octobre à décembre 1850, Nerval avait publié en feuilleton dans *Le National* une longue divagation fantaisiste dans laquelle le narrateur déambulait de Francfort à Paris et de Compiègne à Soissons à la recherche d'un livre introuvable, l'*Histoire de l'abbé de Bucquoy* ; contraint par l'amendement Riancey à la loi sur la presse à ne pas écrire de « feuilleton-roman », Gérard prenait prétexte de l'obligation d'écrire de l'histoire pour se représenter, à la manière de Sterne ou de Diderot, non pas en train d'écrire, mais en train de ne pas pouvoir écrire. Chemin faisant, il égratignait l'arbitraire politique, mais aussi l'arbitraire littéraire qui impose aux genres des frontières sans signification et publiait divers documents « historiques » avant de raconter pour finir l'histoire de l'abbé, poursuivie depuis le début. C'est de ce long récit, *Les Faux Saulniers,* que, très tôt [47], Nerval a

46. Pléiade, t. I, p. 503. Rêve analogue dans « Paradoxe et vérité », publié dans *L'Artiste* du 2 juin 1844 (*ibid.*, p. 809).

47. Le titre est mentionné dès le 22 octobre 1853 dans une lettre à Daniel Giraud et le texte lui est envoyé le 25. On peut lire *Les Faux Saulniers* dans le t. II de la Pléiade.

tiré *Angélique* pour *Les Filles du Feu.* Du fait de la disparition de l'objet de la quête, l'*Histoire de l'abbé de Bucquoy,* reprise en 1852 dans *Les Illuminés,* et d'une conjoncture politique différente — qui se souvient encore, en 1854, des amendements Riancey et Tinguy ? — le récit perd beaucoup de son caractère polémique ; la lutte de l'abbé de Bucquoy contre le pouvoir personnel de Louis XIV et nombre d'épisodes ou d'allusions visaient, en 1850, la conquête du pouvoir par le prince-président, conquête qui s'accompagnait de la mise en place d'une censure dont Gérard avait eu à souffrir dans le passé : l'épisode est longuement narré dans *Les Faux Saulniers* et repris dans *Lorely.* Sous l'empereur Napoléon III, ces allusions pourraient devenir dangereuses. Dans le récit ainsi réduit, l'histoire d'Angélique de Longueval qui n'était, à l'origine, que l'une des nombreuses digressions, prend une place suffisante pour que l'héroïne puisse donner son nom à la nouvelle.

A ce travail d'élagage, Nerval ajoute un travail de redécoupage : les divisions des *Faux Saulniers* n'étaient dues qu'aux limites des feuilletons et à quelques sous-titres, *Angélique* est répartie sur douze lettres pourvues chacune d'un sommaire. Cette innovation peut surprendre ; d'une part, parce que le destinataire, visible dans *Les Faux Saulniers* en tant que directeur du *National,* a disparu ici, réduit à des initiales indéchiffrables pour le profane et gommé du récit avec tous les développements qui concernaient les aléas de la publication du feuilleton [48]. Ensuite, parce qu'il n'est guère d'usage d'utiliser la forme épistolaire pour une nouvelle [49] ; Nerval avait songé à écrire deux romans épistolaires qui, tous deux, sont en rapport avec *Les Filles du Feu* : *Un roman à faire* [50] dont la troisième lettre est en partie réutilisée dans *Octavie,* et *Le Roman tragique* qu'on a vu repris dans la dédicace qui précède. On ne peut guère expliquer

48. Une exception (inadvertance ?) au début de la 12e lettre, p. 163.
49. Mentionnons toutefois *L'Abbé Aubain* de Mérimée.
50. Voir *Aurélia,* GF, p. 45-72.

l'apparition des lettres ici que par une volonté de provocation : Brisacier contestait les limites imposées au comédien et désirait « changer les situations à [s]on gré » en sabrant toute la cour d'Agamemnon ou en incendiant le théâtre ; le narrateur d'*Angélique* s'attaque aux frontières du roman et de l'histoire et, par le récit même, à celles de la nouvelle et du roman épistolaire, touchant au passage, avec la confession d'Angélique — et ses propres aventures —, à l'autobiographie. Ainsi, dès le début du recueil se trouve affiché le caractère volontairement hétéroclite évoqué plus haut.

Hétérogène, sinon hétéroclite, *Angélique* l'est en rompant avec la traditionnelle unité d'action de la nouvelle : quelle est l'intrigue principale, l'histoire de l'héroïne comme le titre paraît l'annoncer ? ou celle du narrateur ? Que dire encore de ces micro-nouvelles que sont « l'affaire Le Pileur », « la sonnette enchantée », l'histoire du bibliophile du Palais-Royal, « les deux bibliophiles [51] »... Tout se passe comme si le récit-cadre, fréquent dans la nouvelle ou dans le recueil de nouvelles, se trouvait hypertrophié, comme si *Angélique* était à elle seule un recueil en miniature, premier exemple de mise en abyme. On a souvent comparé ces micro-nouvelles aux digressions de Sterne et de Diderot, avec raison car *Angélique* appartient à la même famille de « récits excentriques [52] », mais il faut opérer plusieurs distinctions. Tout d'abord, aucune de ces digressions n'est mise dans la bouche d'un personnage ; même la confession d'Angélique est, pour l'essentiel, « narrativisée », reprise par le narrateur qui devient ainsi le pôle d'intérêt de l'ensemble du récit. En outre, ces histoires sont, pour la plupart, *lues* par le narrateur et, de surcroît, sont relatives au monde des livres : bibliothèques, bibliothécaires, bibliophiles et archives sont là pour rappeler qu'il s'agit de rechercher un *livre,* l'*Histoire de l'abbé de Bucquoy,* sans doute, mais aussi le livre que Nerval est

51. Voir p. 95-98, 100-101, 146-147, 164-165.
52. Voir l'ouvrage de Daniel Sangsue cité dans la Bibliographie.

en train d'écrire : le récit publié dans *Les Filles du Feu* n'est pas celui que l'on poursuivait au départ.

La poursuite du livre est le moteur du mouvement du narrateur, mouvement qui va l'amener à parcourir Paris, mais aussi le Valois, les deux espaces s'opposant d'une manière moins visible que dans la nouvelle suivante, mais tout aussi radicalement. Paris est le domaine des libraires, bouquinistes et bibliothécaires, gens pour qui le livre est un objet, dont le contenu, à la limite, importe peu : problème de classement pour les bibliothécaires, de valeur marchande pour les libraires, subtiles caractéristiques de forme pour les bibliophiles, tous plus ou moins tournés en ridicule. Le Valois, en revanche, est le monde des archives, des monuments, des ruines, du souvenir en un mot ; il est significatif que Gérard place à Compiègne la découverte d'une partie des documents concernant Angélique de Longueval, alors qu'il a trouvé tout ce qu'il reproduit à Paris, dans une revue et aux Archives nationales. « Je reprends des forces sur cette terre maternelle », avoue Gérard qui parcourt le Valois le jour de la Toussaint et le jour des Morts, mêlant le souvenir de sa famille à celui d'Angélique.

Deux cents ans séparent le vagabondage du narrateur de celui de son héroïne, mais cette distance est-elle importante dans un pays où les époques se confondent ? « On en est encore à Senlis à la musique du seizième siècle [53] », « Dans ce pays-ci, on aime le souvenir des princes du Moyen Age et de la Renaissance [54] », « Rousseau devient peu à peu le contemporain d'Henri IV [55] ». On pourrait multiplier les exemples de cette abolition du temps. Il n'est pas jusqu'aux ruines qui ne s'intègrent parfaitement au paysage actuel : à Châalis, le narrateur conseille « de faire ouvrir seulement les arcs des ogives qu'on a remplis de maçonnerie et alors la galerie se découpera sur les étangs [56] ». Nature et art tendent à se confondre : « le

53. Sixième lettre, p. 118.
54. Huitième lettre, p. 133.
55. Onzième lettre, p. 159
56. Dixième lettre, p. 153.

Voyage à Cythère de Watteau a été conçu dans les brumes transparentes et colorées de ce pays », le tombeau de Rousseau « se reflète dans les eaux dormantes de l'étang », et les brouillards, se dissolvant « en laissant reparaître le miroir azuré des lacs », conduisent le narrateur à cette remarque : « J'ai vu de pareils effets de perspective sur des tabatières du temps [57]... » Les monuments sont les témoins de toute notre histoire : le château d'Ermenonville est « un bâtiment de l'époque de Henri IV, refait vers Louis XV, et construit probablement sur des ruines antérieures [58] ». « Tours des Romains », danse qui rappelle « celle des filles grecques », petites filles qui « ont l'air de Suissesses », achèvent de faire du Valois maternel un pays hors du temps et de l'espace. Angélique elle-même n'en vient-elle pas à ressembler à la mère de Gérard qui « avait voulu suivre [s]on père aux armées comme les femmes des anciens Germains [59] » ? Gérard n'est pas loin de regarder comme une parente cette (prétendue) grand-tante de l'abbé de Bucquoy, « dont le nom a toujours résonné dans [s]on esprit comme un souvenir d'enfance [60] ». Ne se reconnaît-il pas dans cette héroïne de l'opposition qui a parcouru, comme lui, l'Italie et l'Allemagne ? N'est-il pas, là encore, en train d'écrire sa propre histoire ?

Sylvie

Sur ce récit magique, on a beaucoup écrit et la fascination semble s'exercer de 1853 à nos jours avec la même force, sinon pour les mêmes raisons. Idylle pour les contemporains de Gérard — et apparemment pour lui-même (« C'est une sorte d'idylle, dont votre illustre mère est un peu cause par ses bergeries du Berry. J'ai voulu illustrer aussi mon Valois », écrit-il à Maurice Sand le 5 novembre 1853) —, la nouvelle est

57. Cinquième lettre, p. 115, et onzième lettre, p. 158 et 157.
58. Onzième lettre, p. 158.
59. *Aurélia,* GF, p. 292.
60. Cinquième lettre, p. 113.

pour Proust « un modèle de hantise maladive [61] », avant de devenir un objet de choix pour la critique moderne qui la disséquera à l'envi. Comme *Angélique*, comme *Octavie*, *Sylvie* présente un caractère apparemment autobiographique ; on se gardera toutefois de suivre les biographes qui prennent au pied de la lettre l'intrigue de la nouvelle en mettant des noms sur chacune des héroïnes ; si le récit est autobiographique, c'est avant tout parce qu'il accumule, comme aucun autre peut-être, des thèmes qui apparaissent dans toute l'œuvre : Valois et enfance, fêtes et déguisements, amours enfantines, chansons et chanteuses, théâtre et actrice, voyage et vagabondage... Si Nerval a quelque part réussi « à concentrer [s]es souvenirs en un chef-d'œuvre », comme il le souhaitait dans la dédicace, c'est assurément dans cette nouvelle, qui lui était d'ailleurs particulièrement chère et dont il sentait bien la valeur.

Le premier caractère qui frappe le lecteur de *Sylvie* est vraisemblablement la confusion temporelle [62]. Le narrateur se représente au départ effectuant un premier déplacement : il sort d'un théâtre, à une époque indéterminée ; dans ce théâtre, où il occupe une position frontalière entre le monde du réel et celui de l'illusion, à l'avant-scène, il vient tous les soirs pour une actrice qu'il aime sans oser l'approcher. A sa sortie du théâtre, un journal lui apprend que sa fortune est rétablie et lui annonce la fête des archers de Loisy qui réveille en lui une série de souvenirs et, en particulier, dans « un souvenir à demi rêvé », la rencontre magique d'Adrienne, au sortir de son enfance, semble-t-il, scène qui fait l'objet du chapitre II. Arrive alors la révélation, l'amour pour l'actrice vient de sa ressemblance avec Adrienne, entrée au couvent : « et si c'était la même ! — Il y a de quoi devenir fou ! » Pour lutter contre cette obsession, le narrateur évoque le souvenir du premier amour enfantin, Sylvie la petite paysanne, et décide de partir la retrouver. Durant les

61. *Contre Sainte-Beuve*, éd. citée, p. 241.
62. Voir, sur ce point, l'article de Georges Poulet mentionné dans la Bibliographie.

quatre heures du voyage en poste, le narrateur égrène une série de souvenirs : une soirée et une matinée avec Sylvie (chapitres IV à VI), situées trois ans avant ce voyage et quelques années après la rencontre d'Adrienne, et marquées par un accord idyllique entre les deux adolescents, puis, au chapitre VII, il évoque un souvenir indistinct, « une obsession peut-être », l'apparition d'Adrienne dans une représentation lyrique à Châalis, à une époque indéterminée ; quelques maigres indices ne permettent pas de trancher : la scène, si elle est réelle, se situe-t-elle avant ou après les scènes relatées auparavant ?

A l'issue de ce voyage désordonné dans le temps du souvenir, le narrateur achève son parcours en voiture et le temps reprend son cours linéaire pour une seconde moitié de la nouvelle qui va ruiner méthodiquement toutes les illusions entretenues par le héros. Il ne pourra pas reproduire durant les chapitres VIII à XII la charmante promenade avec Sylvie des chapitres V et VI et ira de déception en déception : rien ne subsiste des paysages aimés, ni d'un passé idyllique que d'ailleurs son souvenir embellissait peut-être, et Sylvie va épouser son frère de lait. Nouveau voyage vers Paris, retour à l'actrice et accélération du temps : voyage en Allemagne (plusieurs mois), représentation par l'actrice du drame écrit en Allemagne, tournée dans le Valois et nouvel échec : Aurélie n'est pas Adrienne et elle échappe au héros à son tour. Le quatorzième et dernier chapitre nous montre le narrateur installé dans le présent, bien des années après ce qui précède (Sylvie a deux enfants en âge de tirer à l'arc), et revenant à son Valois avec résignation ; un paragraphe final nous informe que, le jour où Aurélie donnait sa représentation dans le Valois, le héros a appris qu'Adrienne était morte au couvent « vers 1832 » et que, selon Sylvie, l'actrice n'avait aucune ressemblance avec elle.

Aucune œuvre du XIXᵉ siècle, en dehors des *Mémoires d'outre-tombe,* n'opère une telle manipulation du temps, ne présente de telles superpositions de durées : un voyage de quatre heures permet de relater une soirée et une matinée avec Sylvie et une soirée avec Adrienne ; aucune ne ménage de tels « changements de vitesse » : les deux journées avec Sylvie occupent huit chapitres, une année de séduction d'Aurélie un seul. Cette désorganisation du temps ne laisse pas de poser quelques problèmes à celui qui, comme Allan Raitt [63], cherche à reconstituer la chronologie du récit ; comment par exemple concilier la fin du chapitre II : « Aux vacances de l'année suivante [...] » et le fait qu'au chapitre IV le narrateur ne paraît pas être revenu dans le Valois depuis la scène sur la pelouse ? La complexité est accrue par les références constantes à des souvenirs plus anciens, à des époques historiques révolues, à des œuvres littéraires, musicales et artistiques, mais aussi par l'association de l'espace et du temps, que nous avons déjà évoquée, poussée à ses limites dans *Sylvie* au point qu'il n'est guère de déplacement du héros qui ne provoque un glissement dans le temps, durée personnelle du narrateur ou temps historique. On a voulu repérer, dans ces manipulations et dans l'ordonnance des chapitres, une structure zodiacale et le désir de revenir à un temps cyclique [64], ou encore la relation dialectique entre une composition binaire et une composition ternaire [65]. Sans entrer dans des développements hasardeux, on ne peut manquer d'être sensible, d'une part à l'opposition bien marquée entre les sept premiers chapitres, dominés par d'illusoires espérances, et les sept derniers où l'on va de déception en déception, d'autre part aux effets de symétrie par rapport au centre, symétrie soulignée par la nature grammaticale des titres de chapitre : nom et substantif pour les chapitres I et XIV, nom d'héroïne pour les chapitres II et XIII, villages pour les chapitres V à IX, le « Retour »

63. « Time and instability in Nerval's *Sylvie* », *The Modern Language Review,* octobre 1988.

64. Jean Richer, *Nerval au royaume des archétypes,* Minard, « Archives des Lettres modernes », n° 130, 1971.

65. Léon Cellier, *De « Sylvie » à « Aurélia », structure close et structure ouverte, ibid.,* n° 131, 1971.

du chapitre XI répondant pour sa part au « Voyage à Cythère » du chapitre IV. Il est évident que Gérard a particulièrement soigné la composition de cette nouvelle, comme pour opposer la rigueur d'une construction à la remise en désordre du temps.

Ainsi que le souligne la référence aux formules éleusiniennes au chapitre XIII, le narrateur a subi une sorte d'initiation, découvrant en particulier les risques courus par celui qui veut poser les lourds sabots de l'homme éveillé sur le terrain fragile du rêve et du souvenir ; à ce jeu, l'on voit souvent le sol se dérober sous ses pas et les gracieuses figures de la mémoire se muer en grinçantes caricatures. En dépit des apparences, *Sylvie* n'est pas une œuvre sur la dégradation que le temps apporte inéluctablement aux êtres et aux choses, ou plutôt *Sylvie* n'est pas que cela ; c'est aussi une mise en évidence des déformations embellissantes que la mémoire apporte au souvenir. Le passé idyllique n'est devenu tel que par la grâce du souvenir ; lorsqu'il était présent, il n'était qu'un présent comme un autre, tout aussi chargé de menaces, tout aussi marqué de signes [66]. Ce n'est que dans le souvenir — ou dans le rêve — du narrateur que la fête peut se répéter et reproduire à l'infini les fêtes mythiques d'autrefois. Les limites de l'autobiographie dans *Sylvie* apparaissent peut-être ici : le narrateur semble vouloir donner de son enfance une image idyllique de bonheur champêtre, mais Gérard, orphelin de mère, dont le père a été si longtemps absent, peut-il gommer entièrement les souffrances de l'enfant qu'il était ? Aussi, une lecture attentive permet de repérer les menaces cachées dans des phrases limpides, mais qui éveillent le soupçon.

L'ambiguïté règne donc sur la nouvelle, par le personnage d'Adrienne avant tout : figure aristocratique, religieuse, sainte peut-être, mais aussi « fleur de la nuit », « esprit monta[n]t de l'abîme » et « spectre

66. On pourra lire dans cette perspective la description de l'« embellissement » de Sylvie au chapitre IV.

funeste ». Sylvie n'échappe pas à l'ambiguïté : l'expression « fée industrieuse » le montre suffisamment, la reliant à la fois à un passé champêtre mythique et à un avenir industriel vers lequel elle se dirige. La construction rigoureuse ne peut masquer entièrement la désorganisation de l'espace et du temps ; or, la perte de ces deux grands repères de la conscience humaine mène à la confusion, laquelle conduit aux maisons de santé : il suffit peut-être de vouloir revivre ce qui ne peut renaître pour sombrer dans la folie ; mais en même temps, Nerval perçoit obscurément que la confusion est accès à une Vérité, à un monde où les frontières entre *ici* et *ailleurs,* entre *autrefois* et *aujourd'hui* n'auraient plus de sens. Ainsi pourrait-il sinon « devenir un dieu », du moins accéder au divin. De là, vraisemblablement l'extrême difficulté avec laquelle Nerval écrivit cette nouvelle, mais aussi sa parfaite réussite. Dans un monde qui est apparemment le nôtre, dont le héros est un homme comme nous, avec sa vie faite de banalités, amourettes d'enfance, souvenirs, voyages, Gérard installe insidieusement l'inquiétante étrangeté, le vertige fait à la fois d'angoisse et de désir d'accès à un autre monde. Faut-il suivre Adrienne qui « ressemblait à la Béatrice de Dante qui sourit au poète errant sur la lisière des saintes demeures » ? Là est peut-être la clé du charme quasi mozartien de *Sylvie* ; grâce, légèreté et clarté recouvrant une dérangeante instabilité de nos repères habituels, masquant et révélant du même mouvement l'obscurité, les obsessions, la présence constante de la mort.

Chansons et légendes du Valois

A la nouvelle telle qu'elle figurait, à quelques variantes près, dans la *Revue des Deux Mondes,* Nerval ajoute un appendice que le sommaire ne mentionne pas et qui est sans doute destiné à accentuer l'aspect « valoisien ». L'intérêt porté par Gérard à l'art populaire en général et à la chanson en particulier est constant [67] ; dans cet appendice, il ne fait qu'assembler la substance d'un article qui remonte à 1842 — et qui a déjà été réutilisé quatre fois — et un conte qui a connu pour sa part trois publications. Le lecteur des *Filles du Feu* ne peut s'étonner de la place faite aux chansons : dans *Angélique,* elles font contrepoint aux aventures de l'héroïne comme au vagabondage du narrateur [68] ; dans *Sylvie,* elles participent à la construction d'un système de références culturelles qui ponctue la nouvelle et découvre d'autres significations possibles, avec des effets de « mise en abyme [69] ».

Dans les publications précédentes, Nerval insistait à la suite de Rousseau sur le caractère primitif de la chanson populaire : « Avant d'écrire, chaque peuple a chanté », et semblait avant tout préoccupé par la possibilité pour l'art de « se rajeuni[r] en se retrempant à ses sources », comme l'avaient proclamé les théoriciens allemands de Herder aux Schlegel, comme Gérard lui-même l'affirmait depuis 1830. Préoccupé encore par les rapports originels — ou supposés tels — entre poésie et musique : « Je suis persuadé que tout poète ferait facilement la musique de ses vers, s'il avait quelque connaissance de la notation [70] », rapports que les théories et les tentatives de Richard Wagner venaient d'affirmer à nouveau. De même il insistait, en publiant pour la première fois « La Reine des poissons », sur l'existence de légendes proprement françaises qui pouvaient rivaliser avec le patrimoine populaire allemand et constituer une véritable littérature enfantine.

La perspective change dans cet appendice où Gérard semble se soucier avant tout de rattacher les

67. On ne peut se dispenser de consulter sur ce point l'ouvrage de Paul Bénichou, *Nerval et la chanson folklorique.*

68. Voir par exemple cinquième lettre, p. 113 ; septième lettre, p. 121-123 ; dixième lettre, p. 149.

69. Ainsi la chanson d'Adrienne (chap. II, p. 177) qui prédit son destin, ou celle de Sylvie (chap. XI, p. 200) qui entre littéralement dans la pensée du narrateur et annonce ce qui va suivre.

70. *La Bohême galante* (1852), VIII, Pléiade, t. III, p. 271.

chansons et légendes à « sa » province, fût-ce au prix de quelque artifice : dans « La Reine des poissons », la Meuse et la Moselle des publications précédentes se transforment en Oise et Aisne... Il a pour cela des raisons de circonstance : un décret du 13 septembre 1852 a prescrit la collecte d'un *Recueil des poésies populaires de la France* et le Comité chargé de la publication a émis des *Instructions* durant l'été et l'automne de 1853. Il est aussi animé par des raisons personnelles : l'ouverture du texte insiste sur les notions de *souvenir* et d'*enfance,* rattachant ainsi explicitement cet appendice à la nouvelle qui précède. Des liens sont d'ailleurs perceptibles : la chanson du roi Loys, citée dans *Angélique,* reprise par Adrienne au chapitre II de *Sylvie,* reçoit ici une fin qui éclaire d'un jour nouveau l'héroïne, métamorphosée en « femme-vampire » ; est-ce une manière de renforcer l'aspect « spectre funeste » d'Adrienne ? De même, les amours enfantines connaissent, dans « La Reine des poissons », une autre issue que dans *Sylvie,* mais cette issue est située dans un autre monde. Ce bref appendice forme donc une parfaite conclusion de la partie valoisienne du recueil, opposant une recherche poétique des origines à un vain pèlerinage sur les lieux, et une aspiration aux amours célestes — que renforcera bientôt *Isis* — à l'issue nécessairement malheureuse des amours d'ici-bas.

Jemmy

A la fin de la nouvelle, une mention : « (Imité de l'allemand) » a permis à Nicolas Popa [71] de retrouver, après une patiente enquête, la source de ce récit que Nerval avait précédemment publié deux fois — sans mentionner qu'il s'agissait d'un emprunt. Nicolas Popa a donc établi que l'auteur de la nouvelle alle-

71. L'essentiel de l'article mentionné *supra* (n. 3) est repris dans l'édition des *Filles du Feu,* Champion, 1931. Nous sommes redevable à cet article pour tout ce qui concerne l'imitation de Gérard.

mande était un étrange écrivain : « Autrichien d'origine, il devient citoyen américain et publie en Suisse des romans allemands à sujets américains. » Karl Postl, *alias* Charles Sealsfield, avait fait paraître en 1834 deux volumes de *Transatlantische Reizeskizzen*, récits exploitant la vogue de Fenimore Cooper en cherchant à mettre en lumière les problèmes de la colonisation américaine et du contact de deux civilisations. Salué par la critique allemande comme le poète épique du XIXe siècle, Sealsfield reste à peu près inconnu en France malgré les éloges de quelques critiques. A-t-il existé une publication, voire une traduction dans une revue, que Gérard aurait connue et qui aurait échappé jusqu'ici aux recherches des spécialistes ? Ou bien, comme le pensent Nicolas Popa et Michel Brix [72], a-t-il découvert les deux volumes dans quelque bibliothèque allemande ou à Vienne au cours de ses voyages ? Questions sans réponse. Toujours est-il que Nerval, dès 1843, adapte l'une des nouvelles des *Transatlantische Reizeskizzen*, « Christophorus Bärenhäuter im Amerikanerlande », dans *La Sylphide*, sous le titre de « Jemmy O'Dougherty », et se trouve ainsi être le premier traducteur français du romancier. Sealsfield affirmait dans son préambule avoir trouvé cette histoire dans des archives de l'Ohio : c'est là pour Gérard une première raison de s'y intéresser et l'on comprend mieux que *Jemmy* ait été destinée aux *Filles du Feu* en compagnie d'*Angélique*, autre récit issu d'archives, dès la conception du volume.

L'étude attentive de Nicolas Popa montre que Nerval adapte plus qu'il ne traduit. Il pratique de nombreuses coupures, supprimant les bavardages de l'original, les digressions, tout ce qui frise la vulgarité, et réduit considérablement la nouvelle. Comme l'écrit Nicolas Popa, il « ne traduit pas le texte, mais les idées ». Il se soucie également de la commodité du lecteur et donne aux personnages des noms plus aisés à retenir : Christophorus Bärenhäuter surnommé

72. Notice de *Jemmy*, Pléiade, t. III, p. 1233-1236.

Toffel devient simplement Jacques Toffel ; sa seconde épouse Dorothea Heumacher se nommera Marie Lindthal, et Jemima devient Jemmy, qui fournit son titre au récit, à raison, car c'est bien elle l'héroïne, et son énergie aurait sans doute ravi Stendhal.

Gérard avait-il d'autres raisons de s'intéresser spécifiquement à cette nouvelle ? On y trouve plusieurs thèmes qui lui sont chers et qui la mettent parfaitement à sa place dans *Les Filles du Feu* : la duplication des personnages, en premier lieu, qui est pour ainsi dire une loi du récit nervalien, et qui donne un double à chacun (il y a une fausse Angélique et un prétendu abbé de Bucquoy, comme il y a une Adrienne-Aurélie et un frère de lait du narrateur) ; nous voyons ici en une parfaite symétrie Toffel épouser deux femmes comme Jemmy épouser deux hommes ; malgré des différences bien marquées, *To*ffel et *To*mahawk, apparemment hommes redoutables, sont réduits par Jemmy à l'état de dociles caniches. Toffel, comme le narrateur de *Sylvie,* « semble fortement balancer » entre deux figures féminines opposées. Est aussi présent le double voyage ; comme dans *Sylvie,* le retour au pays n'apporte à Jemmy que désillusion et perte de l'objet aimé, mais, au contraire du narrateur de *Sylvie,* l'héroïne réagit et choisit délibérément l'avenir en renonçant à tout le passé. L'avenir, c'est aussi l'autre monde, et Michel Brix rappelle avec raison les similitudes entre le monde des Indiens et le « monde des esprits » : Jemmy, qui passait pour morte, revient à la manière des « spectres » (on se souvient que le terme a désigné Adrienne), et son retour bouleverse le monde des vivants ; M. Brix note également que la situation de Nerval lors de la première publication de la nouvelle, deux ans après l'internement de 1841, se rapproche de celle de Jemmy et que le texte narre « sur le mode humoristique l'impossibilité de reprendre place parmi les vivants après un séjour dans le monde des esprits [73] ». La fin de la nouvelle est cependant opti-

73. Notice citée, p. 1236.

miste : Jemmy civilise les Indiens et unit pacifiquement les deux mondes.

La place de cette nouvelle dans le recueil n'est pas due au hasard : après l'échec du héros de *Sylvie,* un autre choix s'ouvre, les deux nouvelles suivantes y insisteront.

Octavie

Avec *Octavie* commence le cycle napolitain, ou plutôt campanien des *Filles du Feu.* Comme pour rendre le déplacement sensible, la nouvelle débute, plus abruptement que dans *Sylvie,* par le départ du narrateur, « fuyant un amour contrarié », de Paris pour l'Italie ; étapes à Marseille où il rencontre pour la première fois Octavie, « fille des eaux », liée à la nature, comme Sylvie, puis à Civita-Vecchia après un parcours de Nice à Rome en passant par Florence et Pise, qui ne lui laisse que peu d'impressions. Nouvelle rencontre d'Octavie, se rendant comme lui à Naples qui va constituer l'un des pôles spatiaux de la nouvelle, Paris et son « amour contrarié » n'étant jamais oubliés. C'est à Naples que se situe la mystérieuse aventure reprise d'*Un roman à faire* : nuit passée avec la jeune brodeuse qui présente une étrange ressemblance avec l'amour parisien ; on retrouve donc un schéma analogue à celui de *Sylvie* et, comme dans cette nouvelle, la scène dans les ruines avec Octavie, malgré son caractère religieux — ou à cause de lui —, n'amène que la séparation des jeunes gens. Comme dans *Sylvie* encore, le narrateur effectue un second voyage, mais dans l'autre sens : c'est au retour de l'Orient qu'il revoit la jeune Anglaise mariée et malheureuse, dans un tableau qui appelle à son esprit l'idée de « la vengeance des dieux ».

Octavie se présente donc comme une série de variations sur des thèmes connus : jeu avec le temps, double voyage, mystérieuses ressemblances, initiation.

La nouvelle constitue aussi l'un des plus étonnants « bricolages » effectués par Gérard à partir de morceaux existants. Le noyau central est constitué par la troisième lettre d'*Un roman à faire,* remontant à 1842, réutilisée de façon indépendante en 1845 sous le titre de *L'Illusion.* Un autre élément de la nouvelle semble provenir d'une anecdote narrée par Gérard dans une lettre à ses amis au retour de son premier voyage en Italie [74] : il a rencontré à la table de son hôtel de Marseille « une jolie dame », épouse d'« un vieux militaire qui avait un grain de folie » ; le militaire tient à boire du champagne qui lui est interdit, la dame en verse à Gérard et le mari en prend ombrage. Curieusement, Nerval réutilise cette anecdote avec des variantes dans le *Voyage en Orient* [75] en la situant à Constance, mais ajoute, peu après, une autre histoire, celle de l'Anglais mort pour avoir bu une bouteille de champagne durant l'orage en mer [76] ; pendant le voyage de retour, il raconte à son père une autre histoire d'Anglais « qu'on portait sur un brancard ; il avait voulu voir Pompeia avant de mourir [77] ». Cette singulière insistance attire l'attention ; pour finir, Nerval élimine le champagne dans *Octavie,* et fait de la jeune femme la fille de l'Anglais. Autre morceau : la soirée chez le marquis Gargallo qui reprend une lettre à son père de décembre 1843 dans laquelle il comparait le salon du marquis à ceux « du temps de Louis XIII ».

Malgré cet assemblage disparate, la nouvelle possède une indiscutable unité et prépare tout au long à la lecture de la nouvelle suivante. L'eau est associée dès le début du texte au personnage de la jeune Anglaise qui fait au narrateur l'offrande d'un poisson, se présentant comme une sirène et annonçant ainsi

74. Novembre 1834, Pléiade, t. I, p. 1295.
75. « Introduction », IV, GF, t. I, p. 71.
76. *Ibid.*, XI, GF, t. I, p. 117-118.
77. Décembre 1843, Pléiade, t. I, p. 1408. On pourra consulter sur ces anecdotes l'ouvrage de Charles Mauron mentionné dans la Bibliographie.

la ville où elle s'installera, Naples-Parthénope [78], mais aussi la cérémonie au cours de laquelle elle jouera le rôle de la déesse Isis dont l'eau est « le principal élément du culte », Gérard y insistera dans la nouvelle qui lui est consacrée. A ce monde de l'eau s'oppose celui du feu : les murs de la chambre de la brodeuse ne sont-ils pas « décorés de vieux tableaux des quatre éléments représentant des divinités mythologiques » ? Ici encore, cependant, Isis n'est pas loin : la jeune femme « apparaissait comme une de ces magiciennes de Thessalie à qui l'on donnait son âme pour un rêve » ; on sait que, pour avoir été trop curieux des secrets de ces magiciennes, le malheureux Lucius, héros de *L'Ane d'or* d'Apulée, se voit métamorphosé en âne et ne retrouvera sa forme humaine qu'en mangeant « le bouquet de roses » de la déesse et en lui consacrant sa vie ; le bouquet était mentionné dans *Sylvie,* le discours de la déesse sera reproduit dans *Isis.* Ainsi, toute la nouvelle prend figure de parcours initiatique dans lequel la figure de sainte Rosalie tient également sa place. Issue des *Elixirs du diable* d'Hoffmann, elle y constitue le double de l'héroïne, Aurélie, et dénoue les maléfices d'une ressemblance fatale en apparaissant, avec un bouquet de roses, lors des obsèques de l'héroïne. Tout au long de la nouvelle, les allusions aux religions, aux pratiques magiques et aux initiations ponctuent l'itinéraire du héros : discussion « sur la forme de la pierre d'Eleusis » chez le marquis Gargallo (avec allusion à Vesta, gardienne du feu), « Traité de la divination et des songes » voisinant avec une madone noire, initiation d'Octavie aux « divins mystères d'Osiris », « grandeur des idées » soulevées à cette occasion.

78. On se souvient que, dans « La Reine des poissons », l'eau est l'élément salvateur pour les deux enfants et leur permet d'accéder à une vie éternelle.

Une légende veut que la ville de Naples, primitivement nommée Parthénope, ait été bâtie par la sirène de ce nom, délaissée par Ulysse.

Le chemin difficile de l'initiation est accompagné d'une omniprésence de la mort : elle menace la jeune Anglaise poitrinaire, apparaît « couronnée de roses violettes » au narrateur qui aura, un peu plus tard, la tentation du suicide par l'eau aussitôt après le surgissement du feu du Vésuve, avant de parcourir le monde éteint d'Herculanum et de Pompéi. Faire revivre ce monde, tel est l'objet de la fête qui ouvre la nouvelle suivante.

Isis

De toutes les *Filles du Feu,* celle-ci est sans doute le récit qui s'éloigne le plus de l'idée que nous nous faisons de la nouvelle. Ici encore, il s'agit d'un réemploi : Nerval avait publié en 1845 dans *La Phalange,* périodique fouriériste, « Le Temple d'Isis. Souvenir de Pompéi » qui comptait alors sept chapitres, et l'avait redonné en 1847 à *L'Artiste* ; pour ce réemploi, il abrège notablement le texte, en particulier pour les morceaux qui ne lui appartiennent pas. Il s'agit en effet, comme pour *Jemmy,* de l'adaptation d'un texte allemand, ainsi que l'a montré, dans l'article déjà cité, Nicolas Popa. Le texte original, « Die Isis Vesper », de l'archéologue Carl August Böttiger, publié en 1809, n'a pas de rapport avec une fête « palingénésique » — au demeurant imaginaire —, il s'appuie sur la description d'une fresque d'Herculanum. On ne sait pas quand Nerval a pris connaissance de cet article, peut-être à la Bibliothèque royale de Naples en 1834 ; on ne sait pas davantage s'il a traduit lui-même le texte allemand : le manuscrit (partiel) qui a été conservé ne semble pas de l'écriture de Gérard. Quoi qu'il en soit, avec *Isis* comme avec *Octavie* et *Les Chimères,* Nerval prend place dans un courant contemporain de retour à l'antique où l'on trouve des noms comme ceux de Gautier, de Banville ou de Leconte de Lisle et qui connaîtra des excès — que l'on songe à l'article de Baudelaire sur « l'école païenne ». Ce courant est entretenu, dans les années qui suivent 1820, par les fouilles de Pompéi [79] que le roman de Bulwer Lytton, *Les Derniers Jours de Pompéi* (1834) contribue à faire connaître à un large public ; il n'est pas exclu que ce roman, où est évoqué le conflit entre la religion isiaque et le christianisme au début de notre ère, ait inspiré Nerval.

L'important ici ne réside pas dans les emprunts de Nerval, mais dans la manière dont il les utilise ; l'article de Böttiger débarrassé d'une bonne partie des détails érudits qui alourdissaient les premières publications de la nouvelle, ne constitue plus qu'un prétexte, qu'une étape dans un développement qui conduit d'abord à la magnifique page traduite du livre XI de *L'Ane d'or,* puis à la profession de foi spiritualiste et syncrétiste de Nerval. L'idéal religieux de Gérard s'affirme ainsi comme purification, renoncement au monde matériel pour entrer dans celui des amours « platoniques » à l'image de Dante ou de Francesco Colonna. C'est aussi le culte d'une Mère divine qui unit en elle toutes les figures féminines, à l'énumération qu'elle profère chez Apulée, on pourrait ajouter : « ailleurs, on me nomme Angélique, Adrienne, Sylvie, Aurélie ou Octavie » ; *Isis* est bien le centre spirituel du recueil.

Corilla

La dernière des trois nouvelles napolitaines a, elle aussi, beaucoup servi : trois publications antérieures depuis 1839 en faisaient un « intermède » ou « un acte d'opéra-comique » ; il semble donc que Nerval ait eu, dès l'origine, l'idée de faire mettre cette petite comédie en musique, il n'y renonce d'ailleurs pas

79. Le site d'Herculanum, découvert au début du XVIIIe siècle, vit les fouilles se terminer en 1837 ; le site de Pompéi, découvert un demi-siècle plus tard, fut l'objet de fouilles systématiques durant tout le XIXe siècle, les découvertes les plus importantes datant des années 1820-1830.

après la publication des *Filles du Feu*[80]. Si les préoccupations religieuses trouvaient dans *Isis* leur expression la plus achevée, c'est le théâtre et le chant, présents tout au long du recueil, qui vont s'épanouir dans cette « nouvelle ». On comprend bien pourquoi Gérard a tenu à l'insérer : forme dramatique, héroïne cantatrice jouant un rôle dans la vie comme sur la scène, tout le monde de l'illusion à laquelle se laissent prendre les deux soupirants est représenté ici.

Gérard a, pour une fois, avoué la source de son intrigue : « J'avais choisi pour héroïne Mlle Colombe, la célèbre cantatrice de l'ancien Opéra-Comique et une anecdote qui m'avait été racontée par Merle avait fourni quelques détails. Elle doit être dans quelque histoire anecdotique des théâtres. Colombe avait une sœur [...] J'avais eu d'abord l'intention de lui faire retrouver sa sœur, il aurait fallu deux actrices se ressemblant. J'ai abandonné plus tard cette idée de ménechmes féminins[81]. » Malheureusement, ces « précisions » ne nous apportent rien : d'une part, il y a eu non pas deux, mais trois sœurs Colombe à la Comédie-Italienne à la fin du XVIIIe et au début du XIXe siècle ; d'autre part, l'anecdote rapportée par Merle (journaliste, vaudevilliste, directeur de théâtre et époux de la célèbre actrice Marie Dorval) est inconnue ; pas plus que nos prédécesseurs, nous n'avons pu la découvrir « dans quelque histoire anecdotique des théâtres »... Jean Richer a proposé deux comédies avec musique comme sources possibles de l'intermède nervalien : *La Comtesse d'Egmont*, où jouait Jenny Colon, et *Pérugina* de Mélesville, musique de Monpou, collaborateur de Gérard.

Il est intéressant de constater que Nerval avait d'abord envisagé de construire l'intrigue autour de

80. Lettre à Michel Carré du 7 mars 1854 (Pléiade, t. III, p. 845-846). C'est la première publication dans *La Presse* en août 1839 qui s'intitulait « Les Deux Rendez-vous, intermède » ; dans les *Petits Châteaux de Bohême*, Gérard constate avec regret que son manuscrit « n'a jamais tenté les musiciens auxquels [il l'a] soumis » (Voir *Aurélia*, GF, p. 153).

81. Lettre citée à Michel Carré.

deux sœurs : il avait cette même intention pour *Sylvie,* comme en témoigne un brouillon manuscrit. Le travestissement donne à la pièce plus de ressemblance avec le répertoire de la Comédie-Italienne et rappelle évidemment plusieurs comédies de Marivaux. Située à cette place dans *Les Filles du Feu,* elle acquiert une signification supplémentaire et renforce, d'une autre manière, ce qu'avait affirmé *Isis.* Adrienne et Aurélie étaient *deux,* comme l'amour parisien et la brodeuse napolitaine ; Corilla est *la même* que la bouquetière ; de l'étrange ressemblance, on est passé à une unité qui semblait impossible. Pour le poète Fabio, cependant, le résultat ne vaut pas mieux, l'objet aimé est perdu dès l'instant où il peut l'approcher.

Emilie

Publiée une première fois dans *Le Messager* en juin 1839 sous le titre « Le Fort de Bitche. Souvenir de la Révolution française », la dernière nouvelle des *Filles du Feu* pose, elle aussi, un problème d'attribution. Ce n'est pas, pour cette fois, que Gérard ait traduit, mais on peut le soupçonner de n'avoir pas rédigé le texte. Auguste Maquet, vieux camarade du Petit Cénacle et du Doyenné, présenté par Nerval à Dumas qui en fera son « nègre » principal, a laissé cette note manuscrite : « J'ai encore écrit pour Gérard, qui ne pouvait arriver à tenir ses engagements : / *Raoul Spitaine* [*sic*], nouvelle. / *Le Fort de Bitche.* / Dans ce dernier travail, dont Gérard fournissait le plan, il me fut aisé de comprendre combien ce cerveau surexcité avait pris de vertige et d'ombres noires. Son plan confinait à la folie, le dénouement était insensé. Je le lui dis, Gérard persista. Il signait, je le laissai faire. / Ces deux ouvrages parurent dans des journaux en feuilletons [82]. » Si l'on en croit Maquet, Nerval ne serait

82. Gustave Simon, *Histoire d'une collaboration. Alexandre Dumas et Auguste Maquet,* Crès, 1919, p. 15.

responsable que de l'intrigue et Maquet aurait rédigé la nouvelle : cette incertitude pèse sur certains éléments, on le verra.

L'on pourrait se demander aussi pourquoi, en juin et septembre 1839 (publication de *Raoul Spifame),* Gérard « n'arrivait pas à tenir ses engagements ». Il n'avait alors pas d'œuvre dramatique en chantier, pas d'œuvre notable en préparation, il n'a pas fait de voyage et sa collaboration aux journaux a été peu importante : deux articles en juin, un en juillet, deux en septembre, on est loin de la galère quotidienne des années suivantes. Certaines des indications données par Maquet (« vertige », « folie », « insensé ») amènent à se demander si Nerval n'a pas connu, durant cet été de 1839, sinon une première crise, au moins une sérieuse période de dépression. Ployant sous une lourde dette après la liquidation du *Monde dramatique,* déçu du relatif insuccès de *Léo Burckart* et de *L'Alchimiste* représentés au printemps, Gérard n'a guère laissé de traces durant cet été : on n'a conservé aucune lettre entre le 7 mai où il appelle au secours un revendeur de billets de théâtre, révélant de graves soucis financiers compliqués de comptes mal réglés avec Alexandre Dumas (on en a encore l'écho, on le sait, en 1853), et le 13 octobre. Ainsi s'expliquerait peut-être tout d'abord que cette nouvelle soit la plus noire du recueil, mais aussi que Nerval l'ait choisie (« elle finira bien le volume ») pour voisiner avec *Les Chimères,* elles aussi conçues dans de difficiles périodes « de rêverie *supernaturaliste* ».

Il faut bien convenir qu'*Emilie,* abstraction faite de ce qui précède, paraît encore moins à sa place que *Jemmy* dans *Les Filles du Feu* : héroïne éponyme jouant un rôle pour le moins effacé (le titre initial était, de ce point de vue, plus satisfaisant) ; ni ressemblance, ni double (peut-on aller jusqu'à faire de Wilhelm et de Desroches des frères ennemis ?) ; pas de théâtre, pas d'aspect religieux ou mystique, pas de *je* personnage. En y regardant d'un peu plus près, on s'apercevra que la superposition de couches temporelles entre lesquelles la distinction n'est pas aisée est presque aussi complexe que dans *Sylvie* ; le lecteur ne sera pas plus avancé en recourant aux repères historiques pour établir une chronologie : Michel Brix a montré qu'il était impossible de reconstituer le déroulement des faits en rapport avec l'histoire [83]. On s'apercevra aussi que l'action repose, comme dans la plupart des autres nouvelles, sur un double voyage : cantonné à Haguenau, Desroches est envoyé, après une blessure, à Metz où il fait la connaissance d'Emilie ; pour le mariage civil, les jeunes gens se rendent de Metz à Haguenau avec relais à Bitche (où Desroches raconte une histoire), puis reprennent la route de Metz où ils doivent résider et font de nouveau halte à Bitche où le drame éclate. Dans cet itinéraire, Haguenau et Bitche occupent des places essentielles ; villes françaises, elles ont été récemment — selon le récit — allemandes, au point qu'Emilie et son frère sont, en principe, de nationalité allemande. Comme l'a montré N. Popa, ces précisions sont tout à fait fantaisistes, les deux villes étaient françaises depuis 1648, le fort de Bitche étant même l'œuvre de Vauban. L'erreur est-elle due à Gérard ou à Maquet ? on peut supposer que Nerval tenait à situer l'anecdote dans une zone frontière et que le choix des villes a été fait, par l'un ou par l'autre de façon irréfléchie.

Ce choix d'une zone frontière doit retenir l'attention : Gérard nous a habitués à ces positions intermédiaires, que l'on songe à l'avant-scène du début de *Sylvie* ou aux moments qui précèdent le sommeil. Gérard crée dans *Emilie* un *no man's land* imaginaire qui constitue en fait le sujet même de son récit ; ici comme ailleurs les repères habituels de la conscience sont bousculés : on est d'ordinaire Français *ou* Allemand, une ville est située en France *ou* en Allemagne, et voici que l'on peut être à la fois Français *et* Allemand, alors que les deux peuples sont ennemis... « Il y a de quoi devenir fou » dirait le narrateur de *Sylvie* ;

83. Pléiade, t. III, p. 1261.

Maquet nous avait prévenus et le récit ramène avec insistance les mêmes termes : le malheureux Desroches devrait, s'il guérit de sa blessure, devenir « imbécile ou fou » ; « vous êtes fou » dit-il à son beau-frère avant d'avouer : « je perds la raison moi-même ».

« Ceux que Jupiter veut perdre, il leur ôte d'abord la raison. » C'est bien une fatalité tragique qui frappe les héros, égarés dans un monde sans repères stables et sans issue. Le recueil de nouvelles se referme comme il s'était ouvert sur l'univers de la tragédie qui condamne à l'échec toutes les amours terrestres.

Les Chimères

Le lecteur de 1854, nous l'avons dit, pouvait être surpris de trouver, à la suite des « *Filles du Feu.* Nouvelles » qu'annonçaient la couverture et la page de titre, douze sonnets que rien ne laissait prévoir et qui ne sont pas davantage répertoriés dans une table des matières — que le volume ne possède pas. On a donc l'impression que Nerval a décidé *in extremis* de joindre ces sonnets aux nouvelles [84]. Cette hypothèse paraît confirmée par la dédicace « A Alexandre Dumas » dans laquelle Gérard prend prétexte de la publication d'« El Desdichado » dans *Le Mousquetaire* pour annoncer : « il faut que vous les entendiez tous. — Vous les trouverez à la fin du volume ». *Tous*, qu'est-ce à dire ? Il est vrai que, pour les sonnets comme pour les nouvelles, Nerval pratique largement le réemploi : en dehors d'« Artémis », aucun qui n'ait connu une publication ou une rédaction manuscrite antérieures, totales ou partielles, sous le même titre ou sous un titre différent. Il n'empêche que nous connaissons d'autres sonnets manuscrits de Nerval, non reproduits ici. *Les Chimères* ne donnent donc pas *tous* les sonnets écrits par Nerval et l'on peut en

84. Sur ces problèmes délicats, voir les travaux du P. Jean Guillaume, en particulier *Nerval. Masques et visage*, et la notice des *Chimères* au t. III de la Pléiade.

déduire que le nombre de douze a été choisi à dessein, en corrélation avec les sept nouvelles. Fait troublant : Gérard semble avoir toujours associé l'ensemble de sonnets au nombre douze ; lorsqu'il envoie à un ami les six sonnets du manuscrit que nous appelons aujourd'hui « Dumesnil de Gramont α [85] », Gérard ajoute : « Si tu veux les 6 autres sonnets, viens vite les chercher demain. » Un ensemble de douze sonnets correspondait-il, pour Gérard, à quelque signification occulte ? Nous ne le saurons sans doute jamais ; bien des commentateurs ont exploré ces hypothèses, on trouvera leurs noms dans la Bibliographie. Nous nous bornerons ici à l'historique de la composition des sonnets — pour autant qu'il soit possible de la reconstituer —, et à quelques remarques sur l'évolution de la poésie nervalienne vers l'obscurité.

L'on sait que Gérard s'est de bonne heure intéressé aux formes poétiques mises en honneur par les poètes de la Pléiade : son *Introduction au Choix des poésies de Ronsard [...]* en 1830 loue le « véritable sentiment poétique » que l'on trouve dans les petites odes, les sonnets et les élégies. En 1852 encore, il écrit dans *La Bohême galante* : « La forme concentrée de l'odelette ne me paraissait pas moins précieuse à conserver que celle du sonnet [86] », soulignant ainsi l'intérêt qu'il portait dès sa jeunesse aux formes brèves de poésie. Cette étude sur la poésie du XVIe siècle, en effet, avait profondément modifié la manière du jeune poète ; avant 1830 les élégies, épîtres et autres satires, après 1830 les brèves odelettes — et un autre sentiment poétique. Pour en revenir à ce qui nous intéresse ici, c'est l'absence totale de sonnets avant 1841 qui surprend ; on ne peut guère avancer à ce sujet que des hypothèses : Gérard voulait-il se singulariser par rapport à Sainte-Beuve et à Théophile Gautier qui avaient remis le sonnet à l'honneur et en publiaient en grand nombre ? Au jeune poète épris de « liberté dans l'art », l'odelette

85. Voir *infra*, p. 407-408.
86. Déclaration reprise dans *Petits Châteaux de Bohême, Aurélia*, GF, p. 141.

paraissait-elle une forme plus souple et mieux adaptée à son désir de musicalité [87] ? Poser ces questions, c'est aussi se demander par quel mystérieux cheminement s'est installée, en Nerval, la conviction que, sous cette forme rigide, pouvait s'exprimer une poésie littéralement inouïe. Ici encore, une hypothèse : le cadre bien fixé du sonnet représentait-il, aux yeux du poète, une barrière endiguant un possible débordement incontrôlé de la « rêverie supernaturaliste », un garde-fou — si l'on nous passe ce vilain jeu de mots ?

Il faut bien en effet poser la question : les sonnets sont-ils nés de la folie ? la dédicace « A Alexandre Dumas » se termine sur cette affirmation : « la dernière folie qui me restera probablement, ce sera de me croire poète », est-ce l'aveu que *Les Chimères* sont des poèmes de la folie ? Si réticent que l'on doive être envers des affirmations trop souvent proférées sur les rapports entre génie et folie, force est bien d'admettre que plusieurs arguments externes militent en faveur de la composition des premiers sonnets lors de l'internement de 1841. Le texte du manuscrit Dumesnil de Gramont α tout d'abord accompagnant les six sonnets que l'on trouvera en appendice [88] : « En voilà 6, fais-les copier et envoie à diverses personnes. Va d'abord les lire (et la lettre au père L-y. Tu verras si l'on peut révoquer ma lettre de cachet. » Nerval demandait ainsi à un ami — vraisemblablement Théophile Gautier — de faire intervenir en faveur de sa libération diverses personnes, en particulier Lingay, alors secrétaire de la présidence du Conseil, avec qui Nerval et Gautier ont souvent été en rapport [89]. L'analyse graphologique et une lettre à Victor Lou-

87. Les odelettes reprises dans *La Bohême galante* sont intitulées « Odelettes rythmiques et lyriques ». On trouvera une partie des odelettes écrites par Gérard à partir de 1830 dans *Aurélia*, GF, p. 143-151.

88. P. 331-336.

89. Cette datation, d'abord suggérée par Paul Bénichou, a fait l'objet d'une démonstration du P. Jean Guillaume ; pour en connaître le détail, voir Pléiade, t. I, p. 1760-1764.

bens récemment révélée par Claude Pichois [90] ont confirmé cette datation d'une manière désormais irréfutable. En outre, la rédaction des manuscrits Lombard et Eluard [91], qui donnent l'un et l'autre une version de « El Desdichado » et d'« Artémis », à l'encre rouge, utilisée également pour *La Pandora* [92], amène à dater la composition de ces deux sonnets de la fin de l'année 1853, chez le Dr Emile Blanche.

Poèmes de la folie, donc, et Nerval le sait bien, qui a gardé secrets les sonnets du manuscrit Dumesnil de Gramont α après sa « libération ». Poèmes intimement liés à la folie, comme l'atteste sans ambiguïté la lettre à Loubens mentionnée ci-dessus, document capital sur la crise de 1841, dans lequel Gérard parle à son ami plus librement qu'à quiconque, peut-être parce que c'est l'un des seuls à ne pas être un homme public : « la plupart même des idées qui m'assaillaient en foule ont disparu avec la fièvre et ont emporté le peu de poésie qui s'était réveillé dans ma tête. Il faut vous dire que je parlais en vers toute la journée et que ces vers étaient *beaux.* [suivent quatre sonnets annoncés ainsi :] ils ont été faits non au plus fort de ma maladie, mais au milieu même de mes hallucinations ». Poèmes de la folie qui « ne sont guère plus obscurs que la métaphysique d'Hegel ou les *Mémorables* de Swedenborg », obscurs comme s'il fallait, là encore, garder quelque secret, même en livrant ces sonnets au public. Quelle est cette obscurité des *Chimères* ? On ne peut la mettre entièrement sur le compte des références : les noms propres contenus en grand nombre dans ces poèmes sont aisément identifiables pour la plupart et appartiennent à un fonds mythologique intemporel, au contraire de ceux que l'on trouve, à la même époque, dans certaines pièces des *Châtiments.* L'obscurité n'est pas davantage de

90. Pléiade, t. III, p. 1487-1490. Sur l'analyse automatique de l'écriture, voir, du P. Jean Guillaume, *Nerval. Masques et Visage,* p. 29-30.
91. Voir *infra,* p. 338-342.
92. Voir *Aurélia,* GF, p. 187-188.

nature syntaxique comme elle le sera chez Mallarmé ; l'on ne trouve pas non plus de ces « énoncés asémantiques » qui caractérisent souvent la poésie du XXe siècle et qu'annoncent certaines des *Illuminations* rimbaldiennes. La syntaxe des *Chimères* est claire, le langage simple, le poète semble énoncer des évidences, mais le « sens » échappe, et de façon d'autant plus irritante que le langage est plus simple. Les obstacles sur lesquels bute le lecteur tiennent bien souvent à des ambiguïtés portant sur l'identité : dans « El Desdichado », qui est Biron (on a proposé au moins trois personnages, avec vraisemblance) ? qui est *toi* au second quatrain, la femme aimée, l'étoile, le luth... ou Alexandre Dumas à qui a été remis le poème ? L'obscurité tient encore au caractère insolite de l'article défini employé systématiquement, article qui confère au nom qui l'accompagne une valeur d'unicité, d'exemplarité et d'universalité ; la comparaison entre la célèbre « Fantaisie » des *Odelettes* et les sonnets des *Chimères* est éclairante : « un air », « un château », « une dame », n'évoquent qu'un événement singulier impliquant le seul poète ; « la fleur », « la grotte », « la Treizième », entraînent le lecteur avec le poète dans un monde inconnu d'archétypes. L'absence — ou la perversion — des liens logiques du discours achève de désorienter : juxtaposition de propositions sans lien perceptible entre elles (« El Desdichado », vers 9 à 12), usage aberrant d'une conjonction causale (*car* au vers 3 d'« Artémis »).

Ces caractères des *Chimères* font de ces sonnets une poésie neuve et unique : aucun poète n'a pu se prétendre l'héritier de Nerval. C'est que cette poésie émane d'un homme seul, irrémédiablement voué à l'isolement, à l'incompréhension qui frappe celui pour qui le songe s'épanche dans la vie réelle. Il est significatif que l'ensemble s'ouvre sur l'affirmation d'une solitude absolue, sur l'image d'un *je* à qui tout manque : lumière, épouse, réconfort, lieux et lignage. Dans cette situation s'élabore un langage qui refuse la communication, ou, tout au moins, qui repose sur un système de références qui n'est pas commun au poète et à la plupart de ses lecteurs. Langage d'un schizophrène qui coupe tout contact avec le monde ? probablement, mais *Les Chimères* sont bien loin du discours désorganisé de la folie ; la maîtrise de la forme est parfaite, la rigueur de la construction étant peut-être ressentie comme un moyen de salut. Il faut se souvenir néanmoins que Mallarmé revendiquera, lui aussi, le droit pour le poète d'échapper à la vulgarité du langage-instrument ; Nerval, sans élaborer de théorie, n'en est pas moins conscient de la dignité qu'il convient de rendre au langage poétique.

L'obscurité des sonnets nervaliens est revendiquée par le poète en des termes auxquels il faut prêter attention : « ils perdraient de leur charme à être expliqués si la chose était possible ». C'est dire qu'il ne faut pas chercher du côté de la logique du langage le pouvoir incantatoire et magique de ces vers. Les deux références utilisées par Nerval, Hegel et Swedenborg, montrent clairement que l'ambition de cette poésie est métaphysique et qu'elle entend apporter, par d'autres voies que celles du philosophe allemand et du visionnaire suédois, une « vue de l'autre monde ». On notera à ce propos que les premiers sonnets *publiés* par Nerval sont ceux du « Christ aux oliviers », puis « Pensée antique » (qui deviendra « Vers dorés »). La quête métaphysique s'opère donc par un retour vers les origines (ici religieuses), retour qui constitue le trait le plus constant de la démarche de Nerval, en particulier dans sa poésie, et qui est peut-être un signe de sa folie qu'un médecin nommerait régression.

De la poésie de Ronsard, Gérard retenait, dans les *Discours,* l'usage d'un vers formulaire, analogue aux sentences des oracles : c'est sur un vers de ce type que se ferment *Les Chimères* :

« Un pur esprit s'accroît sous l'écorce des pierres. »

Dès 1830, nous l'avons dit, la poésie nervalienne évolue vers la simplicité et la concision, que les sonnets pousseront au paroxysme. La lecture de *La Bohême galante* et des *Petits Châteaux de Bohême* éclaire le triple apprentissage qui a conduit Gérard aux *Chimères.* La rénovation du langage poétique, entreprise par le Romantisme comme par la Renaissance, ne doit pas s'accompagner, selon Nerval, d'une rupture radicale avec le passé ; il s'agit au contraire de rendre vie à des formes oubliées. Parmi ces formes oubliées — voire méprisées —, la poésie populaire occupe une place privilégiée : il y a des leçons à recevoir de ces complaintes sans rime, ni raison, ni syntaxe régulière, qui offrent des « propos mystérieux dignes d'Arcabonne ou de Mélusine » :

« Va-t'en, vilain pêche-poissons
Quand ils seront bons
Nous en mangerons. »

C'est que cette poésie, au contraire de la poésie « savante », ne s'est pas séparée de la musique à laquelle elle était unie à l'origine. La passion du chant, affichée par Nerval dans toute son œuvre, est aussi un désir du poète de « reprendre à la musique son bien », et la confection d'airs d'opéras-comiques, pour médiocres qu'ils nous paraissent aujourd'hui, participe sans doute de ce désir. Fausse route toutefois, à défaut de pouvoir composer la musique de ses vers ; Gérard nous laissera toujours ignorer le « petit air » qui les a suscités, « air très vieux, languissant et funèbre » de l'odelette « Fantaisie » ou « ancienne romance » de « Delfica ».

Au bout de cette recherche, le « langage primitif », certes déjà recherché par les premiers Romantiques, mais auquel Gérard ne semble pas s'intéresser dans une perspective « cratyliste » comme la plupart de ses prédécesseurs ; c'est plutôt un langage magique, indissolublement lié à la musique, et « dénué de sens apparent » : « J'ai mangé du tambour et bu de la cymbale ». A cette mythique époque originelle, le message délivré par cette poésie était vital, essentiel : celui dont elle émanait était nommé indifféremment fou, inspiré, voyant, prophète, — peut-être dieu.

Jacques BONY.

ETABLISSEMENT DU TEXTE

Nous donnons le texte de la seule édition publiée du vivant de Nerval :

LES **FILLES DU FEU** / NOUVELLES / PAR/ GERARD DE NERVAL / Introduction. / Angélique. / Sylvie (Souvenirs du Valois). / Jemmy. / Octavie. — Isis. — Corilla. / Emilie. / PARIS / D. GIRAUD, LIBRAIRE-ÉDITEUR / 7, rue Vivienne, au premier, 7 / 1854

Les graphies anciennes — ou propres à l'auteur — ont été respectées ainsi que la ponctuation ; seules quelques coquilles manifestes ont été corrigées. On a adopté l'usage actuel pour des mots comme *poète*, *dénouement* et supprimé le trait d'union après *très*. Les appels de notes de l'original sont en chiffres ; ils sont remplacés dans cette édition par des astérisques.

Nous n'avons pas voulu, nous l'avons dit, rompre le déroulement du volume nervalien en y insérant des notices ; on trouvera en tête des notes de chaque œuvre les indications sur les publications précédentes. Nous reproduisons dans un premier appendice les sonnets manuscrits de Nerval, qu'ils soient restés inédits ou qu'ils constituent des versions différentes de certains poèmes des *Chimères*. Un second appendice présente la Confession d'Angélique de Longueval, telle que l'avait publiée la *Revue rétrospective* : c'est ce texte que Gérard a le plus souvent utilisé.

Notre édition a largement profité des travaux de nos prédécesseurs, en premier lieu Nicolas Popa, qui a donné, en 1931, une édition critique des *Filles du Feu* (hélas sans *Les Chimères*) avec un commentaire et des notes qui font référence aujourd'hui encore. Les recherches et les découvertes du P. Jean Guillaume et de Claude Pichois, qui ont abouti aux trois volumes de la Pléiade, et les commentaires, dans cette même édition, de Michel Brix et de Jean-Luc Steinmetz nous ont beaucoup apporté ; l'annotation de ce volume leur est grandement redevable.

LES FILLES DU FEU

LES CHIMÈRES

SONNETS MANUSCRITS

Le
(Carte de Cassini, 1756. Sour

lois
Institut Géographique National)

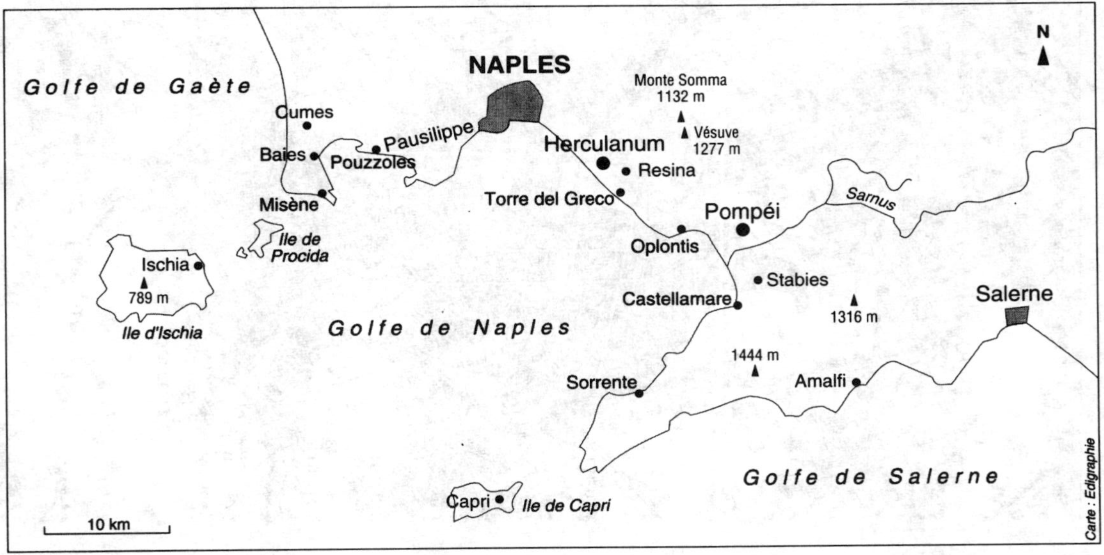

Naples et ses environs

LES FILLES DU FEU

Nouvelles

A ALEXANDRE DUMAS

Je vous dédie ce livre, mon cher maître, comme j'ai dédié *Lorely* à Jules Janin. J'avais à le remercier au même titre que vous. Il y a quelques années, on m'avait cru mort et il avait écrit ma biographie. Il y a quelques jours, on m'a cru fou, et vous avez consacré quelques-unes de vos lignes des plus charmantes à l'épitaphe de mon esprit. Voilà bien de la gloire qui m'est échue en avancement d'hoirie. Comment oser, de mon vivant, porter au front ces brillantes couronnes ? Je dois afficher un air modeste et prier le public de rabattre beaucoup de tant d'éloges accordés à mes cendres, ou au vague contenu de cette bouteille que je suis allé chercher dans la lune à l'imitation d'Astolfe [1], et que j'ai fait rentrer, j'espère, au siège habituel de la pensée.

Or, maintenant que je ne suis plus sur l'hippogriffe et qu'aux yeux des mortels j'ai recouvré ce qu'on appelle vulgairement la raison, — raisonnons.

Voici un fragment de ce que vous écriviez sur moi le 10 décembre dernier [2] :

« C'est un esprit charmant et distingué, comme vous avez pu en juger, — chez lequel, de temps en temps, un certain phénomène se produit, qui, par bonheur, nous l'espérons, n'est sérieusement inquiétant ni pour lui, ni pour ses amis ; — de temps en temps, lorsqu'un travail quelconque l'a fort préoccupé, l'imagination, cette folle du logis, en chasse momentanément la raison, qui n'en est que la maîtresse ; alors la première reste seule, toute puissante, dans ce cerveau nourri de rêves et d'hallucinations, ni plus ni moins qu'un fumeur d'opium du Caire, ou qu'un mangeur de hatchis d'Alger, et alors, la vagabonde qu'elle est le jette dans les théories impossibles, dans les livres infaisables. Tantôt il est le roi d'Orient Salomon, il a retrouvé le sceau qui évoque les esprits, il attend la reine de Saba ; et alors, croyez-le bien, il n'est conte de fée, ou des *Mille et Une Nuits,* qui vaille ce qu'il raconte à ses amis, qui ne savent s'ils doivent le plaindre ou l'envier, de l'agilité et de la puissance de ces esprits, de la beauté et de la richesse de cette reine ; tantôt il est sultan de Crimée, comte d'Abyssinie, duc d'Egypte, baron de Smyrne. Un autre jour il se croit fou, et il raconte comment il l'est devenu, et avec un si joyeux entrain, en passant par des péripéties si amusantes, que chacun désire le devenir pour suivre ce guide entraînant dans le pays des chimères et des hallucinations, plein d'oasis plus fraîches et plus ombreuses que celles qui s'élèvent sur la route brûlée d'Alexandrie à Ammon ; tantôt, enfin, c'est la mélancolie qui devient sa muse, et alors retenez vos larmes si vous pouvez, car jamais Werther, jamais René, jamais Antony, n'ont eu plaintes plus poignantes, sanglots plus douloureux, paroles plus tendres, cris plus poétiques !... »

Je vais essayer de vous expliquer, mon cher Dumas, le phénomène dont vous avez parlé plus haut. Il est, vous le savez, certains conteurs qui ne peuvent inventer sans s'identifier aux personnages de leur imagination. Vous savez avec quelle conviction notre vieil ami Nodier racontait comment il avait eu le malheur d'être guillotiné à l'époque de la Révolution ; on en devenait tellement persuadé que l'on se demandait comment il était parvenu à se faire recoller la tête...

Hé bien, comprenez-vous que l'entraînement d'un

récit puisse produire un effet semblable ; que l'on arrive pour ainsi dire à s'incarner dans le héros de son imagination, si bien que sa vie devienne la vôtre et qu'on brûle des flammes factices de ses ambitions et de ses amours ! C'est pourtant ce qui m'est arrivé en entreprenant l'histoire d'un personnage qui a figuré, je crois bien, vers l'époque de Louis XV, sous le pseudonyme de Brisacier. Où ai-je lu la biographie fatale de cet aventurier ? J'ai retrouvé celle de l'abbé de Bucquoy ; mais je me sens bien incapable de renouer la moindre preuve historique à l'existence de cet illustre inconnu ! Ce qui n'eût été qu'un jeu pour vous, maître, — qui avez su si bien vous jouer avec nos chroniques et nos mémoires, que la postérité ne saura plus démêler le vrai du faux, et chargera de vos inventions tous les personnages historiques que vous avez appelés à figurer dans vos romans, — était devenu pour moi une obsession, un vertige. Inventer au fond c'est se ressouvenir [3], a dit un moraliste ; ne pouvant trouver les preuves de l'existence matérielle de mon héros, j'ai cru tout à coup à la transmigration des âmes non moins fermement que Pythagore ou Pierre Leroux [4]. Le dix-huitième siècle même, où je m'imaginais avoir vécu, était plein de ces illusions. Voisenon, Moncriff et Crébillon fils [5] en ont écrit mille aventures. Rappelez-vous ce courtisan qui se souvenait d'avoir été sopha ; sur quoi Schahabaham s'écrie avec enthousiasme : quoi ! vous avez été sopha ! mais c'est fort galant... Et, dites-moi, étiez-vous brodé ?

Moi, je m'étais brodé sur toutes les coutures. — Du moment que j'avais cru saisir la série de toutes mes existences antérieures, il ne m'en coûtait pas plus d'avoir été prince, roi, mage, génie et même Dieu, la chaîne était brisée et marquait les heures pour des minutes. Ce serait le Songe de Scipion, la Vision du Tasse ou *La Divine Comédie* du Dante [6], si j'étais parvenu à concentrer mes souvenirs en un chef-d'œuvre. Renonçant désormais à la renommée d'inspiré, d'illuminé ou de prophète, je n'ai à vous offrir que ce que vous appelez si justement des théories impossibles, un *livre infaisable,* dont voici le premier chapitre, qui semble faire suite au *Roman comique* de Scarron... jugez-en :

Me voici encore dans ma prison, madame ; toujours imprudent, toujours coupable à ce qu'il semble, et toujours confiant, hélas ! dans cette belle *étoile* de comédie, qui a bien voulu m'appeler un instant son destin. L'Etoile et le Destin : quel couple aimable dans le roman du poète Scarron ! mais qu'il est difficile de jouer convenablement ces deux rôles aujourd'hui. La lourde charrette qui nous cahotait jadis sur l'inégal pavé du Mans[7], a été remplacée par des carrosses, par des chaises de poste et autres inventions nouvelles. Où sont les aventures, désormais ? où est la charmante misère qui nous faisait vos égaux et vos camarades, mesdames les comédiennes, nous les pauvres poètes toujours et les poètes pauvres bien souvent ? Vous nous avez trahis, reniés ! et vous vous plaigniez de notre orgueil ! Vous avez commencé par suivre de riches seigneurs, chamarrés, galants et hardis, et vous nous avez abandonnés dans quelque misérable auberge pour payer la dépense de vos folles orgies. Ainsi, moi, le brillant comédien naguère, le prince ignoré, l'amant mystérieux, le déshérité, le banni de liesse, le beau ténébreux, adoré des marquises comme des présidentes, moi, le favori bien indigne de madame Bouvillon, je n'ai pas été mieux traité que ce pauvre Ragotin, un poétereau de province, un robin !... Ma bonne mine, défigurée d'un vaste emplâtre, n'a servi même qu'à me perdre plus sûrement. L'hôte, séduit par les discours de La Rancune, a bien voulu se contenter de tenir en gage le propre fils du grand khan de Crimée envoyé ici pour faire ses études, et avantageusement connu dans toute l'Europe chrétienne sous le pseudonyme de Brisacier. Encore si ce misérable, si cet intrigant suranné m'eût laissé quelques vieux louis, quelques carolus, ou même une pauvre montre entourée de faux brillants, j'eusse pu sans doute imposer le respect à mes accusateurs et éviter la triste péripétie d'une aussi sotte combinaison. Bien mieux, vous ne m'aviez laissé pour tout costume qu'une méchante souquenille puce, un justaucorps rayé de noir et de bleu, et des chausses d'une conservation équivoque. Si bien, qu'en soulevant ma valise après votre départ, l'aubergiste inquiet a soupçonné une partie de la triste vérité, et m'est venu dire tout net que j'étais *un prince de contrebande.* A ces mots, j'ai voulu sauter sur mon épée, mais La Rancune l'avait enlevée, prétextant qu'il fallait m'empêcher de m'en percer le cœur sous les yeux de l'ingrate qui m'avait trahi ! Cette dernière supposition était inutile, ô La Rancune ! on ne se perce pas le cœur avec une épée de comédie, on n'imite pas le cuisinier Vatel, on n'essaie pas de parodier les héros de roman, quand on est un héros de tragédie : et je prends tous nos camarades à témoin qu'un tel trépas est impossible à mettre en scène un peu noblement. Je sais bien qu'on peut piquer l'épée en terre et se jeter dessus les bras ouverts ; mais nous sommes ici dans une chambre parquetée, où le tapis manque, nonobstant la froide saison. La fenêtre est d'ailleurs assez ouverte et assez haute sur la rue pour qu'il soit loisible à tout désespoir tragique de terminer par là son cours. Mais... mais, je vous l'ai dit mille fois, je suis un comédien qui a de la religion.

Vous souvenez-vous de la façon dont je jouais Achille, quand par hasard passant dans une ville de troisième ou de quatrième ordre, il nous prenait la fantaisie d'étendre le culte négligé des anciens tragiques français [8] ? J'étais noble et puissant, n'est-ce pas, sous le casque doré aux crins de pourpre, sous la cuirasse étincelante, et drapé d'un manteau d'azur ? Et quelle pitié c'était alors de voir un père aussi lâche qu'Agamemnon disputer au prêtre Calchas l'honneur de livrer plus vite au couteau la pauvre Iphigénie en larmes ! J'entrais comme la foudre au milieu de cette action forcée et cruelle [9] ; je rendais l'espérance aux mères et le courage aux pauvres filles, sacrifiées toujours à un devoir, à un Dieu, à la vengeance d'un peuple, à l'honneur ou au profit d'une famille !... car on comprenait bien partout que c'était là l'histoire éternelle des mariages humains. Toujours le père livrera sa fille par ambition, et toujours la mère la vendra avec avidité ; mais l'amant ne sera pas toujours cet honnête Achille, si beau, si bien armé, si galant et si terrible, quoiqu'un peu rhéteur pour un homme d'épée ! Moi, je m'indignais parfois d'avoir à débiter de si longues tirades dans une cause aussi limpide et devant un auditoire aisément convaincu de mon droit. J'étais tenté de sabrer pour en finir toute la cour imbécile du roi des rois, avec son espalier de figurants endormis ! Le public en eût été charmé ; mais il aurait fini par trouver la pièce trop courte, et par réfléchir qu'il lui faut le temps de voir souffrir une princesse, un amant et une reine ; de les voir pleurer, s'emporter et répandre un torrent d'injures harmonieuses contre la vieille autorité du prêtre et du souverain. Tout cela vaut bien cinq actes et deux heures d'attente, et le public ne se contenterait pas à moins ; il lui faut sa revanche de cet éclat d'une famille unique, pompeusement assise sur le trône de la Grèce, et devant laquelle Achille lui-même ne peut s'emporter qu'en paroles ; il faut qu'il sache tout ce qu'il y a de misères sous cette pourpre, et pourtant d'irrésistible majesté ! Ces pleurs, tombés des plus beaux yeux du monde sur le sein rayonnant d'Iphigénie, n'enivrent pas moins la foule que sa beauté, ses grâces et l'éclat de son costume royal ! Cette voix si douce, qui demande la vie en rappelant qu'elle n'a pas encore vécu ; le doux sourire de cet œil, qui fait trêve aux larmes pour caresser les faiblesses d'un père, première agacerie, hélas ! qui ne sera pas pour l'amant !... Oh ! comme chacun est attentif pour en recueillir quelque chose ! La tuer ? elle ! qui donc y songe ? Grands dieux ! personne peut-être ?... Au contraire ; chacun s'est dit déjà qu'il fallait qu'elle mourût pour tous, plutôt que de vivre pour un seul ; chacun a trouvé Achille trop beau, trop grand, trop superbe ! Iphigénie sera-t-elle emportée encore par ce vautour thessalien, comme l'autre, la fille de Léda, l'a été naguère par un prince berger de la voluptueuse côte d'Asie ? Là est la question pour tous les Grecs, et là est aussi la question pour le public qui nous juge dans ces rôles de héros ! Et moi, je me sentais haï des hommes autant qu'admiré des femmes quand je jouais un de ces rôles d'amant superbe et victorieux. C'est qu'à la place d'une froide princesse de coulisse, élevée à psalmodier tristement ces vers immortels, j'avais à défendre, à éblouir, à conserver une véritable fille de la Grèce, une perle de grâce, d'amour et de pureté, digne en effet d'être disputée par les hommes aux dieux jaloux ! Etait-ce Iphigénie seulement ? Non, c'était Monime, c'était Junie, c'était Bérénice, c'étaient toutes les héroïnes inspirées par les beaux yeux d'azur de mademoiselle Champmeslé, ou par les grâces adorables des vierges nobles de Saint-Cyr ! Pauvre Aurélie ! notre compagne, notre sœur, n'auras-tu point regret toi-même à ces temps d'ivresse et d'orgueil ? Ne m'as-tu pas aimé un instant, froide Etoile ! à force de me voir souffrir, combattre, ou pleurer pour toi ! L'éclat nouveau dont le monde t'environne aujourd'hui prévaudra-t-il sur l'image rayonnante de nos triomphes communs ? On se disait chaque soir : quelle est donc cette comédienne si au-dessus de tout ce que nous avons applaudi ? Ne nous trompons-nous pas ? Est-elle bien aussi jeune, aussi fraîche, aussi honnête qu'elle le paraît ? Sont-ce de vraies perles et de fines opales qui ruissellent parmi ses blonds cheveux cendrés, et ce voile de dentelle appartient-il bien légitimement à cette malheureuse enfant ? N'a-t-elle pas honte de ces satins brochés, de ces velours à gros plis, de ces peluches et de ces hermines ? Tout cela est d'un goût suranné qui accuse des fantaisies au-dessus de son âge. Ainsi parlaient les mères, en admirant toutefois un choix constant d'atours et d'ornements d'un autre siècle qui leur rappelaient de beaux souvenirs. Les jeunes femmes enviaient, critiquaient ou admiraient tristement. Mais moi, j'avais besoin de la voir à toute heure pour ne pas me sentir ébloui près d'elle, et pour pouvoir fixer mes yeux sur les siens autant que le voulaient nos rôles. C'est pourquoi celui d'Achille était mon triomphe ; mais que le choix des autres m'avait embarrassé souvent ! quel malheur de n'oser changer les situations à mon gré et sacrifier même les pensées du génie à mon respect et à mon amour ! Les Britannicus et les Bajazet, ces amants captifs et timides, n'étaient pas pour me convenir. La pourpre du jeune César me séduisait bien davantage ! mais quel malheur ensuite de ne rencontrer à dire que de froides perfidies ! Hé quoi ! ce fut là ce Néron, tant célébré de Rome ? ce beau lutteur, ce danseur, ce poète ardent, dont la seule envie était de plaire à tous ? Voilà donc ce que l'histoire en a fait, et ce que les poètes en ont rêvé d'après l'histoire ! Oh ! donnez-moi ses fureurs à rendre, mais son pouvoir, je craindrais de l'accepter. Néron ! je t'ai compris, hélas ! non pas d'après Racine, mais d'après mon cœur déchiré quand j'osais emprunter ton nom ! Oui, tu fus un dieu, toi qui voulais brûler Rome, et qui en avais le droit, peut-être, puisque Rome t'avait insulté !...

Un sifflet, un sifflet indigne, *sous ses yeux,* près d'elle, à cause d'elle ! Un sifflet qu'elle s'attribue — par ma faute (comprenez bien !) Et vous demanderez ce qu'on fait quand on tient la foudre !... Oh ! tenez, mes amis ! j'ai eu un moment l'idée d'être vrai, d'être grand, de me faire immortel enfin, sur votre théâtre de planches et de toiles, et dans votre comédie d'oripeaux ! Au lieu de répondre à l'insulte par une insulte, qui m'a valu le *châtiment* dont je souffre encore, au lieu de provoquer tout un public vulgaire à se ruer sur les planches et à m'assommer lâchement..., j'ai eu un moment l'idée, l'idée sublime, et digne de César lui-même, l'idée que cette fois nul n'aurait osé mettre au-dessous de celle du grand Racine, l'idée auguste enfin de brûler le théâtre et le public, et vous tous ! et de l'emporter seule à travers les flammes, échevelée, à demi-nue, selon son rôle, ou du moins selon le récit classique de Burrhus [10]. Et soyez sûrs alors que rien n'aurait pu me la ravir, depuis cet instant jusqu'à l'échafaud ! et de là dans l'éternité !

O remords de mes nuits fiévreuses et de mes jours mouillés de larmes ! Quoi ! j'ai pu le faire et ne l'ai pas voulu ? Quoi ! vous m'insultez encore, vous qui devez la vie à ma pitié plus qu'à ma crainte ! Les brûler tous, je l'aurais fait ! jugez-en : Le théâtre de P*** n'a qu'une seule sortie ; la nôtre donnait bien sur une petite rue de derrière, mais le foyer où vous vous teniez tous est de l'autre côté de la scène. Moi, je n'avais qu'à détacher un quinquet pour incendier les toiles, et cela sans danger d'être surpris, car le surveillant ne pouvait me voir, et j'étais seul à écouter le fade dialogue de Britannicus et de Junie pour reparaître ensuite et faire tableau. Je luttai avec moi-même pendant tout cet intervalle ; en rentrant, je roulais dans mes doigts un gant que j'avais ramassé ; j'attendais à me venger plus noblement que César lui-même d'une injure que j'avais sentie avec tout le cœur d'un César... Eh bien ! ces lâches n'osaient recommencer ! mon œil les foudroyait sans crainte, et j'allais pardonner au public, sinon à Junie, quand elle a osé... Dieux immortels !... tenez, laissez-moi parler comme je veux !... Oui, depuis cette soirée, ma folie est de me croire un Romain, un empereur ; mon rôle s'est identifié à moi-même, et la tunique de Néron s'est collée à mes membres qu'elle brûle, comme celle du centaure dévorait Hercule expirant. Ne jouons plus avec les choses saintes, même d'un peuple et d'un âge éteints depuis si longtemps, car il y a peut-être quelque flamme encore sous les cendres des dieux de Rome !... Mes amis ! comprenez surtout qu'il ne s'agissait pas pour moi d'une froide traduction de paroles compassées ; mais d'une scène où tout vivait, où trois cœurs luttaient à chances égales, où comme au jeu du cirque, c'était peut-être du vrai sang qui allait couler ! Et le public le savait bien, lui, ce public de petite ville, si bien au courant de toutes nos affaires de coulisse ; ces femmes dont plusieurs m'auraient aimé si j'avais voulu trahir mon seul amour ! ces hommes tous jaloux de moi à cause d'elle ; et l'autre, le Britannicus bien choisi, le pauvre soupirant confus, qui tremblait devant moi et devant elle, mais qui devait me vaincre à ce jeu terrible, où le dernier venu a tout l'avantage et toute la gloire... Ah ! le débutant d'amour savait son métier... mais il n'avait rien à craindre, car je suis trop juste pour faire un crime à quelqu'un d'aimer comme moi, et c'est en quoi je m'éloigne du monstre idéal rêvé par le poète Racine : je ferais brûler Rome sans hésiter, mais en sauvant Junie, je sauverais aussi mon frère Britannicus.

Oui, mon frère, oui, pauvre enfant comme moi de l'art et de la fantaisie, tu l'as conquise, tu l'as méritée en me la disputant seulement [11]. Le ciel me garde d'abuser de mon âge, de ma force et de cette humeur altière que la santé m'a rendue, pour attaquer son choix ou son caprice à elle, la toute puissante, l'équitable, la divinité de mes rêves comme de ma vie !... Seulement j'avais craint longtemps que mon malheur ne te profitât en rien, et que les beaux galants de la ville ne nous enlevassent à tous ce qui n'est perdu que pour moi.

La lettre que je viens de recevoir de La Caverne me rassure pleinement sur ce point. Elle me conseille de renoncer à « un art qui n'est pas fait pour moi et dont je n'ai nul besoin... » Hélas ! cette plaisanterie est amère, car jamais je n'eus davantage besoin, sinon de l'art, du moins de ses produits brillants. Voilà ce que vous n'avez pas compris. Vous croyez avoir assez fait en me recommandant aux autorités de Soissons comme un personnage illustre que sa famille ne pouvait abandonner, mais que la violence de son mal vous obligeait à laisser en route. Votre La Rancune s'est présenté à la maison de ville et chez mon hôte, avec des airs de grand d'Espagne de première classe forcé par un contre-temps de s'arrêter deux nuits dans un si triste endroit ; vous autres, forcés de partir précipitamment de P*** le lendemain de ma déconvenue, vous n'aviez, je le conçois, nulle raison de vous faire passer ici pour d'*infâmes histrions :* c'est bien assez de se laisser clouer ce masque au visage dans les endroits où l'on ne peut faire autrement. Mais, moi, que vais-je dire, et comment me dépêtrer de l'infernal réseau d'intrigues où les récits de La Rancune viennent de m'engager ? Le grand couplet du *Menteur* de Corneille lui a servi assurément à composer son histoire, car la conception d'un faquin tel que lui ne pouvait s'élever si haut. Imaginez... Mais que vais-je vous dire que vous ne sachiez de reste et que vous n'ayez comploté ensemble pour me perdre ? L'ingrate qui est cause de mes malheurs n'y aura-t-elle pas mélangé tous les fils de satin les plus inextricables que ses doigts d'Arachné auront pu tendre autour d'une pauvre victime ?... Le beau chef-d'œuvre ! Hé bien ! je suis pris, je l'avoue ; je cède, je demande grâce. Vous pouvez me reprendre avec vous sans crainte, et, si les rapides chaises de poste qui vous emportèrent sur la route de Flandre, il y a près de trois mois, ont déjà fait place à l'humble charrette de nos premières équipées, daignez me recevoir au moins en qualité de monstre, de phénomène, de *calot* [12] propre à faire amasser la foule, et je réponds de m'acquitter de ces divers emplois de manière à contenter les amateurs les plus sévères des provinces... Répondez-moi maintenant au bureau de poste, car je crains la curiosité de mon hôte, j'enverrai prendre votre épître par un homme de la maison, qui m'est dévoué...

L'ILLUSTRE BRISACIER.

Que faire maintenant de ce héros abandonné de sa maîtresse et de ses compagnons ? N'est-ce en vérité qu'un comédien de hasard, justement puni de son irrévérence envers le public, de sa sotte jalousie, de ses folles prétentions ! Comment arrivera-t-il à prouver qu'il est le propre fils du khan de Crimée, ainsi que l'a proclamé l'astucieux récit de La Rancune ? Comment de cet abaissement inouï s'élancera-t-il aux plus hautes destinées ?... Voilà des points qui ne vous embarrasseraient nullement sans doute, mais qui m'ont jeté dans le plus étrange désordre d'esprit. Une fois persuadé que j'écrivais ma propre histoire, je me suis mis à traduire tous mes rêves, toutes mes émotions, je me suis attendri à cet amour pour une *étoile* fugitive qui m'abandonnait seul dans la nuit de ma destinée, j'ai pleuré, j'ai frémi des vaines apparitions de mon sommeil. Puis un rayon divin a lui dans mon enfer ; entouré de monstres contre lesquels je luttais obscurément, j'ai saisi le fil d'Ariane, et dès lors toutes mes visions sont devenues célestes. Quelque jour j'écrirai l'histoire de cette « descente aux enfers [13], » et vous verrez qu'elle n'a pas été entièrement dépourvue de raisonnement si elle a toujours manqué de raison.

Et puisque vous avez eu l'imprudence de citer un des sonnets composés dans cet état de rêverie *supernaturaliste,* comme diraient les Allemands, il faut que vous les entendiez tous. — Vous les trouverez à la fin du volume. Ils ne sont guère plus obscurs que la métaphysique d'Hegel ou les *mémorables* de Swedenborg, et perdraient de leur charme à être expliqués, si la chose était possible, concédez-moi du moins le mérite de l'expression ; — la dernière folie qui me restera probablement, ce sera de me croire poète : c'est à la critique de m'en guérir.

ANGÉLIQUE

1re LETTRE

A M.L.D. [1]

Voyage à la recherche d'un livre unique. — Francfort et Paris. — L'abbé de Bucquoy. — Pilat à Vienne. — La bibliothèque Richelieu. — Personnalités. — La bibliothèque d'Alexandrie.

En 1851, je passais à Francfort [2]. — Obligé de rester deux jours dans cette ville, que je connaissais déjà, — je n'eus d'autre ressource que de parcourir les rues principales, encombrées alors par les marchands forains. La place du Rœmer, surtout, resplendissait d'un luxe inouï d'étalages ; et près de là, le marché aux fourrures étalait des dépouilles d'animaux sans nombre, venues soit de la haute Sibérie, soit des bords de la mer Caspienne. — L'ours blanc, le renard bleu, l'hermine, étaient les moindres curiosités de cette incomparable exhibition ; plus loin, les verres de Bohême aux mille couleurs éclatantes, montés, festonnés, gravés, incrustés d'or, s'étalaient sur des rayons de planches de cèdre, — comme les fleurs coupées d'un paradis inconnu.

Une plus modeste série d'étalages régnait le long de sombres boutiques, entourant les parties les moins luxueuses du bazar, — consacrées à la mercerie, à la cordonnerie et aux divers objets d'habillement. C'étaient des libraires, venus de divers points de l'Allemagne, et dont la vente la plus productive paraissait être celle des almanachs, des images peintes et des lithographies : le *Wolks-Kalender* [3] (Almanach du peuple), avec ses gravures sur bois, — les chansons politiques, les lithographies de Robert Blum et des héros de la guerre de Hongrie, voilà ce qui attirait les yeux et les *kreutzers* de la foule. Un grand nombre de vieux livres, étalés sous ces nouveautés, ne se recommandaient que par leurs prix modiques, — et je fus étonné d'y trouver beaucoup de livres français.

C'est que Francfort, ville libre, a servi longtemps de refuge aux protestants ; — et, comme les principales villes des Pays-Bas, elle fut longtemps le siége d'imprimeries qui commencèrent par répandre en Europe les œuvres hardies des philosophes et des mécontents français, — et qui sont restées, sur certains points, des ateliers de contrefaçon [4] pure et simple, qu'on aura bien de la peine à détruire.

Il est impossible, pour un Parisien, de résister au désir de feuilleter de vieux ouvrages étalés par un bouquiniste. Cette partie de la foire de Francfort me rappelait les quais, — souvenir plein d'émotion et de charme. J'achetai quelques vieux livres, — ce qui me donnait le droit de parcourir longuement les autres. Dans le nombre, j'en rencontrai un, imprimé moitié en français, moitié en allemand, et dont voici le titre, que j'ai pu vérifier depuis dans le *Manuel du Libraire* de Brunet :

« Evénement des plus rares, ou Histoire du *sieur abbé comte de Bucquoy,* singulièrement son évasion du Fort-l'Evêque et de la Bastille, avec plusieurs ouvrages vers et prose, et particulièrement la *game* des femmes, *se vend chez Jean de la France,* rue de la Réforme, à l'Espérance, à Bonnefoy. — 1749 [5]. »

Le libraire m'en demanda un florin et six kreutzers (on prononce *cruches*). Cela me parut cher pour l'endroit, et je me bornai à feuilleter le livre, — ce qui, grâce à la dépense que j'avais déjà faite, m'était gratuitement permis. Le récit des évasions de l'abbé de Bucquoy était plein d'intérêt ; mais je me dis enfin : je trouverai ce livre à Paris, aux bibliothèques, ou dans ces mille collections où sont réunis tous les mémoires possibles relatifs à l'histoire de France. Je pris seulement le titre exact, et j'allai me promener au *Meinlust* [6], sur le quai du Mein, en feuilletant les pages du Wolks-Kalender.

A mon retour à Paris, je trouvai la littérature dans un état de terreur inexprimable. Par suite de l'amendement Riancey à la loi sur la presse, il était défendu aux journaux d'insérer ce que l'Assemblée s'est plu à appeler le *feuilleton-roman* [7]. J'ai vu bien des écrivains, étrangers à toute couleur politique, désespérés de cette résolution qui les frappait cruellement dans leurs moyens d'existence.

Moi-même, qui ne suis pas un romancier, je tremblais en songeant à cette interprétation vague, qu'il serait possible de donner à ces deux mots bizarrement accouplés : feuilleton-roman, et pressé de vous donner un titre, j'indiquai celui-ci : *l'Abbé de Bucquoy,* pensant bien que je trouverais très vite à Paris les documents nécessaires pour parler de ce personnage d'une façon historique et non romanesque, — car il faut bien s'entendre sur les mots.

Je m'étais assuré de l'existence du livre en France, et je l'avais vu classé non seulement dans le manuel de Brunet, mais aussi dans la *France littéraire* de Quérard. — Il paraissait certain que cet ouvrage, noté, il est vrai, comme rare, se rencontrerait facilement soit dans quelque bibliothèque publique, soit encore chez un amateur, soit chez les libraires spéciaux.

Du reste, ayant parcouru le livre, — ayant même rencontré un second récit des aventures de l'abbé de Bucquoy dans les lettres si spirituelles et si curieuses de madame Dunoyer [8], — je ne me sentais pas embarrassé pour donner le portrait de l'homme et pour écrire sa biographie selon des données irréprochables.

Mais je commence à m'effrayer aujourd'hui des condamnations suspendues sur les journaux pour la moindre infraction au texte de la loi nouvelle. Cinquante francs d'amende par exemplaire saisi, c'est de quoi faire reculer les plus intrépides : car, pour les journaux qui tirent seulement à vingt-cinq mille, — et il y en a plusieurs, — cela représenterait plus d'un million. On comprend alors combien une *large* interprétation de la loi donnerait au pouvoir de moyens pour éteindre toute opposition. Le régime de la censure serait de beaucoup préférable. Sous l'ancien régime, avec l'approbation d'un censeur, — qu'il était permis de choisir, — on était sûr de pouvoir sans danger produire ses idées, et la liberté dont on jouissait était extraordinaire quelquefois. J'ai lu des livres contresignés Louis et Phélippeaux [9] qui seraient saisis aujourd'hui incontestablement.

Le hasard m'a fait vivre à Vienne sous le régime de la censure. Me trouvant quelque peu gêné par suite de frais de voyage imprévus, et en raison de la difficulté de faire venir de l'argent de France, j'avais recouru au moyen bien simple d'écrire dans les journaux du pays. On payait cent cinquante francs la feuille de seize colonnes très courtes. Je donnai deux séries d'articles, qu'il fallut soumettre aux censeurs.

J'attendis d'abord plusieurs jours. On ne me rendait rien. — Je me vis forcé d'aller trouver M. Pilat, le directeur de cette institution, en lui exposant qu'on me faisait attendre trop longtemps le *visa.* — Il fut pour moi d'une complaisance rare, — et il ne voulut pas, comme son quasi-homonyme, se laver les mains de l'injustice que je lui signalais. J'étais privé, en outre, de la lecture des journaux français, car on ne recevait dans les cafés que le *Journal des Débats* et *la Quotidienne.* M. Pilat me dit : « Vous êtes ici dans l'endroit le plus libre de l'empire (les bureaux de la censure), et vous pouvez venir y lire, tous les jours, même le *National* et le *Charivari* [10]. »

Voilà des façons spirituelles et généreuses qu'on ne rencontre que chez les fonctionnaires allemands, et qui n'ont que cela de fâcheux qu'elles font supporter plus longtemps l'arbitraire.

Je n'ai jamais eu tant de bonheur avec la censure française, — je veux parler de celle des théâtres, — et je doute que si l'on rétablissait celle des livres et des journaux, nous eussions plus à nous en louer. Dans le caractère de notre nation, il y a toujours une tendance à exercer la force, quand on la possède, ou les prétentions du pouvoir, quand on le tient en main.

Je parlais dernièrement de mon embarras à un savant, qu'il est inutile de désigner autrement qu'en l'appelant *bibliophile*. Il me dit : Ne vous servez pas des *Lettres galantes* de madame Dunoyer pour écrire l'histoire de l'abbé de Bucquoy. Le titre seul du livre empêchera qu'on le considère comme sérieux ; attendez la réouverture de la Bibliothèque (elle était alors en vacances), et vous ne pouvez manquer d'y trouver l'ouvrage que vous avez lu à Francfort.

Je ne fis pas attention au malin sourire qui, probablement, pinçait alors la lèvre du bibliophile, — et, le 1er octobre, je me présentais l'un des premiers à la Bibliothèque nationale.

M. Pilon [11] est un homme plein de savoir et de complaisance. Il fit faire des recherches qui, au bout d'une demi-heure, n'amenèrent aucun résultat. Il feuilleta Brunet et Quérard, y trouva le livre parfaitement désigné, et me pria de revenir au bout de trois jours : — on n'avait pas pu le trouver. — Peut-être cependant, me dit M. Pilon, avec l'obligeante patience qu'on lui connaît, — peut-être se trouve-t-il classé parmi les romans.

Je frémis : — *Parmi les romans ?*... mais c'est un livre historique !... cela doit se trouver dans la collection des Mémoires relatifs au siècle de Louis XIV. Ce livre se rapporte à l'histoire spéciale de la Bastille : il donne des détails sur la révolte des camisards, sur l'exil des protestants, sur cette célèbre ligue des faux-saulniers de Lorraine, dont Mandrin se servit plus tard pour lever des troupes régulières qui furent capables de lutter contre des corps d'armée et de prendre d'assaut des villes telles que Beaune et Dijon !...

— Je le sais, me dit M. Pilon ; mais le classement des livres, fait à diverses époques, est souvent fautif. On ne peut en réparer les erreurs qu'à mesure que le public fait la demande des ouvrages. Il n'y a ici que

M. Ravenel qui puisse vous tirer d'embarras... Malheureusement, il n'est pas *de semaine.*

J'attendis la semaine de M. Ravenel. Par bonheur, je rencontrai, le lundi suivant, dans la salle de lecture, quelqu'un qui le connaissait, et qui m'offrit de me présenter à lui. M. Ravenel m'accueillit avec beaucoup de politesse, et me dit ensuite : « Monsieur, je suis charmé du hasard qui me procure votre connaissance, et je vous prie seulement de m'accorder quelques jours. Cette semaine, j'appartiens au public. La semaine prochaine, je serai tout à votre service. »

Comme j'avais été présenté à M. Ravenel, je ne faisais plus partie du public ! Je devenais une connaissance privée, — pour laquelle on ne pouvait se déranger du service ordinaire.

Cela était parfaitement juste d'ailleurs ; — mais admirez ma mauvaise chance !... Et je n'ai eu qu'elle à accuser.

On a souvent parlé des abus de la Bibliothèque. Ils tiennent en partie à l'insuffisance du personnel, en partie aussi à de vieilles traditions qui se perpétuent. Ce qui a été dit de plus juste, c'est qu'une grande partie du temps et de la fatigue des savants distingués qui remplissent là des fonctions peu lucratives de bibliothécaires, est dépensée à donner aux six cents lecteurs quotidiens des livres usuels, qu'on trouverait dans tous les cabinets de lecture ; — ce qui ne fait pas moins de tort à ces derniers qu'aux éditeurs et aux auteurs, dont il devient inutile dès lors d'acheter ou de louer les livres.

On l'a dit encore avec raison, un établissement unique au monde comme celui-là ne devrait pas être un chauffoir public, une salle d'asile, — dont les hôtes sont, en majorité, dangereux pour l'existence et la conservation des livres. Cette quantité de désœuvrés vulgaires, de bourgeois retirés, d'hommes veufs, de solliciteurs sans places, d'écoliers qui viennent copier leur version, de vieillards maniaques, — comme l'était ce pauvre *Carnaval* qui venait tous les jours avec un habit rouge, bleu clair, ou vert pomme, et un chapeau orné de fleurs, — mérite sans doute considération, mais n'existe-t-il pas d'autres bibliothèques, et même des bibliothèques spéciales à leur ouvrir ?...

Il y avait aux imprimés dix-neuf éditions de *Don Quichotte.* Aucune n'est restée complète. Les voyages, les comédies, les histoires amusantes, comme celles de M. Thiers et de M. Capefigue, l'Almanach des adresses, sont ce que ce public demande invariablement, depuis que les bibliothèques ne donnent plus de romans en lecture.

Puis, de temps en temps, une édition se dépareille, un livre curieux disparaît, grâce au système trop large qui consiste à ne pas même demander les noms des lecteurs [12].

La république des lettres est la seule qui doive être quelque peu imprégnée d'aristocratie, — car on ne contestera jamais celle de la science et du talent.

La célèbre bibliothèque d'Alexandrie n'était ouverte qu'aux savants ou aux poètes connus par des ouvrages d'un mérite quelconque. Mais aussi l'hospitalité y était complète, et ceux qui venaient y consulter les auteurs étaient logés et nourris gratuitement pendant tout le temps qu'il leur plaisait d'y séjourner.

Et à ce propos, — permettez à un voyageur qui en a foulé les débris et interrogé les souvenirs, de venger la mémoire de l'illustre calife Omar de cet éternel incendie de la bibliothèque d'Alexandrie, qu'on lui reproche communément. Omar n'a jamais mis le pied à Alexandrie, — quoi qu'en aient dit bien des académiciens. Il n'a pas même eu d'ordres à envoyer sur ce point à son lieutenant Amrou. — La bibliothèque d'Alexandrie et le *Serapéon,* ou maison de secours, qui en faisait partie, avaient été brûlés et détruits au quatrième siècle par les chrétiens, — qui, en outre, massacrèrent dans les rues la célèbre Hypatie, philosophe pythagoricienne [13]. Ce sont là, sans doute, des excès qu'on ne peut reprocher à la religion, — mais il est bon de laver du reproche d'ignorance ces malheureux Arabes dont les traductions nous ont conservé les merveilles de la philosophie, de la médecine et des sciences grecques, en y ajoutant leurs propres travaux, — qui sans cesse perçaient de vifs rayons la brume obstinée des époques féodales.

Pardonnez-moi ces digressions, — et je vous tiendrai au courant du voyage que j'entreprends *à la recherche* de l'abbé de Bucquoy. Ce personnage excentrique et éternellement fugitif ne peut échapper toujours à une investigation rigoureuse.

2e LETTRE

Un paléographe. — Rapports de police en 1709. — Affaire Le Pileur. — Un drame domestique.

Il est certain que la plus grande complaisance règne à la Bibliothèque nationale. Aucun savant sérieux ne se plaindra de l'organisation actuelle ; — mais quand un feuilletoniste ou un romancier se présente, « tout le dedans des rayons tremble [14] ». Un bibliographe, un homme appartenant à la science régulière, savent juste ce qu'ils ont à demander. Mais l'écrivain fantaisiste, exposé à perpétrer un *roman-feuilleton,* fait tout déranger, et dérange tout le monde pour une idée biscornue qui lui passe par la tête.

C'est ici qu'il faut admirer la patience d'un conservateur, — l'employé secondaire est souvent trop jeune encore pour s'être fait à cette paternelle abnégation. Il vient parfois des gens grossiers qui se font une idée exagérée des droits que leur confère cet avantage de faire partie du *public,* — et qui parlent à un bibliothécaire avec le ton qu'on emploie pour se faire servir dans un café. — Eh bien, un savant illustre, un académicien, répondra à cet homme avec la résignation bienveillante d'un moine. Il supportera tout de lui de dix heures à deux heures et demie, inclusivement.

Prenant pitié de mon embarras, on avait feuilleté les catalogues, remué jusqu'à la *réserve,* jusqu'à l'amas indigeste des romans, — parmi lesquels avait pu se trouver classé par erreur l'abbé Bucquoy ; tout d'un coup un employé s'écria : — Nous l'avons en hollandais ! Il me lut ce titre : « Jacques de Bucquoy : — *Evénements remarquables...* »

— Pardon, fis-je observer, le livre que je cherche commence par « *Evénement des plus rares...* »

— Voyons encore, il peut y avoir une erreur de traduction : « ... *d'un voyage de seize années fait aux Indes.* — Harlem, 1744 [15]. »

— Ce n'est pas cela... et cependant le livre se rapporte à une époque où vivait l'abbé de Bucquoy ; le prénom Jacques est bien le sien. Mais qu'est-ce que cet abbé fantastique a pu aller faire dans les Indes ?

Un autre employé arrive : on s'est trompé dans l'orthographe du nom ; ce n'est pas de Bucquoy ; c'est du Bucquoy, et comme il peut avoir été écrit Dubucquoy, il faut recommencer toutes les recherches à la lettre D.

Il y avait véritablement de quoi maudire les particules des noms de famille ! Dubucquoy, disais-je, serait un roturier... et le titre du livre le qualifie comte de Bucquoy !

Un *paléographe* qui travaillait à la table voisine leva la tête et me dit : « La particule n'a jamais été une preuve de noblesse ; au contraire, le plus souvent, elle indique la bourgeoisie propriétaire, qui a commencé par ceux que l'on appelait les gens de *franc alleu.* On les désignait par le nom de leur terre, et l'on distinguait même les *branches diverses* par la désinence variée des noms d'une famille. Les grandes familles historiques s'appellent Bouchard (Montmorency), Bozon (Périgord), Beaupoil (Sainte-Aulaire), Capet (Bourbon), etc. Les *de* et les *du* sont pleins d'irrégularités et d'usurpations. Il y a plus : dans toute la Flandre et la Belgique, *de* est le même article que le *der* allemand, et signifie *le.* Ainsi, de Muller veut dire : le meunier, etc. — Voilà un quart de la France rempli de faux gentilshommes. Béranger s'est raillé lui-même très gaiement sur le *de* qui précède son nom, et qui indique l'origine flamande. »

On ne discute pas avec un paléographe ; on le laisse parler.

Cependant, l'examen de la lettre *D* dans les diverses séries de catalogues n'avait pas produit de résultat.

— D'après quoi supposez-vous que c'est du Bucquoy, dis-je à l'obligeant bibliothécaire qui était venu en dernier lieu.

— C'est que je viens de chercher ce nom aux manuscrits dans le catalogue des archives de la police : 1709, est-ce l'époque ?

— Sans doute ; c'est l'époque de la troisième évasion du comte de Bucquoy [16].

— Du Bucquoy !... c'est ainsi qu'il est porté au catalogue des manuscrits. Montez avec moi, vous consulterez le livre même.

Je me suis vu bientôt maître de feuilleter un gros in-folio relié en maroquin rouge, et réunissant plusieurs dossiers de rapports de police de l'année 1709. Le second du volume portait ces noms : « Le Pileur, François Bouchard, dame de Boulanvilliers, Jeanne Massé, — Comte du Buquoy. »

Nous tenons le loup par les oreilles, — car il s'agit bien là d'une évasion de la Bastille, et voici ce qu'écrit M. d'Argenson dans un rapport à M. de Pontchartrain :

« Je continue à faire chercher le *prétendu* comte du Buquoy dans tous les endroits qu'il vous a pleu de m'indiquer, mais on n'a peu en rien apprendre, et je ne pense pas qu'il soit à Paris. »

Il y a dans ce peu de lignes quelque chose de rassurant et quelque chose de désolant pour moi. — Le comte de Buquoy ou de Bucquoy, sur lequel je n'avais que des données vagues ou contestables, prend, grâce à cette pièce, une existence historique certaine. Aucun tribunal n'a plus le droit de le classer parmi les héros du roman-feuilleton.

D'un autre côté, pourquoi M. d'Argenson écrit-il : le *prétendu* comte de Bucquoy ?

Serait-ce un faux Bucquoy, — qui se serait fait

passer pour l'autre... dans un but qu'il est bien difficile aujourd'hui d'apprécier ?

Serait-ce le véritable, qui aurait caché son nom sous un pseudonyme ?

Réduit à cette seule preuve, la vérité m'échappe, — et il n'y a pas un légiste qui ne fût fondé à contester même l'existence matérielle de l'individu !

Que répondre à un substitut qui s'écrierait devant le tribunal : « Le comte de Bucquoy est un personnage fictif, créé par la *romanesque* imagination de l'auteur !... » et qui réclamerait l'application de la loi, c'est-à-dire, peut-être un million d'amende ! ce qui se multiplierait encore par la série quotidienne de numéros saisis, si on les laissait s'accumuler ?

Sans avoir droit au beau nom de savant, tout écrivain est forcé parfois d'employer la méthode scientifique, je me mis donc à examiner curieusement l'écriture jaunie sur papier de Hollande du rapport signé d'Argenson. A la hauteur de cette ligne : « Je continue de faire chercher le prétendu comte... » Il y avait sur la marge ces trois mots écrits au crayon, et tracés d'une main rapide et ferme : « L'on ne peut trop [17]. » Qu'est-ce que l'on ne peut trop ? — chercher l'abbé de Bucquoy, sans doute.....

C'était aussi mon avis.

Toutefois, pour acquérir la certitude, en matière d'écritures, il faut comparer. Cette note se reproduisait sur une autre page à propos des lignes suivantes du même rapport :

« Les lanternes ont été posées sous les guichets du Louvre suivant votre intention, et je tiendrai la main à ce qu'elles soient allumées tous les soirs. »

La phrase était terminée ainsi dans l'écriture du secrétaire, qui avait copié le rapport. Une autre main moins exercée avait ajouté à ces mots : « allumées tous les soirs, » ceux-ci : « *fort exactement.* »

A la marge se retrouvaient ces mots de l'écriture évidemment du ministre Pontchartrain : « L'on ne peut trop. »

La même note que pour l'abbé de Bucquoy.

Cependant, il est probable que M. de Pontchartrain variait ses formules. Voici autre chose :

« J'ai fait dire aux marchands de la foire Saint-Germain qu'ils aient à se conformer aux ordres du roy, qui défendent de donner à manger durant les heures qui conviennent à l'observation du jeusne, suivant les règles de l'Eglise. »

Il y a seulement à la marge ce mot au crayon : « Bon. »

Plus loin il est question d'un *particulier,* arrêté pour avoir assassiné une religieuse d'Evreux. On a trouvé sur lui une tasse, un cachet d'argent, des linges ensanglantés et un *gand.* — Il se trouve que cet homme est un abbé (encore un abbé !) ; mais les charges se sont dissipées, selon M. d'Argenson, qui dit que cet abbé est venu à Versailles pour y solliciter des affaires qui ne lui réussissent pas, puisqu'il est toujours dans le besoin. « Aincy, ajoute-t-il, je crois qu'on peut le regarder comme un visionnaire plus propre à renvoyer dans sa province qu'à tolérer à Paris, où il ne peut être qu'à charge au public. »

Le ministre a écrit au crayon : « Qu'il luy parle auparavant. » Terribles mots, qui ont peut-être changé la face de l'affaire du pauvre abbé.

Et si c'était l'abbé de Bucquoy lui-même ! — Pas de nom ; seulement un mot : *Un particulier.* Il est question plus loin de la nommée Lebeau, femme du nommé Cardinal, connue pour une prostituée... Le sieur Pasquier s'intéresse à elle...

Au crayon, en marge : « A la maison de Force. Bon pour six mois. »

Je ne sais si tout le monde prendrait le même intérêt que moi à dérouler ces pages terribles intitulées : *Pièces diverses de police.* Ce petit nombre de faits peint le point historique où se déroulera la vie de l'abbé fugitif. Et moi, qui le connais, ce pauvre abbé, — mieux peut-être que ne pourront le connaître mes lecteurs, — j'ai frémi en tournant les pages de ces rapports impitoyables qui avaient passé sous la main de ces deux hommes, — d'Argenson et Pontchartrain *.

Il y a un endroit où le premier écrit, après quelques protestations de dévouement :

« Je saurais même comme je dois recevoir les reproches et les réprimandes qu'il vous plaira de me faire... »

Le ministre répond, à la troisième personne, et cette fois, en se servant d'une plume... « Il ne les méritera pas quand il voudra ; et je serais bien fâché de douter de son dévouement, ne pouvant douter de sa capacité. »

Il restait une pièce dans ce dossier. « Affaire Le Pileur. » Tout un drame effrayant se déroula sous mes yeux.

Ce n'est pas un *roman.*

UN DRAME DOMESTIQUE. — AFFAIRE LE PILEUR.

L'action représente une de ces terribles scènes de famille qui se passent au chevet des morts, — dans ce moment, si bien rendu jadis sur une scène des boulevards, — où l'héritier, quittant son masque de componction et de tristesse, se lève fièrement et dit aux gens de la maison : « Les clefs ? »

Ici nous avons deux héritiers après la mort de Binet de Villiers : son frère Binet de Basse-Maison, légataire universel, et son beau-frère Le Pileur.

Deux procureurs, celui du défunt et celui de Le Pileur travaillaient à l'inventaire, assistés d'un notaire et d'un clerc. Le Pileur se plaignit de ce qu'on n'avait pas inventorié un certain nombre de papiers que Binet de Basse-Maison déclarait de peu d'importance. Ce dernier dit à Le Pileur qu'il ne devait pas soulever de mauvais incidents et pouvait s'en rapporter à ce que dirait Châtelain, son procureur.

* Voici à quoi rimait dans ce temps-là le nom de Pontchartrain :
C'est un *pont* de planches pourries,
Un *char* traîné par les furies
Dont le diable emporte le *train.*

Mais Le Pileur répondit qu'il n'avait que faire de consulter son procureur ; qu'il savait ce qui était à faire, et que s'il formait de mauvais incidents, il était *assez gros seigneur* pour les soutenir.

Basse-Maison, irrité de ce discours, s'approcha de Le Pileur et lui dit, en le prenant par les deux boutonnières du haut de son justaucorps, qu'il l'en empêcherait bien ; — Le Pileur mit l'épée à la main, Basse-Maison en fit autant... Ils se portèrent d'abord quelques coups d'épée sans beaucoup s'approcher. La dame Le Pileur se jeta entre son mari et son père [18] ; les assistants s'en mêlèrent et l'on parvint à les pousser chacun dans une chambre différente, que l'on ferma à clef.

Un moment après l'on entendit s'ouvrir une fenêtre ; c'était Le Pileur qui criait à ses gens restés dans la cour « d'aller quérir ses deux neveux ».

Les hommes de loi commençaient un procès-verbal sur le désordre survenu, quand les deux neveux entrèrent le sabre à la main. — C'étaient deux officiers de la maison du roi ; ils repoussèrent les valets, et présentèrent la pointe aux procureurs et au notaire, demandant où était Basse-Maison.

On refusait de leur dire, quand Le Pileur cria de sa chambre : « A moi, mes neveux ! »

Les neveux avaient déjà enfoncé la porte de la chambre de gauche, et accablaient de coups de plat de sabre l'infortuné Binet de Basse-Maison, lequel était, selon le rapport, « hasthmatique ».

Le notaire, qui s'appelait Dionis, crut alors que la colère de Le Pileur serait satisfaite et qu'il arrêterait ses neveux ; — il ouvrit donc la porte et lui fit ses remontrances. A peine dehors, Le Pileur s'écria : « On va voir beau jeu ! » Et arrivant derrière ses neveux, qui battaient toujours Basse-Maison, il lui porta un coup d'épée dans le ventre.

La pièce qui relate ces faits est suivie d'une autre plus détaillée, avec les dépositions de treize témoins, — dont *les plus considérables* étaient les deux procureurs et le notaire.

Il est juste de dire que ces treize témoins avaient lâché pied au moment critique. Aussi, aucun ne rapporte qu'il soit absolument certain que Le Pileur ait donné le coup d'épée.

Le premier procureur dit qu'il n'est sûr que d'avoir entendu de loin les coups de plat de sabre.

Le second dépose comme son confrère.

Un laquais nommé Barry s'avance davantage : — Il a vu le meurtre de loin par une fenêtre ; mais il ne sait si c'était Le Pileur ou *un habillé de gris blanc* qui a donné à Basse-Maison un coup d'épée dans le ventre. Louis Calot, autre laquais, dépose à peu près de même.

Le dernier de ces treize braves, qui est le moins considérable, le clerc du notaire, a *veu* la dame Le Pileur faire main basse sur plusieurs des papiers du défunt. Il a ajouté qu'après la scène, Le Pileur est venu tranquillement chercher sa femme dans la salle où elle était, et « qu'il s'en alla dans son carrosse avec elle et les deux hommes qui avaient fait la violence ».

La moralité manquerait à ce récit instructif, touchant les mœurs du temps, — si l'on ne lisait à la fin du rapport cette conclusion remarquable : « Il y a peu d'exemples d'une violence aussi odieuse et aussi criminelle... Cependant, comme les héritiers des deux frères morts se trouvent aussi beaux-frères du meurtrier, on peut craindre avec beaucoup d'apparence que cet assassinat ne demeure impuni et ne produise d'autre effet que de rendre le sieur Le Pileur beaucoup plus traitable sur des propositions d'accommoder qui lui seront faites de la part de ses cohéritiers, par rapport à leurs intérêts communs. »

On a dit que dans le grand siècle, le plus petit commis écrivait aussi pompeusement que Bossuet. Il est impossible de ne pas admirer ce beau détachement du *rapport* qui fait espérer que le meurtrier deviendra plus traitable sur le règlement de ses intérêts... Quant au meurtre, à l'enlèvement des papiers, aux coups mêmes, distribués probablement aux hommes de loi, ils ne peuvent être punis, parce que ni les parents ni d'autres n'en porteront plainte, — M. Le Pileur étant *trop grand seigneur* pour ne pas *soutenir* même ses *mauvais incidents...*

Il n'est plus question ensuite de cette histoire, — qui m'a fait oublier un instant le pauvre abbé ; — mais, à défaut d'enjolivements romanesques, on peut du moins découper des silhouettes historiques pour le fond du tableau. Tout déjà, pour moi, vit et se recompose. Je vois d'Argenson dans son bureau, Pontchartrain dans son cabinet, le Pontchartrain de Saint-Simon, qui se rendit si plaisant en se faisant appeler de Pontchartrain, et qui, comme bien d'autres, se vengeait du ridicule par la terreur.

Mais à quoi bon ces préparations ? Me sera-t-il permis seulement de mettre en scène les faits, à la manière de Froissard ou de Monstrelet [19] ? — On me dirait que c'est le procédé de Walter Scott, un romancier, et je crains bien qu'il ne faille me borner à une analyse pure et simple de l'histoire de l'abbé de Bucquoy... quand je l'aurai trouvée.

3e LETTRE

Un conservateur de la Bibliothèque Mazarine. — La souris d'Athènes. — *La Sonnette enchantée.*

J'avais bon espoir : M. Ravenel devait s'en occuper ; — ce n'était plus que huit jours à attendre. Et, du reste, je pouvais, dans l'intervalle, trouver encore le livre dans quelque autre bibliothèque publique.

Malheureusement, toutes étaient fermées, — hors la Mazarine. J'allai donc troubler le silence de ces magnifiques et froides galeries. Il y a là un catalogue fort complet, que l'on peut consulter soi-même, et qui, en dix minutes, vous signale clairement le oui ou le non de toute question. Les garçons eux-mêmes sont si instruits qu'il est presque toujours inutile de déranger les employés et de feuilleter le catalogue. Je m'adressai à l'un d'eux, qui fut étonné, chercha dans sa tête et me dit : « Nous n'avons pas le livre... ; pourtant, j'en ai une vague idée. »

Le conservateur est un homme plein d'esprit, que tout le monde connaît, et de science sérieuse [20]. Il me reconnut. « Qu'avez-vous donc à faire de l'abbé de Bucquoy ? est-ce pour un livret d'opéra ? j'en ai vu un charmant de vous il y a dix ans * ; la musique était ravissante. Vous aviez là une actrice admirable... Mais la censure, aujourd'hui, ne vous laissera pas mettre au théâtre *un abbé.*

— C'est pour un travail historique que j'ai besoin du livre. »

Il me regarda avec attention, comme on regarde ceux qui demandent des livres d'alchimie. « Je comprends, dit-il enfin ; c'est pour un roman historique, genre Dumas.

— Je n'en ai jamais fait ; je n'en veux pas faire : je ne veux pas grever les journaux où j'écris de quatre ou cinq cents francs par jour de timbre... Si je ne sais pas faire de l'histoire, j'imprimerai le livre tel qu'il est !

Il hocha la tête et me dit : — Nous l'avons.

— Ah !

— Je sais où il est. Il fait partie du fonds de livres qui nous est venu de Saint-Germain-des-Prés. C'est pourquoi il n'est pas encore catalogué... Il est dans les caves.

— Ah ! si vous étiez assez bon...

— Je vous le chercherai : donnez-moi quelques jours.

— Je commence le travail après-demain.

— Ah ! c'est que tout cela est l'un sur l'autre : c'est une maison à remuer. Mais le livre y est : je l'ai vu.

— Ah ! faites bien attention, dis-je, à ces livres du fonds de Saint-Germain-des-Prés, — à cause des rats... On en a signalé tant d'espèces nouvelles sans compter le rat gris de Russie venu à la suite des Cosa-

* *Piquillo*, musique de Monpou, en collaboration avec Alexandre Dumas.

ques. Il est vrai qu'il a servi à détruire le rat anglais ; mais on parle à présent d'un nouveau *rongeur* arrivé depuis peu. C'est la *souris d'Athènes.* Il paraît qu'elle peuple énormément, et que la race en a été apportée dans des caisses envoyées ici par l'Université que la France entretient à Athènes.

Le conservateur sourit de ma crainte et me congédia en me promettant tous ses soins.

LA SONNETTE ENCHANTEE.

Il m'est venu encore une idée : la Bibliothèque de l'Arsenal est en vacances ; mais j'y connais un conservateur. — Il est à Paris : il a les clefs. Il a été autrefois très bienveillant pour moi, et voudra bien me communiquer exceptionnellement ce livre, qui est de ceux que sa bibliothèque possède en grand nombre.

Je m'étais mis en route. Une pensée terrible m'arrêta. C'était le souvenir d'un récit fantastique qui m'avait été fait il y a longtemps.

Le conservateur que je connais avait succédé à un vieillard célèbre *, qui avait la passion des livres, et qui ne quitta que fort tard et avec grand regret ses chères éditions du 17e siècle ; il mourut cependant, et le nouveau conservateur prit possession de son appartement.

Il venait de se marier, et reposait en paix près de sa jeune épouse, lorsque tout à coup il se sent réveillé, à une heure du matin, par de violents coups de sonnette. La bonne couchait à un autre étage. Le conservateur se lève et va ouvrir.

Personne.

Il s'informe dans la maison : tout le monde dormait ; — le concierge n'avait rien vu.

Le lendemain, à la même heure, la sonnette retentit de la même manière avec une longue série de carillons.

Pas plus de visiteur que la veille. Le conservateur, qui avait été professeur quelque temps auparavant [21],

* M. de Saint-Martin.

suppose que c'est quelque écolier rancuneux, affligé de trop de *pensums,* qui se sera caché dans la maison, — ou qui aura même attaché un chat par la queue à un nœud coulant qui se serait relâché par l'effet de la traction...

Enfin, le troisième jour, il charge le concierge de se tenir sur le palier, avec une lumière, jusqu'au-delà de l'heure fatale, et lui promet une récompense si la sonnerie n'a pas lieu.

A une heure du matin, le concierge voit avec consternation le cordon de sonnette se mettre en branle de lui-même, le gland rouge danse avec frénésie le long du mur. Le conservateur ouvre, de son côté, et ne voit devant lui que le concierge faisant des signes de croix.

— C'est l'âme de votre prédécesseur qui revient.

— L'avez-vous vu ?

— Non ! mais des fantômes, cela ne se voit pas à la chandelle.

— Eh bien, nous essaierons demain sans lumière.

— Monsieur, vous pourrez bien essayer tout seul...

Après mûre réflexion, le conservateur se décida à ne pas essayer de voir le fantôme, et probablement on fit dire une messe pour le vieux bibliophile, car le fait ne se renouvela plus.

Et j'irais, moi, tirer cette même sonnette !... Qui sait si ce n'est pas le fantôme *qui m'ouvrira ?*

—

Cette bibliothèque est, d'ailleurs, pleine pour moi de tristes souvenirs : j'y ai connu trois conservateurs, — dont le premier était l'original du fantôme supposé ; le second, si spirituel et si bon..... qui fut un de mes tuteurs littéraires * ; le dernier **, qui me révélait si complaisamment ses belles collections de gravures, et à qui j'ai fait présent d'un *Faust,* illustré de planches allemandes !

* Nodier.
** Soulié.

Non, je ne me déciderai pas facilement à retourner à l'Arsenal.

D'ailleurs, nous avons encore à visiter les vieux libraires. Il y a France ; il y a Merlin ; il y a Techener [22]...

M. France me dit : « Je connais bien le livre ; je l'ai eu dans les mains dix fois..... Vous pouvez le trouver par hasard sur les quais : je l'y ai trouvé pour dix sous. »

Courir les quais plusieurs jours pour chercher un livre noté comme rare..... J'ai mieux aimé aller chez Merlin. « Le Bucquoy ? me dit son successeur ; nous ne connaissons que cela ; j'en ai même un sur ce rayon... »

Il est inutile d'exprimer ma joie. Le libraire m'apporta un livre in-12, du format indiqué ; seulement, il était un peu gros (649 pages). Je trouvai, en l'ouvrant, ce titre, en regard d'un portrait : « Eloge du comte de Bucquoy. » Autour du portrait, on retrouvait en latin : *COMES. A. BVCQVOY.*

Mon illusion ne dura pas longtemps ; c'était une histoire de la rébellion de Bohême, avec le portrait d'un Bucquoy en cuirasse, ayant barbe coupée à la mode de Louis XIII. C'est probablement l'aïeul du pauvre abbé. — Mais il n'était pas sans intérêt de posséder ce livre [23] ; car souvent les goûts et les traits de famille se reproduisent. Voilà un Bucquoy né dans l'Artois qui fait la guerre de Bohême ; — sa figure révèle l'imagination et l'énergie, avec un grain de tendance au fantasque. L'abbé de Bucquoy a dû lui succéder comme les rêveurs succèdent aux hommes d'action.

LE CANARI.

En me rendant chez Techener pour tenter une dernière chance, je m'arrêtai à la porte d'un oiselier. Une femme d'un certain âge, en chapeau, vêtue avec ce soin à demi luxueux qui révèle qu'on a vu de meilleurs jours, offrait au marchand de lui vendre un canari avec sa cage.

Le marchand répondit qu'il était bien embarrassé seulement de nourrir les siens. La vieille dame insistait d'une voix oppressée. L'oiselier lui dit que son oiseau n'avait pas de valeur. — La dame s'éloigna en soupirant.

J'avais donné tout mon argent pour les exploits en Bohême du comte de Bucquoy : sans cela, j'aurais dit au marchand : Rappelez cette dame, et dites-lui que vous vous décidez à acheter l'oiseau.....

La fatalité qui me poursuit à propos des Bucquoy m'a laissé le remords de n'avoir pu le faire.

—

M. Techener m'a dit : Je n'ai plus d'exemplaires du livre que vous cherchez ; mais je sais qu'il s'en vendra un prochainement dans la bibliothèque d'un amateur.

— Quel amateur ?...

— X., si vous voulez, le nom ne sera pas sur le catalogue.

— Mais, si je veux acheter l'exemplaire maintenant ?...

— On ne vend jamais d'avance les livres catalogués et classés dans les lots. La vente aura lieu le 11 novembre.

Le 11 novembre !

Hier, j'ai reçu une note de M. Ravenel, conservateur de la Bibliothèque, à qui j'avais été présenté. Il ne m'avait pas oublié, et m'instruisait du même détail. Seulement il paraît que la vente a été remise au 20 novembre.

Que faire d'ici là ? — Et encore, à présent, le livre montera peut-être à un prix fabuleux...

4e LETTRE

Un manuscrit des archives. — Angélique de Longueval. — Voyage à Compiègne. — Histoire de la grand'tante de l'abbé de Bucquoy.

J'ai eu l'idée d'aller aux archives de France où l'on m'a communiqué la généalogie authentique des Bucquoy. Leur nom patronymique est *Longueval.* En compulsant les dossiers nombreux qui se rattachent à cette famille, j'ai fait une trouvaille des plus heureuses.

C'est un manuscrit d'environ cent pages, au papier jauni, à l'encre déteinte, dont les feuilles sont réunies avec des faveurs d'un rose passé, et qui contient l'histoire d'*Angélique de Longueval ;* j'en ai pris quelques extraits que je tâcherai de lier par une analyse fidèle [24]. Une foule de pièces et de renseignements sur les Longueval et sur les Bucquoy m'ont renvoyé à d'autres pièces, qui doivent exister à la Bibliothèque de Compiègne. — Le lendemain était le propre jour de la Toussaint ; je n'ai pas manqué cette occasion de distraction et d'étude.

La vieille France provinciale est à peine connue, — de ces côtés surtout, — qui cependant font partie des environs de Paris. Au point où l'Ile-de-France, le Valois et la Picardie se rencontrent, — divisés par l'Oise et l'Aisne, au cours si lent et si paisible, — il est permis de rêver les plus belles bergeries du monde.

La langue des paysans eux-mêmes est du plus pur français, à peine modifié par une prononciation où les désinences des mots montent au ciel à la manière du chant de l'alouette... Chez les enfants cela forme comme un ramage. Il y a aussi dans les tournures de phrases quelque chose d'italien, — ce qui tient sans doute au long séjour qu'ont fait les Médicis et leur suite florentine dans ces contrées, divisées autrefois en apanages royaux et princiers.

Je suis arrivé hier au soir à Compiègne, poursuivant *les Bucquoy* sous toutes les formes, avec cette obstination lente qui m'est naturelle. Aussi bien les archives de Paris, où je n'avais pu prendre encore que quelques notes, eussent été fermées aujourd'hui, jour de la Toussaint.

A l'hôtel de la Cloche, célébré par Alexandre Dumas [25], on menait grand bruit, ce matin. Les chiens aboyaient, les chasseurs préparaient leurs armes ; j'ai entendu un piqueur qui disait à son maître : « Voici le fusil de monsieur le marquis. »

Il y a donc encore des marquis !

J'étais préoccupé d'une tout autre chasse... Je m'informai de l'heure à laquelle ouvrait la Bibliothèque.

— Le jour de la Toussaint, me dit-on, elle est naturellement fermée.

— Et les autres jours !

— Elle ouvre de sept heures du soir à onze heures.

Je crains de me faire ici plus malheureux que je n'étais. J'avais une recommandation pour l'un des bibliothécaires, qui est en même temps un de nos bibliophiles les plus éminents. Non seulement il a bien voulu me montrer les livres de la ville, mais encore les siens, — parmi lesquels se trouvent de précieux autographes, tels que ceux d'une correspondance *inédite* de Voltaire, et un recueil de chansons mises en musique par Rousseau et écrites de sa main, dont je n'ai pu voir sans attendrissement la belle et nette exécution, — avec ce titre : *Anciennes Chansons sur de nouveaux airs.* Voici la première dans le style marotique :

Celui plus je ne suis que j'ai jadis été,
Et plus ne saurais jamais l'être :
Mon doux printemps et mon été
Ont fait le saut par la fenêtre, etc.

Cela m'a donné l'idée de revenir à Paris par Ermenonville, — ce qui est la route la plus courte comme distance et la plus longue comme temps, bien que le chemin de fer fasse un coude énorme pour atteindre Compiègne.

On ne peut parvenir à Ermenonville, ni s'en éloigner, sans faire au moins trois lieues à pied. — Pas une voiture directe [26]. Mais demain, jour des Morts, c'est un pèlerinage que j'accomplirai respectueusement, — tout en pensant à la belle Angélique de Longueval.

Je vous adresse tout ce que j'ai recueilli sur elle aux Archives et à Compiègne, rédigé sans trop de préparation d'après les documents manuscrits et surtout d'après ce cahier jauni, entièrement écrit de sa main, qui est peut-être plus hardi étant d'une fille de grande maison, — que les *Confessions* mêmes de Rousseau.

Angélique de Longueval était fille d'un des plus grands seigneurs de Picardie. Jacques de Longueval, comte de Haraucourt, son père, conseiller du roi en ses conseils, maréchal de ses camps et armées, avait le gouvernement du Catelet et de Clermont-en-Beauvoisis. C'était dans le voisinage de cette dernière ville, au château de Saint-Rimault, qu'il laissait sa femme et sa fille, lorsque le devoir de ses charges l'appelait à la cour ou à l'armée[27].

Dès l'âge de treize ans, Angélique de Longueval, d'un caractère triste et rêveur, — n'ayant goût, comme elle le disait, *ni aux belles pierres, ni aux belles tapisseries, ni aux beaux habits, ne respirait que la mort pour guérir son esprit.* Un gentilhomme de la maison de son père en devint amoureux. Il jetait continuellement les yeux sur elle, l'entourait de ses soins, et bien qu'Angélique ne sût pas encore ce que c'était qu'Amour, elle trouvait un certain charme à la poursuite dont elle était l'objet.

La déclaration d'amour que lui fit ce gentilhomme resta même tellement gravée dans sa mémoire, que six ans plus tard, après avoir traversé les orages d'un autre amour, des malheurs de toute sorte, elle se rappelait encore cette première lettre et la retraçait mot pour mot. Qu'on me permette de citer ici ce curieux échantillon du style d'un amoureux de province au temps de Louis XIII.

Voici la lettre du premier amoureux de mademoiselle Angélique de Longueval :

« Je ne m'étonne plus de ce que les simples, sans la force des rayons du soleil, n'ont nulle vertu, puisque aujourd'hui j'ai été si malheureux que de sortir sans avoir vu cette belle aurore, laquelle m'a toujours mis en pleine lumière, et dans l'absence de laquelle je suis perpétuellement accompagné d'un cercle de ténèbres, dont le désir d'en sortir, et celui de vous revoir, ma belle, m'a obligé, comme ne pouvant vivre sans vous voir, de retourner avec tant de promptitude, afin de me ranger à l'ombre de vos belles perfections, l'aimant desquelles m'a entièrement dérobé le cœur et l'âme ; larcin toutefois que je révère, en ce qu'il m'a élevé en un lieu si saint et si redoutable, et lequel je veux adorer toute ma vie avec autant de zèle et de fidélité que vous êtes parfaite. »

Cette lettre ne porta pas bonheur au pauvre jeune homme qui l'avait écrite. En essayant de la glisser à Angélique, il fut surpris par le père, — et mourait à quatre jours de là, tué l'on ne dit pas comment.

Le déchirement que cette mort fit éprouver à Angélique lui révéla l'Amour. Deux ans entiers elle pleura. Au bout de ce temps, ne voyant, dit-elle, d'autre remède à sa douleur que la mort ou une autre affection, elle supplia son père de la mener dans le monde. Parmi tant de seigneurs qu'elle y rencontrerait elle trouverait bien, pensait-elle, quelqu'un à mettre en son esprit à la place de ce mort éternel.

Le comte d'Haraucourt ne se rendit pas, selon toute apparence, aux prières de sa fille, car parmi les personnes qui s'éprirent d'amour pour elle, nous ne voyons que des officiers domestiques de la maison paternelle. Deux, entre autres, M. de Saint-Georges, gentilhomme du comte, et Fargue, son valet de chambre, trouvèrent dans cette passion commune pour la fille de leur maître une occasion de rivalité qui eut un dénouement tragique. Fargue, jaloux de la supériorité de son rival, avait tenu quelques discours sur son compte. M. de Saint-Georges l'apprend, appelle Fargue, lui remontre sa faute, et lui donne, en fin de compte, tant de coups de plat d'épée, que son arme en reste tordue. Plein de fureur, Fargue parcourt l'hôtel, cherchant une épée. Il rencontre le baron d'Haraucourt, frère d'Angélique : lui arrachant son épée, il court la plonger dans la gorge de son rival, que l'on relève expirant. Le chirurgien n'arrive que pour dire à Saint-Georges : « Criez merci à Dieu, car vous êtes mort. » Pendant ce temps, Fargue s'était enfui.

Tels étaient les tragiques préambules de la grande

passion qui devait précipiter la pauvre Angélique dans une série de malheurs.

HISTOIRE

DE LA GRAND'TANTE DE L'ABBE DE BUCQUOY.

Voici maintenant les premières lignes du manuscrit :

« Lorsque ma mauvaise fortune jura de continuer à ne plus me laisser en repos, ce fut un soir à Saint-Rimault, par un homme que j'avais connu il y avait plus de sept ans, et pratiqué deux ans entiers sans l'aimer. Ce garçon étant entré dans ma chambre sous prétexte du bien qu'il voulait à la demoiselle de ma mère nommée Beauregard, s'approcha de mon lit en me disant : "Vous plaît-il, madame ?" et en s'approchant de plus près me dit ces paroles : "Ah ! que je vous aime, il y a longtemps !" auxquelles paroles je répondis : "Je ne vous aime point, je ne vous hais point aussi ; seulement, allez vous-en, de peur que mon papa ne sache que vous êtes ici à ces heures."

« Le jour étant venu, je cherchai incontinent l'occasion de voir celui qui m'avait fait la nuit sa déclaration d'amour ; et, le considérant, je ne le trouvai haïssable que de sa condition, laquelle lui donna tout ce jour-là une grande retenue, et il me regardait continuellement. Tous les jours ensuivants se passèrent avec de grands soins qu'il prenait de s'ajuster bien pour me plaire. Il est vrai aussi qu'il était fort aimable, et que ses actions ne procédaient pas du lieu d'où il était sorti, car il avait le cœur très haut et très courageux. »

Ce jeune homme, comme nous l'apprend le récit d'un père célestin, cousin d'Angélique, se nommait La Corbinière et n'était autre que le fils d'un charcutier de Clermont-sur-Oise, engagé au service du comte d'Haraucourt. Il est vrai que le comte, maréchal des camps et armées du roi, avait monté sa maison sur un pied militaire, et chez lui les serviteurs, portant moustaches et éperons, n'avaient pour livrée que l'uniforme. Ceci explique jusqu'à un certain point l'illusion d'Angélique.

Elle vit avec chagrin partir La Corbinière, qui s'en allait, à la suite de son maître, retrouver à Charleville monseigneur de Longueville, malade d'une dysenterie. — Triste maladie, pensait naïvement la jeune fille, triste maladie, qui l'empêchait de voir celui « dont l'affection ne lui déplaisait pas ». Elle le revit plus tard à Verneuil [28]. Cette rencontre se fit à l'église. Le jeune homme avait gagné de belles manières à la cour du duc de Longueville. Il était vêtu de drap d'Espagne gris de perle, avec un collet de point coupé et un chapeau gris orné de plumes gris de perle et jaunes. Il s'approcha d'elle un moment sans que personne le remarquât et lui dit : « Prenez, Madame, ces bracelets de senteur [29] que j'ai apportés de Charleville, où *il m'a grandement ennuyé.* »

La Corbinière reprit ses fonctions au château. Il feignait toujours d'aimer la chambrière Beauregard, et lui faisait accroire qu'il ne venait chez sa maîtresse que pour elle. « Cette simple fille, — dit Angélique, — le croyait fermement... Ainsi, nous passions deux ou trois heures à rire tous trois ensemble tous les soirs, dans le donjon de Verneuil, en la chambre tendue de blanc. »

La surveillance et les soupçons d'un valet de chambre nommé Dourdillie interrompit ces rendez-vous. Les amoureux ne purent plus correspondre que par lettres. Cependant, le père d'Angélique, étant allé à Rouen pour retrouver le duc de Longueville, dont il était le lieutenant, — La Corbinière s'échappa la nuit, monta sur une muraille par une brèche, et, arrivé près de la fenêtre d'Angélique, jeta une pierre à la vitre.

La demoiselle le reconnut et dit, en dissimulant encore, à sa chambrière Beauregard : « Je crois que votre amoureux est fou. Allez vitement lui ouvrir la porte de la salle basse qui donne dans le parterre, car il y est entré. Cependant, je vais m'habiller et allumer de la chandelle. »

Il fut question de donner à souper au jeune homme, « lequel ne fut que de confitures liquides [30]. Toute cette nuit, — ajoute la demoiselle, — nous la passâmes tous trois à rire. »

Mais, ce qu'il y eut de malheureux pour la pauvre Beauregard, c'est que la demoiselle et La Corbinière *se riaient* surtout en secret de la confiance qu'elle avait d'être aimée de lui.

Le jour venu, on cacha le jeune homme dans la chambre dite *du roy*, où jamais personne n'entrait ; — puis à la nuit on l'allait quérir. « Son manger, dit Angélique, fut, ces trois jours, de poulet frais que je lui portais entre ma chemise et ma cotte. »

La Corbinière fut forcé enfin d'aller rejoindre le comte, qui alors séjournait à Paris. Un an se passa, pour Angélique, dans une mélancolie — distraite seulement par les lettres qu'elle écrivait à son amant. « Je n'avais pas d'autre divertissement, dit-elle, car les belles pierres, ni les belles tapisseries et beaux habits, sans la conversation des honnêtes gens, ne me pouvaient plaire..... Notre *revue* fut à Saint-Rimault, avec des contentements si grands, que personne ne peut le savoir que ceux qui ont aimé. Je le trouvai encore plus aimable dans cet habit, qu'il avait d'écarlate..... »

Les rendez-vous du soir recommencèrent. Le valet Dourdillie n'était plus au château, et sa chambre était occupée par un fauconnier nommé Lavigne qui faisait semblant de ne s'apercevoir de rien.

Les relations se continuèrent ainsi, toujours chastement, du reste, — et ne laissant regretter que les mois d'absence de La Corbinière, forcé souvent de suivre le comte aux lieux où l'appelait son service militaire. « Dire, écrit Angélique, tous les contentements que nous eûmes en trois ans de temps *en France* *, il serait impossible. »

Un jour, La Corbinière devint plus hardi. Peut-être les compagnies de Paris l'avaient-elles un peu gâté. — Il entra dans la chambre d'Angélique fort tard. Sa

* On disait alors ces mots : *en France,* de tous les lieux compris dans l'Ile-de-France. Plus loin commençait la Picardie et le Soissonnais. Cela se dit encore pour distinguer certaines localités.

suivante était couchée à terre, elle dans son lit. Il commença par embrasser la suivante d'après la supposition habituelle, puis il lui dit : « Il faut que je fasse peur à madame. »

« Alors, ajoute Angélique, — comme je dormais, il se glissa tout d'un temps en mon lit, avec seulement un caleçon. Moi, plus effrayée que contente, je le suppliai, par la passion qu'il avait pour moi, de s'en aller bien vite, parce qu'il était impossible de marcher ni de parler dans ma chambre que mon papa ne l'entendît. J'eus beaucoup de peine à le faire sortir. »

L'amoureux, un peu confus, retourna à Paris. Mais, à son retour, l'affection mutuelle s'était encore augmentée ; — et les parents en avaient quelque soupçon vague. — La Corbinière se cacha sous un grand tapis de Turquie recouvrant une table, un jour que la demoiselle était couchée dans la chambre dite du Roi, « et vint se mettre près d'elle ». Cinquante fois elle le supplia, craignant toujours de voir son père entrer. — Du reste, même endormis l'un près de l'autre, leurs caresses étaient pures [31]...

5e LETTRE

Suite de l'histoire de la grand'tante de l'abbé de Bucquoy.

C'était l'esprit du temps, — où la lecture des poètes italiens faisait régner encore, dans les provinces surtout, un platonisme digne de celui de Pétrarque. On voit des traces de ce genre d'esprit dans le style de la belle pénitente à qui nous devons ces confessions.

Cependant, le jour étant venu, La Corbinière sortit un peu tard par la grande salle. Le comte, qui s'était levé de bonne heure, l'aperçut, sans pouvoir être sûr au juste qu'il sortît de chez sa fille, mais le soupçonnant très fort.

« Ce pourquoi, ajoute la demoiselle, mon très cher papa resta ce jour-là très mélancolique et ne faisait autre que de parler avec maman ; pourtant l'on ne me dit rien du tout. »

Le troisième jour, le comte était obligé de se rendre aux funérailles de son beau-frère Manicamp. Il se fit suivre de La Corbinière, — ainsi que d'un fils, d'un palefrenier et de deux laquais, et se trouvant au milieu de la forêt de Compiègne, il s'approcha tout à coup de l'amoureux, lui tira par surprise l'épée du baudrier, et, lui mettant le pistolet sur la gorge, dit au laquais : « Otez les éperons à ce traître, et vous en allez un peu devant... »

INTERRUPTION.

Je ne voudrais pas imiter ici le procédé des narrateurs de Constantinople ou des conteurs du Caire, qui, par un artifice vieux comme le monde, suspendent une narration à l'endroit le plus intéressant, afin que la foule revienne le lendemain au même café. — L'histoire de l'abbé Bucquoy existe ; je finirai par la trouver.

Seulement, je m'étonne que dans une ville comme Paris, centre des lumières, et dont les bibliothèques publiques contiennent deux millions de livres, on ne puisse rencontrer un livre français, que j'ai pu lire à Francfort, — et que j'avais négligé d'acheter.

Tout disparaît peu à peu, grâce au système de prêt des livres, — et aussi parce que la race des collectionneurs littéraires et artistiques ne s'est pas renouvelée depuis la Révolution. Tous les livres curieux volés, achetés ou perdus, se retrouvent en Hollande, en Allemagne et en Russie. — Je crains un long voyage dans cette saison, et je me contente de faire encore des recherches dans un rayon de quarante kilomètres autour de Paris.

J'ai appris que la poste de Senlis avait mis dix-sept heures pour vous transmettre une lettre qui, en trois heures, pouvait être rendue à Paris. Je pense que cela ne tient pas à ce que je sois mal vu dans ce pays, où j'ai été élevé ; mais voici un détail curieux.

Il y a quelques semaines, je commençais déjà à faire le plan du travail que vous voulez bien publier, et je faisais quelques recherches préparatoires sur les Bucquoy, — dont le nom a toujours résonné dans mon esprit comme un souvenir d'enfance. Je me trouvais à Senlis avec un ami, un ami breton, très grand et à la barbe noire. Arrivés de bonne heure par le chemin de fer, qui s'arrête à Saint-Maixent [32], et ensuite par un omnibus, qui traverse les bois, en suivant la vieille route de Flandre, — nous eûmes l'imprudence d'entrer au café le plus apparent de la ville, pour nous y réconforter.

Ce café était plein de gendarmes, dans l'état gracieux qui, après le service, leur permet de prendre quelques divertissements. Les uns jouaient aux dominos, les autres au billard.

Ces militaires s'étonnèrent sans doute de nos façons et de nos barbes parisiennes. Mais ils n'en manifestèrent rien ce soir-là.

Le lendemain, nous déjeunions à l'hôtel excellent de la Truite qui file (je vous prie de croire que je n'invente rien), lorsqu'un brigadier vint nous demander très poliment nos passeports.

Pardon de ces minces détails, — mais cela peut intéresser tout le monde...

Nous lui répondîmes à la manière dont un certain soldat répondit à la maréchaussée, — selon une chanson de ce pays-là même... (J'ai été bercé avec cette chanson [33].)

On lui a demandé :
Où est votre congé ?
— Le congé que j'ai pris,
Il est sous mes souliers !

La réponse est jolie. Mais le refrain est terrible :

Spiritus sanctus,
Quoniam bonus !

Ce qui indique suffisamment que le soldat n'a pas bien fini..... Notre affaire a eu un dénouement moins grave. Aussi, avions-nous répondu très honnêtement qu'on ne prenait pas d'ordinaire de passeport pour visiter la grande banlieue de Paris. Le brigadier avait salué sans faire d'observation.

Nous avions parlé à l'hôtel d'un dessein vague d'aller à Ermenonville. Puis, le temps étant devenu mauvais, l'idée a changé, et nous sommes allés retenir nos places à la voiture de Chantilly, qui nous rapprochait de Paris.

Au moment de partir, nous voyons arriver un commissaire orné de deux gendarmes qui nous dit : « Vos papiers ? »

Nous répétons ce que nous avions dit déjà.

— Hé bien ! messieurs, dit ce fonctionnaire, vous êtes en état d'arrestation.

Mon ami le Breton fronçait le sourcil, ce qui aggravait notre situation.

Je lui ai dit : Calme-toi. Je suis presque un diplomate... J'ai vu de près, — à l'étranger, — des rois, des pachas et même des padischas [34], et je sais comment on parle aux autorités.

— Monsieur le commissaire, dis-je alors (parce qu'il faut toujours donner leurs titres aux personnes), j'ai fait trois voyages en Angleterre, et l'on ne m'a jamais demandé de passeport que pour me conférer le droit de sortir de France... Je reviens d'Allemagne, où j'ai traversé dix pays souverains, — y compris la Hesse : — on ne m'a pas même demandé mon passeport en Prusse.

— Eh bien ! je vous le demande en France.

— Vous savez que les malfaiteurs ont toujours des papiers en règle...

— Pas toujours...

Je m'inclinai.

— J'ai vécu sept ans dans ce pays ; j'y ai même quelques restes de propriétés...

— Mais vous n'avez pas de papiers ?

— C'est juste... Croyez-vous maintenant que des gens suspects iraient prendre un bol de punch dans un café où les gendarmes font leur partie le soir ?

— Cela pourrait être un moyen de se déguiser mieux.

Je vis que j'avais affaire à un homme d'esprit.

— Eh bien ! monsieur le commissaire, ajoutai-je, je suis tout bonnement un écrivain ; je fais des recherches sur la famille des Bucquoy de Longueval, et je veux préciser la place, ou retrouver les ruines des châteaux qu'ils possédaient dans la province.

Le front du commissaire s'éclaircit tout à coup :

— Ah ! vous vous occupez de littérature ? Et moi aussi, monsieur ! J'ai fait des vers dans ma jeunesse... une tragédie.

Un péril succédait à un autre ; — le commissaire paraissait disposé à nous inviter à dîner pour nous lire sa tragédie. Il fallut prétexter des affaires à Paris pour être autorisé à monter dans la voiture de Chantilly, dont le départ était suspendu par notre arrestation.

Je n'ai pas besoin de vous dire que je continue à ne vous donner que des détails exacts sur ce qui m'arrive dans ma recherche assidue.

Ceux qui ne sont pas chasseurs ne comprennent point assez la beauté des paysages d'automne. — En ce moment, malgré la brume du matin, nous apercevons des tableaux dignes des grands maîtres flamands. Dans les châteaux et dans les musées, on retrouve encore l'esprit des peintres du Nord. Toujours des points de vue aux teintes roses ou bleuâtres dans le ciel, aux arbres à demi effeuillés, — avec des champs dans le lointain ou sur le premier plan des scènes champêtres.

Le voyage à Cythère de Watteau a été conçu dans les brumes transparentes et colorées de ce pays. C'est une Cythère calquée sur un îlot de ces étangs créés par les débordements de l'Oise et de l'Aisne, — ces rivières si calmes et si paisibles en été.

Le lyrisme de ces observations ne doit pas vous étonner ; — fatigué des querelles vaines et des stériles agitations de Paris, je me repose en revoyant ces campagnes si vertes et si fécondes ; — je reprends des forces sur cette terre maternelle.

Quoi qu'on puisse dire philosophiquement, nous tenons au sol par bien des liens. On n'emporte pas les cendres de ses pères à la semelle de ses souliers [35], — et le plus pauvre garde quelque part un souvenir sacré qui lui rappelle ceux qui l'ont aimé. Religion ou philosophie, tout indique à l'homme ce culte éternel des souvenirs.

6e LETTRE

Le jour des Morts. — Senlis. — Les tours des Romains. — Les jeunes filles. — Delphine.

C'est le jour des Morts que je vous écris ; — pardon de ces idées mélancoliques. Arrivé à Senlis la veille, j'ai passé par les paysages les plus beaux et les plus tristes qu'on puisse voir dans cette saison. La teinte rougeâtre des chênes et des trembles sur le vert foncé des gazons, les troncs blancs des bouleaux se détachant du milieu des bruyères et des broussailles, — et surtout la majestueuse longueur de cette route de Flandre, qui s'élève parfois de façon à vous faire admirer un vaste horizon de forêts brumeuses, tout cela m'avait porté à la rêverie. En arrivant à Senlis, j'ai vu la ville en fête. Les cloches, — dont Rousseau aimait tant le son lointain, — résonnaient de tous côtés ; les jeunes filles se promenaient par compagnies dans la ville, ou se tenaient devant les portes des maisons en souriant et caquetant. Je ne sais si je suis victime d'une illusion : je n'ai pu rencontrer encore une fille laide à Senlis... celles-là peut-être ne se montrent pas !

Non : — le sang est beau généralement, ce qui tient sans doute à l'air pur, à la nourriture abondante, à la qualité des eaux. Senlis est une ville isolée de ce grand mouvement du chemin de fer du Nord qui entraîne les populations vers l'Allemagne. — Je n'ai jamais su pourquoi le chemin de fer du Nord ne passait pas par nos pays, — et faisait un coude énorme qui encadre en partie Montmorency, Luzarches, Gonesse et autres localités, privées du privilège qui leur aurait assuré un trajet direct [36]. Il est probable que les personnes qui ont institué ce chemin auront tenu à le faire passer par leurs propriétés. —

Il suffit de consulter la carte pour apprécier la justesse de cette observation.

Il est naturel, un jour de fête à Senlis, d'aller voir la cathédrale. Elle est fort belle, et nouvellement restaurée, avec l'écusson semé de fleurs de lis qui représente les armes de la ville, et qu'on a eu soin de replacer sur la porte latérale. L'évêque officiait en personne, — et la nef était remplie des notabilités châtelaines et bourgeoises qui se rencontrent encore dans cette localité.

LES JEUNES FILLES.

En sortant, j'ai pu admirer, sous un rayon de soleil couchant, les vieilles tours des fortifications romaines, à demi démolies et revêtues de lierre. — En passant près du prieuré, j'ai remarqué un groupe de petites filles qui s'étaient assises sur les marches de la porte.

Elles chantaient sous la direction de la plus grande, qui, debout devant elles, frappait des mains en réglant la mesure.

— Voyons, mesdemoiselles, recommençons ; les petites ne vont pas !... Je veux entendre cette petite-là qui est à gauche, la première sur la seconde marche : — Allons, chante toute seule.

Et la petite se met à chanter avec une voix faible, mais bien timbrée :

> Les canards dans la rivière... etc.

Encore un air avec lequel j'ai été bercé. Les souvenirs d'enfance se ravivent quand on a atteint la moitié de la vie. — C'est comme un manuscrit palympseste dont on fait reparaître les lignes par des procédés chimiques.

Les petites filles reprirent ensemble une autre chanson, — encore un souvenir :

> Trois filles dedans un pré...
> Mon cœur vole (bis) !
> Mon cœur vole à votre gré !

« Scélérats d'enfants ! dit un brave paysan qui s'était arrêté près de moi à les écouter... Mais vous êtes trop gentilles !... Il faut danser à présent. »

Les petites filles se levèrent de l'escalier et dansèrent une danse singulière qui m'a rappelé celle des filles grecques dans les îles.

Elles se mettent toutes, — comme on dit chez nous, — *à la queue leleu* [37] ; puis un jeune garçon prend les mains de la première et la conduit en reculant, pendant que les autres se tiennent les bras, que chacune saisit derrière sa compagne. Cela forme un serpent qui se meut d'abord en spirale et ensuite en cercle, et qui se resserre de plus en plus autour de l'auditeur, obligé d'écouter le chant, et quand la ronde se resserre, d'embrasser les pauvres enfants, qui font cette gracieuseté à l'étranger qui passe.

Je n'étais pas un étranger, mais j'étais ému jusqu'aux larmes en reconnaissant, dans ces petites voix, des intonations, des roulades, des finesses d'accent, autrefois entendues, — et qui, des mères aux filles, se conservent les mêmes...

La musique, dans cette contrée, n'a pas été gâtée par l'imitation des opéras parisiens, des romances de salon ou des mélodies exécutées par les orgues. On en est encore, à Senlis, à la musique du seizième siècle, conservée traditionnellement depuis les Médicis. L'époque de Louis XIV a aussi laissé des traces. Il y a, dans les souvenirs des filles de la campagne, des complaintes — d'un mauvais goût ravissant. On trouve là des restes de morceaux d'opéras, du seizième siècle, peut-être, — ou d'oratorios du dix-septième.

DELPHINE.

J'ai assisté autrefois à une représentation donnée à Senlis dans une pension de demoiselles.

On jouait un mystère, — comme aux temps passés. — La vie du Christ avait été représentée dans tous ses détails, et la scène dont je me souviens était celle où l'on attendait la descente du Christ dans les enfers.

Une très belle fille blonde parut avec une robe blanche, une coiffure de perles, une auréole et une épée dorée, sur un demi-globe, qui figurait un astre éteint.

Elle chantait :

Anges ! descendez promptement,
Au fond du purgatoire !...

Et elle parlait de la gloire du Messie, qui allait visiter ces sombres lieux. Elle ajoutait :

Vous le verrez distinctement
Avec une couronne...
Assis *dessus* un trône !

Ceci se passait dans une époque monarchique. La demoiselle blonde était d'une des plus grandes familles du pays et s'appelait Delphine. — Je n'oublierai jamais ce nom [38] !

—

... Le sire de Longueval dit à ses gens : « Fouillez ce traître, car il a des lettres de ma fille, » — et il ajoutait en lui parlant : « Dis, perfide, d'où venais-tu quand tu sortais si bonne heure de la grand'salle ? »

« Je venais, disait-il, de la chambre de M. de La Porte, et ne sais ce que vous voulez me dire de lettres. »

Heureusement La Corbinière avait brûlé les lettres précédemment reçues, de sorte qu'on ne trouva rien. Cependant le comte de Longueval dit à son fils, — en tenant toujours le pistolet à la main : — Coupe-lui la moustache et les cheveux !

Le comte s'imaginait qu'après cette opération, La Corbinière ne plairait plus à sa fille.

Voici ce qu'elle a écrit à ce sujet :

« Ce garçon se voyant de cette sorte, voulut mourir, car il croyait, en effet, que je ne l'aimerais plus ; mais, au contraire, lorsque je le vis en cet état pour l'amour de moi, mon affection redoubla de telle sorte que j'avais juré, si mon père le traitait plus mal, de me tuer devant lui ; — lequel usa de prudence, comme homme d'esprit qu'il était, car, sans éclater davantage, il l'envoya avec un bon cheval en Beauvoisis, avertir ces Messieurs les gendarmes de se tenir prêts à venir en garnison à Orbaix. »

La demoiselle ajoute :

« Le mauvais traitement que lui avait fait mon père, et le commandement qu'il lui avait enjoint de se tenir dans les bornes de son devoir, ne purent empêcher qu'il ne passât toute cette nuit-là avec moi par cette invention : mon père lui ayant commandé de s'en aller en Beauvoisis, il monta à cheval, et au lieu de s'en aller vivement, il s'arrêta dans le bois de Guny jusqu'à ce qu'il fût nuit, et alors il s'en vint chez Tancar, à Coucy-la-Ville, et lorsqu'il eut soupé, il prit ses deux pistolets et s'en vint à Verneuil, grimper par le petit jardin, où je l'attendais avec assurance et sans peur, sachant qu'on croyait qu'il fût bien loin. Je le menai dans ma chambre ; alors il me dit : « Il ne faut pas perdre cette bonne occasion sans nous embrasser : c'est pourquoi il faut nous déshabiller... Il n'y a nul danger. »

La Corbinière fit une maladie, ce qui rendit le comte moins sévère envers lui, — mais pour l'éloigner de sa fille, il lui dit : « Il vous en faut aller à la garnison à Orbaix, car déjà les autres gendarmes y sont. »

Ce qu'il fit avec grand déplaisir.

A Orbaix, le fauconnier du comte ayant envoyé à Verneuil son valet, nommé Toquette, La Corbinière lui donna une lettre pour Angélique de Longueval. Mais, craignant qu'elle ne fût vue, il lui recommanda de la mettre sous une pierre avant d'entrer au château, afin que si on le fouillait, on ne trouvât rien.

Une fois admis, il devenait très simple d'aller quérir la lettre sous la pierre, et de la remettre à la demoiselle. Le petit garçon fit bien son message, et, s'approchant d'Angélique de Longueval, lui dit : « J'ai quelque chose pour vous. »

Elle eut un grand contentement de cette lettre. Il

témoignait qu'il avait quitté de grands avantages en Allemagne pour venir la voir, et qu'il lui était impossible de vivre sans qu'elle lui donnât commodité de la voir.

Ayant été menée par son frère au château de la Neuville [39], Angélique dit à un laquais qui était à sa mère et qui s'appelait *Court-Toujours* : « Oblige-moi d'aller trouver La Corbinière, lequel est revenu d'Allemagne, et lui porte cette lettre de ma part bien secrètement. »

7e LETTRE

Observations. — Le roi Loys. — Dessous les rosiers blancs.

Avant de parler des grandes résolutions d'Angélique de Longueval, je demande la permission de placer encore un mot. Ensuite, je n'interromprai plus que rarement le récit. Puisqu'il nous est défendu de faire du *roman* historique, nous sommes forcés de servir la sauce sur un autre plat que le poisson ; — c'est-à-dire les descriptions locales, le sentiment de l'époque, l'analyse des caractères, — en dehors du récit matériellement vrai.

Je me rends compte difficilement du voyage qu'a fait La Corbinière en Allemagne. La demoiselle de Longueval n'en dit qu'un mot. A cette époque, on appelait l'Allemagne les pays situés dans la haute Bourgogne, — où nous avons vu que M. de Longueville avait été malade de la dysenterie. Probablement La Corbinière était allé quelque temps près de lui.

Quant au caractère des pères de la province que je parcours, il a été éternellement le même si j'en crois les légendes que j'ai entendu chanter dans ma jeunesse. C'est un mélange de rudesse et de bonhomie tout patriarcal. Voici une des chansons que j'ai pu recueillir dans ce vieux pays de l'Ile-de-France, qui, du *Parisis,* s'étend jusqu'aux confins de la Picardie :

Le roi Loys est sur *son pont*
Tenant sa fille en son giron.

Elle lui demande un cavalier...
Qui n'a pas vaillant six deniers !

— Oh ! oui, mon père, je l'aurai
Malgré ma mère qui m'a porté.
Aussi malgré tous mes parents
Et vous, mon père... que j'aime tant !

— Ma fille, il faut changer d'amour,
Ou vous entrerez dans la tour...
— J'aime mieux rester dans la tour,
Mon père ! que de changer d'amour !

— Vite... où sont mes estafiers,
Aussi bien que mes gens de pied ?
Qu'on mène ma fille à la tour,
Elle n'y verra jamais le jour !

Elle y resta sept ans passés
Sans que personne pût la trouver :
Au bout de la septième année
Son père vint la visiter.

— Bonjour, ma fille ! comme vous en va ?
— Ma foi, mon père... ça va bien mal ;
J'ai les pieds pourris dans la terre,
Et les côtés mangés des vers.

— Ma fille, il faut changer d'amour...
Ou vous resterez dans la tour.
— J'aime mieux rester dans la tour,
Mon père, que de changer d'amour !

Nous venons de voir le père féroce ; — voici maintenant le père indulgent.

Il est malheureux de ne pouvoir vous faire entendre les airs, — qui sont aussi poétiques que ces vers, mêlés d'assonances, dans le goût espagnol, sont musicalement rythmés :

Dessous le rosier blanc
La belle se promène...
Blanche comme la neige,
Belle comme le jour :
Au jardin de son père
Trois cavaliers l'ont pris.

On a gâté depuis cette légende en y refaisant des vers, et en prétendant qu'elle était du Bourbonnais.

On l'a même dédiée, avec de jolies illustrations, à l'ex-reine des Français [40]... Je ne puis vous la donner entière ; voici encore les détails dont je me souviens :

Trois capitaines passent à cheval près du rosier blanc :

> Le plus jeune des trois
> La prit par sa main blanche :
> — Montez, montez la belle,
> Dessus mon cheval gris.

On voit encore, par ces quatre vers, qu'il est possible de ne pas rimer en poésie ; — c'est ce que savent les Allemands, qui, dans certaines pièces, emploient seulement les longues et les brèves, à la manière antique.

Les trois cavaliers et la jeune fille, montée en croupe derrière le plus jeune, arrivent à Senlis. « Aussitôt arrivés, l'hôtesse la regarde : »

> Entrez, entrez, la belle ;
> Entrez sans plus de bruit,
> Avec trois capitaines
> Vous passerez la nuit !

Quand la belle comprend qu'elle a fait une démarche un peu légère, — après avoir présidé au souper, elle *fait la morte*, et les trois cavaliers sont assez naïfs pour se prendre à cette feinte. — Ils se disent : « Quoi ! notre mie est morte ! » et se demandent où il faut la reporter :

> Au jardin de son père !

dit le plus jeune ; et c'est sous le rosier blanc qu'ils s'en vont déposer le corps.

Le narrateur continue :

> Et au bout des trois jours
> La belle ressuscite !

> — Ouvrez, ouvrez, mon père,
> Ouvrez, sans plus tarder ;
> Trois jours j'ai fait la morte
> Pour mon honneur garder.

Le père est en train de souper avec toute la famille. On accueille avec joie la jeune fille dont l'absence avait beaucoup inquiété ses parents depuis trois jours, — et il est probable qu'elle se maria plus tard fort honorablement.

Revenons à Angélique de Longueval.

« Mais pour parler de la résolution que je fis de quitter ma patrie, elle fut en cette sorte : lorsque celui * qui était allé au Maine fut revenu à Verneuil, mon père lui demanda avant de souper : "Avez-vous force d'argent ?" à quoi il répondit : "J'ai tant." Mon père non content, prit un couteau sur la table, parce que le couvert était mis, et se jetant sur lui pour le blesser, ma mère et moi y accourûmes ; mais déjà celui qui devait être cause de tant de peine, s'était blessé lui-même au doigt en voulant ôter le couteau à mon père... et encore qu'il ait reçu ce mauvais traitement, l'amour qu'il avait pour moi l'empêchait de s'en aller, comme était son devoir.

« Huit jours se passèrent que mon père ne lui disait ni bien ni mal, pendant lequel temps il me sollicitait par lettres de prendre résolution de nous en aller ensemble, à quoi je n'étais encore résolue, mais les huit jours étant passés, mon père lui dit dans le jardin : "Je m'étonne de votre effronterie, que vous restiez encore dans ma maison après ce qui s'est passé ; allez vous-en vitement, et ne venez jamais à pas une de mes maisons, car vous ne serez jamais le bienvenu."

« Il s'en vint donc vitement faire seller un cheval qu'il avait, et monta à sa chambre pour y prendre ses hardes ; il m'avait fait signe de monter à la chambre d'Haraucourt, où dans l'antichambre il y avait une porte fermée, où l'on pouvait néanmoins parler. Je m'y en allai vitement et il me dit ces paroles : "C'est cette fois qu'il faut prendre résolution, ou bien vous ne me verrez jamais."

« Je lui demandai trois jours pour y penser ; il s'en

* Elle ne nomme jamais La Corbinière, dont nous n'avons appris le nom que par le récit du moine célestin, cousin d'Angélique [41].

alla donc à Paris et revint au bout de trois jours à Verneuil, pendant lequel temps je fis tout ce que je pus pour me pouvoir résoudre à laisser cette affection, mais il me fut impossible, encore que toutes les misères que j'ai souffertes se présentèrent devant mes yeux avant de partir. L'amour et le désespoir passèrent sur toutes ces considérations ; me voilà donc résolue. »

Au bout de trois jours, La Corbinière vint au château et entra par le petit jardin. Angélique de Longueval l'attendait dans le petit jardin et entra par la chambre basse, où il fut *ravi de joie* en apprenant la résolution de la demoiselle.

Le départ fut fixé au premier dimanche de carême, et elle lui dit, sur l'observation qu'il fit, « qu'il fallait avoir de l'argent et un cheval », qu'elle ferait ce qu'elle pourrait.

Angélique chercha dans son esprit le moyen d'avoir de la vaisselle d'argent, car pour de la monnaie il n'y fallait pas songer, le père ayant tout son argent avec lui à Paris.

Le jour venu elle dit à un palefrenier nommé Breteau :

« Je voudrais bien que tu me prêtasses un cheval pour envoyer à Soissons, cette nuit, quérir du taffetas pour me faire un corps-de-cotte, te promettant que le cheval sera ici avant que maman se lève ; et ne t'étonne pas si je te le demande pour la nuit, car c'est afin qu'elle ne te crie. »

Le palefrenier consentit *à la volonté* de sa demoiselle. Il s'agissait encore d'avoir la clef de la première porte du château. Elle dit au portier qu'elle voulait faire sortir quelqu'un de nuit pour aller chercher quelque chose à la ville et qu'il ne fallait pas que madame le sût.... qu'ainsi il ôtât du trousseau de clefs celle de la première porte, et qu'elle ne s'en apercevrait pas.

Le principal était d'avoir l'argenterie. La comtesse qui, ainsi que le dit sa fille, semblait en ce moment

« inspirée de Dieu, » dit au souper à celle qui *l'avait en garde :* « Huberde, à cette heure que M. d'Haraucourt n'est point ici, serrez presque toute la vaisselle d'argent dans ce coffre et m'apportez la clef. »

La demoiselle changea de couleur, — et il fallut remettre le jour du départ. Cependant, sa mère étant allée se promener dans la campagne le dimanche suivant, elle eut l'idée de faire venir un maréchal du village pour *lever* la serrure du coffre, — sous prétexte que la clef était perdue.

« Mais, dit-elle, ce ne fut pas tout, car mon frère le chevalier, qui était seul resté avec moi, et qui était petit, me dit, lorsqu'il vit que j'avais donné des commissions à tous, et que j'avais fermé moi-même la première porte du château : "Ma sœur, si vous voulez voler papa et maman, pour moi, je ne le veux pas faire ; je m'en vais trouver vitement maman. — Va, lui dis-je, petit impudent, car aussi bien le saura-t-elle de ma bouche ; et si elle ne me fait raison, je me la ferai bien moi-même." — Mais c'était au plus loin de ma pensée que je disais ces paroles. Cet enfant s'en courait pour aller dire ce que je voulais tenir caché ; mais se retournant toujours pour voir si je ne le regardais pas, il s'imagina que je ne m'en souciais guère, ce qui le fit revenir. Je le faisais exprès, sachant qu'aux enfants tant plus on leur montre de crainte, et plus ils ont d'ardeur à dire ce qu'on leur prie de taire. »

La nuit étant venue, et l'heure du coucher approchant, Angélique donna le bonsoir à sa mère avec un grand sentiment de douleur en elle-même, — et, rentrant chez elle, dit à sa fille de chambre :

« Jeanne, couchez-vous ; j'ai quelque chose qui me travaille l'esprit ; je ne puis me déshabiller encore... »

Elle se jeta toute vêtue sur son lit en attendant minuit ; — La Corbinière fut exact.

« Oh Dieu ! quelle heure ! — écrit Angélique ; — je tressaillis toute lorsque j'entendis qu'il jetait une petite pierre à ma fenêtre... car il était entré dans le petit jardin. »

Quand La Corbinière fut dans la salle, Angélique lui dit :

« Notre affaire va bien mal, car madame a pris la clef de la vaisselle d'argent, ce qu'elle n'avait jamais fait ; mais pourtant j'ai la clef de la dépense où est le coffre. »

« Sur ces paroles il me dit :

"Il faut commencer à t'habiller, et puis nous regarderons comme nous ferons."

« Je commençai donc à mettre les chausses, et les bottes et éperons lesquels il m'aidait à mettre. Sur cela le palefrenier vint à la porte de la salle avec le cheval ; moi, tout éperdue, je me mis vitement ma cotte de ratine pour couvrir mes habits d'homme que j'avais jusques à la ceinture, et m'en vins prendre le cheval des mains de Breteau, et le menai hors de la première porte du château, à un ormeau sous lequel dansaient aux fêtes les filles du village, et m'en retournai à la salle, où je trouvai *mon cousin* qui m'attendait avec grande impatience (tel était le nom que je le devais appeler pour le voyage), lequel me dit : "Allons donc voir si nous pourrons avoir quelque chose, ou, sinon, nous ne laisserons de nous en aller avec rien." — A ces paroles je m'en allai dans la cuisine, qui était près de la dépense, et, ayant découvert le feu pour voir clair, j'aperçus une grande pelle à feu, de fer, laquelle je pris, et puis lui dis :

"Allons à la dépense," et étant proche du coffre, nous mîmes la main au couvercle, lequel *ne serrait tout près.* Alors je lui dis : "Mets un peu la pelle entre le couvercle et ce coffre." Alors, haussant tous deux les bras, nous n'y fîmes rien ; mais la seconde fois, les deux ressorts de serrure se rompirent, et soudain je mis la main dedans. »

Elle trouva une pile de plats d'argent qu'elle donna à La Corbinière, et, comme elle voulait en prendre d'autres, il lui dit : « N'en tirez plus dehors, car le sac de moquette est plein. »

Elle en voulait prendre davantage, comme bassins,

chandeliers, aiguières ; mais il dit : « Cela est embarrassant. »

Et il l'engagea à s'aller vêtir en homme avec un pourpoint et une casaque, — afin qu'ils ne fussent pas reconnus.

Ils allèrent droit à Compiègne, où le cheval d'Angélique de Longueval fut vendu 40 écus. Puis, ils prirent la poste, et arrivèrent le soir à Charenton.

La rivière était débordée, de sorte qu'il fallut attendre jusqu'au jour. — Là, Angélique, dans son costume d'homme, put faire illusion à l'hôtesse, qui dit « comme le postillon lui tirait les bottes :

— *Messieurs,* que vous plaît-il de souper ?

— Tout ce que vous aurez de bon, madame, fut la réponse. »

Cependant Angélique se mit au lit, si lasse qu'il lui fut impossible de manger. Elle craignait surtout le comte de Longueval, son père, « qui alors se trouvait à Paris ».

Le jour venu, ils se mirent dans le bateau jusqu'à Essonne, où la demoiselle se trouva tellement lasse, qu'elle dit à La Corbinière :

— « Allez-vous toujours devant m'attendre à Lyon, avec la vaisselle. »

Ils restèrent trois jours à Essonne, d'abord pour attendre le coche, puis pour guérir les écorchures que la demoiselle s'était faites aux cuisses en courant à franc-étrier.

Passé Moulins, un homme qui était dans le coche et qui se disait gentilhomme, commença à dire ces paroles :

— N'y a-t-il pas une demoiselle vêtue en homme ?

A quoi La Corbinière répondit :

— Oui-dà, Monsieur... Pourquoi avez-vous quelque chose à dire là-dessus ? Ne suis-je pas maître de faire habiller ma femme comme il me plaît ?

Le soir, ils arrivèrent à Lyon, au *Chapeau rouge,* où ils vendirent la vaisselle pour 300 écus ; sur quoi La Corbinière se fit faire, « encore qu'il n'en eût du tout besoin, — un fort bel habit d'écarlate, avec les aiguillettes d'or et d'argent ».

Ils descendirent sur le Rhône, et s'étant arrêtés le soir à une hôtellerie, La Corbinière voulu essayer ses pistolets. Il le fit si maladroitement, qu'il adressa une balle dans le pied droit d'Angélique de Longueval, — et il dit seulement à ceux qui le blâmaient de son imprudence : « C'est un malheur qui m'est arrivé... *je puis dire à moi-même,* puisque c'est ma femme. »

Angélique resta trois jours au lit, puis ils se remirent dans la barque du Rhône, et purent atteindre Avignon, où Angélique se fit traiter pour sa blessure, et ayant pris une nouvelle barque lorsqu'elle se sentit mieux, ils arrivèrent enfin à Toulon le jour de Pâques.

Une tempête les accueillit en sortant du port pour aller à Gênes ; ils s'arrêtèrent dans un havre, au château dit de *Saint-Soupir* [42], dont la dame, les voyant sauvés, fit chanter le *Salve regina.* Puis elle leur fit faire collation à la mode du pays, avec olives et câpres, — et commanda que l'on donnât à leur valet des artichauts.

« Voyez, dit Angélique, ce que c'est *de l'amour ;* — encore que nous étions à un lieu qui n'était habité par personne, il fallut y jeûner les trois jours que nous attendîmes le bon vent. Néanmoins les heures me semblaient des minutes, encore que j'étais bien affamée. Car à Villefranche, peur de la peste, ils ne voulurent nous laisser prendre des vivres. Ainsi tous bien affamés, nous fîmes voile ; mais auparavant, de crainte de faire naufrage, je me voulus confesser à un bon père cordelier qui était en notre compagnie, et lequel venait à Gênes aussi.

« Car mon mari (elle l'appelle toujours ainsi de ce moment), voyant entrer dans notre chambre un gentilhomme génois, lequel écorchait un peu le français, lui demanda : “Monsieur, vous plaît-il quelque chose ? — Monsieur, dit ce Génois, je voudrais bien parler à Madame.” Mon mari, tout d'un temps, mettant l'épée à la main, lui dit : “La connaissez-vous ? Sortez d’ici, car autrement je vous tuerai.”

« Incontinent, M. Audiffret nous vint voir, lequel lui conseilla de nous en aller le plus promptement qu’il se pourrait, parce que ce Génois, très assurément, lui ferait faire du déplaisir.

« Nous arrivâmes à Civita-Vecchia, puis à Rome, où nous descendîmes à la meilleure hôtellerie, attendant de trouver la commodité de se mettre en chambre garnie, laquelle on nous fit trouver en la rue des Bourguignons, chez un Piémontais, duquel la femme était Romaine. Et un jour étant à sa fenêtre, le neveu de Sa Sainteté passant avec dix-neuf estafiers, en envoya un qui me dit ces paroles en italien : “Mademoiselle, Son Eminence m’a commandé de venir savoir si vous aurez agréable qu’il vous vienne voir.” Toute tremblante, je lui réponds : “Si mon mari était ici, j’accepterais cet honneur ; mais n’y étant pas, je supplie très-humblement votre maître de m’excuser.”

« Il avait fait arrêter son carrosse à trois maisons de la nôtre, attendant la réponse, laquelle soudain qu’il l’eût entendue, il fit marcher son carrosse, et depuis je n’entendis plus parler de lui. »

La Corbinière lui raconta peu après qu’il avait rencontré un fauconnier de son père qui s’appelait La Roirie. Elle eut un grand désir de le voir ; et, en la voyant, « il resta sans parler ; » puis, s’étant rassuré, il lui dit que madame l’ambassadrice avait entendu parler d’elle et désirait la voir.

Angélique de Longueval fut bien reçue par l’ambassadrice. — Toutefois, elle craignit, d’après certains détails, que le fauconnier n’eût dit quelque chose et qu’on n’arrêtât La Corbinière et elle.

Ils furent fâchés d’être restés vingt-neuf jours à Rome, et d’avoir fait toutes les diligences pour s’épouser sans pouvoir y parvenir. « Ainsi, — dit Angélique, — je partis sans voir le pape... »

C’est à Ancône qu’ils s’embarquèrent pour aller à

Venise. Une tempête les accueillit dans l'Adriatique ; puis ils arrivèrent et allèrent loger sur le grand canal.

« Cette ville, quoique admirable — dit Angélique de Longueval — ne pouvait me plaire à cause de la mer — et il m'était impossible d'y boire et d'y manger que pour m'empêcher de mourir. »

Cependant, l'argent se dépensait, et Angélique dit à La Corbinière : « Mais, que ferons-nous ? Il n'y a tantôt plus d'argent ! »

Il répondit : « Lorsque nous serons en terre ferme, Dieu y pourvoira... Habillez-vous, et nous irons à la messe de Saint-Marc. »

Arrivés à Saint-Marc, les époux s'assirent, au banc des sénateurs ; et là, quoique étrangers, personne n'eut l'idée de leur contester cette place ; — car La Corbinière avait des chausses de petit velours noir, avec le pourpoint de toile d'argent blanc, le manteau pareil..., et la petite oie d'argent [43].

Angélique était bien ajustée, et elle fut ravie, — car son habit à la française faisait que les sénateurs avaient toujours l'œil sur elle.

L'ambassadeur de France, qui marchait dans la procession avec le doge, la salua.

A l'heure du dîner, Angélique ne voulut plus sortir de son hôtel, — aimant mieux reposer que d'aller en mer en gondole.

Quant à La Corbinière, il alla se promener sur la place Saint-Marc, et y rencontra M. de La Morte, qui lui fit des offres de service, et qui, sur ce qu'il lui parla de la difficulté que lui et Angélique avaient à s'épouser, lui dit qu'il serait bon de se rendre à sa garnison de Palma-Nova, où l'on pourrait en conférer, et où La Corbinière pourrait se mettre au service.

Là, M. de La Morte présenta les futurs époux à *Son Excellence le général,* qui ne voulut pas croire qu'un homme *si bien couvert* s'offrît de *prendre une pique* dans une compagnie. Celle qu'il avait choisie était commandée par M. Ripert de Montélimart.

Son Excellence le général consentit cependant à

servir de témoin au mariage [44]... après lequel on fit un petit festin où s'écoulèrent *les dernières vingt pistoles* dont les conjoints étaient encore chargés.

Au bout de huit jours, le sénat donna ordre au général d'envoyer la compagnie à Vérone, ce qui mit Angélique de Longueval au désespoir, car elle se plaisait à Palma-Nova, où les vivres étaient à bon marché.

En repassant à Venise, ils achetèrent du ménage, « deux paires de draps pour deux pistoles, sans compter une couverte, un matelas, six plats de faïence et six assiettes ».

En arrivant à Vérone, ils trouvèrent plusieurs officiers français. — M. de Breunel, enseigne, les recommanda à M. de Beaupuis, qui les logea sans s'incommoder, — les maisons étant à un grand bon marché. Vis-à-vis de la maison, il y avait un couvent de religieuses qui prièrent Angélique de Longueval d'aller les voir, — « et lui firent tant de caresses, qu'elle en était confuse ».

A cette époque, elle accoucha de son premier enfant, qui fut tenu au baptême par S. E. Alluisi Georges et par la comtesse Bevilacqua. Son Excellence, après qu'Angélique de Longueval fut relevée de couches, lui envoyait son carrosse assez souvent.

A un bal donné plus tard, elle étonna toutes les dames de Vérone en dansant avec le général Alluisi, — en costume français. — Elle ajoute :

« Tous les Français officiers de la République étaient ravis de voir que ce grand général, craint et redouté partout, me faisait tant d'honneur. »

Le général, tout en dansant, ne manquait pas de parler à Angélique de Longueval « à part de son mari ». Il lui disait : « Qu'attendez-vous en Italie ?... La misère avec lui pour le reste de vos jours. Si vous dites qu'il vous aime, vous ne pouvez croire que je ne fasse plus encore... moi qui vous achèterai les plus belles perles qui seront ici, et d'abord des cottes de brocart telles qu'il vous plaira. Pensez, Mademoiselle, à laisser votre amour pour une personne qui parle pour votre bien et pour vous remettre en bonne grâce de messieurs vos parents. »

Cependant ce général conseillait à La Corbinière de s'engager dans les guerres d'Allemagne, lui disant qu'il trouverait *beaucoup d'avantage* à Inspruck, qui n'était qu'à sept journées de Vérone, et que là il *attraperait* une compagnie...

8e LETTRE

Réflexions. — Souvenirs de la Ligue. — Les Sylvanectes et les Francs. La Ligue.

J'ai vu, en me promenant, sur une affiche bleue une représentation de *Charles VII* annoncée, — par Beauvallet et mademoiselle Rimblot [45]. Le spectacle était bien choisi. Dans ce pays-ci on aime le souvenir des princes du Moyen Age et de la Renaissance, — qui ont créé les cathédrales merveilleuses que nous y voyons, et de magnifiques châteaux, — moins épargnés cependant par le temps et les guerres civiles.

C'est qu'il y a eu ici des luttes graves à l'époque de la Ligue... Un vieux noyau de protestants qu'on ne pouvait dissoudre, — et, plus tard, un autre noyau de catholiques non moins fervents pour repousser le *parpayot* dit *Henri IV*.

L'animation allait jusqu'à l'extrême, — comme dans toutes les grandes luttes politiques. Dans ces contrées — qui faisaient partie des anciens apanages de Marguerite de Valois et des Médicis, — qui y avaient fait du bien, — on avait contracté une haine *constitutionnelle* contre la race qui les avait remplacés. Que de fois j'ai entendu ma grand'mère, parlant d'après ce qui lui avait été transmis, — me dire de l'épouse de Henri II : « Cette grande madame Catherine de Médicis... à qui on a tué ses pauvres enfants ! »

Cependant, des mœurs se sont conservées dans cette province à part, qui indiquent et caractérisent les vieilles luttes du passé. La fête principale, dans certaines localités, est la *Saint-Barthélemy* [46]. C'est pour ce jour que sont fondés surtout de grand prix pour le tir de l'arc. — L'arc, aujourd'hui, est une arme assez légère. Eh bien, elle symbolise et rappelle d'abord l'époque où ces rudes tribus des *Sylvanectes* formaient une branche redoutable des races celtiques.

Les pierres druidiques d'Ermenonville, les haches de pierre et les tombeaux, où les squelettes ont toujours le visage tourné vers l'Orient, ne témoignent pas moins des origines du peuple qui habite ces régions entrecoupées de forêts et couvertes de marécages, — devenus des lacs aujourd'hui.

Le *Valois* et l'ancien petit pays nommé *la France* semblent établir par leur division l'existence de races bien distinctes. La France, division spéciale de l'Ile-de-France, a, dit-on, été peuplée par les Francs primitifs, venus de Germanie, dont ce fut, comme disent les chroniques, le premier *arrêt.* Il est reconnu aujourd'hui que les Francs n'ont nullement subjugué la Gaule, et n'ont pu que se trouver mêlés aux luttes de certaines provinces entre elles. Les Romains les avaient fait venir pour peupler certains points, et surtout pour défricher les grandes forêts ou assainir les pays de marécages. Telles étaient alors les contrées situées au nord de Paris. Issus généralement de la race caucasienne, ces hommes vivaient sur un pied d'égalité, d'après les mœurs patriarcales. Plus tard, on créa des fiefs, quand il fallut défendre le pays contre les invasions du Nord. Toutefois, les cultivateurs conservaient libres les terres qui leur avaient été concédées et qu'on appelait terres de franc-alleu.

La lutte de deux races différentes est évidente surtout dans les guerres de la Ligue. On peut penser que les descendants des Gallo-Romains favorisaient le Béarnais, tandis que l'autre race, plus indépendante de sa nature, se tournait vers Mayenne, d'Epernon, le cardinal de Lorraine et les Parisiens. On retrouve encore dans certains coins, surtout à Montépilloy, des amas de cadavres, résultat des massacres ou des combats de cette époque dont le principal fut la bataille de Senlis [47].

Et même ce grand comte Longueval de Bucquoy, — qui a fait les guerres de Bohême, aurait-il gagné l'illustration qui causa bien des peines à son descendant, — l'abbé de Bucquoy, — s'il n'eût, à la tête des ligueurs, protégé longtemps Soissons, Arras et Calais contre les armées de Henri IV ? Repoussé jusque dans la Frise après avoir tenu trois ans dans les pays de Flandre, il obtint cependant un traité d'armistice de dix ans en faveur de ces provinces, que Louis XIV dévasta plus tard.

Etonnez-vous maintenant des persécutions qu'eut à subir l'abbé de Bucquoy, — sous le ministère de Pontchartrain.

Quant à Angélique de Longueval, c'est l'opposition même en cotte-hardie [48]. Cependant elle aime son père, — et ne l'avait abandonné qu'à regret. Mais du moment qu'elle avait choisi l'homme qui semblait lui convenir, — comme la fille du duc Loys choisissant Lautrec pour cavalier, — elle n'a pas reculé devant la fuite et le malheur, et même, ayant aidé à soustraire l'argenterie de son père, elle s'écriait : « Ce que c'est de l'amour ! »

Les gens du Moyen Age croyaient aux charmes. Il semble qu'un charme l'ait en effet attachée à ce fils de charcutier, — qui était beau s'il faut l'en croire ; — mais qui ne semble pas l'avoir rendue très heureuse. Cependant en constatant quelques malheureuses dispositions de *celui* qu'elle ne nomme jamais, elle n'en dit pas de mal un instant. Elle se borne à constater les faits, — et l'aime toujours, en épouse platonicienne et soumise à son sort par le raisonnement.

Les discours du lieutenant-colonel, qui voulait éloigner La Corbinière de Venise, avaient *donné dans la vue* de ce dernier. Il vend tout à coup son enseigne pour se rendre à Inspruck et chercher fortune en laissant sa femme à Venise.

« Voilà donc, dit Angélique, l'enseigne vendue à cet

homme qui m'aimait, content (le lieutenant-colonel) en croyant que je ne m'en pouvais plus dédire ; mais l'amour, qui est la reine * de toutes les passions, se moqua bien de la charge, car lorsque je vis que mon mari faisait son préparatif pour s'en aller, il me fut impossible de penser seulement de vivre sans lui. »

Au dernier moment, pendant que le lieutenant-colonel se réjouissait déjà du succès de cette ruse, qui lui livrait une femme isolée de son mari, — Angélique se décida à suivre La Corbinière à Inspruck. « Ainsi, dit-elle, l'amour nous ruina en Italie aussi bien qu'en France, quoiqu'en *celle* d'Italie je n'y avais point de coulpe (faute). »

Les voilà partis de Vérone avec un nommé Boyer, auquel La Corbinière avait promis de faire sa dépense jusqu'en Allemagne, parce qu'il n'avait point d'argent. (Ici, La Corbinière se relève un peu.) A vingt-cinq milles de Vérone, à un lieu où, par le lac, on va à la rive de Trente, Angélique faiblit un instant, et pria son mari de revenir vers quelque ville du bon pays vénitien, — comme Brescia. — Cette admiratrice de Pétrarque quittait avec peine ce doux pays d'Italie pour les montagnes brumeuses qui cernent l'Allemagne. « Je pensais bien, dit-elle, que les 50 pistoles qui nous restaient ne nous dureraient guère ; mais mon amour était plus grand que toutes ces considérations. »

Ils passèrent huit jours à Inspruck, où le duc de Feria passa, et dit à La Corbinière qu'il fallait aller plus loin pour trouver de l'emploi, — dans une ville nommée *Fisch.* Là Angélique eut un grand flux de sang, et l'on appela une femme, qui lui fit comprendre « qu'elle s'était gâtée d'un enfant ». — C'est une locution bien chrétienne, — qu'il faut pardonner au langage du temps et du pays.

On a toujours considéré comme une souillure, — dans la manière de voir des hommes d'église, le fait, légitime pourtant, — puisque Angélique s'était

* L'amour se disait au féminin à cette époque.

mariée, — de produire au monde un nouveau pécheur. Ce n'est pourtant pas là l'esprit de l'Evangile. — Mais passons.

La pauvre Angélique, un peu rétablie, fut forcée de se remettre à cheval sur l'unique haquenée que possédait le ménage : « Toute débile que j'étais, dit-elle, ou, pour dire la vérité, demi-morte, je montai à cheval pour aller avec mon mari rejoindre l'armée, — où je fus si étonnée de voir autant de femmes que d'hommes, entre beaucoup de celles de colonels et capitaines. »

Son mari alla faire la révérence au grand colonel nommé Gildase [49], lequel, comme Wallon, avait entendu parler du comte Longueval de Bucquoy, qui avait défendu la Frise contre Henri IV. Il fit *grande caresse* au mari d'Angélique, et lui dit qu'en attendant une compagnie, il lui donnerait une lieutenance, — et qu'il allait mettre mademoiselle de Longueval dans le carrosse de sa sœur, qui était mariée au premier capitaine de son régiment.

Le malheur ne se lassait pas de frapper les nouveaux époux. La Corbinière prit la fièvre, et il fallut le soigner. — Il y a de bonnes gens partout : Angélique ne se plaint que d'avoir été promenée, « tantôt à un lieu, tantôt à un autre, » par le malheur de la guerre, — à la façon des Egyptiennes, — ce qui ne pouvait lui plaire, encore qu'elle eût plus de sujets de se contenter que pas une femme, puisqu'elle était la seule qui mangeât à la table du colonel avec seulement sa sœur. — « Et le colonel encore montrait trop de bonté à La Corbinière, — en ce qu'il lui donnait les meilleurs morceaux de la table... à cause qu'il le voyait malade. »

Une nuit, les troupes étant en marche, le meilleur logement qu'on pût offrir aux dames fut une écurie, où il ne fallait coucher qu'habillés à cause de la crainte de l'ennemi. « En me réveillant au milieu de la nuit, dit Angélique, je ressentis un si grand frais que je ne pus m'empêcher de dire tout haut : Mon Dieu ! je meurs de frais ! » Le colonel allemand lui jeta alors sa casaque, se découvrant lui-même, car il n'avait pas autre chose sur son uniforme.

Ici arrive une observation bien profonde :

« Tous ces honneurs, dit-elle, pouvaient bien arrêter une Allemande, mais non pas les Françaises, à qui la guerre ne peut plaire... »

Rien n'est plus vrai que cette observation. Les femmes allemandes sont encore celles de l'époque des Romains. Trusnelda [50] combattait avec Hermann. A la bataille des Cimbres, où vainquit Marius, il y avait autant de femmes que d'hommes.

Les femmes sont courageuses dans les événements de famille, devant la souffrance, la mort. Dans nos troubles civils, elles plantent des drapeaux sur les barricades ; — elles portent vaillamment leur tête à l'échafaud. Dans les provinces qui se rapprochent du Nord ou de l'Allemagne, on a pu trouver des Jeanne d'Arc et des Jeanne Hachette. Mais la masse des femmes françaises redoute la guerre, à cause de l'amour qu'elles ont pour leurs enfants.

Les femmes guerrières sont de la race franque. Chez cette population originairement venue d'Asie, il existe une tradition qui consiste à exposer des femmes dans les batailles, pour animer le courage des combattants par la récompense offerte. Chez les Arabes, on retrouve la même coutume. La vierge qui se dévoue s'appelle la *kadra* et s'avance au premier rang, entourée de ceux qui sont résolus à se faire tuer pour elle. — Mais chez les Francs on en exposait plusieurs.

Le courage et souvent même la cruauté de ces femmes étaient tels qu'ils ont été cause de l'adoption de la loi salique. Et cependant, les femmes, guerrières ou non, ne perdirent jamais leur empire en France, soit comme reines, soit comme favorites.

La maladie de La Corbinière fut cause qu'il se résolut à retourner en Italie. Seulement, il oublia de prendre un passeport. « Nous fûmes bien confus, dit

Angélique, lorsque nous fûmes à une forteresse nommée Reistre, où l'on ne voulut plus nous laisser passer, et où l'on retint mon mari malgré sa maladie. » Comme elle avait conservé sa liberté, elle put aller à Inspruck se jeter aux pieds de l'archiduchesse Léopold pour obtenir la grâce de La Corbinière, — qu'on peut supposer avoir un peu déserté, quoique sa femme ne l'avoue pas.

Munie de la grâce signée par l'archiduchesse, Angélique retourna au lieu où était détenu son mari. Elle demanda aux gens de ce bourg de Reitz [51] s'ils n'avaient rien entendu dire d'un gentilhomme français prisonnier. On lui enseigna le lieu où il était, où elle le trouva contre un poêle, demi-mort, — et le ramena à Vérone.

Là elle retrouva M. de la Tour (de Périgord) et lui reprocha d'avoir fait vendre à son mari son enseigne, ce qui était cause de son malheur. « Je ne sais, ajoute-t-elle, s'il avait encore de l'amour pour moi, ou si ce fut de la pitié, tant il y a qu'il m'envoya vingt pistoles et tout un ameublement de maison où mon mari se gouverna si mal, qu'en peu de temps il mangea entièrement tout. »

Il avait repris un peu de santé et vivait continuellement en débauche avec deux de ses camarades, M. de la Perle et M. Escutte. Cependant l'affection de sa femme ne s'affaiblit pas. Elle se résolut, « pour ne pas vivre tout à fait dans l'incommodité, à prendre *des gens en pension,* » — ce qui lui réussit ; — seulement La Corbinière dépensait tout le *gagnage* hors du logis, « ce qui, dit-elle, m'affligeait jusqu'à la mort ; il finit par vendre les meubles, — de sorte que la maison ne pouvait plus aller.

« Cependant, dit la pauvre femme, je sentais toujours mon affection aussi grande que lorsque nous partîmes de France. Il est vrai qu'après avoir reçu la première lettre de ma mère, cette affection se partagea en deux.... Mais, j'avoue que l'amour que j'avais pour cet homme surpassait l'affection que je portais à mes parents. »

9e LETTRE

Nouveaux détails inédits. — Manuscrit du célestin Goussencourt. — Dernières aventures d'Angélique. — Mort de La Corbinière. — Lettres.

Le manuscrit que les Archives nationales conservent écrit de la main d'Angélique s'arrête là.

Mais nous trouvons annexées au même dossier les observations suivantes écrites par son cousin, le moine célestin Goussencourt. Elles n'ont point la même grâce que le récit d'Angélique de Longueval, mais elles ont aussi la marque d'une honnête naïveté.

Voici un passage des observations du moine célestin Goussencourt :

« La nécessité les contraignit d'être taverniers : — où les soldats français allaient boire et manger avec un tel respect, qu'ils ne voulaient point être servis d'elle. Elle cousait des collets de toile où elle ne gagnait tous les jours que huit sous, et avec cela descendait à toute heure à la cave, et lui se donnait à boire avec ses hôtes, de telle façon qu'il devint tout couperosé.

« Un jour, elle étant à la porte, un capitaine vint à passer et lui fit une grande révérence, et elle à lui, — ce qui fut aperçu de son mari jaloux. Il l'appelle et la prend par la gorge. Elle parvient à jeter un cri. Les buveurs arrivent et la trouvent à demi-morte couchée par terre, — à laquelle il avait donné des coups de pied aux côtes qui lui avaient ôté la parole, et dit, pour s'excuser, qu'il lui avait défendu de parler à celui-là, et que, si elle lui eût parlé, il l'eût enfilée de son épée. »

Il devint étique par ses débauches. A cette époque elle écrivit à sa mère pour lui demander pardon. Sa mère lui répondit qu'elle lui pardonnait et lui conseillait de revenir et qu'elle ne l'oublierait pas dans son testament.

Ce testament était gardé à l'église de Neuville-en-Hez, et contient un legs de huit mille livres.

Pendant l'absence d'Angélique de Longueval il y eut une demoiselle en Picardie qui voulut usurper sa place, et se donna pour elle. — Elle eut même la hardiesse de se présenter à madame de Haraucourt, mère d'Angélique, laquelle dit qu'elle n'était pas sa fille. Elle racontait tant de choses, que plusieurs des parents finirent par la prendre pour ce qu'elle se donnait...

Le célestin, son cousin, lui écrivit de revenir. — Mais La Corbinière n'en voulait pas entendre parler, craignant d'être pris et exécuté s'il rentrait en France. Il n'y faisait pas bon pour lui non plus ; car la faute d'Angélique fut cause que M. d'Haraucourt chassa des faubourgs de Clermont-sur-Oise sa mère et ses frères, « qui vivaient de leur boutique, étant charcutiers ».

Madame d'Haraucourt, enfin, étant morte en décembre 1636 [52], à la Neuville-en-Hez, où elle repose (M. d'Haraucourt était mort en 1632), leur fille fit tant près de son mari, qu'il consentit à revenir en France.

Arrivés à Ferrare, ils tombent malades tous deux, — où ils furent douze jours ; — s'embarquent à Livourne, arrivent à Avignon, où ils sont toujours malades. La Corbinière y meurt, le 5 d'août 1642 ; il repose à Sainte-Madeleine ; — il meurt avec des repentances très grandes de l'avoir si mal traitée, et lui dit : « Pour votre consolation et ôter votre tristesse, souvenez-vous comme je vous ai traitée. »

« Là, continue le moine célestin, elle a été en si grande nécessité qu'elle m'a dit par écrit et de bouche, qu'elle fût morte de faim n'eût été les célestins qui l'ont aidée.

« Elle arrive à Paris le dimanche 19 d'octobre, par le coche, et manda à madame Boulogne, sa grande amie, de la venir quérir. N'y estant pas, son hostelier y fut. Le lendemain après dîner, elle vint me trouver avec ladite Boulogne et sa belle-mère, la mère de La Corbinière, servante de cuisine chez M. Ferrant, estat qu'elle a été contrainte de faire depuis qu'elle a été bannie de Clermont, à cause de son fils.

« La première chose qu'elle fit, elle vint se jeter à mes pieds, les mains jointes, me demandant pardon, ce qui fit pleurer les femmes. Je lui dis que je ne lui pardonnerais pas (ce qui la fit soupirer et respirer, ayant entendu le reste), car elle ne m'avait pas offensée. Et la prenant par la main, lui dis-je : Levez-vous ; et la fis asseoir auprès de moi, où elle me répéta ce qu'elle m'avait souvent écrit : qu'après Dieu et sa mère, elle tenait la vie de moi. »

Quatre ans après, elle était retirée à Nivillers, et très malheureuse, n'ayant chemise au dos, comme il paraît par la lettre ci-contre.

LETTRE QU'ELLE ECRIT AU CÉLESTIN SON COUSIN, QUATRE ANS APRÈS SON RETOUR, DE NIVILLERS [53].

Le 7 janvier 1646.

Monsieur mon bon papa (elle appelait ainsi le célestin),

Je vous supplie, très humblement, de n'attribuer mon silence à manque du ressentiment que j'aurai toute ma vie de vos bontés, mais bien de honte de n'avoir encore que des paroles pour vous le témoigner. Vous protestant que la mauvaise fortune me persécute au point de n'avoir de chemise au dos. Ces misères m'ont empêchée jusqu'ici de vous écrire et à madame Boulogne, car il me semble que vous deviez recevoir autant de satisfaction de moi comme vous en avez été travaillés tous deux. Accusez donc mon malheur et non ma volonté, et me faites l'honneur, mon cher papa, de me mander de vos nouvelles.

Votre très humble servante.

A. DE LONGUEVAL.

(A M. de Goussencourt, aux Célestins, à Paris.)

On ne sait rien de plus. — Voici une réflexion générale du célestin Goussencourt sur l'histoire de cet amour, dans lequel l'imagination simple du moine ne pouvant admettre, du reste, l'amour de sa cousine pour un petit *charcutier*, rapportait tout à la magie ; — voici sa méditation :

« La nuit du premier dimanche de carême 1632 fut leur départ ; — retour en 1642, en carême. — Leurs affections commencèrent trois ans avant leur fuite. — Pour se faire aimer, il lui donna des confitures qu'il avait fait faire à Clermont, et où il y avait des mouches cantharides, qui ne firent qu'échauffer la fille, mais non aimer ; puis, il lui donna d'un coing cuit, et depuis elle fut grandement affectionnée. »

Rien ne prouve que le frère Goussencourt ait donné une chemise à sa cousine. — Angélique n'était pas en odeur de sainteté dans sa famille, — et cela paraît en ce fait qu'elle n'a pas même été nommée dans la généalogie de sa famille, qui énonce les noms de Jacques-Annibal de Longueval, gouverneur de Clermont-en-Beauvoisis, et de Suzanne d'Arquenvilliers, dame de Saint-Rimault. Ils ont laissé deux Annibal, dont le dernier, qui a le prénom d'Alexandre, est le même enfant qui ne voulait pas que sa sœur *volât papa et maman*, — puis encore deux autres garçons. — On ne parle pas de la fille.

10e LETTRE

Mon ami Sylvain. — Le château de Longueval en Soissonnais. — Correspondance. — Post-scriptum.

Je ne voyage jamais dans ces contrées sans me faire accompagner d'un ami, que j'appellerai, de son petit nom, Sylvain.

C'est un nom très commun dans cette province, — le féminin est le gracieux nom de Sylvie, — illustré par un bouquet de bois de Chantilly, dans lequel allait rêver si souvent le poète Théophile de Viau.

J'ai dit à Sylvain : — Allons-nous à Chantilly ?

Il m'a répondu : — Non... tu as dit toi-même hier qu'il fallait aller à Ermenonville pour gagner de là Soissons, visiter ensuite les ruines du château de Longueval en Soissonnais [54], sur la limite de Champagne.

— Oui, répondis-je ; hier soir je m'étais monté la tête à propos de cette belle Angélique de Longueval, et je voulais voir le château d'où elle a été enlevée par La Corbinière, — en habits d'homme, sur un cheval.

— Es-tu sûr, du moins, que ce soit là le Longueval véritable, car il y a des Longueval et des Longueville partout... de même que des Bucquoy...

— Je n'en suis pas convaincu quant à ces derniers ; mais lis seulement ce passage du manuscrit d'Angélique :

« Le jour étant venu duquel il me devait quérir la nuit, je dis à un palefrenier qui avait nom Breteau : Je voudrais bien que tu me prêtasses un cheval pour envoyer à Soissons cette nuit quérir pour me faire un corps de cotte, te promettant que le cheval sera ici avant que maman se lève... »

— Il semblerait donc prouvé — me dit Sylvain — que le château de Longueval était situé aux environs de Soissons, donc ce ne serait pas le moment de revenir vers Chantilly. Ce changement de direction a déjà risqué de te faire arrêter une fois, — parce que des gens qui changent d'idée tout à coup paraissent toujours des gens suspects...

CORRESPONDANCE.

Vous m'envoyez deux lettres concernant mes premiers articles sur l'abbé de Bucquoy. La première, d'après une biographie abrégée, établit que Bucquoy et Bucquoi ne représentent pas le même nom. — A quoi je répondrai que les noms anciens n'ont pas d'orthographe. L'identité des familles ne s'établit que d'après les armoiries, et nous avons déjà donné celles de cette famille (l'écusson bandé de vair et de gueules de six pièces). Cela se retrouve dans toutes les branches, soit de Picardie, soit de l'Ile-de-France, soit de Champagne, d'où était l'abbé de Bucquoi. Longueval touche à la Champagne, comme on le sait déjà. — Il est inutile de prolonger cette discussion héraldique.

Je reçois de vous une seconde lettre qui vient de Belgique :

« Lecteur sympathique de M. Gérard de Nerval et désirant lui être agréable, je lui communique le document ci-joint, qui lui sera peut-être de quelque utilité pour la suite de ses humoristiques pérégrinations à la recherche de l'abbé de Bucquoy, cet insaisissable moucheron issu de l'amendement Riancey.

156 Olivier de Wree, de vermoerde oorlogh-stucken van den woonderdadighen velt-heer Carel de Longueval, grave van Busquoy, Baron de Vaux. Brugge, 1625. — Ej. mengheldichten : fyghes noeper ; Bacchus-Cortryck. Ibid, 1625. — Ej. Venus-Ban. Ibid, 1625, in-12, oblong, vél. *.

Livre rare et curieux. L'exemplaire est taché d'eau.

Je ne chercherai pas à traduire cet article de bibliographie flamande ; — seulement, je remarque qu'il fait partie du prospectus d'une bibliothèque qui doit être vendue le 5 décembre et jours suivants, sous la direction de M. Héberlé, — 5, rue des Paroissiens, à Bruxelles.

J'aime mieux attendre la vente de Techener, — qui, je l'espère, aura toujours lieu le 20.

LES RUINES. — LES PROMENADES. — CHAALIS. — ERMENONVILLE. — LA TOMBE DE ROUSSEAU.

Dans une de mes lettres j'ai employé à faux le mot réaction en parlant d'*abus de l'autorité* qui amènent des réactions *en sens contraire* [55].

La faute paraît simple au premier abord ; — mais il y a plusieurs sortes de réactions : les unes prennent des *biais*, les autres sont des réactions qui consistent à s'arrêter. J'ai voulu dire qu'un excès amenait d'autres

* La note imprimée est extraite d'un catalogue. Ainsi nous avions déjà cinq manières d'orthographier le nom de Bucquoy : voici la sixième : *Busquoy*.

excès. Ainsi il est impossible de ne point blâmer les incendies, et les dévastations privées, — rares pourtant de nos jours. Il se mêle toujours à la foule en rumeur un élément hostile ou étranger qui conduit les choses au-delà des limites que le bon sens général aurait imposées, et qu'il finit toujours par tracer.

Je n'en veux pour preuve qu'une anecdote qui m'a été racontée par un bibliophile fort connu, — et dont un autre bibliophile a été le héros.

Le jour de la révolution de Février, on brûla quelques voitures, — dites de la liste civile ; — ce fut, certes, un grand tort, qu'on reproche durement aujourd'hui à cette foule mélangée qui, derrière les combattants, entraînait aussi des traîtres...

Le bibliophile dont je parle se rendit ce soir-là au Palais-National [56]. Sa préoccupation ne s'adressait pas aux voitures ; il était inquiet d'un ouvrage en quatre volumes in-folio intitulé *Perceforest.*

C'était un de ces *roumans* du cycle d'Artus, — ou du cycle de Charlemagne, — où sont contenues les épopées de nos plus anciennes guerres chevaleresques.

Il entra dans la cour du palais, se frayant un passage au milieu du tumulte. — C'était un homme grêle, d'une figure sèche, mais ridée parfois d'un sourire bienveillant, correctement vêtu d'un habit noir, et à qui l'on ouvrit passage avec curiosité.

— Mes amis, dit-il, a-t-on brûlé le *Perceforest* ?

— On ne brûle que les voitures.

— Très bien ! continuez. Mais la bibliothèque ?

— On n'y a pas touché... Ensuite, qu'est-ce que vous demandez ?

— Je demande que l'on respecte l'édition en quatre volumes du *Perceforest,* — un héros d'autrefois... ; édition unique, avec deux pages transposées et une énorme tache d'encre au troisième volume.

On lui répondit :

— Montez au premier.

Au premier, il trouva des gens qui lui dirent :

— Nous déplorons ce qui s'est fait dans le premier

moment... On a, dans le tumulte, abîmé quelques tableaux...

— Oui, je sais, un Horace Vernet, un Gudin... Tout cela n'est rien : — le *Perceforest* ?...

On le prit pour un fou. Il se retira et parvint à découvrir la concierge du palais, qui s'était retirée chez elle.

— Madame, si l'on n'a pas pénétré dans la bibliothèque, assurez-vous d'une chose : c'est de l'existence du *Perceforest,* — édition du seizième siècle, reliure en parchemin, de Gaume. Le reste de la bibliothèque, ce n'est rien... mal choisi ! — des gens qui ne lisent pas ! — Mais le *Perceforest* vaut 40 000 francs sur les tables [57].

La concierge ouvrit de grands yeux.

— Moi, j'en donnerais, aujourd'hui, vingt mille... malgré la dépréciation des fonds que doit amener nécessairement une révolution.

— Vingt mille francs !

— Je les ai chez moi. Seulement ce ne serait que pour rendre le livre à la nation. C'est un monument.

La concierge étonnée, éblouie, consentit avec courage à se rendre à la bibliothèque et à y pénétrer par un petit escalier. L'enthousiasme du savant l'avait gagnée.

Elle revint, après avoir vu le livre sur le rayon où le bibliophile savait qu'il était placé.

— Monsieur, le livre est en place. Mais il n'y a que trois volumes... Vous vous êtes trompé.

— Trois volumes !... Quelle perte !... Je m'en vais trouver le gouvernement provisoire, — il y en a toujours un... Le *Perceforest* incomplet ! Les révolutions sont épouvantables !

Le bibliophile courut à l'Hôtel-de-Ville. — On avait autre chose à faire que de s'occuper de bibliographie. Pourtant il parvint à prendre à part M. Arago, — qui comprit l'importance de sa réclamation, et des ordres furent donnés immédiatement.

Le *Perceforest* n'était incomplet que parce qu'on en avait prêté précédemment un volume.

Nous sommes heureux de penser que cet ouvrage a pu rester en France.

Celui de l'*Histoire de l'abbé de Bucquoy,* qui doit être vendu le 20, n'aura peut-être pas le même sort !

Et maintenant, tenez compte, je vous prie, des fautes qui peuvent être commises, — dans une tournée rapide, souvent interrompue par la pluie ou par le brouillard...

Je quitte Senlis à regret ; — mais mon ami le veut pour me faire obéir à une pensée que j'avais manifestée imprudemment...

Je me plaisais tant dans cette ville, où la Renaissance, le Moyen Age et l'époque romaine se retrouvent çà et là, — au détour d'une rue, dans une écurie, dans une cave. — Je vous parlais « de ces tours des Romains recouvertes de lierre ! » — L'éternelle verdure dont elles sont vêtues fait honte à la nature inconstante de nos pays froids. — En Orient, les bois sont toujours verts ; — chaque arbre a sa saison de mue ; mais cette saison varie selon la nature de l'arbre. C'est ainsi que j'ai vu au Caire les sycomores perdre leurs feuilles en été. En revanche, ils étaient verts au mois de janvier.

Les allées qui entourent Senlis et qui remplacent les antiques fortifications romaines, — restaurées plus tard, par suite du long séjour des rois carlovingiens, — n'offrent plus aux regards que des feuilles rouillées d'ormes, et de tilleuls. Cependant la vue est encore belle, aux alentours, par un beau coucher de soleil. — Les forêts de Chantilly, de Compiègne et d'Ermenonville ; — les bois de Châalis et de Pont-Armé, se dessinent avec leurs masses rougeâtres sur le vert clair des prairies qui les séparent. Des châteaux lointains élèvent encore leurs tours, — solidement bâties en pierres *de Senlis,* et qui, généralement, ne servent plus que de pigeonniers.

Les clochers aigus, hérissés de saillies régulières, qu'on appelle dans le pays des *ossements* (je ne sais pourquoi), retentissent encore de ce bruit de cloches qui portait une douce mélancolie dans l'âme de Rousseau [58]...

Accomplissons le pèlerinage que nous nous sommes promis de faire, non pas près de ses cendres, qui reposent au Panthéon, — mais près de son tombeau, situé à Ermenonville, dans l'île dite des Peupliers.

La cathédrale de Senlis ; l'église Saint-Pierre, qui sert aujourd'hui de caserne aux cuirassiers ; le château de Henri IV, adossé aux vieilles fortifications de la ville ; les cloîtres byzantins de Charles le Gros et de ses successeurs, n'ont rien qui doive nous arrêter... C'est encore le moment de parcourir les bois, malgré la brume obstinée du matin.

Nous sommes partis de Senlis, à pied, à travers les bois, aspirant avec bonheur la brume d'automne.

Nous avions parcouru une route qui aboutit aux bois et au château de Mont-l'Evêque. — Des étangs brillaient çà et là à travers les feuilles rouges relevées par la verdure sombre des pins. Sylvain me chanta ce vieil air du pays :

Courage ! mon ami, courage !
Nous voici près du village !
A la première maison,
Nous nous rafraîchirons !

On buvait dans le village un petit vin qui n'était pas désagréable pour des voyageurs. L'hôtesse nous dit, voyant nos barbes : — Vous êtes des artistes... vous venez donc pour voir Châalis ?

Chaâlis, — à ce nom je me ressouvins d'une époque bien éloignée... celle où l'on me conduisait à l'abbaye, une fois par an, pour entendre la messe, et pour voir la foire qui avait lieu près de là.

— Châalis, dis-je... Est-ce que cela existe encore ?

—

La Chapelle-en-Serval, ce 20 novembre.

De même qu'il est bon dans une symphonie même pastorale de faire revenir de temps en temps le motif principal, gracieux, tendre ou terrible, pour enfin le faire tonner au finale avec la tempête graduée de tous les instruments, — je crois utile de vous parler encore de l'abbé Bucquoy, sans m'interrompre dans la course que je fais en ce moment vers le château de ses pères, avec cette intention de mise en scène exacte et descriptive sans laquelle ses aventures n'auraient qu'un faible intérêt.

Le finale se recule encore, et vous allez voir que c'est encore malgré moi...

Et d'abord, réparons une injustice à l'égard de ce bon M. Ravenel de la Bibliothèque nationale, qui, loin de s'occuper légèrement de la recherche du livre, a remué tous les *fonds* des huit cent mille volumes que nous y possédons. Je l'ai appris depuis ; mais, ne pouvant trouver la chose absente, il m'a donné officieusement avis de la vente de Techener, ce qui est le procédé d'un véritable savant.

Sachant bien que toute vente de grande bibliothèque se continue pendant plusieurs jours, j'avais demandé avis du jour désigné pour la vente du livre, voulant, si c'était justement le 20, me trouver à la vacation du soir.

Mais ce ne sera que le 30 !

Le livre est bien classé sous la rubrique : *Histoire* et sous le n° 3584. *Evénement des plus rares,* etc., l'intitulé que vous savez.

La note suivante y est annexée.

« Rare. — Tel est le titre de ce livre bizarre, en tête duquel se trouve une gravure représentant *l'Enfer des vivants,* ou la Bastille. Le reste du volume est composé des choses les plus singulières.

« Catalogue de la bibliothèque de M. M***, etc. »

Je puis encore vous donner un avant-goût de l'intérêt de cette histoire, dont quelques personnes semblaient douter, en reproduisant des notes que j'ai prises dans la bibliographie [59] Michaud.

Après la biographie de Charles Bonaventure, comte de Bucquoy, généralissime et membre de l'ordre de la Toison-d'Or, célèbre par ses guerres en France, en

Bohême et en Hongrie, et dont le petit-fils, Charles, fut créé prince de l'Empire, — on trouve l'article sur l'*abbé de Bucquoy,* — indiqué comme *étant de la même famille* que le précédent. Sa vie politique commença par cinq années de services militaires. Echappé comme par miracle à un grand danger, il fit vœu de quitter le monde et se retira à la Trappe. L'abbé de Rancé, sur lequel Chateaubriand a écrit son dernier livre, le renvoya comme peu croyant. Il reprit son habit galonné, qu'il troqua bientôt contre les haillons d'un mendiant.

A l'exemple des faquirs et des derviches, il parcourait le monde, pensant donner des exemples d'humilité et d'austérité. Il se faisait appeler *le Mort,* et tint même à Rouen, sous ce nom, une école gratuite.

Je m'arrête de peur de déflorer le sujet. Je ne veux que faire remarquer encore, pour prouver que cette histoire a du sérieux, qu'il proposa plus tard aux états unis de Hollande, en guerre avec Louis XIV, « un projet pour *faire de la France une république,* et y détruire, disait-il, le *pouvoir* arbitraire ». Il mourut à Hanovre, à quatre-vingt-dix ans, laissant son mobilier et ses livres à l'Eglise catholique, dont il n'était jamais sorti. — Quant à ses seize années de voyages dans l'Inde, je n'ai encore là-dessus de données que par le livre en hollandais de la Bibliothèque nationale.

Nous sommes allés à Châalis pour voir en détail le domaine, avant qu'il soit restauré. Il y a d'abord une vaste enceinte entourée d'ormes ; puis, on voit à gauche un bâtiment dans le style du seizième siècle, restauré sans doute plus tard selon l'architecture lourde du petit château de Chantilly.

Quand on a vu les offices et les cuisines, l'escalier suspendu du temps de Henri IV vous conduit aux vastes appartements des premières galeries, — grands appartements et petits appartements donnant sur les bois. Quelques peintures enchâssées, le grand Condé à cheval et des vues de la forêt, voilà tout ce que j'ai remarqué. Dans une salle basse, on voit un portrait d'Henri IV à trente-cinq ans.

C'est l'époque de Gabrielle, — et probablement ce château a été témoin de leurs amours. — Ce prince qui, au fond, m'est peu sympathique, demeura longtemps à Senlis, surtout dans la première époque du siège, et l'on y voit, au-dessus de la porte de la mairie et des trois mots : *Liberté, égalité, fraternité,* son portrait en bronze avec une devise gravée, dans laquelle il est dit que son premier bonheur fut à Senlis, — en 1590. — Ce n'est pourtant pas là que Voltaire a placé la scène principale, imitée de l'Arioste, de ses amours avec Gabrielle d'Estrées.

Ne trouvez-vous pas étrange que *les d'Estrées* se trouvent être encore des parents de l'abbé de Bucquoy [60] ? C'est cependant ce que révèle encore la généalogie de sa famille... Je n'invente rien.

C'était le fils du garde qui nous faisait voir le château, — abandonné depuis longtemps. — C'est un homme qui, sans être lettré, comprend le respect que l'on doit aux antiquités. Il nous fit voir dans une des salles *un moine* qu'il avait découvert dans les ruines. A voir ce squelette couché dans une auge de pierre, j'imaginai que ce n'était pas un moine, mais un guerrier celte ou frank couché selon l'usage, — avec le visage tourné vers l'Orient, dans cette localité, où les noms d'Erman ou d'Armen * sont communs dans le voisinage, sans parler même d'Ermenonville, située près de là, — et qu'on appelle dans le pays Arme-Nonville ou Nonval, qui est le terme ancien.

Le pâté des ruines principales forme les restes de l'ancienne abbaye, bâtie probablement vers l'époque de Charles VII, dans le style du gothique fleuri, sur des voûtes carlovingiennes aux piliers lourds, qui recouvrent les tombeaux. Le cloître n'a laissé qu'une longue galerie d'ogives qui relie l'abbaye à un premier monument, où l'on distingue encore des colonnes byzantines taillées à l'époque de Charles le Gros, et engagées dans de lourdes murailles du seizième siècle.

— On veut, nous dit le fils du garde, abattre le mur

* Hermann, Arminius, ou peut-être Hermès.

du cloître pour que, du château, l'on puisse avoir une vue sur les étangs. C'est un conseil qui a été donné à Madame.

— Il faut conseiller, dis-je, à votre dame de faire ouvrir seulement les arcs des ogives qu'on a remplis de maçonnerie, et alors la galerie se découpera sur les étangs, ce qui sera beaucoup plus gracieux.

Il a promis de s'en souvenir.

La suite des ruines amenait encore une tour et une chapelle. Nous montâmes à la tour. De là l'on distinguait toute la vallée, coupée d'étangs et de rivières, avec les longs espaces dénudés qu'on appelle le désert d'Ermenonville, et qui n'offrent que des grès de teinte grise, entremêlés de pins maigres et de bruyères.

Des carrières rougeâtres se dessinaient encore çà et là à travers les bois effeuillés, et ravivaient la teinte verdâtre des plaines et des forêts, — où les bouleaux blancs, les troncs tapissés de lierre et les dernières feuilles d'automne, se détachaient encore sur les masses rougeâtres des bois encadrés des teintes bleues de l'horizon.

Nous redescendîmes pour voir la chapelle ; c'est une merveille d'architecture. L'élancement des piliers et des nervures, l'ornement sobre et fin des détails, révélaient l'époque intermédiaire entre le gothique fleuri et la Renaissance. Mais, une fois entrés, nous admirâmes les peintures, qui m'ont semblé être de cette dernière époque.

— Vous allez voir des saintes un peu décolletées, nous dit le fils du garde. En effet, on distinguait une sorte de Gloire peinte en fresque du côté de la porte, parfaitement conservée, malgré ses couleurs pâlies, sauf la partie inférieure couverte de peintures à la détrempe, mais qu'il ne sera pas difficile de restaurer.

Les bons moines de Châalis auraient voulu supprimer quelques nudités trop voyantes du *style Médicis*. — En effet, tous ces anges et toutes ces saintes faisaient l'effet d'amours et de nymphes aux gorges et aux cuisses nues. L'abside de la chapelle offre dans les intervalles de ses nervures d'autres figures mieux conservées encore et du style allégorique usité postérieurement à Louis XII. — En nous retournant pour sortir, nous remarquâmes au-dessus de la porte des armoiries qui devaient indiquer l'époque des dernières ornementations.

Il nous fut difficile de distinguer les détails de l'écusson écartelé, qui avait été repeint postérieurement en bleu et en blanc. Au 1 et au 4, c'étaient d'abord des oiseaux que le fils du garde appelait des cygnes, — disposés par 2 et 1 ; mais ce n'étaient pas des cygnes.

Sont-ce des aigles déployés, des merlettes ou des alérions ou des ailettes attachées à des foudres ?

Au 2 et au 3, ce sont des fers de lance, ou des fleurs de lis, ce qui est la même chose. Un chapeau de cardinal recouvrait l'écusson et laissait tomber des deux côtés ses résilles triangulaires ornées de glands ; mais n'en pouvant compter les rangées, parce que la pierre était fruste, nous ignorions si ce n'était pas un chapeau d'abbé.

Je n'ai pas de livres ici. Mais il me semble que ce sont là les armes de Lorraine, écartelées de celles de France. Seraient-ce les armes du cardinal de Lorraine, qui fut proclamé roi dans ce pays, sous le nom de Charles X, ou celles de l'autre cardinal qui aussi était soutenu par la Ligue ?... Je m'y perds, n'étant encore, je le reconnais, qu'un bien faible historien [61].

11e LETTRE

Le château d'Ermenonville. — Les Illuminés. — Le roi de Prusse.— Gabrielle et Rousseau. — Les tombes. — Les abbés de Châalis.

En quittant Châalis, il y a encore à traverser quelques bouquets de bois, puis nous entrons dans le désert. Il y a assez de désert pour que, du centre, on ne voie point d'autre horizon, — pas assez pour qu'en une demi-heure de marche on n'arrive au paysage le plus calme, le plus charmant du monde... Une nature suisse découpée au milieu du bois, par suite de l'idée qu'a eue René de Girardin d'y transplanter l'image du pays dont sa famille était originaire.

Quelques années avant la Révolution, le château d'Ermenonville était le rendez-vous des Illuminés qui préparaient silencieusement l'avenir. Dans les *soupers* célèbres d'Ermenonville, on a vu successivement le comte de Saint-Germain, Mesmer et Cagliostro, développant, dans des causeries inspirées, des idées et des paradoxes dont l'école dite de Genève hérita plus tard. — Je crois bien que M. de Robespierre, le fils du fondateur de la loge écossaise d'Arras, — tout jeune encore, — peut-être encore plus tard Sénancour, Saint-Martin, Dupont de Nemours et Cazotte, vinrent exposer, soit dans ce château, soit dans celui de Le Pelletier de Mortfontaine, les idées bizarres qui se proposaient les réformes d'une société vieillie, laquelle dans ses modes même, avec cette poudre qui donnait aux plus jeunes fronts un faux air de la vieillesse, indiquait la nécessité d'une complète transformation.

Saint-Germain appartient à une époque antérieure, mais il est venu là. C'est lui qui avait fait voir à Louis XV dans un miroir d'acier son petit-fils sans tête, comme Nostradamus avait fait voir à Marie de Médicis [62] les rois de sa race, dont le quatrième était également décapité.

Ceci est de l'enfantillage. Ce qui relève les mystiques, c'est le détail rapporté par Beaumarchais, que les Prussiens, — arrivés jusqu'à Verdun, — se replièrent tout à coup d'une manière inattendue d'après l'effet d'une apparition dont leur roi fut surpris, et qui lui fit dire : « N'allons pas outre ! » comme en certains cas disaient les chevaliers.

Les Illuminés français et allemands s'entendaient par des rapports d'affiliation. Les doctrines de Weisshaupt et de Jacob Boehm avaient pénétré, chez nous, dans les anciens pays franks et bourguignons, par l'antique sympathie et les relations séculaires des races de même origine. Le premier ministre du neveu de Frédéric II était lui-même un Illuminé. Beaumarchais suppose qu'à Verdun, sous couleur d'une séance de magnétisme, on fit apparaître devant Frédéric-Guillaume son oncle, qui lui aurait dit : « Retourne ! » comme le fit un fantôme à Charles VI.

Ces données bizarres confondent l'imagination ; seulement, Beaumarchais, qui était un sceptique, a prétendu que, pour cette scène de fantasmagorie, on fit venir de Paris l'acteur Fleury, qui avait joué précédemment aux Français le rôle de Frédéric II, et qui aurait ainsi fait illusion au roi de Prusse, lequel, depuis, se retira, comme on sait, de la confédération des rois ligués contre la France.

Les souvenirs des lieux où je suis m'oppressent moi-même, de sorte que je vous envoie tout cela au hasard, mais d'après des données sûres. Un détail plus important à recueillir, c'est que le général prussien qui, dans nos désastres de la Restauration, prit possession du pays, ayant appris que la tombe de Jean-Jacques Rousseau se trouvait à Ermenonville, exempta toute la contrée, depuis Compiègne, des charges de l'occupation militaire. C'était, je crois, le prince d'Anhalt [63] : souvenons-nous au besoin de ce trait.

Rousseau n'a séjourné que peu de temps à Ermenonville. S'il y a accepté un asile, c'est que depuis longtemps, dans les promenades qu'il faisait en partant de l'*Ermitage* de Montmorency, il avait reconnu que cette contrée présentait à un herborisateur des familles de plantes remarquables, dues à la variété des terrains.

Nous sommes allés descendre à l'auberge de la Croix-Blanche, où il demeura lui-même quelque temps, à son arrivée. Ensuite, il logea encore de l'autre côté du château, dans une maison occupée aujourd'hui par un épicier. M. René de Girardin lui offrit un pavillon inoccupé, faisant face à un autre pavillon qu'occupait le concierge du château. Ce fut là qu'il mourut.

En nous levant, nous allâmes parcourir les bois encore enveloppés des brouillards d'automne, que peu à peu nous vîmes se dissoudre en laissant reparaître le miroir azuré des lacs. J'ai vu de pareils effets de perspective sur des tabatières du temps... Je revis l'île des Peupliers, au-delà des bassins qui surmontent une grotte factice, sur laquelle l'eau tombe, quand elle tombe... Sa description pourrait se lire dans les idylles de Gessner.

Les rochers qu'on rencontre en parcourant les bois sont couverts d'inscriptions poétiques. Ici :

Sa masse indestructible a fatigué le temps.

ailleurs :

Ce lieu sert de théâtre aux courses valeureuses
Qui signalent du cerf les fureurs amoureuses.

ou encore, avec un bas-relief représentant des Druides qui coupent le *gui :*

Tels furent nos aïeux dans leurs bois solitaires !

Ces vers ronflants me semblent être de Roucher... Delille les aurait faits moins solides [64].

M. René de Girardin faisait aussi des vers. — C'était en outre un homme de bien. Je pense qu'on lui doit les vers suivants, sculptés sur une fontaine d'un endroit voisin, que surmontent un Neptune et une Amphytrite, légèrement *décolletée* comme les anges et les saints de Châalis :

Des bords fleuris où j'aimais à répandre
Le plus pur cristal de mes eaux,
Passant, je viens ici me rendre
Aux désirs, aux besoins de l'homme et des troupeaux.
En puisant les trésors de mon urne féconde,
Songe que tu les dois à des soins bienfaisants,
Puissé-je n'abreuver du tribut de mes ondes
Que des mortels paisibles et contents !

Je ne m'arrête pas à la forme des vers ; — c'est la pensée d'un honnête homme que j'admire. L'influence de son séjour est profondément sentie dans le pays. — Là, ce sont des salles de danse, — où l'on remarque encore *le banc des vieillards ;* là, des tirs à l'arc, avec la tribune d'où l'on distribuait des prix... Au bord des eaux, des temples ronds, à colonnes de marbre, consacrés soit à Vénus génitrice, soit à Hermès consolateur. — Toute cette mythologie avait alors un sens philosophique et profond.

La tombe de Rousseau est restée telle qu'elle était, avec sa forme antique et simple, et les peupliers, effeuillés, accompagnent encore d'une manière pittoresque le monument, qui se reflète dans les eaux dormantes de l'étang. Seulement la barque qui y conduisait les visiteurs est aujourd'hui submergée... Les cygnes, je ne sais pourquoi, au lieu de nager gracieusement autour de l'île, préfèrent se baigner dans un ruisseau d'eau bourbeuse, qui coule, dans un rebord, entre des saules aux branches rougeâtres, et qui aboutit à un lavoir, situé le long de la route.

Nous sommes revenus au château. — C'est encore un bâtiment de l'époque de Henri IV, refait vers Louis XV, et construit probablement sur des ruines antérieures, — car on a conservé une tour crénelée qui jure avec le reste, et les fondements massifs sont entourés d'eau, avec des poternes et des restes de ponts-levis.

Le concierge ne nous a pas permis de visiter les appartements, parce que les maîtres y résidaient. — Les artistes ont plus de bonheur dans les châteaux princiers, dont les hôtes sentent qu'après tout, ils doivent quelque chose à la nation.

On nous laissa seulement parcourir les bords du grand lac, dont la vue, à gauche, est dominée par la tour dite de Gabrielle, reste d'un ancien château [65]. Un paysan qui nous accompagnait nous dit : « Voici la tour où était enfermée la belle Gabrielle... tous les soirs Rousseau venait pincer de la guitare sous sa fenêtre, et le roi, qui était jaloux, le guettait souvent, et a fini par le faire mourir. »

Voilà pourtant comment se forment les légendes. Dans quelques centaines d'années, on croira cela. —

Henri IV, Gabrielle et Rousseau sont les grands souvenirs du pays. On a confondu déjà, — à deux cents ans d'intervalle, — les deux souvenirs, et Rousseau devient peu à peu le contemporain d'Henri IV. Comme la population l'aime, elle suppose que le roi a été jaloux de lui, et trahi par sa maîtresse, — en faveur de l'homme sympathique aux races souffrantes. Le sentiment qui a dicté cette pensée est peut-être plus vrai qu'on ne croit. Rousseau, qui a refusé cent louis de madame de Pompadour, a ruiné profondément l'édifice royal fondé par Henri. Tout a croulé. — Son image immortelle demeure debout sur les ruines.

Quant à ses chansons, dont nous avons vu les dernières à Compiègne, elles célébraient d'autres que Gabrielle. Mais le type de la beauté n'est-il pas éternel comme le génie ?

En sortant du parc, nous nous sommes dirigés vers l'église, située sur la hauteur. Elle est fort ancienne, mais moins remarquable que la plupart de celles du pays. Le cimetière était ouvert ; nous y avons vu principalement le tombeau de De Vic, — ancien compagnon d'armes de Henri IV, — qui lui avait fait présent du domaine d'Ermenonville. C'est un tombeau de famille, dont la légende s'arrête à un abbé. — Il reste ensuite des filles qui s'unissent à des bourgeois. — Tel a été le sort de la plupart des anciennes maisons. Deux tombes plates d'abbés, très vieilles, dont il est difficile de déchiffrer les légendes, se voient encore près de la terrasse. Puis, près d'une allée, une pierre simple sur laquelle on trouve inscrit : Ci-gît *Almazor.* Est-ce un fou ? — est-ce un laquais ? — est-ce un chien ? La pierre ne dit rien de plus.

Du haut de la terrasse du cimetière, la vue s'étend sur la plus belle partie de la contrée ; les eaux miroitent à travers les grands arbres roux, les pins et les chênes verts. Les grès du désert prennent à gauche un aspect druidique. La tombe de Rousseau se dessine à droite, et plus loin, sur le bord, le temple de marbre d'une déesse absente, — qui doit être la Vérité.

Ce dut être un beau jour que celui où une députation, envoyée par l'Assemblée nationale, vint chercher les cendres du philosophe pour les transporter au Panthéon. — Lorsqu'on parcourt le village, on est étonné de la fraîcheur et de la grâce des petites filles, — avec leurs grands chapeaux de paille, elles ont l'air de Suissesses... Les idées sur l'éducation de l'auteur d'*Emile* semblent avoir été suivies ; les exercices de force et d'adresse, la danse, les travaux de précision encouragés par des fondations diverses, ont donné sans doute à cette jeunesse la santé, la vigueur et l'intelligence des choses utiles.

J'aime beaucoup cette chaussée, — dont j'avais conservé un souvenir d'enfance, — et qui, passant devant le château, rejoint les deux parties du village, ayant quatre tours basses à ses deux extrémités.

Sylvain me dit : — Nous avons vu la tombe de Rousseau : il faudrait maintenant gagner Dammartin, où nous trouverons des voitures pour nous mener à Soissons, et de là, à Longueval. Nous allons nous informer du chemin aux laveuses qui travaillent devant le château.

— Allez tout droit par la route à gauche, nous dirent-elles, ou, également, par la droite... Vous arriverez, soit à *Ver,* soit à *Eve,* — vous passerez par *Othis,* et en deux heures de marche vous gagnerez Dammartin.

Ces jeunes filles fallacieuses nous firent faire une route bien étrange ; — il faut ajouter qu'il pleuvait.

La route était fort dégradée, avec des ornières pleines d'eau, qu'il fallait éviter en marchant sur les gazons. D'énormes chardons, qui nous venaient à la poitrine, — chardons à demi gelés, mais encore vivaces, — nous arrêtaient quelquefois.

Ayant fait une lieue, nous comprîmes que ne voyant ni *Ver,* ni *Eve,* ni *Othis,* ni seulement la plaine, nous pouvions nous être fourvoyés.

Une éclaircie se manifesta tout à coup à notre droite, — quelqu'une de ces coupes sombres qui éclaircissent singulièrement les forêts...

Nous aperçûmes une hutte fortement construite en branches rechampies de terre, avec un toit de chaume tout à fait primitif. Un bûcheron fumait sa pipe devant la porte.

— Pour aller à Ver ?...

— Vous en êtes bien loin... En suivant la route, vous arriverez à Montaby.

— Nous demandons Ver, — ou Eve...

— Eh bien ! vous allez retourner... vous ferez une demi-lieue (on peut traduire cela si l'on veut en mètres, à cause de la loi [66]), puis, arrivés à la place où l'on tire l'arc, vous prendrez à droite. Vous sortirez du bois, vous trouverez la plaine, et ensuite *tout le monde* vous indiquera Ver.

Nous avons retrouvé la place du tir, avec sa tribune et son hémicycle destiné aux sept vieillards. Puis nous nous sommes engagés dans un sentier qui doit être fort beau quand les arbres sont verts. Nous chantions encore, pour aider la marche et peupler la solitude, quelques chansons du pays.

La route se prolongeait *comme le diable ;* je ne sais trop jusqu'à quel point le diable se prolonge, — ceci est la réflexion d'un Parisien. — Sylvain, avant de quitter le bois, chanta cette ronde de l'époque de Louis XIV :

C'était un cavalier
Qui revenait de Flandre...

Le reste est difficile à raconter. — Le refrain s'adresse au tambour, et lui dit :

Battez la générale
Jusqu'au point du jour !

Quand Sylvain, — homme taciturne — se met à chanter, on n'en est pas quitte facilement. — Il m'a chanté je ne sais quelle chanson des *Moines rouges* qui habitaient primitivement Châalis. — Quels moines !

C'étaient des Templiers ! — Le roi et le pape se sont entendus pour les brûler.

Ne parlons plus de ces moines rouges.

Au sortir de la forêt, nous nous sommes trouvés dans les terres labourées. Nous emportions beaucoup de notre patrie à la semelle de nos souliers ; — mais nous finissions par le rendre plus loin dans les prairies... Enfin, nous sommes arrivés à Ver. — C'est un gros bourg.

L'hôtesse était aimable et sa fille fort avenante, — ayant de beaux cheveux châtains, une figure régulière et douce, et ce *parler* si charmant des pays de brouillard, qui donne aux plus jeunes filles des intonations de *contralto,* par moments !

— Vous voilà, mes enfants, dit l'hôtesse... Eh bien, on va mettre un fagot dans le feu !

— Nous vous demandons à souper, sans indiscrétion.

— Voulez-vous, dit l'hôtesse, qu'on vous fasse d'abord une soupe à l'oignon.

— Cela ne peut pas faire de mal, et ensuite ?

— Ensuite, il y a aussi *de la chasse.*

Nous vîmes là que nous étions bien tombés.

Sylvain a un talent, c'est un garçon pensif, — qui n'ayant pas eu beaucoup d'éducation, se préoccupe pourtant de *parfaire* ce qu'il n'a reçu qu'*imparfait* du peu de leçons qui lui ont été données.

Il a des idées sur tout. — Il est capable de composer une montre... ou une boussole. — Ce qui le gêne dans la montre, c'est la *chaîne,* qui ne peut se prolonger assez... Ce qui le gêne dans la boussole, c'est que cela fait seulement reconnaître que l'aimant polaire du globe attire forcément les aiguilles ; — mais que sur le reste, — sur la cause et sur les moyens de s'en servir, les documents sont imparfaits !

L'auberge, un peu isolée, mais solidement bâtie, où nous avons pu trouver asile, offre à l'intérieur une cour à galeries d'un système entièrement valaque... Sylvain a embrassé la fille, qui est assez bien découplée, et nous prenons plaisir à nous chauffer les pieds en caressant deux chiens de chasse, attentifs au tourne-broche, — qui est l'espoir d'un souper prochain...

12ᵉ LETTRE

M. Toulouse. — Les deux bibliophiles. — Saint-Médard de Soissons. — Le château des Longueval de Bucquoy. — Réflexions.

Je n'ai pas à me reprocher d'avoir suspendu pendant dix jours le cours du récit historique que vous m'aviez demandé. L'ouvrage qui devait en être la base, c'est-à-dire l'histoire *officielle* de l'abbé de Bucquoy, devait être vendu le 20 novembre, et ne l'a été que le 30, soit qu'il ait été retiré d'abord (comme on me l'a dit), soit que l'ordre même de la vente, énoncé dans le catalogue, n'ait pas permis de le présenter plus tôt aux enchères.

L'ouvrage pouvait, comme tant d'autres, prendre le chemin de l'étranger, et les renseignements qu'on m'avait adressés des pays du Nord indiquaient seulement des traductions hollandaises du livre, sans donner aucune indication sur l'édition originale, imprimée à Francfort, avec l'allemand en regard.

J'avais vainement, vous le savez, cherché le livre à Paris. Les bibliothèques publiques ne le possédaient pas. Les libraires spéciaux ne l'avaient point vu depuis longtemps. Un seul, M. Toulouse, m'avait été indiqué comme pouvant le posséder.

M. Toulouse a la spécialité des livres de controverse religieuse. Il m'a interrogé sur la nature de l'ouvrage ; puis il m'a dit : « Monsieur, je ne l'ai point... Mais, si je l'avais, peut-être ne vous le vendrais-je pas ? »

J'ai compris que vendant d'ordinaire des livres à des ecclésiastiques, il ne se souciait pas d'avoir affaire à un *fils de Voltaire.*

Je lui ai répondu que je m'en passerais bien, ayant déjà des notions générales sur le personnage dont il s'agissait.

« Voilà pourtant comme on écrit l'histoire ! » m'a-t-il répondu *.

Vous me direz que j'aurais pu me faire communiquer l'histoire de l'abbé de Bucquoy par quelques-uns de ces bibliophiles qui subsistent encore, tels M. de Montmerqué et autres. A quoi je répondrai qu'un bibliophile sérieux ne communique pas ses livres. Lui-même ne les lit pas, de crainte de les fatiguer.

Un bibliophile connu avait un ami ; — cet ami était devenu amoureux d'un Anacréon *in-seize,* édition lyonnaise du seizième siècle, augmentée des poésies de Bion, de Moschus et de Sapho. Le possesseur du livre n'eût pas défendu sa femme aussi fortement que son in-16. Presque toujours son ami, venant déjeuner chez lui, traversait indifféremment la bibliothèque ; mais il jetait à la dérobée un regard sur l'*Anacréon.*

Un jour, il dit à son ami : Qu'est-ce que tu fais de cet in-16 mal relié... et coupé ? Je te donnerais volontiers le *Voyage de Polyphile* [67] en italien, *édition princeps* des Aldes, avec les gravures de Belin, pour cet in-16... Franchement, c'est pour compléter ma collection des poètes grecs.

Le possesseur se borna à sourire.

— Que te faut-il encore ?

— Rien. Je n'aime pas à échanger mes livres.

— Si je t'offrais encore mon *roman de la Rose,* grandes marges, avec des annotations de Marguerite de Valois.

— Non... ne parlons plus de cela.

— Comme argent, je suis pauvre, tu le sais ; mais j'offrirais bien 1 000 francs.

— N'en parlons plus...

— Allons ! 1 500 livres.

— Je n'aime pas les questions d'argent entre amis.

La résistance ne faisait qu'accroître les désirs de

* M. Toulouse, rue du Foin-Saint-Jacques, en face la caserne des gendarmes.

l'ami du bibliophile. Après plusieurs offres, encore repoussées, il lui dit, arrivé au dernier paroxysme de la passion :

— Eh bien ! j'aurai le livre à *ta vente.*

— A ma vente ?... mais, je suis plus jeune que toi.....

— Oui, mais tu as une mauvaise toux.

— Et toi... ta sciatique ?

— On vit quatre-vingts ans avec cela !...

Je m'arrête, monsieur. Cette discussion serait une scène de Molière ou une de ces analyses tristes de la folie humaine, qui n'ont été traitées gaiement que par Erasme... En résultat, le bibliophile mourut quelques mois après, et son ami eut le livre pour 600 francs.

— Et il m'a refusé de me le laisser pour 1 500 francs ! disait-il plus tard toutes les fois qu'il le faisait voir. Cependant, quand il n'était plus question de ce volume, qui avait projeté un seul nuage sur une amitié de cinquante ans, son œil se mouillait au souvenir de l'homme excellent qu'il avait aimé.

Cette anecdote est bonne à rappeler dans une époque où le goût des collections de livres, d'autographes et d'objets d'art, n'est plus généralement compris en France. Elle pourra, néanmoins, vous expliquer les difficultés que j'ai éprouvées à me procurer l'*Abbé de Bucquoy*.

Samedi dernier, à sept heures, je revenais de Soissons, — où j'avais cru pouvoir trouver des renseignements sur les Bucquoy, — afin d'assister à la vente, faite par Techener, de la bibliothèque de M. Motteley, qui dure encore, et sur laquelle on a publié, avant-hier, un article dans l'*Indépendance de Bruxelles* [68].

Une vente de livres ou de curiosités a, pour les amateurs, l'attrait d'un tapis vert. Le râteau du commissaire, qui pousse les livres et ramène l'argent, rend cette comparaison fort exacte.

Les enchères étaient vives. Un volume isolé parvint jusqu'à 600 francs. A dix heures moins un quart, l'*Histoire de l'abbé de Bucquoy* fut mise sur table à 25 fr..... A 55 francs, les habitués et M. Techener lui-même abandonnèrent le livre : une seule personne poussait contre moi.

A 65 francs, l'amateur a manqué d'haleine.

Le marteau du commissaire priseur m'a adjugé le livre pour 66 francs.

On m'a demandé ensuite 3 fr. 20 centimes pour les frais de la vente.

J'ai appris depuis que c'était un délégué de la Bibliothèque nationale qui m'avait fait concurrence jusqu'au dernier moment.

Je possède donc le livre et je me trouve en mesure de continuer mon travail.

Votre, etc.

De Ver à Dammartin, il n'y a guère qu'une heure et demie de marche. — J'ai eu le plaisir d'admirer, par une belle matinée, l'horizon de dix lieues qui s'étend autour du vieux château, si redoutable autrefois, et dominant toute la contrée. Les hautes tours sont démolies, mais l'emplacement se dessine encore sur ce point élevé, où l'on a planté des allées de tilleuls servant de promenade, au point même où se trouvaient les entrées et les cours. Des charmilles d'épine-vinette et de belladone empêchent toute chute dans l'abîme que forment encore les fossés. — Un tir a été établi pour les archers dans un des fossés qui se rapprochent de la ville.

Sylvain est retourné dans son pays : — j'ai continué ma route vers Soissons à travers la forêt de Villers-Cotterêts, entièrement dépouillée de feuilles, mais reverdie çà et là par des plantations de pins qui occupent aujourd'hui les vastes espaces des *coupes sombres* pratiquées naguère. — Le soir, j'arrivai à Soissons, la vieille *Augusta Suessonium*, où se décida le sort de la nation française au sixième siècle.

On sait que c'est après la bataille de Soissons [69], gagnée par Clovis, que ce chef des Francs subit l'humiliation de ne pouvoir garder un vase d'or, produit du pillage de Reims. Peut-être songeait-il déjà à faire sa paix avec l'Eglise, en lui rendant un objet saint et précieux. Ce fut alors qu'un de ses guerriers voulut que ce vase entrât dans le partage, car l'égalité était le principe fondamental de ces tribus franques, originaires d'Asie. — Le vase d'or fut brisé, et plus tard la tête du Franc égalitaire eut le même sort, sous la *francisque* de son chef. Telle fut l'origine de nos monarchies.

Soissons, ville forte de seconde classe [70], renferme de curieuses antiquités. La cathédrale a sa haute tour, d'où l'on découvre sept lieues de pays ; — un beau tableau de Rubens, derrière son maître-autel. L'ancienne cathédrale est beaucoup plus curieuse, avec ses clochers festonnés et découpés en guipure. Il n'en reste que la façade et les tours, malheureusement. Il y a encore une autre église qu'on restaure avec cette belle pierre et ce béton romain, qui font l'orgueil de la contrée. Je me suis entretenu là avec les tailleurs de pierre, qui déjeunaient autour d'un feu de bruyère et qui m'ont paru très forts sur l'histoire de l'art. Ils regrettaient, comme moi, qu'on ne restaurât point l'ancienne cathédrale, Saint-Jean-des-Vignes, plutôt que l'église lourde où on les occupait. — Mais cette dernière est, dit-on, plus *logeable.* Dans nos époques de foi restreinte, on n'attire plus les fidèles qu'avec l'élégance et le confort.

Les compagnons m'ont indiqué comme chose à voir *Saint-Médard,* situé à une portée de fusil de la ville, au-delà du pont et de la gare de l'Aisne. Les constructions les plus modernes forment l'établissement des sourds-muets. Une surprise m'attendait là. C'était d'abord la tour en partie démolie où Abailard fut prisonnier quelque temps. On montre encore sur les murs des inscriptions latines de sa main ; — puis de vastes caveaux déblayés depuis peu, où l'on a retrouvé la tombe de Louis le Débonnaire, — formée d'une vaste cuve de pierre qui m'a rappelé les tombeaux égyptiens.

Près de ces caveaux, composés de cellules souterrains avec des niches çà et là comme dans les tombeaux romains, on voit la prison même où cet empereur fut retenu par ses enfants, l'enfoncement où il dormait sur une natte et autres détails parfaitement conservés, parce que la terre calcaire et les débris de pierres fossiles qui remplissaient ces souterrains les ont préservés de toute humidité. On n'a eu qu'à déblayer, et ce travail dure encore, amenant chaque jour de nouvelles découvertes. — C'est un *Pompéi* carlovingien.

En sortant de Saint-Médard, je me suis un peu égaré sur les bords de l'Aisne, qui coule entre les oseraies rougeâtres et les peupliers dépouillés de feuilles. Il faisait beau, les gazons étaient verts, et, au bout de deux kilomètres, je me suis trouvé dans un village nommé Cuffy [71], d'où l'on découvrait parfaitement les tours dentelées de la ville et ses toits flamands bordés d'escaliers de pierre.

On se rafraîchit dans ce village avec un petit vin blanc mousseux qui ressemble beaucoup à la tisane de Champagne.

En effet, le terrain est presque le même qu'à Epernay. C'est un filon de la Champagne voisine qui, sur ce coteau exposé au midi, produit des vins rouges et blancs qui ont encore assez de feu. Toutes les maisons sont bâties en pierres meulières trouées comme des éponges par les vrilles et les limaçons marins. L'église est vieille, mais rustique. Une verrerie est établie sur la hauteur.

Il n'était plus possible de ne pas retrouver Soissons. J'y suis retourné pour continuer mes recherches, en visitant la bibliothèque et les archives. — A la bibliothèque, je n'ai rien trouvé que l'on ne pût avoir à Paris. Les archives sont à la sous-préfecture et doivent être curieuses, à cause de l'antiquité de la ville. Le secrétaire m'a dit : « Monsieur, nos archives sont là-haut, — dans les greniers ; mais elles ne sont pas classées.

— Pourquoi ?

— Parce qu'il n'y a pas de fonds attribués à ce travail par la ville. La plupart des pièces sont en gothique et en latin... Il faudrait qu'on nous envoyât quelqu'un de Paris. »

Il est évident que je ne pouvais espérer de trouver facilement là des renseignements sur les Bucquoy. Quant à la situation actuelle des archives de Soissons, je me borne à la dénoncer aux paléographes, — si la France est assez riche pour payer l'examen des souvenirs de son histoire, je serai heureux d'avoir donné cette indication.

Je vous parlerais bien encore de la grande foire qui avait lieu en ce moment-là dans la ville, — du théâtre, où l'on jouait *Lucrèce Borgia,* des mœurs locales, assez bien conservées dans ce pays situé hors du mouvement des chemins de fer, — et même de la contrariété qu'éprouvent les habitants par suite de cette situation. Ils ont espéré quelque temps être rattachés à la ligne du Nord, ce qui eût produit de fortes économies... Un personnage puissant aurait obtenu de faire passer la ligne de Strasbourg par ses bois, auxquels elle offre des débouchés, — mais ce sont là de ces exigences locales et de ces suppositions intéressées qui peuvent ne pas être de toute justice.

Le but de ma tournée est atteint maintenant. La diligence de Soissons à Reims m'a conduit à Braine. Une heure après, j'ai pu gagner Longueval, le berceau des Bucquoy. Voilà donc le séjour de la belle Angélique et le *château-chef* de son père, qui paraît en avoir eu autant que son aïeul, le grand-comte de Bucquoy, a pu en conquérir dans les guerres de Bohême. — Les tours sont rasées, comme à Dammartin. Cependant les souterrains existent encore. L'emplacement, qui domine le village, situé dans une gorge allongée, a été couvert de constructions depuis sept ou huit ans, époque où les ruines ont été vendues. Empreint suffisamment de ces souvenirs de localité qui peuvent donner de l'attrait à une composition romanesque, — et qui ne sont pas inutiles au point de vue positif de l'histoire, j'ai gagné Château-Thierry, où l'on aime à saluer la statue rêveuse du bon La Fontaine, placée au bord de la Marne et en vue du chemin de fer de Strasbourg.

RÉFLEXIONS.

« Et puis... » (C'est ainsi que Diderot commençait un conte, me dira-t-on.)

— Allez toujours !

— Vous avez imité Diderot lui-même.

— Qui avait imité Sterne...

— Lequel avait imité Swift.

— Qui avait imité Rabelais.

— Lequel avait imité Merlin Coccaïe...

— Qui avait imité Pétrone...

— Lequel avait imité Lucien. Et Lucien en avait imité bien d'autres... Quand ce ne serait que l'auteur de l'*Odyssée,* qui fait promener son héros pendant dix ans autour de la Méditerranée, pour l'amener enfin à cette fabuleuse Ithaque, dont la reine, entourée d'une cinquantaine de prétendants, défaisait chaque nuit ce qu'elle avait tissé le jour [72].

— Mais Ulysse a fini par retrouver Ithaque.

— Et j'ai retrouvé l'abbé de Bucquoy.

— Parlez-en.

— Je ne fais pas autre chose depuis un mois. Les lecteurs doivent être déjà fatigués — du comte de Bucquoi le ligueur, plus tard généralissime des armées d'Autriche ; — de M. de Longueval de Bucquoy et de sa fille Angélique, — enlevée par La Corbinière, — du château de cette famille, dont je viens de fouler les ruines...

Et enfin de l'abbé comte de Bucquoy lui-même, dont j'ai rapporté une courte biographie, — et que M. d'Argenson, dans sa correspondance, appelle : *le prétendu* abbé de Bucquoy.

Le livre que je viens d'acheter à la vente Motteley vaudrait beaucoup plus de 66 francs 20 centimes, s'il n'était cruellement rogné. La reliure, toute neuve, porte en lettres d'or ce titre attrayant : *Histoire du Sieur*

Abbé comte de Bucquoy, etc. La valeur de l'in-12 vient peut-être de trois maigres brochures en vers et en prose, composées par l'auteur, et qui étant d'un plus grand format, ont les marges coupées jusqu'au texte, qui cependant reste lisible.

Le livre a tous les titres cités déjà qui se trouvent énoncés dans Brunet, dans Quérard et dans la Biographie de Michaud. En regard du titre est une gravure représentant la Bastille, avec ce titre au-dessus : l'*Enfer des vivants*, et cette citation : *Facilis descensus Averni* [73].

—

On peut lire l'histoire de l'abbé de Bucquoi dans mon livre intitulé : *Les Illuminés* (Paris, Victor Lecoû). On peut consulter aussi l'ouvrage in-12 dont j'ai fait présent à la Bibliothèque impériale.

Je me suis peut-être trompé dans l'examen de l'écusson du fondateur de la chapelle de Châalis.

On m'a communiqué des notes sur les abbés de Châalis. « Robert de la Tourette, notamment, qui fut abbé là, de 1501 à 1522, fit de grandes restaurations... » On voit sa tombe devant le maître-autel.

« Ici arrivent les Médicis : Hippolyte d'Est, cardinal de Ferrare, 1554 ; — Aloys d'Est, 1586.

« Ensuite : Louis, cardinal de Guise, 1601 ; Charles-Louis de Lorraine, 1630.

Il faut remarquer que les d'Est n'ont qu'un alérion au 2 et au 3, et que j'en ai vu trois au 1 et au 4 dans l'écusson écartelé.

« Charles II, cardinal de Bourbon (depuis Charles X, — l'ancien), lieutenant général de l'Ile-de-France depuis 1551, eut un fils appelé Poullain. »

Je veux bien croire que ce cardinal-roi eut un fils naturel ; mais je ne comprends pas les trois alérions posés 2 et 1. Ceux de Lorraine sont sur une bande. Pardon de ces détails, mais la connaissance du blason est la clef de l'histoire de France... Les pauvres auteurs n'y peuvent rien !

SYLVIE

SOUVENIRS DU VALOIS [1]

I. — NUIT PERDUE

Je sortais d'un théâtre où tous les soirs je paraissais aux avant-scènes en grande tenue de soupirant. Quelquefois tout était plein, quelquefois tout était vide. Peu m'importait d'arrêter mes regards sur un parterre peuplé seulement d'une trentaine d'amateurs forcés, sur des loges garnies de bonnets ou de toilettes surannées, — ou bien de faire partie d'une salle animée et frémissante couronnée à tous ses étages de toilettes fleuries, de bijoux étincelants et de visages radieux. Indifférent au spectacle de la salle, celui du théâtre ne m'arrêtait guère, — excepté lorsqu'à la seconde ou à la troisième scène d'un maussade chef-d'œuvre d'alors, une apparition bien connue illuminait l'espace vide, rendant la vie d'un souffle et d'un mot à ces vaines figures qui m'entouraient.

Je me sentais vivre en elle, et elle vivait pour moi seul. Son sourire me remplissait d'une béatitude infinie ; la vibration de sa voix si douce et cependant fortement timbrée me faisait tressaillir de joie et d'amour. Elle avait pour moi toutes les perfections, elle répondait à tous mes enthousiasmes, à tous mes caprices, — belle comme le jour aux feux de la rampe qui l'éclairait d'en bas, pâle comme la nuit, quand la rampe baissée la laissait éclairée d'en haut sous les rayons du lustre et la montrait plus naturelle, brillant dans l'ombre de sa seule beauté, comme les Heures divines qui se découpent, avec une étoile au front, sur les fonds bruns des fresques d'Herculanum [2] !

Depuis un an, je n'avais pas encore songé à m'informer de ce qu'elle pouvait être d'ailleurs ; je craignais de troubler le miroir magique qui me renvoyait son image, — et tout au plus avais-je prêté l'oreille à quelques propos concernant non plus l'actrice, mais la femme. Je m'en informais aussi peu que des bruits qui ont pu courir sur la princesse d'Elide ou sur la reine de Trébizonde, — un de mes oncles qui avait vécu dans les avant-dernières années du dix-huitième siècle, comme il fallait y vivre pour le bien connaître, m'ayant prévenu de bonne heure que les actrices n'étaient pas des femmes, et que la nature avait oublié de leur faire un cœur. Il parlait de celles de ce temps-là sans doute ; mais il m'avait raconté tant d'histoires de ses illusions, de ses déceptions, et montré tant de portraits sur ivoire, médaillons charmants qu'il utilisait depuis à parer des tabatières, tant de billets jaunis, tant de faveurs fanées, en m'en faisant l'histoire et le compte définitif, que je m'étais habitué à penser mal de toutes sans tenir compte de l'ordre des temps.

Nous vivions alors dans une époque étrange, comme celles qui d'ordinaire succèdent aux révolutions ou aux abaissements des grands règnes. Ce n'était plus la galanterie héroïque comme sous la Fronde, le vice élégant et paré comme sous la Régence, le scepticisme et les folles orgies du Directoire ; c'était un mélange d'activité, d'hésitation et de paresse, d'utopies brillantes, d'aspirations philosophiques ou religieuses, d'enthousiasmes vagues, mêlés de certains instincts de renaissance ; d'ennuis des discordes passées, d'espoirs incertains, — quelque chose comme l'époque de Pérégrinus [3] et d'Apulée. L'homme matériel aspirait au bouquet de roses qui devait le régénérer par les mains de la belle Isis ; la déesse éternellement jeune et pure nous apparaissait dans les nuits, et nous faisait honte de nos heures de jour perdues. L'ambition n'était cependant pas de notre âge, et l'avide curée qui se faisait alors des positions et des honneurs nous éloignait des sphères d'activité possibles. Il ne nous restait pour asile que cette tour d'ivoire des poètes, où nous montions toujours plus haut pour nous isoler de la foule. A ces points élevés où nous guidaient nos maîtres, nous respirions enfin l'air pur des solitudes, nous buvions l'oubli dans la coupe d'or des légendes, nous étions ivres de poésie et d'amour. Amour, hélas ! des formes vagues, des teintes roses et bleues, des fantômes métaphysiques ! Vue de près, la femme réelle révoltait notre ingénuité ; il fallait qu'elle apparût reine ou déesse, et surtout n'en pas approcher.

Quelques-uns d'entre nous néanmoins prisaient peu ces paradoxes platoniques, et à travers nos rêves renouvelés d'Alexandrie agitaient parfois la torche des dieux souterrains, qui éclaire l'ombre un instant de ses traînées d'étincelles. — C'est ainsi que, sortant du théâtre avec l'amère tristesse que laisse un songe évanoui, j'allais volontiers me joindre à la société d'un cercle où l'on soupait en grand nombre, et où toute mélancolie cédait devant la verve intarissable de quelques esprits éclatants, vifs, orageux, sublimes parfois, — tels qu'il s'en est trouvé toujours dans les époques de rénovation ou de décadence, et dont les discussions se haussaient à ce point, que les plus timides d'entre nous allaient voir parfois aux fenêtres si les Huns, les Turcomans ou les Cosaques n'arrivaient pas enfin pour couper court à ces arguments de rhéteurs et de sophistes.

« Buvons, aimons, c'est la sagesse ! » Telle était la seule opinion des plus jeunes. Un de ceux-là me dit : « Voici bien longtemps que je te rencontre dans le même théâtre, et chaque fois que j'y vais. Pour *laquelle* y viens-tu ? »

Pour laquelle ?... Il ne me semblait pas que l'on pût aller là pour une *autre*. Cependant j'avouai un nom. — « Eh bien ! dit mon ami avec indulgence, tu vois là-bas l'homme heureux qui vient de la reconduire, et qui, fidèle aux lois de notre cercle, n'ira la retrouver peut-être qu'après la nuit. »

Sans trop d'émotion, je tournai les yeux vers le personnage indiqué. C'était un jeune homme correctement vêtu, d'une figure pâle et nerveuse, ayant des manières convenables et des yeux empreints de mélancolie et de douceur. Il jetait de l'or sur une table de whist et le perdait avec indifférence. — Que m'importe, dis-je, lui ou tout autre ? Il fallait qu'il y en eût un, et celui-là me paraît digne d'avoir été choisi. — Et toi ? — Moi ? C'est une image que je poursuis, rien de plus.

En sortant, je passai par la salle de lecture, et machinalement je regardai un journal. C'était, je crois, pour y voir le cours de la Bourse. Dans les débris de mon opulence se trouvait une somme assez forte en titres étrangers [4]. Le bruit avait couru que, négligés longtemps, ils allaient être reconnus ; — ce qui venait d'avoir lieu à la suite d'un changement de ministère. Les fonds se trouvaient déjà cotés très haut ; je redevenais riche.

Une seule pensée résulta de ce changement de situation, celle que la femme aimée si longtemps était à moi si je voulais. — Je touchais du doigt mon idéal. N'était-ce pas une illusion encore, une faute d'impression railleuse ? Mais les autres feuilles parlaient de même. — La somme gagnée se dressa devant moi comme la statue d'or de Moloch. « Que dirait maintenant, pensais-je, le jeune homme de tout à l'heure, si j'allais prendre sa place près de la femme qu'il a laissée seule ?... » Je frémis de cette pensée, et mon orgueil se révolta.

Non ! ce n'est pas ainsi, ce n'est pas à mon âge que l'on tue l'amour avec de l'or : je ne serai pas un corrupteur. D'ailleurs ceci est une idée d'un autre temps. Qui me dit aussi que cette femme soit vénale ? — Mon regard parcourait vaguement le journal que je tenais encore, et j'y lus ces deux lignes : « *Fête du Bouquet provincial.* — Demain, les archers de Senlis doivent rendre le bouquet à ceux de Loisy. » Ces mots, fort simples, réveillèrent en moi toute une nouvelle série d'impressions : c'était un souvenir de la province depuis longtemps oubliée, un écho lointain des fêtes naïves de la jeunesse. — Le cor et le tambour résonnaient au loin dans les hameaux et dans les bois ; les jeunes filles tressaient des guirlandes et assortissaient, en chantant, des bouquets ornés de rubans. — Un lourd chariot, traîné par des bœufs, recevait ces présents sur son passage, et nous, enfants de ces contrées, nous formions le cortège avec nos arcs et nos flèches, nous décorant du titre de chevaliers, — sans savoir alors que nous ne faisions que répéter d'âge en âge une fête druidique survivant aux monarchies et aux religions nouvelles [5].

II. — ADRIENNE.

Je regagnai mon lit et je ne pus y trouver le repos. Plongé dans une demi-somnolence, toute ma jeunesse repassait en mes souvenirs. Cet état, où l'esprit résiste encore aux bizarres combinaisons du songe, permet souvent de voir se presser en quelques minutes les tableaux les plus saillants d'une longue période de la vie.

Je me représentais un château du temps de Henri IV avec ses toits pointus couverts d'ardoises et sa face rougeâtre aux encoignures dentelées de pierres jaunies, une grande place verte encadrée d'ormes et de tilleuls, dont le soleil couchant perçait le feuillage de ses traits enflammés. Des jeunes filles dansaient en rond sur la pelouse en chantant de vieux airs transmis par leurs mères, et d'un français si naturellement pur, que l'on se sentait bien exister dans ce vieux pays du Valois, où, pendant plus de mille ans, a battu le cœur de la France.

J'étais le seul garçon dans cette ronde, où j'avais amené ma compagne toute jeune encore, Sylvie, une petite fille du hameau voisin, si vive et si fraîche, avec ses yeux noirs, son profil régulier et sa peau légèrement hâlée !... Je n'aimais qu'elle, je ne voyais qu'elle, — jusque-là ! A peine avais-je remarqué, dans la ronde où nous dansions, une blonde, grande et belle, qu'on appelait Adrienne. Tout d'un coup, suivant les règles de la danse, Adrienne se trouva placée seule avec moi au milieu du cercle. Nos tailles étaient pareilles. On nous dit de nous embrasser, et la danse et le chœur tournaient plus vivement que jamais. En lui donnant ce baiser, je ne pus m'empêcher de lui presser la main. Les longs anneaux roulés de ses cheveux d'or effleuraient mes joues. De ce moment, un trouble inconnu s'empara de moi [6]. — La belle devait chanter pour avoir le droit de rentrer dans la danse. On s'assit autour d'elle, et aussitôt, d'une voix fraîche et pénétrante, légèrement voilée, comme celles des filles de ce pays brumeux, elle chanta une de ces anciennes romances pleines de mélancolie et d'amour, qui racontent toujours les malheurs d'une princesse enfermée dans sa tour par la volonté d'un père qui la punit d'avoir aimé. La mélodie se terminait à chaque stance par ces trilles chevrotants que font valoir si bien les voix jeunes, quand elles imitent par un frisson modulé la voix tremblante des aïeules.

A mesure qu'elle chantait, l'ombre descendait des grands arbres, et le clair de lune naissant tombait sur elle seule, isolée de notre cercle attentif. — Elle se tut, et personne n'osa rompre le silence. La pelouse était couverte de faibles vapeurs condensées, qui déroulaient leurs blancs flocons sur les pointes des herbes. Nous pensions être en paradis. — Je me levai enfin, courant au parterre du château, où se trouvaient des lauriers, plantés dans de grands vases de faïence peints en camaïeu. Je rapportai deux branches, qui furent tressées en couronne et nouées d'un ruban. Je posai sur la tête d'Adrienne cet ornement, dont les feuilles lustrées éclataient sur ses cheveux blonds aux rayons pâles de la lune. Elle ressemblait à la Béatrice de Dante qui sourit au poète errant sur la lisière des saintes demeures.

Adrienne se leva. Développant sa taille élancée, elle nous fit un salut gracieux, et rentra en courant dans le château. — C'était, nous dit-on, la petite-fille de l'un des descendants d'une famille alliée aux anciens rois de France ; le sang des Valois coulait dans ses veines [7]. Pour ce jour de fête, on lui avait permis de se mêler à nos jeux ; nous ne devions plus la revoir, car le lendemain elle repartit pour un couvent où elle était pensionnaire.

Quand je revins près de Sylvie, je m'aperçus qu'elle pleurait. La couronne donnée par mes mains à la belle chanteuse était le sujet de ses larmes. Je lui offris d'en aller cueillir une autre, mais elle dit qu'elle n'y tenait nullement, ne la méritant pas. Je voulus en vain me défendre, elle ne me dit plus un seul mot pendant que je la reconduisais chez ses parents.

Rappelé moi-même à Paris pour y reprendre mes études, j'emportai cette double image d'une amitié tendre tristement rompue, — puis d'un amour impossible et vague, source de pensées douloureuses que la philosophie de collège était impuissante à calmer.

La figure d'Adrienne resta seule triomphante, — mirage de la gloire et de la beauté, adoucissant ou partageant les heures des sévères études. Aux vacances de l'année suivante, j'appris que cette belle à peine entrevue était consacrée par sa famille à la vie religieuse.

III. — RESOLUTION.

Tout m'était expliqué par ce souvenir à demi rêvé. Cet amour vague et sans espoir, conçu pour une femme de théâtre, qui tous les soirs me prenait à l'heure du spectacle, pour ne me quitter qu'à l'heure du sommeil, avait son germe dans le souvenir d'Adrienne, fleur de la nuit éclose à la pâle clarté de la lune, fantôme rose et blond glissant sur l'herbe verte à demi baignée de blanches vapeurs. — La ressemblance d'une figure oubliée depuis des années se dessinait désormais avec une netteté singulière ; c'était un crayon estompé par le temps qui se faisait peinture, comme ces vieux croquis de maîtres admirés dans un musée, dont on retrouve ailleurs l'original éblouissant.

Aimer une religieuse sous la forme d'une actrice !... et si c'était la même ! — Il y a de quoi devenir fou ! c'est un entraînement fatal où l'inconnu vous attire comme le feu follet fuyant sur les joncs d'une eau morte... Reprenons pied sur le réel.

Et Sylvie que j'aimais tant, pourquoi l'ai-je oubliée depuis trois ans ?... C'était une bien jolie fille, et la plus belle de Loisy !

Elle existe, elle, bonne et pure de cœur sans doute. Je revois sa fenêtre où le pampre s'enlace au rosier, la cage de fauvettes suspendue à gauche ; j'entends le bruit de ses fuseaux sonores et sa chanson favorite :

La belle était assise
Près du ruisseau coulant...

Elle m'attend encore... Qui l'aurait épousée ? elle est si pauvre !

Dans son village et dans ceux qui l'entourent, de bons paysans en blouse, aux mains rudes, à la face amaigrie, au teint hâlé ! Elle m'aimait seul, moi le petit Parisien, quand j'allais voir près de Loisy mon pauvre oncle, mort aujourd'hui. Depuis trois ans, je dissipe en seigneur le bien modeste qu'il m'a laissé et qui pouvait suffire à ma vie. Avec Sylvie, je l'aurais conservé. Le hasard m'en rend une partie. Il est temps encore.

A cette heure, que fait-elle ? Elle dort... Non, elle ne dort pas ; c'est aujourd'hui la fête de l'arc, la seule de l'année où l'on danse toute la nuit. — Elle est à la fête...

Quelle heure est-il ?

Je n'avais pas de montre.

Au milieu de toutes les splendeurs de bric-à-brac qu'il était d'usage de réunir à cette époque pour restaurer dans sa couleur locale un appartement d'autrefois, brillait d'un éclat rafraîchi une de ces pendules d'écaille de la Renaissance, dont le dôme doré surmonté de la figure du Temps est supporté par des cariatides du style Médicis, reposant à leur tour sur des chevaux à demi cabrés. La Diane historique, accoudée sur son cerf, est en bas-relief sous le cadran, où s'étalent sur un fond niellé les chiffres émaillés des heures. Le mouvement, excellent sans doute, n'avait pas été remonté depuis deux siècles. — Ce n'était pas pour savoir l'heure que j'avais acheté cette pendule en Touraine.

Je descendis chez le concierge. Son coucou marquait une heure du matin [8]. — En quatre heures, me dis-je, je puis arriver au bal de Loisy. Il y avait encore sur la place du Palais-Royal cinq ou six fiacres stationnant pour les habitués des cercles et des maisons de jeu : — A Loisy ! dis-je au plus apparent. — Où cela est-il ? — Près de Senlis, à huit lieues. — Je vais vous conduire à la poste, dit le cocher, moins préoccupé que moi.

Quelle triste route, la nuit, que cette route de Flandres, qui ne devient belle qu'en atteignant la zone des forêts ! Toujours ces deux files d'arbres monotones qui grimacent des formes vagues ; au-delà, des carrés de verdure et de terres remuées, bornés à gauche par les collines bleuâtres de Montmorency, d'Ecouen, de Luzarches. Voici Gonesse, le bourg vulgaire plein des souvenirs de la Ligue et de la Fronde...

Plus loin que Louvres est un chemin bordé de pommiers dont j'ai vu bien des fois les fleurs éclater dans la nuit comme des étoiles de la terre : c'était le plus court pour gagner les hameaux. — Pendant que la voiture monte les côtes, recomposons les souvenirs du temps où j'y venais si souvent.

IV. — UN VOYAGE A CYTHÈRE.

Quelques années s'étaient écoulées : l'époque où j'avais rencontré Adrienne devant le château n'était plus déjà qu'un souvenir d'enfance. Je me retrouvai à

Loisy au moment de la fête patronale. J'allai de nouveau me joindre aux chevaliers de l'arc, prenant place dans la compagnie dont j'avais fait partie déjà. Des jeunes gens appartenant aux vieilles familles qui possèdent encore là plusieurs de ces châteaux perdus dans les forêts, qui ont plus souffert du temps que des révolutions, avaient organisé la fête. De Chantilly, de Compiègne et de Senlis accouraient de joyeuses cavalcades qui prenaient place dans le cortège rustique des compagnies de l'arc. Après la longue promenade à travers les villages et les bourgs, après la messe à l'église, les luttes d'adresse et la distribution des prix, les vainqueurs avaient été conviés à un repas qui se donnait dans une île ombragée de peupliers et de tilleuls, au milieu de l'un des étangs alimentés par la Nonette et la Thève [9]. Des barques pavoisées nous conduisirent à l'île, — dont le choix avait été déterminé par l'existence d'un temple ovale à colonnes qui devait servir de salle pour le festin. — Là, comme à Ermenonville, le pays est semé de ces édifices légers de la fin du dix-huitième siècle, où des millionnaires philosophes se sont inspirés dans leurs plans du goût dominant d'alors. Je crois bien que ce temple avait dû être primitivement dédié à Uranie. Trois colonnes avaient succombé emportant dans leur chute une partie de l'architrave ; mais on avait déblayé l'intérieur de la salle, suspendu des guirlandes entre les colonnes, on avait rajeuni cette ruine moderne, — qui appartenait au paganisme de Boufflers ou de Chaulieu plutôt qu'à celui d'Horace.

La traversée du lac avait été imaginée peut-être pour rappeler le *Voyage à Cythère* de Watteau. Nos costumes modernes dérangeaient seuls l'illusion. L'immense bouquet de la fête, enlevé du char qui le portait, avait été placé sur une grande barque ; le cortège des jeunes filles vêtues de blanc qui l'accompagnent selon l'usage avait pris place sur les bancs, et cette gracieuse *théorie* renouvelée des jours antiques se reflétait dans les eaux calmes de l'étang qui la séparait du bord de l'île si vermeil aux rayons du soir avec ses halliers d'épine, sa colonnade et ses clairs feuillages. Toutes les barques abordèrent en peu de temps. La corbeille portée en cérémonie occupa le centre de la table, et chacun prit place, les plus favorisés auprès des jeunes filles : il suffisait pour cela d'être connu de leurs parents. Ce fut la cause qui fit que je me retrouvai près de Sylvie. Son frère m'avait déjà rejoint dans la fête, il me fit la guerre de n'avoir pas depuis longtemps rendu visite à sa famille. Je m'excusai sur mes études, qui me retenaient à Paris, et l'assurai que j'étais venu dans cette intention. « Non, c'est moi qu'il a oubliée, dit Sylvie. Nous sommes des gens de village, et Paris est si au-dessus ! » Je voulus l'embrasser pour lui fermer la bouche ; mais elle me boudait encore, et il fallut que son frère intervînt pour qu'elle m'offrît sa joue d'un air indifférent. Je n'eus aucune joie de ce baiser dont bien d'autres obtenaient la faveur, car dans ce pays patriarcal où l'on salue tout homme qui passe, un baiser n'est autre chose qu'une politesse entre bonnes gens.

Une surprise avait été arrangée par les ordonnateurs de la fête. A la fin du repas, on vit s'envoler du fond de la vaste corbeille un cygne sauvage, jusque-là captif sous les fleurs, qui de ses fortes ailes, soulevant des lacis de guirlandes et de couronnes, finit par les disperser de tous côtés. Pendant qu'il s'élançait joyeux vers les dernières lueurs du soleil, nous rattrapions au hasard les couronnes, dont chacun parait aussitôt le front de sa voisine. J'eus le bonheur de saisir une des plus belles, et Sylvie souriante se laissa embrasser cette fois plus tendrement que l'autre. Je compris que j'effaçais ainsi le souvenir d'un autre temps. Je l'admirai cette fois sans partage, elle était devenue si belle ! Ce n'était plus cette petite fille de village que j'avais dédaignée pour une plus grande et plus faite aux grâces du monde. Tout en elle avait gagné : le charme de ses yeux noirs, si séduisants dès son enfance, était devenu irrésistible ; sous l'orbite arquée de ses sourcils, son sourire, éclairant tout à coup des traits réguliers et placides, avait quelque chose d'athénien. J'admirais cette physionomie digne de l'art antique au milieu des minois chiffonnés de ses compagnes. Ses mains délicatement allongées, ses bras qui avaient blanchi en s'arrondissant, sa taille dégagée, la faisaient tout autre que je ne l'avais vue. Je ne pus m'empêcher de lui dire combien je la trouvais différente d'elle-même, espérant couvrir ainsi mon ancienne et rapide infidélité.

Tout me favorisait d'ailleurs, l'amitié de son frère, l'impression charmante de cette fête, l'heure du soir et le lieu même où, par une fantaisie pleine de goût, on avait reproduit une image des galantes solennités d'autrefois. Tant que nous pouvions, nous échappions à la danse pour causer de nos souvenirs d'enfance et pour admirer en rêvant à deux les reflets du ciel sur les ombrages et sur les eaux. Il fallut que le frère de Sylvie nous arrachât à cette contemplation en disant qu'il était temps de retourner au village assez éloigné qu'habitaient ses parents.

V. — LE VILLAGE.

C'était à Loisy, dans l'ancienne maison du garde. Je les conduisis jusque-là, puis je retournai à Montagny [10], où je demeurais chez mon oncle. En quittant le chemin pour traverser un petit bois qui sépare Loisy de Saint-S...., je ne tardai pas à m'engager dans une *sente* profonde qui longe la forêt d'Ermenonville ; je m'attendais ensuite à rencontrer les murs d'un couvent qu'il fallait suivre pendant un quart de lieue. La lune se cachait de temps à autre sous les nuages, éclairant à peine les roches de grès sombre et les bruyères qui se multipliaient sous mes pas. A droite et à gauche, des lisières de forêts sans routes tracées, et toujours devant moi ces roches druidiques de la contrée qui gardent le souvenir des fils d'Armen exterminés par les Romains ! Du haut de ces entassements sublimes, je voyais les étangs lointains se découper comme des miroirs sur la plaine brumeuse, sans pouvoir distinguer celui même où s'était passée la fête.

L'air était tiède et embaumé ; je résolus de ne pas aller plus loin et d'attendre le matin, en me couchant sur des touffes de bruyères. — En me réveillant, je reconnus peu à peu les points voisins du lieu où je m'étais égaré dans la nuit. A ma gauche, je vis se dessiner la longue ligne des murs du couvent de Saint-S...., puis de l'autre côté de la vallée, la butte aux Gens-d'Armes, avec les ruines ébréchées de l'antique résidence carlovingienne. Près de là, au-dessus des touffes de bois, les hautes masures de l'abbaye de Thiers découpaient sur l'horizon leurs pans de muraille percés de trèfles et d'ogives. Au-delà, le manoir gothique de Pontarmé, entouré d'eau comme autrefois, refléta bientôt les premiers feux du jour, tandis qu'on voyait se dresser au midi le haut donjon de la Tournelle et les quatre tours de Bertrand-Fosse sur les premiers coteaux de Montméliant.

Cette nuit m'avait été douce, et je ne songeais qu'à Sylvie ; cependant l'aspect du couvent me donna un instant l'idée que c'était celui peut-être qu'habitait Adrienne. Le tintement de la cloche du matin était encore dans mon oreille et m'avait sans doute réveillé. J'eus un instant l'idée de jeter un coup d'œil par-dessus les murs en gravissant la plus haute pointe des rochers ; mais en y réfléchissant, je m'en gardai comme d'une profanation. Le jour en grandissant chassa de ma pensée ce vain souvenir et n'y laissa plus que les traits rosés de Sylvie. « Allons la réveiller, » me dis-je, et je repris le chemin de Loisy.

Voici le village au bout de la sente qui côtoie la forêt : vingt chaumières dont la vigne et les roses grimpantes festonnent les murs. Des fileuses matinales, coiffées de mouchoirs rouges, travaillent réunies devant une ferme. Sylvie n'est point avec elles. C'est presque une demoiselle depuis qu'elle exécute de fines dentelles, tandis que ses parents sont restés de bons villageois [11]. — Je suis monté à sa chambre sans étonner personne ; déjà levée depuis longtemps, elle agitait les fuseaux de sa dentelle, qui claquaient avec un doux bruit sur le carreau vert que soutenaient ses genoux. « Vous voilà, paresseux, dit-elle avec son sourire divin, je suis sûre que vous sortez seulement de votre lit ! » Je lui racontai ma nuit passée sans sommeil, mes courses égarées à travers les bois et les roches. Elle voulut bien me plaindre un instant. « Si vous n'êtes pas fatigué, je vais vous faire courir encore. Nous irons voir ma grand'tante à Othys. » J'avais à peine répondu qu'elle se leva joyeusement, arrangea ses cheveux devant un miroir et se coiffa d'un chapeau de paille rustique. L'innocence et la joie éclataient dans ses yeux. Nous partîmes en suivant les bords de la Thève à travers les prés semés de marguerites et de boutons d'or, puis le long des bois de Saint-Laurent, franchissant parfois les ruisseaux et les halliers pour abréger la route [12]. Les merles sifflaient dans les arbres, et les mésanges s'échappaient joyeusement des buissons frôlés par notre marche.

Parfois nous rencontrions sous nos pas les pervenches si chères à Rousseau, ouvrant leurs corolles bleues parmi ces longs rameaux de feuilles accouplées, lianes modestes qui arrêtaient les pieds furtifs de ma compagne. Indifférente aux souvenirs du philosophe genevois, elle cherchait çà et là les fraises parfumées, et moi, je lui parlais de *la Nouvelle Héloïse*, dont je récitais par cœur quelques passages. « Est-ce que c'est joli ? dit-elle. — C'est sublime. — Est-ce mieux qu'Auguste Lafontaine [13] ? — C'est plus tendre. — Oh ! bien, dit-elle, il faut que je lise cela. Je dirai à mon frère de me l'apporter la première fois qu'il ira à Senlis. » Et je continuais à réciter des fragments de l'*Héloïse* pendant que Sylvie cueillait des fraises.

VI. — OTHYS.

Au sortir du bois, nous rencontrâmes de grandes touffes de digitale pourprée [14] ; elle en fit un énorme bouquet en me disant : « C'est pour ma tante ; elle sera si heureuse d'avoir ces belles fleurs dans sa chambre. » Nous n'avions plus qu'un bout de plaine à traverser pour gagner Othys. Le clocher du village pointait sur les coteaux bleuâtres qui vont de Montméliant à Dammartin. La Thève bruissait de nouveau parmi les grès et les cailloux, s'amincissant au voisinage de sa source, où elle se repose dans les prés, formant un petit lac au milieu des glaïeuls et des iris. Bientôt nous gagnâmes les premières maisons. La tante de Sylvie habitait une petite chaumière bâtie en pierres de grès inégales que revêtaient des treillages de houblon et de vigne-vierge ; elle vivait seule de quelques carrés de terre que les gens du village cultivaient pour elle depuis la mort de son mari. Sa nièce arrivant, c'était le feu dans la maison. « Bonjour, la tante ! Voici vos enfants ! dit Sylvie ; nous avons bien faim ! » Elle l'embrassa tendrement, lui mit dans les bras la botte de fleurs, puis songea enfin à me présenter, en disant : « C'est mon amoureux ! »

J'embrassai à mon tour la tante, qui dit : « Il est gentil... C'est donc un blond !... — Il a de jolis cheveux fins, dit Sylvie. — Cela ne dure pas, dit la tante ; mais vous avez du temps devant vous, et toi qui es brune, cela t'assortit bien. — Il faut le faire déjeuner, la tante, dit Sylvie. » Et elle alla cherchant dans les armoires, dans la huche, trouvant du lait, du pain bis, du sucre, étalant sans trop de soin sur la table les assiettes et les plats de faïence émaillés de larges fleurs et de coqs au vif plumage. Une jatte en porcelaine de Creil, pleine de lait, où nageaient les fraises, devint le centre du service, et après avoir dépouillé le jardin de quelques poignées de cerises et de groseilles, elle disposa deux vases de fleurs aux deux bouts de la nappe. Mais la tante avait dit ces belles paroles : « Tout cela, ce n'est que du dessert. Il faut me laisser faire à présent. » Et elle avait décroché la poêle et jeté un fagot dans la haute cheminée. « Je ne veux pas que tu touches à cela ! dit-elle à Sylvie, qui voulait l'aider ; abîmer tes jolis doigts qui font de la dentelle plus belle qu'à Chantilly ! tu m'en as donné, et je m'y connais.

— Ah ! oui, la tante !... Dites donc, si vous en avez, des morceaux de l'ancienne, cela me fera des modèles. — Eh bien ! va voir là-haut, dit la tante, il y en a peut-être dans ma commode. — Donnez-moi les clefs, reprit Sylvie. — Bah ! dit la tante, les tiroirs sont ouverts. — Ce n'est pas vrai, il y en a un qui est toujours fermé. » Et pendant que la bonne femme nettoyait la poêle après l'avoir passée au feu, Sylvie dénouait des pendants de sa ceinture une petite clef d'un acier ouvragé qu'elle me fit voir avec triomphe.

Je la suivis, montant rapidement l'escalier de bois qui conduisait à la chambre. — O jeunesse, ô vieillesse saintes ! — qui donc eût songé à ternir la pureté d'un premier amour dans ce sanctuaire des souvenirs fidèles ? Le portrait d'un jeune homme du bon vieux temps souriait avec ses yeux noirs et sa bouche rose, dans un ovale au cadre doré, suspendu à la tête du lit rustique. Il portait l'uniforme des gardes-chasse de la maison de Condé ; son attitude à demi martiale, sa figure rose et bienveillante, son front pur sous ses cheveux poudrés, relevaient ce pastel, médiocre peut-être, des grâces de la jeunesse et de la simplicité. Quelque artiste modeste invité aux chasses princières s'était appliqué à le pourtraire de son mieux, ainsi que sa jeune épouse, qu'on voyait dans un autre médaillon, attrayante, maligne, élancée dans son corsage ouvert à échelle de rubans, agaçant de sa mine retroussée un oiseau posé sur son doigt. C'était pourtant la même bonne vieille [15] qui cuisinait en ce moment, courbée sur le feu de l'âtre. Cela me fit penser aux fées des Funambules qui cachent, sous leur masque ridé, un visage attrayant, qu'elles révèlent au dénouement, lorsqu'apparaît le temple de l'Amour et son soleil tournant qui rayonne de feux magiques. « O bonne tante, m'écriai-je, que vous étiez jolie ! — Et moi donc ? » dit Sylvie, qui était parvenue à ouvrir le fameux tiroir. Elle y avait trouvé une grande robe en taffetas flambé, qui criait du froissement de ses plis. « Je veux essayer si cela m'ira, dit-elle. Ah ! je vais avoir l'air d'une vieille fée ! »

« La fée des légendes éternellement jeune !... » dis-je en moi-même. — Et déjà Sylvie avait dégrafé sa robe d'indienne et la laissait tomber à ses pieds. La robe étoffée de la vieille tante s'ajusta parfaitement sur la taille mince de Sylvie, qui me dit de l'agrafer. « Oh ! les manches plates, que c'est ridicule ! » dit-elle. Et cependant les sabots garnis de dentelles [16] découvraient admirablement ses bras nus, la gorge s'encadrait dans le pur corsage aux tulles jaunis, aux rubans passés, qui n'avait serré que bien peu les charmes évanouis de la tante. « Mais finissez-en ! Vous ne savez donc pas agrafer une robe ? » me disait Sylvie. Elle avait l'air de l'accordée de village de Greuze. « Il faudrait de la poudre, dis-je. — Nous allons en trouver. » Elle fureta de nouveau dans les tiroirs. Oh ! que de richesses ! que cela sentait bon, comme cela brillait, comme cela chatoyait de vives couleurs et de modeste clinquant ! deux éventails de nacre un peu cassés, des boîtes de pâte à sujets chinois, un collier d'ambre et mille fanfreluches, parmi lesquelles éclataient deux petits souliers de droguet blanc avec des boucles incrustées de diamants d'Irlande ! « Oh ! je veux les mettre, dit Sylvie, si je trouve les bas brodés ! »

Un instant après, nous déroulions des bas de soie rose tendre à coins verts ; mais la voix de la tante, accompagnée du frémissement de la poêle, nous rappela soudain à la réalité. « Descendez vite ! » dit Sylvie, et quoi que je pusse dire, elle ne me permit pas de l'aider à se chausser. Cependant la tante venait de verser dans un plat le contenu de la poêle, une tranche de lard frite avec des œufs. La voix de Sylvie me rappela bientôt. « Habillez-vous vite ! » dit-elle, et entièrement vêtue elle-même, elle me montra les habits de noces du garde-chasse réunis sur la commode. En un instant, je me transformai en marié de l'autre siècle. Sylvie m'attendait sur l'escalier, et nous descendîmes tous deux en nous tenant par la main. La tante poussa un cri en se retournant : « O mes enfants ! » dit-elle, et elle se mit à pleurer, puis sourit à travers ses larmes. — C'était l'image de sa jeunesse, — cruelle et charmante apparition ! Nous nous assîmes auprès d'elle, attendris et presque graves, puis la gaieté nous revint bientôt, car, le premier moment passé, la bonne vieille ne songea plus qu'à se rappeler les fêtes pompeuses de sa noce. Elle retrouva même dans sa mémoire les chants alternés, d'usage alors, qui se répondaient d'un bout à l'autre de la table nuptiale, et le naïf épithalame qui accompagnait les mariés rentrant après la danse [17]. Nous répétions ces strophes si simplement rhythmées, avec les hiatus et les assonances du temps ; amoureuses et fleuries comme le cantique de l'Ecclésiaste ; — nous étions l'époux et l'épouse pour tout un beau matin d'été.

VII. — CHÂALIS.

Il est quatre heures du matin ; la route plonge dans un pli de terrain ; elle remonte. La voiture va passer à Orry, puis à La Chapelle. A gauche, il y a une route qui longe le bois d'Halatte. C'est par là qu'un soir le frère de Sylvie m'a conduit dans sa carriole à une solennité du pays [18]. C'était, je crois, le soir de la Saint-Barthélemy. A travers les bois, par des routes peu frayées, son petit cheval volait comme au sabbat. Nous rattrapâmes le pavé à Mont-Lévêque, et quelques minutes plus tard nous nous arrêtions à la maison du garde, à l'ancienne abbaye de Châalis. — Châalis, encore un souvenir !

Cette vieille retraite des empereurs n'offre plus à l'admiration que les ruines de son cloître aux arcades byzantines, dont la dernière rangée se découpe encore sur les étangs, — reste oublié des fondations pieuses comprises parmi ces domaines qu'on appelait autrefois les métairies de Charlemagne. La religion, dans ce pays isolé du mouvement des routes et des villes, a conservé des traces particulières du long séjour qu'y ont fait les cardinaux de la maison d'Este à l'époque des Médicis : ses attributs et ses usages ont encore quelque chose de galant et de poétique, et l'on respire un parfum de la Renaissance sous les arcs des chapelles à fines nervures, décorées par les artistes de l'Italie. Les figures des saints et des anges se profilent en rose sur les voûtes peintes d'un bleu tendre, avec des airs d'allégorie païenne qui font songer aux sentimentalités de Pétrarque et au mysticisme fabuleux de Francesco Colonna.

Nous étions des intrus, le frère de Sylvie et moi, dans la fête particulière qui avait lieu cette nuit-là. Une personne de très illustre naissance, qui possédait alors ce domaine, avait eu l'idée d'inviter quelques familles du pays à une sorte de représentation allégorique où devaient figurer quelques pensionnaires d'un couvent voisin. Ce n'était pas une réminiscence des tragédies de Saint-Cyr, cela remontait aux premiers essais lyriques importés en France du temps des Valois. Ce que je vis jouer était comme un mystère des anciens temps. Les costumes, composés de longues robes, n'étaient variés que par les couleurs de l'azur, de l'hyacinthe ou de l'aurore. La scène se passait entre les anges, sur les débris du monde détruit. Chaque voix chantait une des splendeurs de ce globe éteint, et l'ange de la mort définissait les causes de sa destruction. Un esprit montait de l'abîme, tenant en main l'épée flamboyante, et convoquait les autres à venir admirer la gloire du Christ vainqueur des enfers. Cet esprit, c'était Adrienne transfigurée par son costume, comme elle l'était déjà par sa vocation. Le nimbe de carton doré qui ceignait sa tête angélique nous paraissait bien naturellement un cercle de lumière ; sa voix avait gagné en force et en étendue, et les fioritures infinies du chant italien brodaient de leurs gazouillements d'oiseau les phrases sévères d'un récitatif pompeux.

En me retraçant ces détails, j'en suis à me demander s'ils sont réels, ou bien si je les ai rêvés. Le frère de Sylvie était un peu gris ce soir-là. Nous nous étions arrêtés quelques instants dans la maison du garde, — où, ce qui m'a frappé beaucoup, il y avait un cygne éployé sur la porte, puis au dedans de hautes armoires en noyer sculpté, une grande horloge dans sa gaîne, et des trophées d'arcs et de flèches d'honneur au-dessus d'une carte de tir rouge et verte. Un nain bizarre, coiffé d'un bonnet chinois, tenant d'une main une bouteille et de l'autre une bague, semblait inviter les tireurs à viser juste. Ce nain, je le crois bien, était en tôle découpée. Mais l'apparition d'Adrienne est-elle aussi vraie que ces détails [19] et que l'existence incontestable de l'abbaye de Châalis ? Pourtant c'est bien le fils du garde qui nous avait introduits dans la salle où avait lieu la représentation ; nous étions près de la porte, derrière une nombreuse compagnie assise et gravement émue. C'était le jour de la Saint-Barthélemy, — singulièrement lié au souvenir des Médicis, dont les armes accolées à celles de la maison d'Este décoraient ces vieilles murailles... Ce souvenir est une obsession peut-être ! — Heureusement voici la voiture qui s'arrête sur la route du Plessis ; j'échappe au monde des rêveries, et je n'ai plus qu'un quart d'heure de marche pour gagner Loisy par des routes bien peu frayées.

VIII. — LE BAL DE LOISY.

Je suis entré au bal de Loisy à cette heure mélancolique et douce encore où les lumières pâlissent et tremblent aux approches du jour. Les tilleuls, assombris par en bas, prenaient à leurs cimes une teinte bleuâtre. La flûte champêtre ne luttait plus si vivement avec les trilles du rossignol. Tout le monde était pâle, et dans les groupes dégarnis j'eus peine à rencontrer des figures connues. Enfin j'aperçus la grande Lise, une amie de Sylvie. Elle m'embrassa. « Il y a longtemps qu'on ne t'a vu, Parisien ! dit-elle. — Oh ! oui, longtemps. — Et tu arrives à cette heure-ci ? — Par la poste. — Et pas trop vite ! — Je voulais voir Sylvie ; est-elle encore au bal ? — Elle ne sort qu'au matin ; elle aime tant à danser. »

En un instant, j'étais à ses côtés. Sa figure était

fatiguée ; cependant son œil noir brillait toujours du sourire athénien d'autrefois. Un jeune homme se tenait près d'elle. Elle lui fit signe qu'elle renonçait à la contredanse suivante. Il se retira en saluant.

Le jour commençait à se faire. Nous sortîmes du bal, nous tenant par la main. Les fleurs de la chevelure de Sylvie se penchaient dans ses cheveux dénoués ; le bouquet de son corsage s'effeuillait aussi sur les dentelles fripées, savant ouvrage de sa main [20]. Je lui offris de l'accompagner chez elle. Il faisait grand jour, mais le temps était sombre. La Thève bruissait à notre gauche, laissant à ses coudes des remous d'eau stagnante où s'épanouissaient les nénuphars jaunes et blancs, où éclatait comme des pâquerettes la frêle broderie des étoiles d'eau. Les plaines étaient couvertes de javelles et de meules de foin, dont l'odeur me portait à la tête sans m'enivrer, comme faisait autrefois la fraîche senteur des bois et des halliers d'épines fleuries.

Nous n'eûmes pas l'idée de les traverser de nouveau. — Sylvie, lui dis-je, vous ne m'aimez plus ! — Elle soupira. — Mon ami, me dit-elle, il faut se faire une raison ; les choses ne vont pas comme nous voulons dans la vie. Vous m'avez parlé autrefois de *La Nouvelle Héloïse,* je l'ai lue, et j'ai frémi en tombant d'abord sur cette phrase : « Toute jeune fille qui lira ce livre est perdue. » Cependant j'ai passé outre, me fiant sur ma raison. Vous souvenez-vous du jour où nous avons revêtu les habits de noces de la tante ?... Les gravures du livre présentaient aussi les amoureux sous de vieux costumes du temps passé, de sorte que pour moi vous étiez Saint-Preux, et je me retrouvais dans Julie. Ah ! que n'êtes-vous revenu alors ! Mais vous étiez, disait-on, en Italie. Vous en avez vu là de bien plus jolies que moi ! — Aucune, Sylvie, qui ait votre regard et les traits purs de votre visage. Vous êtes une nymphe antique qui vous ignorez. D'ailleurs les bois de cette contrée sont aussi beaux que ceux de la campagne romaine. Il y a là-bas des masses de granit non moins sublimes, et une cascade qui tombe du haut des rochers comme celle de Terni. Je n'ai rien vu là-bas que je puisse regretter ici. — Et à Paris ? dit-elle. — A Paris...

Je secouai la tête sans répondre.

Tout à coup je pensai à l'image vaine qui m'avait égaré si longtemps.

— Sylvie, dis-je, arrêtons-nous ici, le voulez-vous ? Je me jetai à ses pieds ; je confessai en pleurant à chaudes larmes mes irrésolutions, mes caprices ; j'évoquai le spectre funeste qui traversait ma vie.

— Sauvez-moi ! ajoutai-je, je reviens à vous pour toujours.

Elle tourna vers moi ses regards attendris...

En ce moment, notre entretien fut interrompu par de violents éclats de rire. C'était le frère de Sylvie qui nous rejoignait avec cette bonne gaieté rustique, suite obligée d'une nuit de fête, que des rafraîchissements nombreux avaient développée outre mesure. Il appelait le galant du bal, perdu au loin dans les buissons d'épines et qui ne tarda pas à nous rejoindre. Ce garçon n'était guère plus solide sur ses pieds que son compagnon, il paraissait plus embarrassé encore de la présence d'un Parisien que de celle de Sylvie. Sa figure candide, sa déférence mêlée d'embarras, m'empêchaient de lui en vouloir d'avoir été le danseur pour lequel on était resté si tard à la fête. Je le jugeais peu dangereux.

— Il faut rentrer à la maison, dit Sylvie à son frère. A tantôt ! me dit-elle en me tendant la joue.

L'amoureux ne s'offensa pas.

IX. — ERMENONVILLE.

Je n'avais nulle envie de dormir. J'allai à Montagny pour revoir la maison de mon oncle. Une grande tristesse me gagna dès que j'en entrevis la façade jaune et les contrevents verts. Tout semblait dans le même état qu'autrefois ; seulement il fallut aller chez le fermier pour avoir la clef de la porte. Une fois les volets ouverts, je revis avec attendrissement les vieux meubles conservés dans le même état et qu'on frottait de temps en temps, la haute armoire de noyer, deux tableaux flamands qu'on disait l'ouvrage d'un ancien peintre, notre aïeul ; de grandes estampes d'après Boucher, et toute une série encadrée de gravures de l'*Emile* et de *La Nouvelle Héloïse,* par Moreau ; sur la table, un chien empaillé que j'avais connu vivant, ancien compagnon de mes courses dans les bois, le dernier carlin peut-être, car il appartenait à cette race perdue.

— Quant au perroquet, me dit le fermier, il vit toujours ; je l'ai retiré chez moi.

Le jardin présentait un magnifique tableau de végétation sauvage. J'y reconnus, dans un angle, un jardin d'enfant que j'avais tracé jadis. J'entrai tout frémissant dans le cabinet, où se voyait encore la petite bibliothèque pleine de livres choisis, vieux amis de celui qui n'était plus, et sur le bureau quelques débris antiques trouvés dans son jardin, des vases, des médailles romaines, collection locale qui le rendait heureux.

— Allons voir le perroquet, dis-je au fermier. — Le perroquet demandait à déjeuner comme en ses plus beaux jours, et me regarda de cet œil rond, bordé d'une peau chargée de rides, qui fait penser au regard expérimenté des vieillards.

Plein des idées tristes qu'amenait ce retour tardif en des lieux si aimés, je sentis le besoin de revoir Sylvie, seule figure vivante et jeune encore qui me rattachât à ce pays. Je repris la route de Loisy. C'était au milieu du jour ; tout le monde dormait fatigué de la fête. Il me vint l'idée de me distraire par une promenade à Ermenonville, distant d'une lieue par le chemin de la forêt. C'était par un beau temps d'été. Je pris plaisir d'abord à la fraîcheur de cette route qui semble l'allée d'un parc. Les grands chênes d'un vert uniforme n'étaient variés que par les troncs blancs des bouleaux au feuillage frissonnant. Les oiseaux se taisaient, et j'entendais seulement le bruit que fait le pivert en frappant les arbres pour y creuser son nid. Un instant, je risquai de me perdre, car les poteaux dont les palettes annoncent diverses routes n'offrent plus, par endroits, que des caractères effacés. Enfin, laissant le *Désert* à gauche, j'arrivai au rond-point de la danse, où subsiste encore le banc des vieillards. Tous les souvenirs de l'antiquité philosophique, ressuscités par l'ancien possesseur du domaine, me revenaient en foule devant cette réalisation pittoresque de l'*Anacharsis* et de l'*Emile*.

Lorsque je vis briller les eaux du lac à travers les branches des saules et des coudriers, je reconnus tout à fait un lieu où mon oncle, dans ses promenades, m'avait conduit bien des fois : c'est le *Temple de la philosophie*, que son fondateur n'a pas eu le bonheur de terminer [21]. Il a la forme du temple de la sibylle Tiburtine, et, debout encore, sous l'abri d'un bouquet de pins, il étale tous ces grands noms de la pensée qui commencent par Montaigne et Descartes, et qui s'arrêtent à Rousseau. Cet édifice inachevé n'est déjà plus qu'une ruine, le lierre le festonne avec grâce, la ronce envahit les marches disjointes. Là, tout enfant, j'ai vu des fêtes où les jeunes filles vêtues de blanc venaient recevoir des prix d'étude et de sagesse. Où sont les buissons de roses qui entouraient la colline ? L'églantier et le framboisier en cachent les derniers plants, qui retournent à l'état sauvage. — Quant aux lauriers, les a-t-on coupés, comme le dit la chanson des jeunes filles qui ne veulent plus aller au bois ? Non, ces arbustes de la douce Italie ont péri sous notre ciel brumeux. Heureusement le troëne de Virgile fleurit encore, comme pour appuyer la parole du maître inscrite au-dessus de la porte : *Rerum cognoscere causas !* — Oui, ce temple tombe comme tant d'autres, les hommes oublieux ou fatigués se détourneront de ses abords, la nature indifférente reprendra le terrain que l'art lui disputait ; mais la soif de connaître restera éternelle, mobile de toute force et de toute activité !

Voici les peupliers de l'île, et la tombe de Rousseau, vide de ses cendres. O sage ! tu nous avais donné le lait des forts, et nous étions trop faibles pour qu'il pût nous profiter. Nous avons oublié tes leçons que savaient nos pères, et nous avons perdu le sens de ta parole, dernier écho des sagesses antiques. Pourtant ne désespérons pas, et comme tu fis à ton suprême instant, tournons nos yeux vers le soleil !

J'ai revu le château, les eaux paisibles qui le bordent, la cascade qui gémit dans les roches, et cette chaussée réunissant les deux parties du village, dont quatre colombiers marquent les angles, la pelouse qui s'étend au-delà comme une savane, dominée par des coteaux ombreux ; la tour de Gabrielle se reflète de loin sur les eaux d'un lac factice étoilé de fleurs éphémères ; l'écume bouillonne, l'insecte bruit... Il faut échapper à l'air perfide qui s'exhale en gagnant les grès poudreux du désert et les landes où la bruyère rose relève le vert des fougères. Que tout cela est solitaire et triste ! Le regard enchanté de Sylvie, ses courses folles, ses cris joyeux, donnaient autrefois tant de charme aux lieux que je viens de parcourir ! C'était encore une enfant sauvage, ses pieds étaient nus, sa peau hâlée, malgré son chapeau de paille, dont le large ruban flottait pêle-mêle avec ses tresses de cheveux noirs. Nous allions boire du lait à la ferme suisse, et l'on me disait : « Qu'elle est jolie, ton amoureuse, petit Parisien ! » Oh ! ce n'est pas alors qu'un paysan aurait dansé avec elle ! Elle ne dansait qu'avec moi, une fois par an, à la fête de l'arc.

X. — LE GRAND FRISÉ.

J'ai repris le chemin de Loisy ; tout le monde était réveillé. Sylvie avait une toilette de demoiselle, presque dans le goût de la ville. Elle me fit monter à sa chambre avec toute l'ingénuité d'autrefois. Son œil étincelait toujours dans un sourire plein de charme, mais l'arc prononcé de ses sourcils lui donnait par instants un air sérieux. La chambre était décorée avec simplicité, pourtant les meubles étaient modernes, une glace à bordure dorée avait remplacé l'antique trumeau, où se voyait un berger d'idylle offrant un nid à une bergère bleue et rose. Le lit à colonnes chastement drapé de vieille perse à ramage était remplacé par une couchette de noyer garnie du rideau à flèche ; à la fenêtre, dans la cage où jadis étaient les fauvettes, il y avait des canaris [22]. J'étais pressé de sortir de cette chambre où je ne trouvais rien du passé. — Vous ne travaillerez point à votre dentelle aujourd'hui ?... dis-je à Sylvie. — Oh ! je ne fais plus de dentelle, on n'en demande plus dans le pays ; même à Chantilly, la fabrique est fermée. — Que faites-vous donc ? — Elle alla chercher dans un coin de la chambre un instrument en fer qui ressemblait à une longue pince. — Qu'est-ce que c'est que cela ? — C'est ce qu'on appelle la mécanique ; c'est pour maintenir la peau des gants afin de les coudre. — Ah ! vous êtes gantière, Sylvie ? — Oui, nous travaillons ici pour Dammartin, cela donne beaucoup dans ce moment ; mais je ne fais rien aujourd'hui ; allons où vous voudrez. Je tournais les yeux vers la route d'Othys : elle secoua la tête ; je compris que la vieille tante n'existait plus. Sylvie appela un petit garçon et lui fit seller un âne. — Je suis encore fatiguée d'hier, dit-elle, mais la promenade me fera du bien ; allons à Châalis. » Et nous voilà traversant la forêt, suivis du petit garçon armé d'une branche. Bientôt Sylvie voulut s'arrêter, et je l'embrassai en l'engageant à s'asseoir. La conversation entre nous ne pouvait plus être bien intime. Il fallut lui raconter ma vie à Paris, mes voyages... — Comment peut-on aller si loin ? dit-elle. — Je m'en étonne en vous revoyant. — Oh ! cela se dit ! — Et convenez que vous étiez moins jolie autrefois. — Je n'en sais rien. — Vous souvenez-vous du temps où nous étions enfants et vous la plus grande ? — Et vous le plus sage ! — Oh ! Sylvie ! — On nous mettait sur l'âne chacun dans un panier. — Et nous ne nous disions pas *vous*... Te rappelles-tu que tu m'apprenais à pêcher des écrevisses sous les ponts de la Thève et de la Nonette ? — Et toi, te souviens-tu de ton frère de lait qui t'a un jour retiré *de l'ieau.* — Le *grand frisé !* c'est lui qui m'avait dit qu'on pouvait la passer... *l'ieau !*

Je me hâtai de changer la conversation. Ce souvenir m'avait vivement rappelé l'époque où je venais dans le pays, vêtu d'un petit habit à l'anglaise qui faisait rire les paysans [23]. Sylvie seule me trouvait bien mis ; mais je n'osais lui rappeler cette opinion d'un temps si ancien. Je ne sais pourquoi ma pensée se porta sur les habits de noces que nous avions revêtus chez la vieille tante à Othys. Je demandai ce qu'ils étaient devenus.

— Ah ! la bonne tante, dit Sylvie, elle m'avait prêté sa robe pour aller danser au carnaval à Dammartin, il y a de cela deux ans. L'année d'après, elle est morte, la pauvre tante [24] !

Elle soupirait et pleurait, si bien que je ne pus lui demander par quelle circonstance elle était allée à un bal masqué ; mais, grâce à ses talents d'ouvrière, je comprenais assez que Sylvie n'était plus une paysanne. Ses parents seuls étaient restés dans leur condition, et elle vivait au milieu d'eux comme une fée industrieuse, répandant l'abondance autour d'elle.

XI. — RETOUR.

La vue se découvrait au sortir du bois. Nous étions arrivés au bord des étangs de Châalis. Les galeries du cloître, la chapelle aux ogives élancées, la tour féodale et le petit château qui abrita les amours de Henri IV et de Gabrielle se teignaient des rougeurs du soir sur le vert sombre de la forêt.

— C'est un paysage de Walter Scott, n'est-ce pas ? disait Sylvie. — Et qui vous a parlé de Walter Scott ? lui dis-je. Vous avez donc bien lu depuis trois ans !... Moi, je tâche d'oublier les livres, et ce qui me charme, c'est de revoir avec vous cette vieille abbaye, où, tout petits enfants, nous nous cachions dans les ruines. Vous souvenez-vous, Sylvie, de la peur que vous aviez quand le gardien nous racontait l'histoire des moines rouges ? — Oh ! ne m'en parlez pas. — Alors chantez-moi la chanson de la belle fille enlevée au jardin de son père, sous le rosier blanc. — On ne chante plus cela. — Seriez-vous devenue musicienne ? — Un peu. — Sylvie, Sylvie, je suis sûr que vous chantez des airs d'opéra ! — Pourquoi vous plaindre ? — Parce que j'aimais les vieux airs, et que vous ne saurez plus les chanter.

Sylvie modula quelques sons d'un grand air d'opéra moderne... Elle *phrasait !*

Nous avions tourné les étangs voisins. Voici la verte pelouse, entourée de tilleuls et d'ormeaux, où nous avons dansé souvent ! J'eus l'amour-propre de définir les vieux murs carlovingiens et déchiffrer les armoiries de la maison d'Este. — Et vous ! comme vous avez lu plus que moi ! dit Sylvie. Vous êtes donc un savant ?

J'étais piqué de son ton de reproche. J'avais jusque-là cherché l'endroit convenable pour renouveler le moment d'expansion du matin ; mais que lui dire avec l'accompagnement d'un âne et d'un petit garçon très éveillé, qui prenait plaisir à se rapprocher toujours pour entendre parler un Parisien ? Alors j'eus le malheur de raconter l'apparition de Châalis, restée dans mes souvenirs. Je menai Sylvie dans la salle même du château où j'avais entendu chanter Adrienne. — Oh ! que je vous entende ! lui dis-je ; que votre voix chérie résonne sous ces voûtes et en chasse l'esprit qui me tourmente, fût-il divin ou bien fatal ! — Elle répéta les paroles et le chant après moi :

Anges, descendez promptement
Au fond du purgatoire !...

— C'est bien triste ! me dit-elle.

— C'est sublime... Je crois que c'est du Porpora [25], avec des vers traduits au seizième siècle.

— Je ne sais pas, répondit Sylvie.

Nous sommes revenus par la vallée, en suivant le chemin de Charlepont, que les paysans, peu étymologistes de leur nature, s'obstinent à appeler *Châllepont.* Sylvie, fatiguée de l'âne, s'appuyait sur mon bras. La route était déserte ; j'essayai de parler des choses que j'avais dans le cœur, mais, je ne sais pourquoi, je ne trouvais que des expressions vulgaires, ou bien tout à coup quelque phrase pompeuse de roman, — que Sylvie pouvait avoir lue. Je m'arrêtais alors avec un goût tout classique, et elle s'étonnait parfois de ces effusions interrompues. Arrivés aux murs de Saint-S..., il fallait prendre garde à notre marche. On traverse des prairies humides où serpentent les ruisseaux. — Qu'est devenue la religieuse ? dis-je tout à coup.

— Ah ! vous êtes terrible avec votre religieuse... Eh bien !... eh bien ! cela a mal tourné.

Sylvie ne voulut pas m'en dire un mot de plus.

Les femmes sentent-elles vraiment que telle ou telle parole passe sur les lèvres sans sortir du cœur ? On ne le croirait pas, à les voir si facilement abusées, à se rendre compte des choix qu'elles font le plus souvent : il y a des hommes qui jouent si bien la comédie de l'amour ! Je n'ai jamais pu m'y faire, quoique sachant que certaines acceptent sciemment d'être trompées. D'ailleurs un amour qui remonte à l'enfance est quelque chose de sacré... Sylvie, que j'avais vue grandir, était pour moi comme une sœur. Je ne pouvais tenter une séduction... Une tout autre idée vint traverser mon esprit. — A cette heure-ci, me dis-je, je serais au théâtre... Qu'est-ce qu'Aurélie (c'était le nom de l'actrice) doit donc jouer ce soir ? Evidemment le rôle de la princesse dans le drame nouveau. Oh ! le troisième acte, qu'elle y est touchante !... Et dans la scène d'amour du second ! avec ce jeune premier tout ridé...

— Vous êtes dans vos réflexions ? dit Sylvie, et elle se mit à chanter :

A Dammartin l'y a trois belles filles :
L'y en a z'une plus belle que le jour...

— Ah ! méchante ! m'écriai-je, vous voyez bien que vous en savez encore des vieilles chansons.

— Si vous veniez plus souvent ici, j'en retrouverais, dit-elle, mais il faut songer au solide. Vous avez vos affaires de Paris, j'ai mon travail ; ne rentrons pas trop tard : il faut que demain je sois levée avec le soleil.

XII. — LE PÈRE DODU.

J'allais répondre, j'allais tomber à ses pieds, j'allais offrir la maison de mon oncle, qu'il m'était possible encore de racheter, car nous étions plusieurs héritiers, et cette petite propriété était restée indivise ; mais en ce moment nous arrivions à Loisy. On nous attendait pour souper. La soupe à l'oignon répandait au loin son parfum patriarcal. Il y avait des voisins invités pour ce lendemain de fête. Je reconnus tout de suite un vieux bûcheron, le père Dodu, qui racontait jadis aux veillées des histoires si comiques ou si terribles. Tour à tour berger, messager, garde-chasse, pêcheur, braconnier même, le père Dodu fabriquait à ses moments perdus des coucous et des tourne-broches. Pendant longtemps il s'était consacré à promener les Anglais dans Ermenonville, en les conduisant aux lieux de méditation de Rousseau et en leur racontant ses derniers moments. C'était lui qui avait été le petit garçon que le philosophe employait à classer ses herbes, et à qui il donna l'ordre de cueillir les ciguës dont il exprima le suc dans sa tasse de café au lait. L'aubergiste de *la Croix d'Or* lui contestait ce détail ; de là des haines prolongées. On avait longtemps reproché au père Dodu la possession de quelques secrets bien innocents, comme de guérir les vaches avec un verset dit à rebours et le signe de croix figuré du pied gauche, mais il avait de bonne heure renoncé à ces superstitions, — grâce au souvenir, disait-il, des conversations de Jean-Jacques.

— Te voilà ! petit Parisien, me dit le père Dodu. Tu viens pour débaucher nos filles ? — Moi, père Dodu ? — Tu les emmènes dans les bois pendant que le loup n'y est pas ? — Père Dodu, c'est vous qui êtes le loup. — Je l'ai été tant que j'ai trouvé des brebis ; à présent je ne rencontre plus que des chèvres, et qu'elles savent bien se défendre ! Mais vous autres, vous êtes des malins à Paris. Jean-Jacques avait bien raison de dire : « L'homme se corrompt dans l'air empoisonné des villes. » — Père Dodu, vous savez trop bien que l'homme se corrompt partout.

Le père Dodu se mit à entonner un air à boire ; on voulut en vain l'arrêter à un certain couplet scabreux que tout le monde savait par cœur [26]. Sylvie ne voulut pas chanter, malgré nos prières, disant qu'on ne chantait plus à table. J'avais remarqué déjà que l'amoureux de la veille était assis à sa gauche. Il y avait je ne sais quoi dans sa figure ronde, dans ses cheveux ébouriffés, qui ne m'était pas inconnu. Il se leva et vint derrière ma chaise en disant : « Tu ne me reconnais donc pas, Parisien ? » Une bonne femme, qui venait de rentrer au dessert après nous avoir servis, me dit à l'oreille : « Vous ne reconnaissez pas votre frère de lait ? » Sans cet avertissement, j'allais être ridicule. « Ah ! c'est toi, *grand frisé !* dis-je, c'est toi, le même qui m'a retiré de *l'ieau !* » Sylvie riait aux éclats de cette reconnaissance. « Sans compter, disait ce garçon en m'embrassant, que tu avais une belle montre en argent, et qu'en revenant tu étais bien plus inquiet de ta montre que de toi-même, parce qu'elle ne marchait plus ; tu disais : "La *bête* est *nayée,* ça ne fait plus tic-tac ; qu'est-ce que mon oncle va dire ?..."

— Une bête dans une montre ! dit le père Dodu, voilà ce qu'on leur fait croire à Paris, aux enfants ! »

Sylvie avait sommeil, je jugeai que j'étais perdu dans son esprit. Elle remonta à sa chambre, et pendant que je l'embrassais, elle dit : « A demain, venez nous voir ! »

Le père Dodu était resté à table avec Sylvain et mon frère de lait ; nous causâmes longtemps autour d'un flacon de *ratafiat* de Louvres. « Les hommes sont égaux, dit le père Dodu entre deux couplets, je bois avec un pâtissier comme je ferais avec un prince. — Où est le pâtissier ? dis-je. — Regarde à côté de toi ! un jeune homme qui a l'ambition de s'établir. »

Mon frère de lait parut embarrassé. J'avais tout

compris. — C'est une fatalité qui m'était réservée d'avoir un frère de lait dans un pays illustré par Rousseau, — qui voulait supprimer les nourrices ! — Le père Dodu m'apprit qu'il était fort question du mariage de Sylvie avec le *grand frisé,* qui voulait aller former un établissement de pâtisserie à Dammartin. Je n'en demandai pas plus. La voiture de Nanteuil-le-Haudoin me ramena le lendemain à Paris.

XIII. — AURELIE.

A Paris ! — La voiture met cinq heures. Je n'étais pressé que d'arriver pour le soir. Vers huit heures, j'étais assis dans ma stalle accoutumée ; Aurélie répandit son inspiration et son charme sur des vers faiblement inspirés de Schiller, que l'on devait à un talent de l'époque [27]. Dans la scène du jardin, elle devint sublime. Pendant le quatrième acte, où elle ne paraissait pas, j'allai acheter un bouquet chez madame Prévost. J'y insérai une lettre fort tendre signée : *Un inconnu.* Je me dis : Voilà quelque chose de fixé pour l'avenir, — et le lendemain j'étais sur la route d'Allemagne.

Qu'allais-je y faire ? Essayer de remettre de l'ordre dans mes sentiments. — Si j'écrivais un roman, jamais je ne pourrais faire accepter l'histoire d'un cœur épris de deux amours simultanés. Sylvie m'échappait par ma faute ; mais la revoir un jour avait suffi pour relever mon âme : je la plaçais désormais comme une statue souriante dans le temple de la Sagesse. Son regard m'avait arrêté au bord de l'abîme. — Je repoussais avec plus de force encore l'idée d'aller me présenter à Aurélie, pour lutter un instant avec tant d'amoureux vulgaires qui brillaient un instant près d'elle et retombaient brisés. — Nous verrons quelque jour, me dis-je, si cette femme a un cœur.

Un matin, je lus dans un journal qu'Aurélie était malade. Je lui écrivis des montagnes de Salzbourg. La lettre était si empreinte de mysticisme germanique, que je n'en devais pas attendre un grand succès, mais aussi je ne demandais pas de réponse. Je comptais un peu sur le hasard et sur — l'*inconnu.*

Des mois se passent. A travers mes courses et mes loisirs, j'avais entrepris de fixer dans une action poétique les amours du peintre Colonna pour la belle Laura, que ses parents firent religieuse, et qu'il aima jusqu'à la mort. Quelque chose dans ce sujet se rapportait à mes préoccupations constantes. Le dernier vers du drame écrit, je ne songeai plus qu'à revenir en France.

Que dire maintenant qui ne soit l'histoire de tant d'autres ? J'ai passé par tous les cercles de ces lieux d'épreuves qu'on appelle théâtres. « J'ai mangé du tambour et bu de la cymbale, » comme dit la phrase dénuée de sens apparent des initiés d'Eleusis [28]. — Elle signifie sans doute qu'il faut au besoin passer les bornes du non-sens et de l'absurdité : la raison pour moi, c'était de conquérir et de fixer mon idéal.

Aurélie avait accepté le rôle principal dans le drame que je rapportais d'Allemagne. Je n'oublierai jamais le jour où elle me permit de lui lire la pièce. Les scènes d'amour étaient préparées à son intention. Je crois bien que je les dis avec âme, mais surtout avec enthousiasme. Dans la conversation qui suivit, je me révélai comme l'*inconnu* des deux lettres. Elle me dit :
— Vous êtes bien fou ; mais revenez me voir... Je n'ai jamais pu trouver quelqu'un qui sût m'aimer.

O femme ! tu cherches l'amour... Et moi, donc ?

Les jours suivants, j'écrivis les lettres les plus tendres, les plus belles que sans doute elle eût jamais reçues. J'en recevais d'elle qui étaient pleines de raison. Un instant elle fut touchée, m'appela près d'elle, et m'avoua qu'il lui était difficile de rompre un attachement plus ancien. — Si c'est bien *pour moi* que vous m'aimez, dit-elle, vous comprendrez que je ne puis être qu'à un seul.

Deux mois plus tard, je reçus une lettre pleine d'effusion. Je courus chez elle. — Quelqu'un me donna dans l'intervalle un détail précieux. Le beau jeune homme que j'avais rencontré une nuit au cercle venait de prendre un engagement dans les spahis.

L'été suivant, il y avait des courses à Chantilly. La troupe du théâtre où jouait Aurélie donnait là une représentation. Une fois dans le pays, la troupe était pour trois jours aux ordres du régisseur. — Je m'étais fait l'ami de ce brave homme, ancien Dorante des comédies de Marivaux, longtemps jeune premier de drame, et dont le dernier succès avait été le rôle d'amoureux dans la pièce imitée de Schiller, où mon binocle me l'avait montré si ridé. De près, il paraissait plus jeune, et, resté maigre, il produisait encore de l'effet dans les provinces. Il avait du feu. J'accompagnais la troupe en qualité de *seigneur poète ;* je persuadai au régisseur d'aller donner des représentations à Senlis et à Dammartin. Il penchait d'abord pour Compiègne ; mais Aurélie fut de mon avis. Le lendemain, pendant que l'on allait traiter avec les propriétaires des salles et les autorités, je louai des chevaux, et nous prîmes la route des étangs de Commelle pour aller déjeuner au château de la reine Blanche [29]. Aurélie, en amazone, avec ses cheveux blonds flottants, traversait la forêt comme une reine d'autrefois, et les paysans s'arrêtaient éblouis. — Madame de F... était la seule qu'ils eussent vue si imposante et si gracieuse dans ses saluts. — Après le déjeuner, nous descendîmes dans des villages rappelant ceux de la Suisse, où l'eau de la Nonette fait mouvoir des scieries. Ces aspects chers à mes souvenirs l'intéressaient sans l'arrêter. J'avais projeté de conduire Aurélie au château, près d'Orry [30], sur la même place verte où pour la première fois j'avais vu Adrienne. — Nulle émotion ne parut en elle. Alors je lui racontai tout ; je lui dis la source de cet amour entrevu dans les nuits, rêvé plus tard, réalisé en elle. Elle m'écoutait sérieusement et me dit : — Vous ne m'aimez pas ! Vous attendez que je vous dise : La comédienne est la même que la religieuse ; vous cherchez un drame, voilà tout, et le dénouement vous échappe. Allez, je ne vous crois plus !

Cette parole fut un éclair. Ces enthousiasmes bizarres que j'avais ressentis si longtemps, ces rêves, ces pleurs, ces désespoirs et ces tendresses,... ce n'était donc pas l'amour ? Mais où donc est-il ?

Aurélie joua le soir à Senlis. Je crus m'apercevoir qu'elle avait un faible pour le régisseur, — le jeune premier ridé. Cet homme était d'un caractère excellent et lui avait rendu des services.

Aurélie m'a dit un jour : — Celui qui m'aime, le voilà !

XIV. — DERNIER FEUILLET.

Telles sont les chimères qui charment et égarent au matin de la vie. J'ai essayé de les fixer sans beaucoup d'ordre, mais bien des cœurs me comprendront. Les illusions tombent l'une après l'autre, comme les écorces d'un fruit, et le fruit, c'est l'expérience. Sa saveur est amère ; elle a pourtant quelque chose d'âcre qui fortifie, — qu'on me pardonne ce style vieilli. Rousseau dit que le spectacle de la nature console de tout. Je cherche parfois à retrouver mes bosquets de Clarens perdus au nord de Paris, dans les brumes. Tout cela est bien changé !

Ermenonville ! pays où fleurissait encore l'idylle antique, — traduite une seconde fois d'après Gessner ! tu as perdu ta seule étoile, qui chatoyait pour moi d'un double éclat. Tour à tour bleue et rose comme l'astre trompeur d'Aldebaran [31], c'était Adrienne ou Sylvie, — c'étaient les deux moitiés d'un seul amour. L'une était l'idéal sublime, l'autre la douce réalité. Que me font maintenant tes ombrages et tes lacs, et même ton désert ? Othys, Montagny, Loisy, pauvres hameaux voisins, Châalis, — que l'on restaure, — vous n'avez rien gardé de tout ce passé ! Quelquefois j'ai besoin de revoir ces lieux de solitude et de rêverie. J'y relève tristement en moi-même les traces fugitives d'une époque où le naturel était affecté ; je souris parfois en lisant sur le flanc des granits certains vers de Roucher, qui m'avaient paru sublimes, — ou des maximes de bienfaisance au-dessus d'une fontaine ou d'une grotte consacrée à Pan. Les étangs, creusés à si grands frais, étalent en vain leur eau morte que le cygne dédaigne. Il n'est plus, le temps où les chasses de Condé passaient avec leurs amazones fières, où les cors se répondaient de loin, multipliés par les échos !... Pour se rendre à Ermenonville, on ne trouve plus aujourd'hui de route directe. Quelquefois j'y vais par Creil et Senlis, d'autres fois par Dammartin.

A Dammartin, l'on n'arrive jamais que le soir. Je vais coucher alors à l'*Image Saint-Jean*. On me donne d'ordinaire une chambre assez propre tendue en vieille tapisserie avec un trumeau au-dessus de la glace. Cette chambre est un dernier retour vers le bric-à-brac, auquel j'ai depuis longtemps renoncé. On y dort chaudement sous l'édredon, qui est d'usage dans ce pays. Le matin, quand j'ouvre la fenêtre, encadrée de vigne et de roses, je découvre avec ravissement un horizon vert de dix lieues, où les peupliers s'alignent comme des armées. Quelques villages s'abritent çà et là sous leurs clochers aigus, construits, comme on dit là, en pointes d'ossements. On distingue d'abord Othys, — puis Eve, puis Ver ; on distinguerait Ermenonville à travers le bois, s'il avait un clocher, — mais dans ce lieu philosophique on a bien négligé l'église. Après avoir rempli mes poumons de l'air si pur qu'on respire sur ces plateaux, je descends gaiement et je vais faire un tour chez le pâtissier. « Te voilà, grand frisé ! — Te voilà, petit Parisien ! » Nous nous donnons les coups de poings amicaux de l'enfance, puis je gravis un certain escalier où les joyeux cris de deux enfants accueillent ma venue. Le sourire athénien de Sylvie illumine ses traits charmés. Je me dis : « Là était le bonheur peut-être ; cependant... »

Je l'appelle quelquefois Lolotte, et elle me trouve un peu de ressemblance avec Werther, moins les pistolets, qui ne sont plus de mode. Pendant que le *grand frisé* s'occupe du déjeuner, nous allons promener les enfants dans les allées de tilleuls qui ceignent les débris des vieilles tours de brique du château [32]. Tandis que ces petits s'exercent, au tir des compagnons de l'arc, à ficher dans la paille les flèches paternelles, nous lisons quelques poésies ou quelques pages de ces livres si courts qu'on ne fait plus guère.

J'oubliais de dire que le jour où la troupe dont faisait partie Aurélie a donné une représentation à Dammartin, j'ai conduit Sylvie au spectacle, et je lui ai demandé si elle ne trouvait pas que l'actrice ressemblait à une personne qu'elle avait connue déjà. — A qui donc ? — Vous souvenez-vous d'Adrienne ?

Elle partit d'un grand éclat de rire en disant : « Quelle idée ! » Puis, comme se le reprochant, elle reprit en soupirant : « Pauvre Adrienne ! elle est morte au couvent de Saint-S..., vers 1832 [33]. »

CHANSONS ET LÉGENDES

DU VALOIS [1].

Chaque fois que ma pensée se reporte aux souvenirs de cette province du Valois, je me rappelle avec ravissement les chants et les récits qui ont bercé mon enfance. La maison de mon oncle était toute pleine de voix mélodieuses, et celles des servantes qui nous avaient suivis à Paris chantaient tout le jour les ballades joyeuses de leur jeunesse, dont malheureusement je ne puis citer les airs. J'en ai donné plus haut quelques fragments. Aujourd'hui, je ne puis arriver à les compléter, car tout cela est profondément oublié ; le secret en est demeuré dans la tombe des aïeules. On publie aujourd'hui les chansons patoises de Bretagne [2] ou d'Aquitaine, mais aucun chant des vieilles provinces où s'est toujours parlé la vraie langue française ne nous sera conservé. C'est qu'on n'a jamais voulu admettre dans les livres des vers composés sans souci de la rime, de la prosodie et de la syntaxe ; la langue du berger, du marinier, du charretier qui passe, est bien la nôtre, à quelques élisions près, avec des tournures douteuses, des mots hasardés, des terminaisons et des liaisons de fantaisie, mais elle porte un cachet d'ignorance qui révolte l'homme du monde, bien plus que ne fait le patois. Pourtant ce langage a ses règles, ou du moins ses habitudes régulières, et il est fâcheux que des couplets tels que ceux de la célèbre romance : *Si j'étais hirondelle,* soient abandonnés, pour deux ou trois consonnes singulièrement placées, au répertoire chantant des concierges et des cuisinières [3].

Quoi de plus gracieux et de plus poétique pourtant :

Si j'étais hirondelle ! — Que je puisse voler, — Sur votre sein, la belle, — J'irais me reposer !

Il faut continuer, il est vrai, par : *J'ai z'un coquin de frère...*, ou risquer un hiatus terrible ; mais pourquoi aussi la langue a-t-elle repoussé ce *z* si commode, si liant, si séduisant qui faisait tout le charme du langage de l'ancien Arlequin, et que la jeunesse dorée du Directoire a tenté en vain de faire passer dans le langage des salons ?

Ce ne serait rien encore, et de légères corrections rendraient à notre poésie légère, si pauvre, si peu inspirée, ces charmantes et naïves productions de poètes modestes ; mais la rime, cette sévère rime française, comment s'arrangerait-elle du couplet suivant :

La fleur de l'olivier — Que vous avez aimé, — Charmante beauté ! — Et vos beaux yeux charmants, — Que mon cœur aime tant, — Les faudra-t-il quitter ?

Observez que la musique se prête admirablement à ces hardiesses ingénues, et trouve dans les assonances, ménagées suffisamment d'ailleurs, toutes les ressources que la poésie doit lui offrir. Voilà deux charmantes chansons, qui ont comme un parfum de la Bible, dont la plupart des couplets sont perdus, parce que personne n'a jamais osé les écrire ou les imprimer. Nous en dirons autant de celle où se trouve la strophe suivante :

Enfin vous voilà donc, — Ma belle mariée, — Enfin vous voilà donc — A votre époux liée, — Avec un long fil d'or — Qui ne rompt qu'à la mort !

Quoi de plus pur d'ailleurs comme langue et comme pensée ; mais l'auteur de cet épithalame ne savait pas écrire, et l'imprimerie nous conserve les gravelures de Collé, de Piis et de Panard [4] !

Les richesses poétiques n'ont jamais manqué au marin, ni au soldat français, qui ne rêvent dans leurs chants que filles de roi, sultanes, et même présidentes, comme dans la ballade trop connue :

C'est dans la ville de Bordeaux — Qu'il est arrivé trois vaisseaux, etc.

Mais le tambour des gardes françaises, où s'arrêtera-t-il, celui-là ?

Un joli tambour s'en allait à la guerre, etc.

La fille du roi est à sa fenêtre, le tambour la demande en mariage : — Joli tambour, dit le roi, tu n'es pas assez riche ! — Moi ? dit le tambour sans se déconcerter,

J'ai trois vaisseaux sur la mer gentille, — L'un chargé d'or, l'autre de perles fines, — Et le troisième pour promener ma mie !

— Touche là, tambour, lui dit le roi, tu n'auras pas ma fille ! — Tant pis ! dit le tambour, j'en trouverai de plus gentilles !...

Après tant de richesses dévolues à la verve un peu gasconne du militaire et du marin, envierons-nous le sort du simple berger ? Le voilà qui chante et qui rêve :

Au jardin de mon père, — Vole, mon cœur vole ! — Il y a z'un pommier doux, — Tout doux !
Trois belles princesses, — Vole, mon cœur vole, — Trois belles princesses — Sont couchées dessous, etc.

Est-ce donc la vraie poésie, est-ce la soif mélancolique de l'idéal qui manque à ce peuple pour comprendre et produire des chants dignes d'être comparés à ceux de l'Allemagne et de l'Angleterre ? Non, certes ; mais il est arrivé qu'en France la littérature n'est jamais descendue au niveau de la grande foule ; les poètes académiques du dix-septième et du dix-huitième siècle n'auraient pas plus compris de telles inspirations, que les paysans n'eussent admiré leurs odes, leurs épîtres et leurs poésies fugitives, si incolores, si gourmées. Pourtant comparons encore la chanson que je vais citer à tous ces bouquets à Chloris qui faisaient vers ce temps l'admiration des belles compagnies.

Quand [5] Jean Renaud de la guerre revint, — Il en revint triste et chagrin ; — « Bonjour, ma mère. — Bonjour, mon fils ! — Ta femme est accouchée d'un petit. »

« Allez, ma mère, allez devant, — Faites-moi dresser un beau lit blanc ; — Mais faites-le dresser si bas — Que ma femme ne l'entende pas ! »

Et quand ce fut vers le minuit, — Jean Renaud a rendu l'esprit.

Ici la scène de la ballade change et se transporte dans la chambre de l'accouchée :

« Ah ! dites, ma mère, ma mie, — Ce que j'entends pleurer ici ? — Ma fille, ce sont les enfants — Qui se plaignent du mal de dents. »

« Ah ! dites, ma mère, ma mie, — Ce que j'entends clouer ici ? — Ma fille, c'est le charpentier, — Qui raccommode le plancher ! »

« Ah ! dites, ma mère, ma mie, — Ce que j'entends chanter ici ? — Ma fille, c'est la procession — Qui fait le tour de la maison ! »

« Mais dites, ma mère, ma mie, — Pourquoi donc pleurez-vous ainsi ? — Hélas ! je ne puis le cacher ; — C'est Jean Renaud qui est décédé. »

« Ma mère ! dites au fossoyeux — Qu'il fasse la fosse pour deux, — Et que l'espace y soit si grand, — Qu'on y renferme aussi l'enfant ! »

Ceci ne le cède en rien aux plus touchantes ballades allemandes, il n'y manque qu'une certaine exécution de détail qui manquait aussi à la légende primitive de Lénore et à celle du roi des Aulnes, avant Goethe et Burger. Mais quel parti encore un poète eût tiré de la complainte de saint Nicolas, que nous allons citer en partie.

Il était trois petits enfants — Qui s'en allaient glaner aux champs,

S'en vont au soir chez un boucher. — « Boucher, voudrais-tu nous loger ? — Entrez, entrez, petits enfants, — Il y a de la place assurément. »

Ils n'étaient pas sitôt entrés, — Que le boucher les a tués, — Les a coupés en petits morceaux, — Mis au saloir comme pourceaux.

Saint Nicolas au bout d'sept ans, — Saint Nicolas vint dans ce champ. — Il s'en alla chez le boucher : — « Boucher, voudrais-tu me loger ? »

« Entrez, entrez, saint Nicolas, — Il y a d'la place, il n'en manque pas. » — Il n'était pas sitôt entré, — Qu'il a demandé à souper.

« Voulez-vous un morceau d'jambon ? — Je n'en veux pas, il n'est pas bon. — Voulez-vous un morceau de veau ? — Je n'en veux pas, il n'est pas beau !

Du p'tit salé je veux avoir, — Qu'il y a sept ans qu'est dans l'saloir ! » — Quand le boucher entendit cela, — Hors de sa porte il s'enfuya.

« Boucher, boucher, ne t'enfuis pas, — Repens-toi, Dieu te pardonn'ra. » — Saint Nicolas posa trois doigts — Dessus le bord de ce saloir :

Le premier dit : « J'ai bien dormi ! » — Le second dit : « Et moi aussi ! » — Et le troisième répondit : — « Je croyais être en paradis ! »

N'est-ce pas là une ballade d'Uhland, moins les beaux vers ? Mais il ne faut pas croire que l'exécution manque toujours à ces naïves inspirations populaires.

La chanson que nous avons citée plus haut (p. 121-122) : *Le roi Loys est sur son pont* a été composée sur un des plus beaux airs qui existent ; c'est comme un chant d'église croisé par un chant de guerre ; on n'a pas conservé la seconde partie de la ballade, dont pourtant nous connaissons vaguement le sujet. Le beau Lautrec, l'amant de cette noble fille, revient de la Palestine au moment où on la portait en terre. Il rencontre l'escorte sur le chemin de Saint-Denis. Sa colère met en fuite prêtres et archers, et le cercueil reste en son pouvoir. « Donnez-moi, dit-il à sa suite, donnez-moi mon couteau d'or fin, que je découse ce drap de lin ! » Aussitôt délivrée de son linceul, la belle revient à la vie.

Son amant l'enlève et l'emmène dans son château au fond des forêts. Vous croyez *qu'ils vécurent heureux* et que tout se termina là ; mais une fois plongé dans les douceurs de la vie conjugale, le beau Lautrec n'est plus qu'un mari vulgaire, il passe tout son temps à pêcher au bord de son lac, si bien qu'un jour sa fière épouse vient doucement derrière lui et le pousse résolument dans l'eau noire, en lui criant :

Va-t'en, vilain pêche-poissons, — Quand ils seront bons — Nous en mangerons.

Propos mystérieux, digne d'Arcabonne ou de Mélusine [6]. — En expirant, le pauvre châtelain a la force de détacher ses clefs de sa ceinture et de les jeter à la fille du roi, en lui disant qu'elle est désormais maîtresse et souveraine, et qu'il se trouve heureux de mourir par sa volonté !... Il y a dans cette conclusion bizarre quelque chose qui frappe involontairement l'esprit, et qui laisse douter si le poète a voulu finir par un trait de satire, ou si cette belle morte que Lautrec a tirée du linceul n'était pas une sorte de femme vampire, comme les légendes nous en présentent souvent.

Du reste, les variantes et les interpolations sont fréquentes dans ces chansons ; chaque province possédait une version différente. On a recueilli comme une légende du Bourbonnais, *la jeune fille de la Garde,* qui commence ainsi :

Au château de la Garde — Il y a trois belles filles, — Il y en a une plus belle que le jour, — Hâte-toi, capitaine, — Le duc va l'épouser.

C'est celle que nous avons citée (page 122), qui commence ainsi :

Dessous le rosier blanc — La belle se promène.

Voilà le début, simple et charmant ; où cela se passe-t-il ? Peu importe ! Ce serait si l'on voulait la fille d'un sultan rêvant sous les bosquets de Schiraz [7]. Trois cavaliers passent au clair de la lune : — Montez, dit le plus jeune, sur mon beau cheval gris. N'est-ce pas là la course de Lénore, et n'y a-t-il pas une attraction fatale dans ces cavaliers inconnus !

Ils arrivent à la ville, s'arrêtent à une hôtellerie éclairée et bruyante. La pauvre fille tremble de tout son corps :

Aussitôt arrivée, — L'hôtesse la regarde. — « Etes-vous ici par force — Ou pour votre plaisir ? — Au jardin de mon père — Trois cavaliers m'ont pris. »

Sur ce propos le souper se prépare : « Soupez, la belle, et soyez heureuse ;

Avec trois capitaines, — Vous passerez la nuit. »
Mais le souper fini, — La belle tomba morte. — Elle tomba morte — Pour ne plus revenir !

« Hélas ! ma mie est morte ! s'écria le plus jeune cavalier, qu'en allons-nous faire !... » Et ils conviennent de la reporter au château de son père, sous le rosier blanc.

Et au bout de trois jours — La belle ressuscite : — « Ouvrez, ouvrez, mon père, — Ouvrez sans plus tarder ! — Trois jours j'ai fait la morte — Pour mon honneur garder. »

La vertu des filles du peuple attaquée par des seigneurs félons a fourni encore de nombreux sujets de romances. Il y a, par exemple, la fille d'un pâtissier, que son père envoie porter des gâteaux chez un galant châtelain. Celui-ci la retient jusqu'à la nuit close, et ne veut plus la laisser partir. Pressée de son déshonneur, elle feint de céder, et demande au comte son poignard pour couper une agrafe de son corset. Elle se perce le cœur, et les pâtissiers instituent une fête pour cette martyre boutiquière.

Il y a des chansons *de causes célèbres* qui offrent un intérêt moins romanesque, mais souvent plein de terreur et d'énergie. Imaginez un homme qui revient de la chasse et qui répond à un autre qui l'interroge :

J'ai tant tué de petits lapins blancs — Que mes souliers sont pleins de sang, — « T'en as menti, faux traître ! — Je te ferai connaître. — Je vois, je vois à tes pâles couleurs — Que tu viens de tuer ma sœur !

Quelle poésie sombre en ces lignes qui sont à peine des vers ! Dans une autre, un déserteur rencontre la maréchaussée, cette terrible Némésis au chapeau bordé d'argent.

On lui a demandé — Où est votre congé ? — « Le congé que j'ai pris, — Il est sous mes souliers. »

Il y a toujours une amante éplorée mêlée à ces tristes récits.

La belle s'en va trouver son capitaine. — Son colonel et aussi son sergent...

Le refrain est une mauvaise phrase latine, sur un ton de plain-chant, qui prédit suffisamment le sort du malheureux soldat.

Quoi de plus charmant que la chanson de Biron [8], si regretté dans ces contrées :

Quand Biron voulut danser, — Quand Biron voulut danser, — Ses souliers fit apporter — Ses souliers fit apporter ; — Sa chemise — De Venise, — Son pourpoint — Fait au point, — Son chapeau tout rond ; — Vous danserez, Biron !

Nous avons cité deux vers de la suivante :

La belle était assise — Près du ruisseau coulant, — Et dans l'eau qui frétille, — Baignait ses beaux pieds blancs : — Allons, ma mie, légèrement ! — Légèrement !

C'est une jeune fille des champs qu'un seigneur surprend au bain comme Percival surprit Griselidis [9]. Un enfant sera le résultat de leur rencontre. Le seigneur dit :

« En ferons-nous un prêtre, — Ou bien un président ?

— Non, répond la belle, ce ne sera qu'un paysan :

— On lui mettra la hotte — Et trois oignons dedans... — Il s'en ira criant : — Qui veut mes oignons blancs ?... — Allons, ma mie, légèrement, etc. »

Voici un conte de veillée que je me souviens d'avoir entendu réciter par les vanniers [10] :

LA REINE DES POISSONS.

Il y avait dans la province du Valois, au milieu des bois de Villers-Cotterêts, un petit garçon et une petite fille qui se rencontraient de temps en temps sur les bords des petites rivières du pays, l'un obligé par un bûcheron nommé Tord-Chêne, qui était son oncle, à aller ramasser du bois mort, l'autre envoyée par ses parents pour saisir de petites anguilles que la baisse des eaux permet d'entrevoir dans la vase en certaines saisons. Elle devait encore, faute de mieux, atteindre entre les pierres les écrevisses, très nombreuses dans quelques endroits.

Mais la pauvre petite fille, toujours courbée et les pieds dans l'eau, était si compatissante pour les souffrances des animaux, que, le plus souvent, voyant les contorsions des poissons qu'elle tirait de la rivière, elle les y remettait et ne rapportait guère que les écrevisses, qui souvent lui pinçaient les doigts jusqu'au sang, et pour lesquelles elle devenait alors moins indulgente [11].

Le petit garçon, de son côté, faisant des fagots de bois mort et des bottes de bruyère, se voyait exposé souvent aux reproches de Tord-Chêne, soit parce qu'il n'en avait pas assez rapporté, soit parce qu'il s'était trop occupé à causer avec la petite pêcheuse.

Il y avait un certain jour dans la semaine où ces deux enfants ne se rencontraient jamais... Quel était ce jour ? Le même sans doute où la fée Mélusine se changeait en poisson, et où les princesses de l'Edda se transformaient en cygnes.

Le lendemain d'un de ces jours-là, le petit bûcheron dit à la pêcheuse : « Te souviens-tu qu'hier je t'ai vue passer là-bas dans les eaux de Challepont avec tous les poissons qui te faisaient cortège... jusqu'aux carpes et aux brochets ; et tu étais toi-même un beau poisson rouge avec les côtés tout reluisants d'écailles en or.

— Je m'en souviens bien, dit la petite fille, puisque je t'ai vu, toi qui étais sur le bord de l'eau, et que tu ressemblais à un beau *chêne-vert,* dont les branches d'en haut étaient d'or..., et que tous les arbres du bois se courbaient jusqu'à terre en te saluant.

— C'est vrai, dit le petit garçon, j'ai rêvé cela.

— Et moi aussi j'ai rêvé ce que tu m'as dit : mais comment nous sommes-nous rencontrés deux dans le rêve [12] ?... »

En ce moment, l'entretien fut interrompu par l'apparition de Tord-Chêne, qui frappa le petit avec un gros gourdin, en lui reprochant de n'avoir pas seulement lié encore un fagot.

— Et puis, ajouta-t-il, est-ce que je ne t'ai pas recommandé de tordre les branches qui cèdent facilement, et de les ajouter à tes fagots.

— C'est que, dit le petit, le garde me mettrait en prison, s'il trouvait dans mes fagots du bois vivant... Et puis, quand j'ai voulu le faire, comme vous me l'aviez dit, j'entendais l'arbre qui se plaignait.

— C'est comme moi, dit la petite fille, quand j'emporte des poissons dans mon panier, je les entends qui chantent si tristement, que je les rejette dans l'eau... Alors on me bat chez nous !

— Tais-toi, petite masque ! dit Tord-Chêne, qui paraissait animé par la boisson, tu déranges mon neveu de son travail. Je te connais bien, avec tes dents pointues couleur de perle... Tu es la reine des poissons... Mais je saurai bien te prendre à un certain jour de la semaine, et tu périras dans l'osier... dans l'osier !

Les menaces que Tord-Chêne avait faites dans son ivresse ne tardèrent pas à s'accomplir. La petite fille se trouva prise sous la forme de poisson rouge, que le destin l'obligeait à prendre à de certains jours. Heureusement, lorsque Tord-Chêne voulut, en se faisant aider de son neveu, tirer de l'eau la nasse d'osier, ce dernier reconnut le beau poisson rouge à écailles d'or qu'il avait vu en rêve, comme étant la transformation accidentelle de la petite pêcheuse.

Il osa la défendre contre Tord-Chêne et le frappa même de sa galoche. Ce dernier, furieux, le prit par les cheveux, cherchant à le renverser ; mais il s'étonna de trouver une grande résistance : c'est que l'enfant tenait des pieds à la terre avec tant de force que son oncle ne pouvait venir à bout de le renverser ou de l'emporter, et le faisait en vain virer dans tous les sens.

Au moment où la résistance de l'enfant allait se trouver vaincue, les arbres de la forêt frémirent d'un bruit sourd, les branches agitées laissèrent siffler les vents, et la tempête fit reculer Tord-Chêne, qui se retira dans sa cabane de bûcheron.

Il en sortit bientôt, menaçant, terrible et transfiguré comme un fils d'Odin ; dans sa main brillait cette hache scandinave qui menace les arbres, pareille au marteau de Thor [13] brisant les rochers.

Le jeune roi des forêts, victime de Tord-Chêne, — son oncle, usurpateur, — savait déjà quel était son rang, qu'on voulait lui cacher. Les arbres le protégeaient, mais seulement par leur masse et leur résistance passive...

En vain les broussailles et les surgeons s'entrelaçaient de tous côtés pour arrêter les pas de Tord-Chêne, celui-ci a appelé ses bûcherons et se trace un chemin à travers ces obstacles. Déjà plusieurs arbres, autrefois sacrés du temps des vieux druides, sont tombés sous les haches et les cognées.

Heureusement, la reine des poissons n'avait pas perdu de temps. Elle était allée se jeter aux pieds de la *Marne,* de l'*Oise* et de l'*Aisne,* — les trois grandes rivières voisines, leur représentant que si l'on n'arrêtait pas les projets de Tord-Chêne et de ses compagnons, les forêts trop éclaircies n'arrêteraient plus les vapeurs qui produisent les pluies et qui fournissent l'eau aux ruisseaux, aux rivières et aux étangs ; que les sources elles-mêmes seraient taries et ne feraient plus jaillir l'eau nécessaire à alimenter les rivières ; sans compter que tous les poissons se verraient détruits en peu de temps, ainsi que les bêtes sauvages et les oiseaux [14].

Les trois grandes rivières prirent là-dessus de tels arrangements que le sol où Tord-Chêne, avec ses terribles bûcherons, travaillait à la destruction des arbres, — sans toutefois avoir pu atteindre encore le jeune prince des forêts, — fut entièrement noyé par une immense inondation, qui ne se retira qu'après la destruction entière des agresseurs.

Ce fut alors que le roi des forêts et la reine des poissons purent de nouveau reprendre leurs innocents entretiens.

Ce n'étaient plus un petit bûcheron et une petite pêcheuse, — mais un Sylphe et une Ondine [15], lesquels, plus tard, furent unis légitimement.

—

Nous nous arrêtons dans ces citations si incomplètes, si difficiles à faire comprendre sans la musique et sans la poésie des lieux et des hasards, qui font que tel ou tel de ces chants populaires se grave ineffaçablement dans l'esprit. Ici ce sont des compagnons qui passent avec leurs longs bâtons ornés de rubans ; là des mariniers qui descendent un fleuve ; des buveurs d'autrefois (ceux d'aujourd'hui ne chantent plus guère), des lavandières, des faneuses, qui jettent au vent quelques lambeaux des chants de leurs aïeules. Malheureusement on les entend répéter plus souvent aujourd'hui les romances à la mode, platement spirituelles, ou même franchement incolores, variées sur trois à quatre thèmes éternels. Il serait à désirer que de bons poètes modernes missent à profit l'inspiration naïve de nos pères, et nous rendissent, comme l'ont fait les poètes d'autres pays, une foule de petits chefs-d'œuvre qui se perdent de jour en jour avec la mémoire et la vie des bonnes gens du temps passé [16].

JEMMY [1]

I. — COMMENT JACQUES TOFFEL ET JEMMY O'DOUGHERTY TIRÈRENT A LA FOIS DEUX EPIS ROUGES DE MAÏS.

A moins de cent milles de distance du confluent de l'Alléghany et du Monongehala [2], est situé un vallon délicieux, ou ce qu'on appelle dans la langue du pays un *bottom,* véritable paradis borné de tous côtés par des montagnes et par le cours de l'Ohio, que les Français ont surnommé *Belle Rivière.* Le versant et la cime des hauteurs qui s'étagent doucement vers l'horizon sont revêtus d'une riche végétation de sycomores centenaires, d'aunes et d'acacias, tous unis par le tissu de la vigne sauvage, et sous lesquels on respire une douce fraîcheur. Sur le premier plan, les deux rivières réunies dans l'Ohio roulent paisiblement leurs eaux jumelles, offrant çà et là une barque qui glisse sur les eaux tranquilles, ou parfois quelque bateau à vapeur, volant comme une flèche, qui fait surgir des bandes effarouchées de canards et d'oies sauvages établis sous l'ombre des sycomores et des saules pleureurs. Un seul sentier conduit à la partie supérieure du canton, à ce qu'on appelle le haut pays, où, depuis soixante ans, des Anglais, des Irlandais, des Allemands, et autres races européennes, se sont établis, alliés et fondus ensemble complètement. Ce n'est pas à dire pourtant que cette grande famille républicaine ne manifeste plus par aucun signe sa diversité d'origine. Le descendant allemand, par exemple, tient encore fortement à sa *sauerkraüt* * ; il préfère encore son *blockhaus,* simple et rustique comme lui, à l'élégante *franchouse* [3] de ses voisins ; la couleur favorite de son habit à larges pans est toujours bleue ; ses bas sont de cette couleur ; ses gros souliers ronds portent le dimanche d'épaisses boucles d'argent, et comme ses aïeux encore, il affectionne les *inexpressibles* en peau nouées au-dessous du genou avec des courroies.

La mode tyrannique, ou, comme on l'appelle là-bas, la *fashion,* n'a encore trouvé que peu d'occasions d'étendre son empire, et un chapeau très simple en paille et en soie, une robe encore plus simple d'une étoffe fabriquée dans le pays, forment toute la parure dont les familles permettent aux jeunes demoiselles d'augmenter le pouvoir de leurs charmes.

Malgré cette résistance obstinée des têtes allemandes, les différents partis vivent dans la plus parfaite union ; peut-être même ces nuances contribuent-elles à l'agrément de leurs réunions et fêtes assez fréquentes, connues en général sous le nom de *frohlics.* On appelle ainsi en effet les assemblées qui ont lieu chez l'un ou chez l'autre pour écosser en commun les épis de maïs. Il faut voir les couples joyeux accourant par une belle soirée d'automne des quatre points cardinaux, franchissant les haies, se frayant une route à travers les broussailles, sortant enfin des bois avec des joues rouges comme l'écarlate, et se secouant les mains en arrivant à faire craquer leurs os. Puis ils s'asseyent en demi-cercle devant la maison du rendez-vous, ayant en face une montagne de tiges de maïs, et derrière eux le vieux Bambo, destiné à couronner la fête par son talent musical, mais qui, couché en attendant sur le banc du poêle, s'abandonne provisoirement à un sommeil tant soit peu bruyant.

Il y a environ quarante ans qu'il y eut une de ces réunions dans la colonie, chez Jacques Blocksberger. Parmi les jeunes gens qui y accoururent de plus de

* Choucroute. *Blockhaus,* maison construite en troncs d'arbre équarris. *Franchouse,* maison de charpente revêtue de pierres et de plâtre.

cinq milles à la ronde, il s'en trouva surtout deux qu'on salua avec un empressement particulier. C'était d'abord une fraîche miss irlandaise, portant le nom sonore de Jemmy O'Dougherty, ronde et fraîche jeune fille, ayant une gracieuse figure de lutin, des joues bien roses, un cou de cygne, des yeux d'un bleu grisâtre, dont certains regards faisaient mal, enfin un petit nez tant soit peu aquilin, qui faisait supposer à celle à qui il appartenait une certaine dose de sagacité et aussi d'assurance et d'inflexibilité irlandaises, dont son futur époux devait attendre quelque signification en bien ou en mal. Mais, si elle ne semblait pas aussi patiente que Job, elle était du moins aussi pauvre, ce qui ne l'empêchait pas de savoir arranger les choses de manière à paraître partout avec avantage, et dans une toilette irréprochable pour le pays.

Le second personnage dont nous avions à parler était mister Christophorus, ou, comme on l'appelait ordinairement, le riche Toffel (abréviation allemande de Christophe), garçon de six pieds six pouces américains, en apparence un peu lâche, mais nerveux et solidement constitué. Indépendamment de ces avantages, et ils n'étaient pas à dédaigner, Christophorus possédait encore une métairie de trois cents acres, tout le vallon de l'Ohio dont nous avons fait une description, une grange bâtie en pierre, une maison ornée de jalousies peintes en vert, et pourvue d'un toit en bardeaux également peints en rouge, et, à ce qu'on disait encore, deux bas de laine bleue que lui avait laissés son père, et qui étaient entièrement remplis de bons dollars espagnols. Aussi, lorsque Toffel passait devant quelque ferme sur son cheval gris, en sifflant un air allemand, le cœur de plus d'une blondine se mettait à battre plus vite.

Il arriva donc que Jemmy se trouva placée à côté de Toffel. Comment cela se fit, c'est ce que la chronique ne dit pas bien clairement ; mais ce qui paraît certain, c'est que la volonté de ce dernier ne fut pour rien dans ce hasard. Toffel, comme nous l'avons dit, était un grand garçon à larges épaules, et comme les bancs du local n'étaient rien moins que commodes, il s'assit sur le tronc d'un hickory [4] ; Jemmy choisit sa place tout à côté de lui, comme pour se séparer d'un certain groupe de jeunes gens plus bruyants et plus entreprenants que notre héros. En effet, celui-ci siégeait sans mauvaise pensée, paisible comme un citoyen sensé des Etats-Unis, écossant des épis de maïs, et pensant à son énorme cheval, à son bétail, et à ses bas bleus, ainsi qu'à mille autres choses, excepté à sa gentille voisine. Nous ne voulons pas dire que sa voisine pensât à lui ; seulement, avec toute la complaisance d'une âme chrétienne, elle entassait d'une main leste un grand nombre de tiges devant son voisin, qui, long et maladroit qu'il était, n'avait plus qu'à étendre le bras pour les écosser commodément. Mais Toffel ne faisait nulle attention à cette main amicale, et continuait d'écosser jusqu'à ce que le tas diminuant, il lui fallait se courber et s'étendre à sa grande gêne ; mais alors ce fut encore elle qui se courba gracieusement, et rassembla quelques douzaines d'épis dans son tablier pour les poser en petit tas devant lui, le tout avec une grâce si enchanteresse qu'il était presque impossible de lui résister. Mais soyez assuré que toute cette attention eût encore échappé aux regards de notre tête carrée d'Allemand, si, précisément dans l'instant où elle tournait d'une manière si attrayante devant lui, son œil n'eût rencontré par hasard celui de Toffel, et cet œil, dirent quelques mauvaises langues, avait alors une expression si irrésistible, que Toffel, pour la première fois, ouvrit grandement les siens.

Sur quoi, il se remit à écosser son maïs, et à prendre de temps en temps une gorgée de whiskey, sans un mot de remerciement à sa gentille et complaisante voisine. Faut-il s'étonner si elle se lassa d'aider à la paresse d'une bûche si insensible ? Donc, quand le troisième tas fut écossé, Jemmy ne s'occupa pas davantage de Toffel. Quoi qu'il en soit, celui-ci commençait à se trouver assez bien, et à prendre plus souvent sa gorgée de whiskey, quand le sort jaloux le menaça de le priver de cette consolation.

Plusieurs heures s'étaient déjà envolées depuis que la société s'était livrée au travail, quand le hasard voulut que les deux voisins tirassent à la fois chacun deux épis de grain rouge. Mais il faut savoir que, suivant un usage respectable établi aux Etats-Unis, deux épis rouges qui sont tirés et écossés en même temps par deux individus qualifiés, comme Jemmy O'Dougherty et Jacques Toffel, confèrent au plus fort des deux le droit de donner et même au besoin de prendre un baiser à l'autre.

Toffel était donc en possession d'un titre aussi valable qu'aucun autre au monde, mais peu s'en fallut qu'il ne le perdît, en négligeant d'en user. En effet, déjà il avait laissé tomber sa tige, quand Jemmy, brave fille ! s'avisa d'avoir des yeux pour lui. — Deux épis rouges ! s'écria-t-elle dans une naïve ignorance de ce qu'elle faisait. — Deux épis rouges ! s'écrièrent aussitôt cinquante gosiers, et toute la société se mit debout comme si la foudre était tombée au milieu d'elle. Ici il fut impossible à notre Toffel de ne pas comprendre la cause de cette émotion générale. Aussi parut-il enfin jaloux du droit que le hasard lui avait conféré ; mais il fallait encore vaincre la résistance de tout le corps féminin, qui forma autour de Jemmy un carré qui aurait défié tout un bataillon de freluquets de la ville. Cependant Toffel n'était pas homme à se laisser arrêter par de vaines démonstrations ; il s'avança vers les conjurées, saisit commodément chacune de ses adversaires après l'autre, en jeta une demi-douzaine sur un tas d'épis à sa droite, une demi-douzaine sur un autre tas à sa gauche, et se fraya ainsi la route jusqu'à Jemmy, qui, il faut le dire, lui résista bravement ; mais la citadelle la plus forte finit par se rendre, et ainsi céda enfin notre Irlandaise, qui laissa Toffel imprimer paisiblement ses lèvres larges d'un pouce sur les siennes, bien qu'elle eût pu, à ce que prétendirent quelques compagnes jalouses, éviter en partie ce terrible contact.

Il arriva que peu de temps après, par un beau soir de décembre, Toffel sella son étalon gris pommelé, et monta au petit trot les sinuosités qui conduisent encore aujourd'hui de Toffelsville [5] au pays haut, à travers les montagnes de l'Ohio.

C'était une chose réjouissante que de voir les belles fermes au milieu desquelles il eut à passer dans sa course. Plus d'une fille fraîche et gentille, et, ce qui veut dire plus, mainte jeune fille ayant une bonne dot, vivait dans ces habitations d'un extérieur grossier ; plus d'une jolie bouche cria à Toffel : — Eh ! Toffel ! encore en route si tard ? Ne voulez-vous pas entrer ? — Mais Toffel n'avait ni yeux ni oreilles, et continuait son chemin, et les fermes prirent un aspect toujours plus chétif, jusqu'à ce qu'enfin il arrivât à une pièce de terre, couverte de châtaigniers, où sa patience semblait sur le point de l'abandonner. C'est qu'il ne pouvait jamais voir sans humeur cette espèce d'arbres, qu'il regardait avec raison comme le signe le plus certain de l'infécondité du sol. — Et pourtant, Toffel, tu continues encore à trotter ; es-tu donc tellement indifférent à ton repos que tu te laisses ensorceler par les yeux de ce gentil lutin aux cheveux dorés, que le malin esprit lui-même ne parviendrait pas à maîtriser, qui, semblable au chat, sait à la fois égratigner et caresser, rire et pleurer, le tout dans un seul et même instant ? Réfléchis, cher Toffel, suspends ton pèlerinage ! L'eau et le feu, le whiskey et le thé, des gâteaux de maïs, tout cela irait-il ensemble ?... Mais le voici à l'extrémité du plant de châtaigniers, et même devant un, comment le nommerons-nous ? devant une espèce d'édifice qui semble dater des guerres des Indiens. Toffel secoua la tête d'un air pensif ; c'est la maison du vieux Davy O'Dougherty, et c'est une maison d'un misérable aspect. Et sa grange ? il n'en a pas ; ses haies ? on a honte de les regarder. Oui, sa ferme offre un triste tableau de l'industrie irlandaise ; point de cheval, point de charrue ; toute la fortune agricole de Davy se réduit à quelques pièces étroites de terre, semées de maïs et de pommes de terre.

Toffel fit une longue pause, indécis, pensif ; mais, justement le vieux Davy était assis près de sa porte, avec sa vénérable moitié aux cheveux roux, et une demi-douzaine de petits monstres de la même couleur. Jemmy seule... il serait peu galant de ne pas la dire franchement blonde, était la grâce et l'ornement de la triste cabane. Elle préparait le thé, et mettait sur la table des gâteaux de maïs. Toffel alla s'asseoir devant la cheminée sans avoir à peine desserré les lèvres, et n'eût point bougé de cette place, si en sa qualité d'Allemand, l'odeur de la fumée du charbon de terre ne l'eût désagréablement affecté ; il se leva brusquement pour chercher une atmosphère plus pure, pendant que Jemmy, le voyant à moitié aveuglé, s'enfuyait dans la cuisine avec un rire moqueur. Toffel hésita un instant entre les deux portes, mais involontairement il se trouva transporté devant le feu de la cuisine, qui, étant de bois, lui plut davantage que l'autre, et auquel Jemmy daigna bientôt prendre place à ses côtés.

Un quart d'heure s'était écoulé, et pas une pensée immodeste ou quelconque n'avait traversé le cerveau de notre cavalier. La seule licence qu'il se permit de prendre consistait de transporter son chapeau d'un genou sur l'autre. Enfin cependant il prit courage, et regardant fixement sa voisine, il lui demanda en anglais si elle ne voulait pas le prendre pour mari.

— Que voulez-vous que je fasse d'un Allemand ? Telle fut la réponse un peu dure de la malicieuse Irlandaise, qui, en rabaissant la marchandise qu'elle convoitait, n'avait d'autre but que de se l'assurer à meilleur marché. Mais songez bien à ce qu'était une telle réponse adressée par une petite créature comme Jemmy à un homme comme Toffel, garçon de six pieds, possesseur de trois cents acres de terre et de deux bas bleus garnis.

Toffel n'était rien moins que fier, mais cependant il se leva fort déconcerté, tira son chapeau, et s'apprêtait à sortir en soupirant de la cuisine, lorsque la rusée jeune fille, se glissant entre lui et la porte, lui dit en lui prenant la main : — Et si je vous prends, me promettez-vous d'être bon enfant ? Le dialogue dès lors prit des formes plus précises, et Toffel ne tarda pas à aller rejoindre son gris pommelé, après avoir rudement serré la main de sa future.

Quelques jours après, le ministre protestant Gaspard Ledermaul, ancien tailleur, bénissait le mariage de Jacques Toffel et de Jemmy O'Dougherty, ce qui semblerait devoir mettre fin à notre histoire, si nous en voulions abandonner légèrement les héros, et si l'on ne savait d'ailleurs que les mariages n'offrent pas moins de péripéties que les amours les plus traversés.

II. — COMMENT JEMMY O'DOUGHERTY EUT TORT D'ALLER A UN MEETING SUR UN TROP GRAND CHEVAL.

Jacques Toffel n'avait pas encore accompli sa vingt et unième année, quand il entra dans la lune de miel, et ici nous devons dire à sa louange qu'il sut jouir du bonheur avec sa modération accoutumée. Nous n'avons pas laissé voir qu'il fût dissipé ; et, assurément, nulle tentation ne lui vint d'introduire sa femme dans la haute société du Saratoga [6], et de vider ainsi les deux bas bleus. Quant à mistress Toffel, ce n'était pas, certes, une méchante fille ; il y avait en elle toujours cette sorte de diablerie irlandaise qui ne lui permettait pas d'être en repos, tant que son mari n'avait pas fait sa volonté. Pour tout dire en un mot, c'était elle qui portait les culottes ou les *inexpressibles,* selon la chaste locution anglaise. D'ailleurs notre couple vivait heureux ; un jeune Toffel ne tarda pas à faire son apparition dans le monde, et surtout alors l'heureux fermier ne regretta pas d'avoir tiré son épi rouge.

Or, il advint qu'un missionnaire se présenta vers ce temps dans la colonie, avec la prétention d'enseigner à nos bonnes gens un chemin plus court que par le passé pour gagner la porte du ciel. Afin de donner à son projet l'impulsion nécessaire, il avait annoncé un meeting, après s'être assuré préalablement de l'assentiment des dames. Mistress Toffel, dont le respectable pasteur avait recherché surtout le patronage, avait décidé, pour répondre à cet égard flatteur, que son jeune fils serait baptisé en cette occasion, et que le père le transporterait dans ses bras au meeting.

Jusqu'ici tout était bien, et Toffel n'y trouvait guère à redire ; toutefois, en sellant ses deux chevaux, il éprouva une sorte de malaise, et comme un pressentiment fâcheux lorsqu'il s'occupa de son grand cheval gris. Mistress Toffel avait conçu pour cet animal une telle prédilection, qu'elle avait déclaré n'en pas vouloir monter d'autre. A la vérité, comparés au grand cheval entier de Toffel, les autres n'étaient que des chats ; mais Jemmy n'était pas une géante, et les petits chevaux lui eussent convenu mieux toujours qu'à son mari. Celui-ci était, depuis peu, devenu ambitieux, et aspirait aux emplois publics ; et il fallait qu'il arrivât disgracieusement sur une de ses rosses, en s'exposant aux railleries et aux suppositions de la foule ! En tirant les chevaux de l'écurie, il vit précisément sa femme sur le seuil de la maison ; mais sur son front était écrite cette inflexible résolution à laquelle le pauvre homme n'avait guère l'usage de résister. Il la laissa donc monter sur un tronc d'arbre, d'où elle s'élança sur le gris pommelé, dont elle saisit la bride avec grâce et autorité.

La voilà sur cet animal immense, semblable à un malicieux babouin qui s'apprête à mettre à l'épreuve la mansuétude d'un patient dromadaire. Toffel la regardait la bouche ouverte et les yeux fixes.

— Ma chère ! dit-il après un long combat intérieur, je vous en prie, prenez le petit cheval, et me laissez le plus grand.

— Toffel, s'écria sa moitié, sûrement vous n'êtes pas assez fou pour songer à cela précisément en ce moment.

— Si, je suis assez fou pour cela, et si je prends ce veau irlandais, je serai à la fois à pied et à cheval.

Ses paroles, ses regards étonnèrent la dame ; ils indiquaient une sorte de révolte contre son pouvoir, et elle sentit que tout son règne dépendait de la résolution qu'elle prendrait en ce moment décisif, et c'est dans cette idée qu'elle donna un grand coup de fouet à son cheval, qui, en deux élans, l'emporta hors de la cour.

Toffel n'eut donc rien de mieux à faire que de monter sur la rosse, en soupirant et en murmurant quelques phrases de sa langue incomprise, comme *sapperment ! verflucht !* et autres aménités germaniques dont il pouvait, au besoin, dissimuler le sens. Tout à coup il fut interrompu dans son monologue par un cri parti du haut de la montagne. Toffel jeta les yeux autour de lui, puis il regarda la hauteur, mais il n'aperçut rien ; rien ne se faisait plus entendre, et pourtant la voix qui avait percé ses oreilles était la voix aiguë et sonore de sa femme, il en était certain. Elle l'avait devancé au galop de quelques centaines de pas, et bientôt les sinuosités de la route, à travers les montagnes, l'avaient dérobée à ses regards. — Le cheval gris l'a certainement jetée à bas, se dit le loyal garçon ; et à peine cette idée s'était-elle présentée à son esprit, qu'il vit, en effet, son coursier favori descendre à grands bonds la montagne. Toffel fut saisi de frayeur ; il se jeta, des deux jambes à la fois, à bas de sa rosse, et courut au devant du cheval fougueux, qui, reconnaissant son maître, s'arrêta tranquillement jusqu'à ce qu'il l'eût débarrassé de la selle de Jemmy, et qu'il eût monté dessus avec son rejeton. Alors Toffel se dirigea au grandissime trot vers le haut de la montagne, et courut au secours de sa moitié, de laquelle bien d'autres ne se seraient guère plus inquiétés après la manière dont elle s'était comportée ; mais Toffel était d'une bonne pâte d'Allemand ; et il se hâta de tout son pouvoir d'arriver à l'endroit fatal où elle devait avoir établi sa couche. Une seconde fois il entendit crier, mais ce n'était pas sa voix ordinaire, c'était plutôt un cri de détresse. Ce cri se renouvela, et, trempé d'une sueur froide, Toffel alors lança son cheval ventre à terre du côté d'où semblait venir la voix de sa femme ; mais point de traces. Il regarda à droite, à gauche, puis à terre, et enfin il remarqua avec un horrible serrement de cœur des traces de pas d'hommes, et à côté les empreintes des pieds de sa femme. Des hommes étaient venus là, c'était évident ; mais dire ce qu'était devenue sa femme, c'était une chose bien difficile, les traces se perdaient dans la forêt. Il examina de nouveau ces traces, et il reconnut avec consternation la large empreinte des mocassins des Indiens. Un regard vers la forêt lui fit apercevoir quelque chose d'un gris noir, c'était une plume d'aigle : plus de doute, sa malheureuse Jemmy venait d'être surprise et enlevée par les Indiens.

Toffel aimait sincèrement sa femme ; cependant il n'eut point d'évanouissement, et toute la force de son amour ne put lui arracher une larme ; et, au lieu de perdre du temps en vaines lamentations, il courut au grand galop rejoindre le meeting, apprit à ses voisins que les Indiens avaient surpris et enlevé sa femme tandis qu'elle se rendait à l'assemblée, ajoutant qu'il fallait qu'il la recouvrât à tout prix, et que s'ils étaient bons voisins, et s'ils voulaient être des hommes libres, il fallait qu'ils vinssent courir en toute hâte avec lui sur les traces de ces peaux-rouges pour leur reprendre sa Jemmy. Comme ceux à qui il s'adressait étaient en effet des hommes de cœur, Toffel, en peu d'heures, se vit à la tête de cinquante jeunes gens, qui, tenant d'une main leurs carabines et de l'autre la bride de leurs chevaux, juraient de venger dignement l'enlèvement de la nouvelle Hélène.

Il n'était pas rare, en ce temps, que les colons des Etats-Unis eussent à poursuivre des Indiens pour un semblable motif ; mais pendant que Toffel et ses vaillants compagnons sont occupés à retrouver les traces des peaux-rouges qui avaient enlevé Jemmy Boerenhenter [7], nous allons, nous conformant encore plus directement aux usages chevalesresques, rejoindre notre dame, pour lui prêter au besoin aide et secours.

Donc, Jemmy, l'entêtée Jemmy, avait été seule en avant de quelques centaines de pas, ainsi que nous l'avons déjà dit. C'était d'abord une chose qu'une femme raisonnable n'aurait jamais faite : elle se serait tenue à côté de son mari, d'un aussi bon mari surtout que l'était incontestablement Toffel, notamment dans des temps si critiques, où les sauvages parcouraient encore en partisans tout l'Etat d'Ohio, et s'avançaient même jusqu'au fort Pitt [8], attendu que, précisément à cette époque, les Etats-Unis étaient engagés avec eux dans une guerre sanglante. Sans doute elle cria vaillamment, mais il était trop tard ; probablement les Indiens en avaient déjà trop vu pour renoncer, en faveur de ses cris, à une si belle proie. L'un monta sur le cheval gris et la prit en croupe, pendant qu'un second obligeait la belle à enlacer ses bras autour de son cavalier ; un troisième, lui voyant des dispositions à résister, établit entre son cou de cygne et un coutelas qu'il tira de sa ceinture un voisinage dangereux, si bien que la pauvre créature se résigna à son sort, et ne songea plus qu'à ne pas se laisser tomber de cheval pendant la longue course qui s'ensuivit.

Toutefois, elle ne pouvait s'empêcher de s'écrier par instants : « Le grand cheval ! le grand cheval ! » mais sa tenue modeste et résolue à la fois inspirait quelque respect à ses ravisseurs, et surtout à Tomahawk leur chef, qui, en arrivant à Miamy [9], quartier général des peaux-rouges, la plaça sous la protection de sa mère, avec le titre de dame d'honneur. Sans doute, ce poste n'eût pas été à dédaigner, si le fils de la princesse mère avait eu à gouverner quelque chose qui en valût la peine ; mais le roi des Shawneeses, frère aîné de Tomahawk, n'étendait guère son empire que sur un territoire de quelques centaines de milles carrés. Ses sujets étaient des sauvages non encore civilisés, qui, dans leur intelligence bornée, n'avaient aucune idée du droit divin de leur souverain, c'est-à-dire qu'ils ne voulaient pas travailler pour lui, disant qu'il avait, comme eux, reçu du grand Esprit deux bras propres au travail.

Nos bienveillants lecteurs comprendront qu'au milieu d'une réunion d'hommes si déraisonnables, mistress Toffel ne pouvait compter sur de grands avantages, malgré la place honorable qu'elle occupait.

Du reste, elle vit bien que des pleurs et des jérémiades ne pouvaient qu'empirer sa position, et qu'il valait mieux l'accepter bravement et chercher à se rendre utile. Aussi, avec une mine où l'on ne pouvait méconnaître un trait d'ironie, elle saisit le lendemain matin la marmite remplie de gibier, et se mit à préparer elle-même le repas des Indiens. Ceux-ci s'assirent bientôt à l'entour en croisant les jambes : Whoo ! s'écria le souverain, qu'avons-nous là ? De sa vie, il n'avait fait un aussi délicieux déjeuner *à la fourchette* [10], dirions-nous, si les sauvages avaient des fourchettes. La princesse mère indiqua de sa main, et en souriant gracieusement, sa dame d'honneur, qui, pour sa récompense, reçut une côtelette. Jemmy avait une contenance fière, comme si elle se fût trouvée assise sur le grand cheval. Peu de temps après, les sauvages entreprirent une nouvelle excursion, de laquelle ils rentrèrent au bout de quinze jours chargés de butin de toute espèce : des robes de femme, des spencers, des chapeaux, des corsets, etc. Une garde-robe complète était échue en partage à Tomahawk. Le lendemain, il parut vêtu d'une robe de *linsey-woolsey* [11] couleur rouge, et la tête ornée d'un chapeau en soie verte, par-dessus lequel il lui avait paru de bon goût de mettre le bonnet d'une femme en couches : le chef lui-même se montra dans une petite robe *à l'enfant,* avec un spencer coquelicot par dessus, et un capuchon du temps de Louis XV. A peine Jemmy avait-elle jeté les yeux sur ses maîtres métamorphosés, qu'elle fit signe aux squaws de la suivre dans la forêt, où se trouvaient beaucoup de plantes de lin sauvage. Elle en fit cueillir une certaine quantité, qu'elle fit rapporter au camp par ses compagnes. Elle obligea ensuite celles-ci à préparer le lin pour le filage, qu'elle leur enseigna, et en peu de semaines, des habits de chasse, ornés de rubans de soie et de calicots, remplacèrent les robes de femmes sur les corps de ses ravisseurs. Une quinzaine de jours après, les hommes firent une nouvelle expédition, dans laquelle le souverain fut tué et son frère Tomahawk blessé. Jemmy, à l'instar d'autres sujets loyaux, prit le deuil, pansa les plaies du survivant, et, quand le jeune chef fut rétabli, elle lui présenta un costume neuf qu'elle avait confectionné pour lui pendant sa maladie. Elle y mit tant de grâce, selon l'avis de l'Indien, que, dès ce moment, il devint son admirateur et son fidèle paladin. Quand, le lendemain, il se fut vêtu de son costume neuf, il se trouva si agréablement surpris et tourné, qu'il mit pour la première fois de côté ces habitudes de respect qu'il avait contractées vis-à-vis de mistress Toffel, et qui l'avaient empêché jusque-là de déclarer un peu plus ouvertement l'affection qu'il ressentait pour elle. Il alla lui rendre une visite. Toute la résidence fut en révolution ; les dames rouges étaient au désespoir. Elles comprirent que ce n'était pas en leur honneur que le nouveau souverain s'était revêtu d'une si brillante toilette, et que ses attentions s'adressaient à la fière Américaine, qui, dans leur opinion, ne pouvait naturellement résister à ce somptueux accoutrement. Et vraiment ni Londres, ni Paris, ni New York n'auraient pu se vanter d'avoir vu, sur une seule et même personne, une prodigalité d'objets de luxe comme il plut ce jour-là à Tomahawk d'en étaler aux yeux de sa fidèle sujette. Mais aussi il était lui-même resté trois heures, jambes croisées et miroir en main, à admirer avec des yeux brillants de joie ses charmes irrésistibles. Trois larges paillettes d'argent entouraient artistement son nez, auquel était encore suspendu un dollar espagnol ; deux autres dollars pendaient à ses oreilles, et, par une spirituelle inspiration, l'Indien avait orné sa lèvre inférieure d'une sixième pièce de monnaie. Ses cheveux étaient richement entremêlés d'aiguilles de porcs-épics, et du sommet de sa tête descendaient majestueusement trois queues de buffles. Un collier de pas moins de cinquante dents d'alligators ornait son cou, autour duquel serpentait encore un collier plus petit de grandes perles de cristal, trophée qu'il avait conquis dans un combat avec les Chikasaws. Il n'avait pas moins soigné l'habillement des parties inférieures de son corps : ses jambes étaient jusqu'à la cheville entourées de petits cercles de cuivre et de fer-blanc qui résonnaient prodigieusement à chacun de ses pas ; le reste de sa toilette consistait en un chapeau anglais à trois cornes. Lorsque, avec la conscience de ses perfections, il approcha de la résidence de madame mère, il leva haut les jambes et en fit deux fois le tour en dansant, pour se régaler de la musique dont il était le créateur ; arrivé à la porte, il jeta un dernier coup d'œil sur son miroir de poche en se regardant de la tête aux pieds, puis il entra.

Nous sommes malheureusement sans information aucune sur le succès de tant d'efforts et de combinaisons de bon goût ; tout ce qui est devenu notoire, c'est que le haut prétendant fut bien moins satisfait de lui-même, quand il quitta la résidence de sa mère, qu'il ne l'avait été en y entrant. La chronique ajoute que, dès ce moment, Jemmy eut sur le souverain indien un empire pour le moins aussi illimité que celui qu'elle avait déjà exercé sur Toffel ; et il paraît qu'elle ne tarda pas à en faire usage, sans doute par de bonnes raisons, attendu qu'elle eut à repousser des tentations assez vives. Mais, dit encore notre document, elle résista héroïquement. Comment en effet pouvait-elle agir autrement, elle dont la pensée tendait à un autre but ? Oui, son regard était sans cesse fixé sur le soleil couchant, sur cette partie du monde où vivait son cher Toffel. Depuis cinq années entières, elle avait supporté sa captivité avec un courage, avec une fermeté héroïques et vraiment irlandaises [12] ; mais présentement elle sentait chaque jour davantage l'amertume de sa position. Pendant la première année, elle avait été tenue en mouvement par la nouveauté de sa destinée ; elle avait, en outre, été stimulée par le sentiment de la conservation. Durant les années suivantes, elle s'était peut-être sentie flattée des attentions de son adorateur indien ; — mais faire la coquette avec un sauvage, ce n'était, après tout, qu'un pauvre passe-temps, et cela ne pouvait durer à la longue. Ainsi, le vif désir de revoir les lieux sur lesquels se concentraient ses souvenirs prenait chaque jour en elle plus de force. Songer à fuir, c'eût été de sa part une folie pendant la première année ; on l'avait surveillée, durant l'été, avec des yeux d'argus, car son adresse en toute chose la rendait indispensable aux sauvages, et une fuite dans le cours de l'hiver n'était pas plus exécutable. Où aurait-elle trouvé des vivres, un lieu de repos ? Son voyage jusqu'au camp des sauvages avait duré vingt jours ; elle devait donc être à une énorme distance de chez elle, et si, par malheur, on avait connu son projet, son sort eût été horrible.

III. — COMMENT JEMMY REVIENT CHEZ JACQUES TOFFEL.

Enfin, l'occasion favorable que Jemmy désirait si vivement vint se présenter à l'expiration du cinquième été après son enlèvement. Les hommes étaient partis pour la chasse d'automne ; leurs femmes les avaient accompagnés ; il n'était resté au camp que les plus faibles et les plus âgés. Par le contentement apparent qu'elle avait fait paraître pendant cinq ans, Jemmy était parvenue à calmer les méfiances des Indiens, dont la vigilance s'était affaiblie. Elle avait appris que, par suite de l'accroissement de la population, la colonie avait étendu ses limites, et qu'elle se trouvait dès lors à une moindre distance de celle des sauvages ; elle espérait donc rencontrer de ses compatriotes, sinon au bout de la première semaine, du moins au bout de la seconde. Elle résolut sa fuite, et réalisa sur-le-champ son projet. Un petit sac rempli de vivres fut tout ce qu'elle emporta avec elle ; elle avait quatre cents long milles à faire depuis le grand Miami jusqu'à l'Ohio supérieur ; mais son courage était à la hauteur de sa grande entreprise. Elle aimait son Toffel ; elle l'aimait maintenant plus que jamais, ce garçon si bon, si patient, et pourtant si sensé. Son courage fut rudement mis à l'épreuve dans les marais de Franklin, elle courut un grand danger de se noyer dans le Sciota, et, en errant pendant plusieurs jours dans les solitudes qui séparent Columbus, capitale de l'Etat de l'Ohio, de New-Lancaster, d'être dévorée par les ours et les panthères ; mais elle se tira heureusement des marais, des rivières et des lieux déserts. Pendant les cinq premiers jours, elle vécut de sa provision de gibier fumé ; puis elle se régala de papaws, de châtaignes et de raisins sauvages, et, au bout de dix jours de peines et de fatigues inexprimables, elle trouva, pour la première fois, un abri sûr dans un blockhaus. Même ici, son esprit irlandais indomptable ne l'abandonna pas, et elle aborda les *Hinterwœldler* * d'un air aussi assuré et aussi ouvert que si elle se fût présentée à la tête des Shawneeses, et leur demanda des vivres. Ceux-ci ouvrirent d'assez grands yeux, comme on peut le présumer, mais ils donnèrent ce qu'ils avaient. Dès lors notre bonne Jemmy n'eut plus qu'à suivre les bords de l'Ohio, et ne tarda pas à voir les charmantes hauteurs qui cachaient son heureux *chez elle* sortir du bleu vaporeux qui les enveloppait. Elle double le pas ; la voilà sur les premiers coteaux. Pour la première fois, son cœur battit plus fort ; un instant arrêtée au souvenir du grand cheval, elle reprit sa course et s'élança dans les sinuosités boisées du coteau. Voilà bien devant elle le magnifique Ohio, poursuivant son cours en deux larges bras ; puis les eaux de l'Alleghany, limpides comme la source qui jaillit d'un roc ; puis enfin, tout à côté, celles du Monongehala, troubles et bourbeuses, et offrant assez bien l'image d'un mari grognon auquel est enchaînée une vive et douce compagne. La voilà arrivée à la dernière éminence, d'où l'on peut contempler toutes ses possessions : voici le magnifique vallon, le plus fertile des *bottoms,* enclavé parmi les promontoires de montagnes ; voilà la grange bâtie en pierre, le toit et les persiennes reluisant de l'éclat d'une fraîche peinture. Là, à main gauche, le vieux verger ; puis, à droite, le nouveau, à la plantation duquel elle avait aidé, et dont les arbres pliaient déjà sous le poids des fruits. Elle regardait, elle n'osait

* Mot allemand composé, qui veut dire habitants des bords des forêts.

s'en fier à ses yeux, et elle voyait plus encore... Non, ce n'était pas une illusion, c'était son cher Toffel qui sortait justement de la maison, et derrière lui, un petit bambin aux cheveux blonds, qui le tenait ferme aux basques de son habit. Oui, c'était bien Toffel dans sa culotte de peau, avec ses bas bleus à coins rouges et ses souliers ornés de boucles énormes. Elle n'y tint pas plus longtemps, descendit d'un pas ferme du coteau, et, ayant traversé rapidement le potager, elle se trouva tout à coup devant Toffel.

— Tous les bons esprits louent le Seigneur ! s'écria celui-ci, usant, dans son anxiété, de la formule légale par laquelle, de temps immémorial, les honnêtes Allemands ont l'habitude de conjurer les spectres, les sorcières et les esprits malins.

Et, dans le fait, nous n'aurions pas trop le droit de blâmer Toffel, si le Blocksberg * se présentait en ce moment à sa pensée. Cinq années d'absence et de séjour parmi les sauvages habitants des bords du grand Miami, jointes au voyage abominable que Jemmy venait de faire, n'avaient pas précisément beaucoup contribué à relever ses charmes, ni à rendre sa toilette assez élégante pour lui prêter quelque attrait de plus. Même Toffel, de tous les hommes le moins *fashionable,* put à peine comprendre que ce pouvait être là sa Jemmy, l'oracle du bon goût en toute chose. L'imprévu de son apparition répandait sur sa personne, un peu décharnée, quelque chose de surnaturel ; de sorte que, nous le répétons, nous ne sommes nullement surpris de ce que le cerveau de Toffel se troubla subitement et de ce qu'il se souvint du Blocksberg, dont feu son père lui avait raconté tant de choses. Jemmy, à ce qu'il paraissait, ne fut pas très flattée de sa surprise, de ses exclamations ni de son effroi, et elle lui dit, du ton le plus doux qu'il lui fut possible de prendre.

— Eh bien ! quoi, Toffel, as-tu perdu la raison ? ne me connais-tu plus, moi, ta Jemmy ?

* Montagne du sabbat.

Toffel ouvrit les yeux le plus qu'il pouvait, et, peu à peu, reconnaissant le nez contourné, l'œil brillant qui lançait, comme de coutume, des regards hardis et étincelants, ne put, à ces signes, douter de la réalité :

— *Mein Gott ! Mein schatz* [13] ! s'écria-t-il dans son plus doux allemand. Puis deux larmes coulèrent le long de ses joues, et il embrassa Jemmy avec effusion.

Jemmy était réellement bien charmée de voir son Toffel de si bonne humeur. Cependant, dit le proverbe, trop ne vaut rien, et, suivant toutes les apparences, il semblait à Jemmy que Toffel était inépuisable dans ses manifestations de tendresse, et, en effet, elle commençait déjà à perdre patience et à souhaiter de voir son fils, comme aussi de savoir où en étaient les affaires du ménage ; de sorte que, tout en exprimant ce double désir, elle se dégagea des bras de son mari pour se diriger vers la porte. Toffel la saisit par sa robe, et, se plaçant devant elle, l'empêcha de sortir.

— Ma bien-aimée, lui dit-il, arrête-toi encore quelques moments, jusqu'à ce que je t'aie appris...

— Appris quoi ? reprit-elle avec impatience ; que peux-tu avoir à me dire ? Je désire voir mon garçon et comment tu as conduit les affaires de la maison ; j'espère que tout est en ordre...

Son œil jeta un regard scrutateur sur le pauvre Toffel, qui ne semblait nullement être à son aise.

— Mon cœur, ma femme ! continua-t-il, aie seulement un peu de patience !

— Je ne veux pas avoir de patience, répliqua-t-elle ; pourquoi ne veux-tu pas entrer dans la maison ? Et, en disant ces mots, elle s'approcha de la porte. Toffel, au dernier point embarrassé, lui barra de nouveau le chemin, en prenant ses deux mains.

— Eh ! *by Jasus* *, et de par toutes les autorités ! s'écria-t-elle étonnée d'une conduite si singulière, je serais tentée de croire que tout n'est point ici en règle et que tu n'es pas bien aise de me voir !

— Moi, ne pas être bien aise de te voir ! mon cœur,

* Exclamation irlandaise.

ma bien-aimée ! Oui, oui, tu seras de nouveau ma femme ! répondit le brave garçon.

— Je serai de nouveau, de nouveau ta femme ! répéta-t-elle ; et ses yeux étaient étincelants, et son petit nez se tordait. Etre de nouveau sa femme, se dit-elle encore à voix basse, en s'arrachant avec force de ses mains ; puis, montant l'escalier avec la rapidité de l'éclair, elle se précipita sur la porte, pressa le loquet, ouvrit et vit, se berçant doucement dans un fauteuil, Marie Lindthal, la plus jolie blondine de toute la colonie, jadis sa rivale, et maintenant l'heureuse usurpatrice de ses droits matrimoniaux.

IV. — CE QU'IL ARRIVA DE JACQUES TOFFEL ET DE SES DEUX FEMMES.

Il faudrait une plume très familiarisée avec les peintures psychologiques pour décrire les symptômes des diverses passions qui se dessinaient d'une manière énergique sur le visage de notre héroïne. Le mépris, la fureur, la vengeance en étaient encore les plus faibles ; il sortait de ses yeux des étincelles si vives, que, pour nous servir d'une phrase à l'usage des *Yankees*, la chambre commençait à en être embrasée ; ses poings se fermèrent convulsivement, ses dents grincèrent, et, semblable au chat qui voit son territoire occupé par l'ennemi mortel de sa race, elle s'apprêta à fondre sur le sien, ce qui aurait pu devenir d'autant plus fatal pour les jolies traits de Marie Lindthal, que depuis un mois entier mistress Toffel n'avait pas rogné ses ongles.

Toffel, qui avait suivi Jemmy, vit avec un juste effroi ces terribles préparatifs, et se jeta de toute sa longueur entre les deux puissances belligérantes. Mais il n'était pas sûr encore que sa médiation fût très efficace, lorsque tout à coup la porte s'ouvrit pour donner entrée au jeune Toffel, suivi de toute une bande d'héritiers d'un autre lit. Cinq années s'étaient écoulées depuis que Jemmy n'avait tenu son jeune fils dans ses bras ; oubliant son ennemie, elle sauta sur lui pour l'embrasser. Le jeune garçon s'effraya, cria très haut, et courut à sa belle-mère. La pauvre Jemmy resta immobile à sa place ; la fureur et le désir de la vengeance l'avaient abandonnée ; une douleur indicible pénétra son cœur ; elle se dirigea en tremblant vers la porte, saisit le loquet et fut sur le point de tomber à terre. La pauvre femme souffrait horriblement en cet instant ; elle était devenue une étrangère pour son fils, une étrangère pour sa maison, une étrangère dans le monde entier. Elle se remit cependant. Des âmes comme la sienne ne sont pas facilement abattues.

— Comment va mon père ? demanda-t-elle brièvement.

— Mort, répondit Toffel.

— Et ma mère ?

— Morte, fut encore la réponse.

— Et mes frères, mes sœurs ?

— Dispersés dans le monde.

— Ainsi, je les ai tous perdus ! dit-elle de manière à pouvoir à peine être comprise.

— J'ai, reprit Toffel d'un son de voix plus doux, j'ai attendu toute une année ton retour, en demandant de tes nouvelles dans tous les journaux allemands et anglais, et comme tu ne vins pas, ajouta-t-il en hésitant, te croyant morte, je pris Marie.

— Alors garde-la, répliqua Jemmy d'un ton ferme, en accompagnant ces paroles d'un regard où se peignait le mépris le plus profond ; puis elle s'élança encore une fois sur son enfant, le saisit et l'embrassa avec exaltation, puis elle ouvrit la porte...

— Arrête ! arrête ! pour l'amour de Dieu ! s'écria Toffel d'une voix qui faisait deviner ce qu'il avait souffert : il est vrai de dire qu'il l'aimait sincèrement, et n'avait rien négligé pour la retrouver. On avait battu le pays à vingt lieues à la ronde, les annonces des journaux lui avaient aussi coûté maints dollars ; malheureusement, ils circulaient plus particulièrement dans la partie orientale du pays, tandis que Jemmy figurait comme dame d'honneur dans la partie occidentale. Et, malheureusement encore, au bout d'une année, le révérend pasteur Gaspard fit un sermon sur ce beau texte : *Melius est nubere quam uri* [14], qu'il rendit très disertement en langue allemande à Toffel. Celui-ci crut agir en bon protestant, prit une femme bonne et jolie, mais à laquelle manquait cet esprit de contradiction, d'agacerie, ces boutades, ces propos piquants qui réveillaient jadis si à propos son caractère nonchalant.

Telle était la position de notre Toffel, le mari à deux femmes, entre lesquelles il semblait fortement balancer. Les garder toutes deux, comme le patriarche Lamech [15], quelle apparence ? Enfin, il s'écria :
— Allons chez le squire et chez le docteur Gaspard ; allons entendre ce que disent la loi humaine et la loi de Dieu.

En disant cela, Toffel agit en bon et loyal Allemand qui pensait qu'il valait mieux ne pas prendre un parti de son propre chef, et mettre toute la responsabilité de sa position sur l'autorité divine et humaine.

Jemmy tressaillit ; le mot de loi, ou, ce qui en est la conséquence, un procès, résonnait désagréablement à ses oreilles, et elle hésitait, quand sa rivale, qui s'était retirée dans la chambre voisine, reparut tenant dans ses bras les deux lourds bas remplis de dollars de la communauté.

— Prends-les, dit-elle d'une voix douce à Jemmy, prends-les, et Jeremias Hawthorn est encore garçon ; sois heureuse, bonne Jemmy.

Il y avait quelque chose de touchant dans sa voix et dans sa proposition sincère. Tout autre cœur que celui de la femme irlandaise se serait ému ; mais la vue de la femme heureuse sembla ranimer les transports de Jemmy. Jetant sur Marie un regard du plus profond mépris, elle s'approcha de Toffel, lui serra la main en lui disant adieu, et sortit précipitamment de la chambre.

— Cours, cours, cher Toffel, de toutes tes forces, s'écria Marie ; cours, pour l'amour de Dieu ! elle pourrait attenter à elle-même.

Toffel était resté immobile, privé, pour ainsi dire, de

sentiment ; on aurait pu croire que tout lui paraissait un songe : la voix de sa femme le rappela à la réalité. Il se mit à courir de toutes ses forces après la pauvre fugitive ; mais celle-ci avait déjà gagné beaucoup d'espace sur lui. Redoublant ses longs pas, il était sur le point de l'atteindre, lorsqu'elle se retourna et lui ordonna de regagner sa maison. Elle proféra cet ordre d'un ton si ferme, que Toffel, encore habitué à obéir à ses volontés, s'y conforma en reprenant lentement le chemin de chez lui. Après avoir fait quelques pas, il s'arrêta néanmoins, suivit d'un œil fixe la marche rapide de Jemmy jusqu'à ce qu'elle eût disparu dans les profondeurs du coteau ; alors il secoua la tête, et pensa... quoi ? C'est ce que nous ne saurions dire.

Jemmy poursuivait maintenant, comme un chevreuil qu'on a effrayé, sa course vers le haut de la montagne ; la voilà arrivée encore à cette fatale saillie où son bonheur d'ici-bas avait, il faut bien le dire, par sa propre faute, reçu une si terrible atteinte. Là était la maison qui renfermait les deux Toffel ; là paissaient ses vaches et ses génisses et une demi-douzaine des plus grands chevaux qu'elle eût jamais vus. Maintenant elle en eût eu à choisir ! Et il fallait renoncer à tout cela ! Cette pensée lui fit verser des larmes amères. Et maintenant plus de famille, plus d'amis peut-être ; que dirait-on de cette Jemmy si longtemps perdue, Jemmy la squaw indienne ?... Insensiblement, ses sens se calmèrent ; une nouvelle pensée sembla germer en elle, et à chaque seconde cette résolution semblait se raffermir. Enfin, comme pour échapper à la possibilité d'un changement d'idées, elle se redressa tout à coup avec force, courut à toutes jambes vers la forêt, et pénétra toujours plus avant dans ses profondeurs.

V. — OÙ L'ON DÉMONTRE COMMENT LES DEUX EPIS ROUGES ETAIENT POURTANT UN PRÉSAGE.

Ce fut vers l'année 1826 [16] que Jemmy recommença son long voyage pour retourner vers ceux qu'elle avait fuis naguère. Elle retrouva le même courage inflexible pour aborder les colons avancés, établis dans la partie nord-ouest des Etats-Unis (Etat actuel d'Ohio). Elle leur demanda l'hospitalité sans solliciter une compassion superflue ; lorsqu'elle eut dépassé les dernières habitations, elle eut de nouveau recours aux papaws, au raisin et aux châtaignes sauvages, et acheva ainsi sa course de quatre cents milles jusqu'aux sources du grand Miami, où, deux mois après sa fuite, elle se présenta avec aussi peu de trouble et de crainte que si cllc rcntrait d'unc visitc du matin.

Jamais le quartier général des Squaws n'avait retenti de si grands cris d'allégresse que lorsque Jemmy entra dans la cabane de la mère de Tomahawk. Toute la population des Wigwams [17] était en mouvement ; Tomahawk ne se possédait plus de joie. Il avait été son admirateur fidèle pendant cinq années entières, et, ce qui n'est pas peu de chose de la part d'un sauvage, durant tout ce temps, il n'avait pas osé prendre la moindre liberté avec elle. Elle ne s'était pas acquis une légère influence sur ce petit peuple ; elle était l'institutrice des femmes, le tailleur et la cuisinière des hommes, le factotum de tous, et, si les derniers (les hommes) ne ressemblaient plus à des orangs-outangs, c'était son ouvrage à elle. Tomahawk sautait et dansait de bonheur : Hommes blancs, pas bons ! disait-il ; hommes rouges, bons ! s'écriait-il. Et sa mère et tous les hommes s'unissaient à ces transports de joie.

Cependant, malgré la résolution ferme que Jemmy avait prise, sa prudence ne lui permettait pas de donner trop beau jeu au sauvage amoureux : non, elle réfléchit longtemps avant de lui permettre seulement l'espoir le plus éloigné. Depuis vingt jours déjà, elle le tenait renfermé auprès de la mère de Tomahawk, et, pendant ce temps, il n'avait pu la voir que deux fois. Enfin, le matin du vingt et unième jour, il fut mandé auprès de la souveraine de son cœur. Il s'y rendit peut-être plus bizarrement accoutré encore que lors de sa première demande, et, en balbutiant, il lui exprima de nouveau ses vœux. Jemmy l'écouta avec le sérieux d'un juge d'appel ; quand il eut terminé, elle lui montra silencieusement la table sur laquelle était étalé un habillement américain complet. Tomahawk retourna à sa cabane en poussant des cris de joie, et une demi-heure après, il parut un autre homme devant sa maîtresse. Il n'avait vraiment pas si mauvaise mine ; c'était un garçon bien fait, d'une taille élancée ; — Toffel n'était rien en comparaison ; — de plus, c'était le chef de plusieurs centaines de familles, et l'on ne pouvait voir en lui un mari si fort à dédaigner. Elle voulut bien alors tendre la main : il s'agissait encore d'une autre épreuve. Deux chevaux amenés par ordre de madame mère se trouvaient à la porte : Jemmy ordonna à Tomahawk de les seller. Il obéit tout de suite en silence. Elle monta sur l'un, en lui faisant signe d'en faire autant et de la suivre. Le chef sauvage était surpris ; il la regarda fixement, mais suivit néanmoins sa maîtresse, qui, quittant le canton de Wigwam, dirigea leur course vers le sud ; plusieurs fois il se hasarda à lui demander où ils allaient, mais elle lui répondit par un geste, montrant d'un air significatif le lointain, et il se taisait et suivait. La paix s'était rétablie entre les Indiens et les colons pendant la captivité de Jemmy, et le dernier voyage de celle-ci lui avait été utile à quelque chose. Elle avait appris qu'une colonie américaine s'était formée, dans la direction du sud, à environ quarante milles de distance des sources du Miami, et c'est sur cette nouvelle colonie qu'elle se dirigeait en ce moment.

Dès qu'elle y fut arrivée, elle s'informa du juge de paix. Le squire ne fut pas peu surpris quand il vit tout à coup entrer chez lui une jeune et jolie femme (Jemmy avait repris sa bonne mine pendant sa retraite de vingt jours) et un jeune et beau sauvage, habillé comme un gentleman. Du reste, Jemmy ne lui laissa guère le temps de se livrer à son étonnement ; mais, se tournant sans longs détours vers son compagnon, elle lui dit : — Tomahawk ! pendant les cinq années de notre connaissance, je t'ai vu donner tant de preuves de bon sens, que j'ai tout lieu d'espérer de faire de toi un mari, et j'ai donc résolu de te prendre pour tel.

Tomahawk ne savait s'il veillait ou non, et il en était de même du squire ; mais la demande formelle que lui adressa Jemmy, de la marier, elle, Jemmy O'Dougherty, avec Tomahawk, le chef de la peuplade des Squaws, et dix dollars reluisants qu'elle joignit à cette demande, firent cesser tous les doutes du juge de paix, et, prononçant sur eux la formule matrimoniale, il unit leurs mains. La chose était finie, le pauvre sauvage ne comprenait point encore ce que signifiait cette cérémonie ; mais quand Jemmy lui prit la main, et lui fit connaître qu'elle était maintenant sa femme et lui son mari, il était comme tombé des nues.

Le lendemain, Tomahawk et sa femme s'en retournèrent chez eux, et, à partir de leur retour, commencèrent aussi les mois de miel du nouvel époux. Or, mistress Tomahawk fut à peine installée dans sa nouvelle habitation, qu'elle vint à reconnaître que cette misérable cabane était beaucoup trop étroite pour eux deux, et, de plus, trop malpropre ; et, dans le fait, cette cabane était plutôt à comparer à l'antre d'un ours qu'à une habitation humaine. Tomahawk et ceux dont il disposait avaient donc maintenant des arbres à abattre, travail auquel les gens de Tomahawk ne se soumirent que contre de certains honoraires en bouteilles de whisky, dont Jemmy avait fait provision au chef-lieu de la colonie. Elle avait en outre attiré quelques-uns de ses compatriotes, qui aidèrent à la construction de la maison neuve. Tomahawk, à la vérité, sauta encore quand il lui fallut pendant quinze jours manier la hache : seulement ce n'était plus de joie ; il fit même la grimace ; mais ni sauts ni grimaces n'y purent : il fallut s'exécuter. Au bout de quatre semaines il se vit couché dans une habitation commode, aussi commode que celle de Toffel. Tomahawk eut alors du repos pendant quatre semaines entières ; mais le printemps s'annonçait : le champ consacré à la culture du blé était évidemment trop petit ; il était même dépourvu de haie, et les chevaux, ainsi que les porcs, y venaient dévorer les jeunes tiges longtemps avant qu'elles eussent seulement formé leurs épis. Les choses ne pouvaient pas rester en cet état, et il fallait donc que la sauvage moitié de mistress Tomahawk abattît encore quelques milliers d'arbres et qu'il fît des haies autour d'une demi-douzaine de champs. — Cette besogne faite, Tomahawk eut encore quelques semaines de repos. Cependant, de temps immémorial, on avait bien mal mené les choses quant aux peaux de renard, de cerf, de castor et d'ours. Tomahawk avait une grande réputation comme chasseur ; mais le fruit de plusieurs semaines de chasse, il n'était pas rare qu'il le donnât pour quelques gallons de whisky. A l'instar de beaucoup de ses frères rouges, son côté faible était le plaisir qu'il trouvait à prendre une et même un grand nombre de gorgées de whisky, quand l'occasion s'en présentait. Toutefois il éprouvait à cet égard une telle crainte de sa compagne, qu'adroitement il cachait les bouteilles d'eau-de-vie dans des creux d'arbres. Mais mistress Tomahawk eut bientôt découvert la fraude, et, afin de mettre dorénavant Tomahawk à l'abri de toute tentation, elle décida qu'à l'avenir toutes les peaux seraient apportées au camp et mises à sa disposition. Elle se chargea alors du commerce de pelleterie. Bien peu de temps après, plusieurs vaches paissaient sur les bords du Miami, et Tomahawk goûta pour la première fois du café et des gâteaux de farine de maïs. Mais les choses allèrent de pire en pire. Un jeune Tomahawk vit la lumière du monde, et les vieux Squaws ne tardèrent pas à se présenter chez sa mère, les mains remplies de fumier et de graisse d'ours, pour admettre solennellement le nouveau chef de la peuplade dans la communauté religieuse et politique. Mais Jemmy leur montra un visage renfrogné, et quand elle vit que cela ne suffisait pas, elle se saisit si résolument de son sceptre, c'est-à-dire d'un grand balai, que jeunes et vieux se sauvèrent à toutes jambes, se croyant poursuivis du malin esprit. Lorsqu'elle fut rétablie de ses couches, elle ordonna encore à Tomahawk d'apprêter deux chevaux.

Cette fois-ci encore, leur course se dirigea vers la colonie, mais ils abordèrent non à la maison du juge de paix, mais à celle du curé. Tomahawk accédait à tout tranquillement ; mais lorsqu'il vit le curé répandre de l'eau sur son fils, la patience lui échappa, il entra dans une sorte de fureur, et appela mistress Tomahawk sorcière, mauvais génie, *médecin* (terme très fort chez les peaux-rouges). Jemmy, sans perdre une parole, fronça les sourcils, releva son nez, et le jeune Tomahawk fut baptisé comme d'autres enfants chrétiens.

Le voyageur que son chemin conduira dans la direction du nord, à travers la bruyère située entre Columbus et Dayton, remarquera, au-dessous et tout près des sources du Miami, une grande habitation, construite en madriers, flanquée de granges et d'écuries, environnée de superbes champs de maïs et de prairies, sur lesquelles paissent de magnifiques vaches, des chevaux et des poulains, sans compter les vergers remplis d'arbres fruitiers. Autour de la maison, on voit folâtrer une demi-douzaine de jeunes garçons et de jeunes filles d'un teint rouge clair, et vêtus comme s'ils sortaient du magasin de Stubls [18], à Philadelphie. Le dimanche, ils lisent la Bible ou sellent leurs chevaux pour aller accompagner mistress Tomahawk à l'église ; ils lisent et expliquent les gazettes au chef de la tribu, qui s'accommode parfaitement de sa nouvelle existence, et se demande avec orgueil s'il fera de ses fils aînés des docteurs ou des avocats. Deux fois l'année, mistress Tomahawk se rend à Cincinnati sur une voiture à six chevaux, qui, chargée de beurre, de sucre d'érable, de farine et de fruits, forme un cortège aussi pompeux que celui d'un gouverneur. Deux de ses fils à cheval lui servent toujours d'avant-coureurs, et elle est autant devenue l'effroi de tous les inspecteurs des marchés, qu'elle s'est rendue l'oracle et la favorite de toutes les femmes... et de tous les hommes.

(Imité de l'allemand.)

OCTAVIE [1]

Ce fut au printemps de l'année 1835 [2] qu'un vif désir me prit de voir l'Italie. Tous les jours en m'éveillant j'aspirais d'avance l'âpre senteur des marronniers alpins ; le soir, la cascade de Terni [3], la source écumante du Téverone jaillissaient pour moi seul entre les portants éraillés des coulisses d'un petit théâtre... Une voix délicieuse, comme celle des syrènes, bruissait à mes oreilles, comme si les roseaux de Trasimène eussent tout à coup pris une voix... il fallut partir, laissant à Paris un amour contrarié, auquel je voulais échapper par la distraction.

C'est à Marseille que je m'arrêtai d'abord. Tous les matins, j'allais prendre les bains de mer au Château-Vert, et j'apercevais de loin en nageant les îles riantes du golfe. Tous les jours aussi, je me rencontrais dans la baie azurée avec une jeune fille anglaise, dont le corps délié fendait l'eau verte auprès de moi. Cette fille des eaux, qui se nommait Octavie, vint un jour à moi toute glorieuse d'une pêche étrange qu'elle avait faite. Elle tenait dans ses blanches mains un poisson qu'elle me donna.

Je ne pus m'empêcher de sourire d'un tel présent. Cependant le choléra régnait alors dans la ville, et pour éviter les quarantaines, je me résolus à prendre la route de terre. Je vis Nice, Gênes et Florence ; j'admirai le Dôme et le Baptistère, les chefs-d'œuvre de

Michel-Ange, la tour penchée et le Campo-Santo de Pise. Puis, prenant la route de Spolette, je m'arrêtai dix jours à Rome. Le dôme de Saint-Pierre, le Vatican, le Colisée m'apparurent ainsi qu'un rêve. Je me hâtai de prendre la poste pour Civita-Vecchia, où je devais m'embarquer. — Pendant trois jours, la mer furieuse retarda l'arrivée du bateau à vapeur. Sur cette plage désolée où je me promenais pensif, je faillis un jour être dévoré par les chiens. — La veille du jour où je partis, on donnait au théâtre [4] un vaudeville français. Une tête blonde et sémillante attira mes regards. C'était la jeune Anglaise qui avait pris place dans une loge d'avant-scène. Elle accompagnait son père, qui paraissait infirme, et à qui les médecins avaient recommandé le climat de Naples.

Le lendemain matin je prenais tout joyeux mon billet de passage. La jeune Anglaise était sur le pont, qu'elle parcourait à grands pas, et impatiente de la lenteur du navire, elle imprimait ses dents d'ivoire dans l'écorce d'un citron [5] : — Pauvre fille, lui dis-je, vous souffrez de la poitrine, j'en suis sûr, et ce n'est pas ce qu'il faudrait. Elle me regarda fixement et me dit : — Qui l'a appris à vous ? — La sibylle de Tibur [6], lui dis-je sans me déconcerter. — Allez ! me dit-elle, je ne crois pas un mot de vous.

Ce disant, elle me regardait tendrement et je ne pus m'empêcher de lui baiser la main. — Si j'étais plus forte, dit-elle, je vous apprendrais à mentir !... Et elle me menaçait, en riant, d'une badine à tête d'or qu'elle tenait à la main.

Notre vaisseau touchait au port de Naples et nous traversions le golfe, entre Ischia et Nisida, inondées des feux de l'Orient. — Si vous m'aimez, reprit-elle, vous irez m'attendre demain à Portici [7]. Je ne donne pas à tout le monde de tels rendez-vous.

Elle descendit sur la place du Môle et accompagna son père à l'hôtel de Rome, nouvellement construit sur la jetée. Pour moi, j'allai prendre mon logement derrière le théâtre des Florentins. Ma journée se passa à parcourir la rue de Tolède, la place du Môle, à visiter le musée des études ; puis j'allai le soir voir le ballet à San-Carlo. J'y fis rencontre du marquis Gargallo [8], que j'avais connu à Paris et qui me mena après le spectacle prendre le thé chez ses sœurs.

Jamais je n'oublierai la délicieuse soirée qui suivit. La marquise faisait les honneurs d'un vaste salon rempli d'étrangers. La conversation était un peu celle des Précieuses ; je me croyais dans la chambre bleue de l'hôtel Rambouillet. Les sœurs de la marquise, belles comme les Grâces, renouvelaient pour moi les prestiges de l'ancienne Grèce. On discuta longtemps sur la forme de la pierre d'Eleusis, se demandant si sa forme était triangulaire ou carrée. La marquise aurait pu prononcer en toute assurance, car elle était belle et fière comme Vesta [9]. Je sortis du palais la tête étourdie de cette discussion philosophique, et je ne pus parvenir à retrouver mon domicile. A force d'errer dans la ville, je devais y être enfin le héros de quelque aventure. La rencontre que je fis cette nuit-là est le sujet de la lettre suivante, que j'adressai plus tard à celle dont j'avais cru fuir l'amour fatal en m'éloignant de Paris.

« Je suis dans une inquiétude extrême. Depuis quatre jours, je ne vous vois pas ou je ne vous vois qu'avec tout le monde ; j'ai comme un fatal pressentiment. Que vous ayez été sincère avec moi, je le crois ; que vous soyez changée depuis quelques jours, je l'ignore, mais je le crains. Mon Dieu ! prenez pitié de mes incertitudes, ou vous attirerez sur nous quelque malheur. Voyez, ce serait moi-même que j'accuserais pourtant. J'ai été timide et dévoué plus qu'un homme ne le devrait montrer. J'ai entouré mon amour de tant de réserve, j'ai craint si fort de vous offenser, vous qui m'en aviez tant puni une fois déjà, que j'ai peut-être été trop loin dans ma délicatesse, et que vous avez pu me croire refroidi. Eh bien, j'ai respecté un jour important pour vous, j'ai contenu des émotions à briser l'âme, et je me suis couvert d'un masque souriant, moi dont le cœur haletait et brûlait. D'autres n'auront pas eu tant de ménagement, mais aussi nul ne vous a peut-être prouvé tant d'affection vraie, et n'a si bien senti tout ce que vous valez.

« Parlons franchement : je sais qu'il est des liens qu'une femme ne peut briser qu'avec peine, des relations incommodes qu'on ne peut rompre que lentement. Vous ai-je demandé de trop pénibles sacrifices ? Dites-moi vos chagrins, je les comprendrai. Vos craintes, votre fantaisie, les nécessités de votre position, rien de tout cela ne peut ébranler l'immense affection que je vous porte, ni troubler même la pureté de mon amour. Mais nous verrons ensemble ce qu'on peut admettre ou combattre, et s'il était des nœuds qu'il fallût trancher et non dénouer, reposez-vous sur moi de ce soin. Manquer de franchise en ce moment serait de l'inhumanité peut-être ; car, je vous l'ai dit, ma vie ne tient à rien qu'à votre volonté, et vous savez bien que ma plus grande envie ne peut être que de mourir pour vous !

« Mourir, grand Dieu ! pourquoi cette idée me revient-elle à tout propos, comme s'il n'y avait que ma mort qui fût l'équivalent du bonheur que vous promettez ? La mort ! ce mot ne répand cependant rien de sombre dans ma pensée. Elle m'apparaît couronnée de roses pâles, comme à la fin d'un festin ; j'ai rêvé quelquefois qu'elle m'attendait en souriant au chevet d'une femme adorée, après le bonheur, après l'ivresse, et qu'elle me disait : — Allons, jeune homme ! tu as eu toute ta part de joie en ce monde. A présent, viens dormir, viens te reposer dans mes bras. Je ne suis pas belle, moi, mais je suis bonne et secourable, et je ne donne pas le plaisir, mais le calme éternel.

« Mais où donc cette image s'est-elle déjà offerte à moi ? Ah ! je vous l'ai dit, c'était à Naples, il y a trois ans. J'avais fait rencontre dans la nuit, près de la Villa-Reale [10], d'une jeune femme qui vous ressemblait, une très bonne créature dont l'état était de faire des broderies d'or pour les ornements d'église ; elle semblait égarée d'esprit ; je la reconduisis chez elle, bien qu'elle me parlât d'un amant qu'elle avait dans les gardes suisses, et qu'elle tremblait de voir arriver. Pourtant, elle ne fit pas de difficulté de m'avouer que je lui plaisais davantage... Que vous dirai-je ? Il me prit fantaisie de m'étourdir pour tout un soir, et de m'imaginer que cette femme, dont je comprenais à peine le langage, était vous-même, descendue à moi par enchantement. Pourquoi vous tairais-je toute cette aventure et la bizarre illusion que mon âme accepta sans peine, surtout après quelques verres de lacrima-cristi [11] mousseux qui me furent versés au souper ? La chambre où j'étais entré avait quelque chose de mystique par le hasard ou par le choix singulier des objets qu'elle renfermait. Une madone noire couverte d'oripeaux, et dont mon hôtesse était chargée de rajeunir l'antique parure, figurait sur une commode près d'un lit aux rideaux de serge verte ; une figure de sainte Rosalie [12], couronnée de roses violettes, semblait plus loin protéger le berceau d'un enfant endormi ; les murs, blanchis à la chaux, étaient décorés de vieux tableaux des quatre éléments représentant des divinités mythologiques. Ajoutez à cela un beau désordre d'étoffes brillantes, de fleurs artificielles, de vases étrusques ; des miroirs entourés de clinquant qui reflétaient vivement la lueur de l'unique lampe de cuivre, et sur une table un Traité de la divination et des songes qui me fit penser que ma compagne était un peu sorcière ou bohémienne pour le moins.

« Une bonne vieille aux grands traits solennels allait, venait, nous servant ; je crois que ce devait être sa mère ! Et moi, tout pensif, je ne cessais de regarder sans dire un mot celle qui me rappelait si exactement votre souvenir.

« Cette femme me répétait à tout moment : “Vous êtes triste ?” Et je lui dis : “Ne parlez pas, je puis à peine vous comprendre ; l'italien me fatigue à écouter et à prononcer. — Oh ! dit-elle, je sais encore parler autrement.” — Et elle parla tout à coup dans une langue que je n'avais pas encore entendue. C'était des syllabes sonores, gutturales, des gazouillements pleins de charme, une langue primitive sans doute ; de l'hébreu, du syriaque, je ne sais. Elle sourit de mon étonnement, et s'en alla à sa commode, d'où elle tira des ornements de fausses pierres, colliers, bracelets, couronne ; s'étant parée ainsi, elle revint à table, puis resta sérieuse fort longtemps. La vieille, en rentrant, poussa de grands éclats de rire et me dit, je crois, que c'était ainsi qu'on la voyait aux fêtes. En ce moment, l'enfant se réveilla et se prit à crier. Les deux femmes coururent à son berceau, et bientôt la jeune revint près de moi tenant fièrement dans ses bras le *bambino* soudainement apaisé.

« Elle lui parlait dans cette langue que j'avais admirée, elle l'occupait avec des agaceries pleines de grâce ; et moi, peu accoutumé à l'effet des vins brûlés du Vésuve, je sentais tourner les objets devant mes yeux : cette femme, aux manières étranges, royalement parée, fière et capricieuse, m'apparaissait comme une de ces magiciennes de Thessalie à qui l'on donnait son âme pour un rêve. Oh ! pourquoi n'ai-je pas craint de vous faire ce récit ? C'est que vous savez bien que ce n'était aussi qu'un rêve, où seule vous avez régné !

« Je m'arrachai à ce fantôme qui me séduisait et m'effrayait à la fois ; j'errai dans la ville déserte jusqu'au son des premières cloches ; puis, sentant le matin, je pris par les petites rues derrière Chiaia, et je me mis à gravir le Pausilippe [13] au-dessus de la grotte. Arrivé tout en haut, je me promenais en regardant la mer déjà bleue, la ville où l'on n'entendait encore que les bruits du matin, et les îles de la baie, où le soleil commençait à dorer le haut des villas. Je n'étais pas attristé le moins du monde ; je marchais à grands pas, je courais, je descendais les pentes, je me roulais dans l'herbe humide ; mais dans mon cœur il y avait l'idée de la mort.

« O dieux ! je ne sais quelle profonde tristesse habitait mon âme, mais ce n'était autre chose que la pensée cruelle que je n'étais pas aimé. J'avais vu comme le fantôme du bonheur, j'avais usé de tous les dons de Dieu, j'étais sous le plus beau ciel du monde, en présence de la nature la plus parfaite, du spectacle le plus immense qu'il soit donné aux hommes de voir, mais à quatre cents lieues de la seule femme qui existât pour moi, et qui ignorait jusqu'à mon existence. N'être pas aimé et n'avoir pas l'espoir de l'être jamais ! C'est alors que je fus tenté d'aller demander compte à Dieu de ma singulière existence. Il n'y avait qu'un pas à faire : à l'endroit où j'étais, la montagne était coupée comme une falaise, la mer grondait au bas, bleue et pure ; ce n'était plus qu'un moment à souffrir. Oh ! l'étourdissement de cette pensée fut terrible. Deux fois je me suis élancé, et je ne sais quel pouvoir me rejeta vivant sur la terre, que j'embrassai. Non, mon Dieu ! vous ne m'avez pas créé pour mon éternelle souffrance. Je ne veux pas vous outrager par ma mort ; mais donnez-moi la force, donnez-moi le pouvoir, donnez-moi surtout la résolution, qui fait que les uns arrivent au trône, les autres à la gloire, les autres à l'amour ! »

Pendant cette nuit étrange, un phénomène assez rare s'était accompli. Vers la fin de la nuit, toutes les ouvertures de la maison où je me trouvais s'étaient éclairées, une poussière chaude et soufrée m'empêchait de respirer, et, laissant ma facile conquête endormie sur la terrasse, je m'engageai dans les ruelles qui conduisent au château Saint-Elme [14] ; — à mesure que je gravissais la montagne, l'air pur du matin venait gonfler mes poumons ; je me reposais délicieusement sous les treilles des villas, et je contemplais sans terreur le Vésuve couvert encore d'une coupole de fumée.

C'est en ce moment que je fus saisi de l'étourdissement dont j'ai parlé ; la pensée du rendez-vous qui m'avait été donné par la jeune Anglaise m'arracha aux fatales idées que j'avais conçues. Après avoir rafraîchi ma bouche avec une de ces énormes grappes de raisin que vendent les femmes du marché, je me dirigeai vers Portici et j'allai visiter les ruines d'Herculanum. Les rues étaient toutes saupoudrées d'une cendre métallique [15]. Arrivé près des ruines, je descendis dans la ville souterraine et je me promenai longtemps d'édifice en édifice demandant à ces monuments le secret de leur passé. Le temple de Vénus, celui de Mercure, parlaient en vain à mon imagination. Il fallait que cela fût peuplé de figures vivantes. — Je remontai à Portici et m'arrêtai pensif sous une treille en attendant mon inconnue.

Elle ne tarda pas à paraître, guidant la marche pénible de son père, et me serra la main avec force en me disant : « C'est bien. » Nous choisîmes un voiturin et nous allâmes visiter Pompéi. Avec quel bonheur je la guidai dans les rues silencieuses de l'antique colonie romaine. J'en avais d'avance étudié les plus secrets passages. Quand nous arrivâmes au petit temple d'Isis, j'eus le bonheur de lui expliquer fidèlement les détails du culte et des cérémonies que j'avais lues dans Apulée. Elle voulut jouer elle-même le personnage de la Déesse, et je me vis chargé du rôle d'Osiris dont j'expliquai les divins mystères [16].

En revenant, frappé de la grandeur des idées que nous venions de soulever, je n'osai lui parler d'amour... Elle me vit si froid qu'elle m'en fit reproche. Alors je lui avouai que je ne me sentais plus digne d'elle. Je lui contai le mystère de cette apparition qui avait réveillé un ancien amour dans mon cœur, et toute la tristesse qui avait succédé à cette nuit fatale où le fantôme du bonheur n'avait été que le reproche d'un parjure [17].

Hélas ! que tout cela est loin de nous ! Il y a dix ans, je repassais à Naples, venant d'Orient. J'allai descendre à l'hôtel de Rome, et j'y retrouvai la jeune Anglaise. Elle avait épousé un peintre célèbre qui, peu de temps après son mariage, avait été pris d'une paralysie complète ; couché sur un lit de repos, il n'avait rien de mobile dans le visage que deux grands yeux noirs, et jeune encore il ne pouvait même espérer la guérison sous d'autres climats. La pauvre fille avait dévoué son existence à vivre tristement entre son époux et son père, et sa douceur, sa candeur de vierge ne pouvaient réussir à calmer l'atroce jalousie qui couvait dans l'âme du premier. Rien ne put jamais l'engager à laisser sa femme libre dans ses promenades, et il me rappelait ce géant noir qui veille éternellement dans la caverne des génies, et que sa femme est forcée de battre pour l'empêcher de se livrer au sommeil [18]. O mystère de l'âme humaine ! Faut-il voir dans un tel tableau les marques cruelles de la vengeance des dieux !

Je ne pus donner qu'un jour au spectacle de cette douleur. Le bateau qui me ramenait à Marseille emporta comme un rêve le souvenir de cette apparition chérie, et je me dis que peut-être j'avais laissé là le bonheur. Octavie en a gardé près d'elle le secret.

ISIS [1]

I

Avant l'établissement du chemin de fer de Naples à Résina [2], une course à Pompéi était tout un voyage. Il fallait une journée pour visiter successivement Herculanum, le Vésuve, — et Pompéi, situé à deux milles plus loin ; souvent même on restait sur les lieux jusqu'au lendemain, afin de parcourir Pompéi pendant la nuit, à la clarté de la lune, et de se faire ainsi une illusion complète. Chacun pouvait supposer en effet que, remontant le cours des siècles, il se voyait tout à coup admis à parcourir les rues et les places de la ville endormie ; la lune paisible convenait mieux peut-être que l'éclat du soleil à ces ruines, qui n'excitent tout d'abord ni l'admiration ni la surprise, et où l'antiquité se montre pour ainsi dire dans un déshabillé modeste.

Un des ambassadeurs résidant à Naples donna, il y a quelques années, une fête assez ingénieuse. — Muni de toutes les autorisations nécessaires, il fit costumer à l'antique un grand nombre de personnes ; les invités se conformèrent à cette disposition, et, pendant un jour et une nuit, l'on essaya diverses représentations des usages de l'antique colonie romaine. On comprend que la science avait dirigé la plupart des détails de la fête ; des chars parcouraient les rues, des marchands peuplaient les boutiques ; des collations réunissaient, à certaines heures, dans les principales maisons, les diverses compagnies des invités. Là, c'était l'édile Pansa, là Salluste, là Julia-Felix, l'opulente fille de Scaurus [3], qui recevaient les convives et les admettaient à leurs foyers. — La maison des Vestales avait ses habitantes voilées ; celle des Danseuses ne mentait pas aux promesses de ses gracieux attributs. Les deux théâtres offrirent des représentations comiques et tragiques, et sous les colonnades du Forum des citoyens oisifs échangeaient les nouvelles du jour, tandis que, dans la basilique ouverte sur la place, on entendait retentir l'aigre voix des avocats ou les imprécations des plaideurs. — Des toiles et des tentures complétaient, dans tous les lieux où de tels spectacles étaient offerts, l'effet de décoration, que le manque général des toitures aurait pu contrarier ; mais on sait qu'à part ce détail, la conservation de la plupart des édifices est assez complète pour que l'on ait pu prendre grand plaisir à cette tentative palingénésique [4]. — Un des spectacles les plus curieux fut la cérémonie qui s'exécuta au coucher du soleil dans cet admirable petit temple d'Isis, qui, par sa parfaite conservation, est peut-être la plus intéressante de toutes ces ruines.

Cette fête donna lieu aux recherches suivantes, touchant les formes qu'affecta le culte égyptien lorsqu'il en vint à lutter directement avec la religion naissante du Christ.

Si puissant et si séduisant que fût ce culte régénéré d'Isis pour les hommes énervés de cette époque, il agissait principalement sur les femmes. — Tout ce que les étranges cérémonies et mystères des Cabires et des dieux d'Eleusis, de la Grèce, tout ce que les bacchanales du *Liber Pater* et de l'*Hébon* de la Campanie [5] avait offert séparément à la passion du merveilleux et à la superstition même se trouvait, par un religieux artifice, rassemblé dans le culte secret de la déesse égyptienne, comme en un canal souterrain qui reçoit les eaux d'une foule d'affluents.

Outre les fêtes particulières mensuelles et les grandes solennités, il y avait deux fois par jour assemblée et office publics pour les croyants des deux sexes.

Dès la première heure du jour, la déesse était sur pied, et celui qui voulait mériter ses grâces particulières devait se présenter à son lever pour la prière du matin. — Le temple était ouvert avec grande pompe. Le grand-prêtre sortait du sanctuaire accompagné de ses ministres. L'encens odorant fumait sur l'autel ; de doux sons de flûte se faisaient entendre. — Cependant la communauté s'était partagée en deux rangs, dans le vestibule, jusqu'au premier degré du temple. — La voix du prêtre invite à la prière, une sorte de litanie est psalmodiée ; puis on entend retentir dans les mains de quelques adorateurs les sons éclatants du sistre d'Isis. Souvent une partie de l'histoire de la déesse est représentée au moyen de pantomimes et de danses symboliques. Les éléments de son culte sont présentés avec des invocations au peuple agenouillé, qui chante ou qui murmure toutes sortes d'oraisons.

Mais si l'on avait, au lever du soleil, célébré les matines de la déesse, on ne devait pas négliger de lui offrir ses salutations du soir et de lui souhaiter une nuit heureuse, formule particulière qui constituait une des parties importantes de la liturgie. On commençait par annoncer à la déesse elle-même l'*heure du soir.*

Les anciens ne possédaient pas, il est vrai, la commodité de l'horloge sonnante ni même de l'horloge muette ; mais ils suppléaient, autant qu'ils le pouvaient, à nos machines d'acier et de cuivre par des machines vivantes, par des esclaves chargés de crier l'heure d'après la clepsydre et le cadran solaire ; — il y avait même des hommes qui, rien qu'à la longueur de leur ombre, qu'ils savaient estimer à vue d'œil, pouvaient dire l'heure exacte du jour ou du soir. — Cet usage de crier les déterminations du temps était également admis dans les temples. Il y avait des gens pieux à Rome qui remplissaient auprès de Jupiter capitolin ce singulier office de lui dire les heures. — Mais cette coutume était principalement observée aux matines et aux vêpres de la grande Isis, et c'est de cela que dépendait l'ordonnance de la liturgie quotidienne.

II

Cela se faisait dans l'après-midi, au moment de la fermeture solennelle du temple, vers quatre heures, selon la division moderne du temps, ou, selon la division antique, après la huitième heure du jour. — C'était ce que l'on pourrait proprement appeler le petit coucher de la déesse. De tous temps, les dieux durent se conformer aux us et coutumes des hommes. — Sur son Olympe, le *Zeus* d'Homère mène l'existence patriarcale, avec ses femmes, ses fils et ses filles, et vit absolument comme Priam et Arsinoüs [6] aux pays troyen et phéacien. Il fallut également que les deux grandes divinités du Nil, Isis et Sérapis, du moment qu'elles s'établirent à Rome et sur les rivages d'Italie, s'accommodassent à la manière de vivre des Romains. — Même du temps des derniers empereurs, on se levait de bon matin à Rome, et, vers la première ou la deuxième heure du jour, tout était en mouvement sur les places, dans les cours de justice et sur les marchés. — Mais ensuite, vers la huitième heure de la journée ou la quatrième de l'après-midi, toute activité avait cessé. Plus tard Isis était encore glorifiée dans un office solennel du soir.

Les autres parties de la liturgie étaient la plupart de celles qui s'exécutaient aux matines, avec cette différence toutefois que les litanies et les hymnes étaient entonnées et chantées, au bruit des sistres, des flûtes et des trompettes, par un psalmiste ou préchantre qui, dans l'ordre des prêtres, remplissait les fonctions d'hymnode. — Au moment le plus solennel, le grand-prêtre, debout sur le dernier degré, devant le tabernacle, accosté à droite et à gauche de deux diacres ou pastophores, élevait le principal élément du culte, le symbole du Nil fertilisateur, *l'eau bénite,* et la présentait à la fervente adoration des fidèles. La cérémonie se terminait par la formule de congé ordinaire.

Les idées superstitieuses attachées à de certains jours, les ablutions, les jeûnes, les expiations, les macérations et les mortifications de la chair étaient le prélude de la consécration à la plus sainte des déesses de mille qualités et vertus, auxquelles hommes et femmes, après maintes épreuves et mille sacrifices, s'élevaient par trois degrés. Toutefois l'introduction de ces mystères ouvrit la porte à quelques déportements. — A la faveur des préparations et des épreuves qui, souvent, duraient un grand nombre de jours et qu'aucun époux n'osait refuser à sa femme, aucun amant à sa maîtresse, dans la crainte du fouet d'Osiris ou des vipères d'Isis, se donnaient dans les sanctuaires des rendez-vous équivoques, recouverts par les voiles impénétrables de l'initiation. — Mais ce sont là des excès communs à tous les cultes dans leurs époques de décadence. Les mêmes accusations furent adressées aux pratiques mystérieuses et aux agapes des premiers chrétiens. — L'idée d'une *terre sainte* où devait se rattacher pour tous les peuples le souvenir des traditions premières et une sorte d'adoration filiale, — d'une eau sainte propre aux consécrations et purifications des fidèles, — présente des rapports plus nobles à étudier entre ces deux cultes, dont l'un a pour ainsi dire servi de transition vers l'autre.

Toute eau était douce pour l'Egyptien, mais surtout celle qui avait été puisée au fleuve, émanation d'Osiris. — A la fête annuelle d'Osiris retrouvé, où, après de longues lamentations, on criait : *Nous l'avons trouvé et nous nous réjouissons tous !* tout le monde se jetait à terre devant la cruche remplie d'eau du Nil nouvellement puisée que portait le grand-prêtre ; on levait les mains vers le ciel, exaltant le miracle de la miséricorde divine.

La sainte eau du Nil, conservée dans la cruche sacrée, était aussi à la fête d'Isis le plus vivant symbole du père des vivants et des morts. Isis ne pouvait être honorée sans Osiris. — Le fidèle croyait même à la présence réelle d'Osiris dans l'eau du Nil, et, à chaque bénédiction du soir et du matin, le grand-prêtre montrait au peuple l'*Hydria,* la sainte cruche, et l'offrait à son adoration. — On ne négligeait rien pour pénétrer profondément l'esprit des spectateurs du caractère de cette divine transsubstantiation. — Le prophète lui-même, quelque grande que fût la sainteté de ce personnage, ne pouvait saisir avec ses mains nues le vase dans lequel s'opérait le divin mystère. — Il portait sur son étole, de la plus fine toile, une sorte de pèlerine (piviale) également de lin ou de mousseline, qui lui couvrait les épaules et les bras, et dans laquelle il enveloppait son bras et sa main. — Ainsi ajusté, il prenait le saint vase, qu'il portait ensuite, au rapport de saint Clément d'Alexandrie, serré contre son sein. — D'ailleurs, quelle était la vertu que le Nil ne possédât pas aux yeux du pieux Egyptien ? On en parlait partout comme d'une source de guérisons et de miracles. — Il y avait des vases où son eau se conservait plusieurs années. « J'ai dans ma cave de l'eau du Nil de quatre ans, » disait avec orgueil le marchand égyptien à l'habitant de Byzance ou de Naples qui lui vantait son vieux vin de Falerne ou de Chios. Même après la mort, sous ses bandelettes et dans sa condition de momie, l'Egyptien espérait qu'Osiris lui permettrait encore d'étancher sa soif avec son onde vénérée. — Osiris te donne de l'eau fraîche ! disaient les épitaphes des morts. — C'est pour cela que les momies portaient une coupe peinte sur la poitrine.

III

Peut-être faut-il craindre, en voyage, de gâter par des lectures faites d'avance l'impression première des lieux célèbres. J'avais visité l'Orient avec les seuls souvenirs, déjà vagues, de mon éducation classique. — Au retour de l'Egypte, Naples était pour moi un lieu de repos et d'étude, et les précieux dépôts de ses bibliothèques et de ses musées me servaient à justifier ou à combattre les hypothèses que mon esprit s'était formées à l'aspect de tant de ruines inexpliquées ou muettes. — Peut-être ai-je dû au souvenir éclatant d'Alexandrie, de Thèbes et des Pyramides, l'impression presque religieuse que me causa une seconde fois la vue du temple d'Isis de Pompéi. J'avais laissé mes compagnons de voyage admirer dans tous ses détails la maison de Diomède, et, me dérobant à l'attention des gardiens, je m'étais jeté au hasard dans les rues de la ville antique, évitant çà et là quelque invalide qui me demandait de loin où j'allais, et m'inquiétant peu de savoir le nom que la science avait retrouvé pour tel ou tel édifice, pour un temple, pour une maison, pour une boutique. N'était-ce pas assez que les drogmans et les Arabes m'eussent gâté les pyramides, sans subir encore la tyrannie des *ciceroni* napolitains ? J'étais entré par la rue des tombeaux ; il était clair qu'en suivant cette voie pavée de lave, où se dessine encore l'ornière profonde des roues antiques, je retrouverais le temple de la déesse égyptienne, situé à l'extrémité de la ville, auprès du théâtre tragique. Je reconnus l'étroite cour jadis fermée d'une grille, les colonnes encore debout, les deux autels à droite et à gauche, dont le dernier est d'une conservation parfaite, et au fond l'antique *cella* s'élevant sur sept marches autrefois revêtues de marbre de Paros.

Huit colonnes d'ordre dorique, sans base, soutiennent les côtés, et dix autres le fronton ; l'enceinte est découverte, selon le genre d'architecture dit *hypætron* [7], mais un portique couvert régnait alentour. Le sanctuaire a la forme d'un petit temple carré, voûté, couvert en tuiles, et présente trois niches destinées aux images de la Trinité égyptienne ; — deux autels placés au fond du sanctuaire portaient les tables isiaques, dont l'une a été conservée, et sur la base de la principale statue de la déesse, placée au centre de la nef intérieure, on a pu lire que *L.C. Phœbus* l'avait érigée dans ce lieu par décret des décurions.

Près de l'autel de gauche, dans la cour, était une petite loge destinée aux purifications ; quelques bas-reliefs en décoraient les murailles. Deux vases contenant l'eau lustrale se trouvaient en outre placés à l'entrée de la porte intérieure, comme le sont nos bénitiers. Des peintures sur stuc décoraient l'intérieur du temple et représentaient des tableaux de la campagne, des plantes et des animaux de l'Egypte, — la terre sacrée.

J'avais admiré au Musée les richesses qu'on a retirées de ce temple, les lampes, les coupes, les encensoirs, les burettes, les goupillons, les mitres et les crosses brillantes des prêtres, les sistres, les clairons et les cymbales, une Vénus dorée, un Bacchus, des Hermès, des sièges d'argent et d'ivoire, des idoles de basalte et des pavés de mosaïque ornés d'inscriptions et d'emblèmes. La plupart de ces objets, dont la matière et le travail précieux indiquent la richesse du temple, ont été découverts dans le lieu saint le plus retiré, situé derrière le sanctuaire, et où l'on arrive en passant sous cinq arcades. Là, une petite cour oblongue conduit à une chambre qui contenait des ornements sacrés. L'habitation des ministres isiaques, située à gauche du temple, se composait de trois pièces, et l'on trouva dans l'enceinte plusieurs cadavres de ces prêtres à qui l'on suppose que leur religion fit un devoir de ne pas abandonner le sanctuaire.

Ce temple est la ruine la mieux conservée de Pompéi, parce qu'à l'époque où la ville fut ensevelie, il en était le monument le plus nouveau. L'ancien temple avait été renversé quelques années auparavant par un tremblement de terre, et nous voyons là celui qu'on avait rebâti à sa place. — J'ignore si quelqu'une des trois statues d'Isis du Musée de Naples aura été retrouvée dans ce lieu même, mais je les avais admirées la veille, et rien ne m'empêchait, en y joignant le souvenir des deux tableaux [8], de reconstruire dans ma pensée toute la scène de la cérémonie du soir.

Justement le soleil commençait à s'abaisser vers Caprée, et la lune montait lentement du côté du Vésuve, couvert de son léger dais de fumée. — Je m'assis sur une pierre, en contemplant ces deux astres qu'on avait longtemps adorés dans ce temple sous les noms d'Osiris et d'Isis, et sous des attributs mystiques faisant allusion à leurs diverses phases, et je me sentis pris d'une vive émotion. Enfant d'un siècle sceptique plutôt qu'incrédule [9], flottant entre deux éducations contraires, celle de la Révolution, qui niait tout, et celle de la réaction sociale, qui prétend ramener l'ensemble des croyances chrétiennes, me verrais-je entraîné à tout croire, comme nos pères les philosophes l'avaient été à tout nier ? — Je songeais à ce magnifique préambule des *Ruines* de Volney [10], qui fait apparaître le Génie du passé sur les ruines de Palmyre, et qui n'emprunte à des inspirations si hautes que la puissance de détruire pièce à pièce tout l'ensemble des traditions religieuses du genre humain ! Ainsi périssait, sous l'effort de la raison moderne, le Christ lui-même, ce dernier des révélateurs, qui, au nom d'une raison plus haute, avait autrefois dépeuplé les cieux. O nature ! ô mère éternelle ! était-ce là vraiment le sort réservé au dernier de tes fils célestes ? Les mortels en sont-ils venus à repousser toute espérance et tout prestige, et, levant ton voile sacré, déesse de Saïs [11] ! le plus hardi de tes adeptes s'est-il donc trouvé face à face avec l'image de la Mort ?

Si la chute successive des croyances conduisait à ce résultat, ne serait-il pas plus consolant de tomber dans l'excès contraire et d'essayer de se reprendre aux illusions du passé ?

IV

Il est évident que dans les derniers temps le paganisme s'était retrempé dans son origine égyptienne, et tendait de plus en plus à ramener au principe de l'unité les diverses conceptions mythologiques. Cette éternelle Nature, que Lucrèce, le matérialiste, invoquait lui-même sous le nom de Vénus céleste, a été préférablement nommée Cybèle par Julien, Uranie ou Cérès par Plotin, Proclus et Porphyre ; — Apulée, lui donnant tous ces noms, l'appelle plus volontiers Isis ; c'est le nom qui, pour lui, résume tous les autres ; c'est l'identité primitive de cette reine du ciel, aux attributs divers, au masque changeant ! Aussi lui apparaît-elle vêtue à l'égyptienne, mais dégagée des allures raides, des bandelettes et des formes naïves du premier temps.

Ses cheveux [12] épais et longs, terminés en boucles, inondent en flottant ses divines épaules ; une couronne multiforme et multiflore pare sa tête, et la lune argentée brille sur son front ; des deux côtés se tordent des serpents parmi de blonds épis, et sa robe aux reflets indécis passe, selon le mouvement de ses plis, de la blancheur la plus pure au jaune de safran, ou semble emprunter sa rougeur à la flamme ; son manteau, d'un noir foncé, est semé d'étoiles et bordé d'une frange lumineuse ; sa main droite tient le sistre, qui rend un son clair, sa main gauche un vase d'or en forme de gondole.

Telle, exhalant les plus délicieux parfums de l'Arabie-Heureuse, elle apparaît à Lucius, et lui dit : « Tes prières m'ont touchée ; moi, la mère de la nature, la maîtresse des éléments, la source première des siècles, la plus grande des divinités, la reine des mânes ; moi, qui confonds en moi-même et les dieux et les déesses ; moi, dont l'univers a adoré sous mille formes l'unique et toute-puissante divinité. Ainsi, l'on me nomme en Phrygie, Cybèle ; à Athènes, Minerve ; en Chypre, Vénus paphienne ; en Crète, Diane dictynne ; en Sicile, Proserpine stygienne ; à Eleusis, l'antique Cérès ; ailleurs, Junon, Bellone, Hécate ou Némésis, tandis que l'Egyptien, qui dans les sciences précéda tous les autres peuples, me rend hommage sous mon vrai nom de la déesse Isis.

« Qu'il te souvienne, dit-elle à Lucius après lui avoir indiqué les moyens d'échapper à l'enchantement dont il est victime, que tu dois me consacrer le reste de ta vie, et, dès que tu auras franchi le sombre bord, tu ne cesseras encore de m'adorer, soit dans les ténèbres de l'Achéron ou dans les Champs-Elysées ; et si, par l'observation de mon culte et par une inviolable chasteté, tu mérites bien de moi, tu sauras que je puis seule prolonger ta vie spirituelle au-delà des bornes marquées. » — Ayant prononcé ces adorables paroles, l'invincible déesse disparaît et se recueille *dans sa propre immensité.*

Certes, si le paganisme avait toujours manifesté une conception aussi pure de la divinité, les principes religieux issus de la vieille terre d'Egypte régneraient encore selon cette forme sur la civilisation moderne. — Mais n'est-il pas à remarquer que c'est aussi de l'Egypte que nous viennent les premiers fondements de la foi chrétienne ? Orphée et Moïse, initiés tous deux aux mystères isiaques [13], ont simplement annoncé à des races diverses des vérités sublimes, — que la différence des mœurs, des langages et l'espace des temps a ensuite peu à peu altérées ou transformées entièrement. — Aujourd'hui, il semble que le catholicisme lui-même ait subi, selon les pays, une réaction analogue à celle qui avait lieu dans les dernières années du polythéisme. En Italie, en Pologne, en Grèce, en Espagne, chez tous les peuples les plus sincèrement attachés à l'Eglise romaine, la dévotion à la Vierge n'est-elle pas devenue une sorte de culte exclusif ? N'est-ce pas toujours la Mère sainte, tenant dans ses bras l'enfant sauveur et médiateur qui domine les esprits, — et dont l'apparition [14] produit encore des conversions comparables à celle du héros d'Apulée ? Isis n'a pas seulement ou l'enfant dans les bras, ou la croix à la main comme la Vierge : le même signe zodiacal leur est consacré, la lune est sous leurs pieds ; le même nimbe brille autour de leur tête ; nous avons rapporté plus haut mille détails analogues dans les cérémonies ; — même sentiment de chasteté dans le culte isiaque, tant que la doctrine est restée pure ; institutions pareilles d'associations et de confréries. Je me garderai certes de tirer de tous ces rapprochements les mêmes conclusions que Volney et Dupuis. Au contraire, aux yeux du philosophe, sinon du théologien, — ne peut-il pas sembler qu'il y ait eu, dans tous les cultes intelligents, une certaine part de révélation divine ? Le christianisme primitif a invoqué la parole des sibylles et n'a point repoussé le témoignage des derniers oracles de

Delphes. Une évolution nouvelle des dogmes pourrait faire concorder sur certains points les témoignages religieux des divers temps. Il serait si beau d'absoudre et d'arracher aux malédictions éternelles les héros et les sages de l'antiquité !

Loin de moi, certes, la pensée d'avoir réuni les détails qui précèdent en vue seulement de prouver que la religion chrétienne a fait de nombreux emprunts aux dernières formules du paganisme : ce point n'est nié de personne. Toute religion qui succède à une autre respecte longtemps certaines pratiques et formes de culte, qu'elle se borne à harmoniser avec ses propres dogmes [15]. Ainsi la vieille théogonie des Egyptiens et des Pélasges s'était seulement modifiée et traduite chez les Grecs, parée de noms et d'attributs nouveaux ; — plus tard encore, dans la phase religieuse que nous venons de dépeindre, Sérapis, qui était déjà une transformation d'Osiris, en devenait une de Jupiter ; Isis, qui n'avait, pour entrer dans le mythe grec, qu'à reprendre son nom d'Io, fille d'Inachus, — le fondateur des mystères d'Eleusis, — repoussait désormais le masque bestial, symbole d'une époque de lutte et de servitude. Mais voyez combien d'assimilations aisées le christianisme allait trouver dans ces rapides transformations des dogmes les plus divers ! — Laissons de côté la *croix* de Sérapis et le séjour aux enfers de ce dieu *qui juge les âmes ;* — le *Rédempteur* promis à la terre, et que pressentaient depuis longtemps les poètes et les oracles, est-ce l'enfant Horus allaité par la mère divine, et qui sera le *Verbe* (logos) des âges futurs ? — Est-ce l'Iacchus-Iésus des mystères d'Eleusis, plus grand déjà, et s'élançant des bras de Déméter, la déesse *panthée ?* ou plutôt n'est-il pas vrai qu'il faut réunir tous ces modes divers d'une même idée, et que ce fut toujours une admirable pensée théogonique de présenter à l'adoration des hommes une Mère céleste dont l'enfant est l'espoir du monde ?

Et maintenant pourquoi ces cris d'ivresse et de

joie, ces chants du ciel, ces palmes qu'on agite, ces gâteaux sacrés qu'on se partage à de certains jours de l'année ? C'est que l'enfant sauveur est né jadis en ce même temps. — Pourquoi ces autres jours de pleurs et de chants lugubres où l'on cherche le corps d'un dieu meurtri et sanglant, — où les gémissements retentissent des bords du Nil aux rives de la Phénicie, des hauteurs du Liban aux plaines où fut Troie ? Pourquoi celui qu'on cherche et qu'on pleure s'appelle-t-il ici Osiris, plus loin Adonis, plus loin Atys [16] ? et pourquoi une autre clameur qui vient du fond de l'Asie cherche-t-elle aussi dans les grottes mystérieuses les restes d'un dieu immolé ? — Une femme divinisée, mère, épouse ou amante, baigne de ses larmes ce corps saignant et défiguré, victime d'un principe hostile qui triomphe par sa mort, mais qui sera vaincu un jour ! La victime céleste est présentée par le marbre ou la cire, avec ses chairs ensanglantées, avec ses plaies vives, que les fidèles viennent toucher et baiser pieusement. Mais le troisième jour tout change : le corps a disparu, l'immortel s'est révélé ; la joie succède aux pleurs, l'espérance renaît sur la terre ; c'est la fête renouvelée de la jeunesse et du printemps.

Voilà le culte oriental, primitif et postérieur à la fois aux fables de la Grèce, qui avait fini par envahir et absorber peu à peu le domaine des dieux d'Homère. Le ciel mythologique rayonnait d'un trop pur éclat, il était d'une beauté trop précise et trop nette, il respirait trop le bonheur, l'abondance et la sérénité, il était, en un mot, trop bien conçu au point de vue des gens heureux, des peuples riches et vainqueurs, pour s'imposer longtemps au monde agité et souffrant. — Les Grecs l'avaient fait triompher par la victoire dans cette lutte presque cosmogonique qu'Homère a chantée, et depuis encore la force et la gloire des dieux s'étaient incarnées dans les destinées de Rome ; — mais la douleur et l'esprit de vengeance agissaient sur le reste du monde, qui ne voulait plus s'abandonner qu'aux religions du désespoir. — La philosophie accomplissait d'autre part un travail d'assimilition et d'unité morale ; la chose attendue dans les esprits se réalisa dans l'ordre des faits. Cette Mère divine, ce Sauveur, qu'une sorte de mirage prophétique avait annoncés çà et là d'un bout à l'autre du monde, apparurent enfin comme le grand jour qui succède aux vagues clartés de l'aurore.

CORILLA [1]

FABIO. — MARCELLI. — MAZETTO, garçon de théâtre.
CORILLA, prima donna.

Le boulevard de Sainte-Lucie, à Naples, près de l'Opéra.

—

FABIO, MAZETTO.

FABIO. Si tu me trompes, Mazetto, c'est un triste métier que tu fais là...

MAZETTO. Le métier n'en est pas meilleur ; mais je vous sers fidèlement. Elle viendra ce soir, vous dis-je ; elle a reçu vos lettres et vos bouquets.

FABIO. Et la chaîne d'or, et l'agrafe de pierres fines ?

MAZETTO. Vous ne devez pas douter qu'elles ne lui soient parvenues aussi, et vous les reconnaîtrez peut-être à son cou et à sa ceinture ; seulement, la façon de ces bijoux est si moderne, qu'elle n'a trouvé encore aucun rôle où elle pût les porter comme faisant partie de son costume.

FABIO. Mais, m'a-t-elle vu seulement ? m'a-t-elle remarqué à la place où je suis assis tous les soirs pour l'admirer et l'applaudir, et puis-je penser que mes présents ne seront pas la seule cause de sa démarche ?

MAZETTO. Fi, monsieur ! ce que vous avez donné n'est rien pour une personne de cette volée ; et, dès [que] vous vous connaîtrez mieux, elle vous répondra par quelque portrait entouré de perles qui vaudra le double. Il en est de même des dix ducats que vous m'avez remis déjà, et des vingt autres que vous m'avez promis dès que vous aurez l'assurance de votre premier rendez-vous ; ce n'est qu'argent prêté, je vous l'ai dit, et ils vous reviendront un jour avec de gros intérêts.

FABIO. Va, je n'en attends rien.

MAZETTO. Non, monsieur, il faut que vous sachiez à quels gens vous avez affaire, et que, loin de vous ruiner, vous êtes ici sur le vrai chemin de votre fortune ; veuillez donc me compter la somme convenue, car je suis forcé de me rendre au théâtre pour y remplir mes fonctions de chaque soir.

FABIO. Mais pourquoi n'a-t-elle pas fait de réponse, et n'a-t-elle pas marqué de rendez-vous ?

MAZETTO. Parce que, ne vous ayant encore vu que de loin, c'est-à-dire de la scène aux loges, comme vous ne l'avez vue vous-même que des loges à la scène, elle veut connaître avant tout votre tenue et vos manières, entendez-vous ? votre son de voix, que sais-je ! Voudriez-vous que la première cantatrice de San-Carlo acceptât les hommages du premier venu sans plus d'information ?

FABIO. Mais l'oserai-je aborder seulement ? et dois-je m'exposer, sur ta parole, à l'affront d'être rebuté, ou d'avoir, à ses yeux, la mine d'un galant de carrefour ?

MAZETTO. Je vous répète que vous n'avez rien à faire qu'à vous promener le long de ce quai, presque désert à cette heure ; elle passera, cachant son visage baissé sous la frange de sa mantille ; elle vous adressera la parole elle-même, et vous indiquera un rendez-vous pour ce soir, car l'endroit est peu propre à une conversation suivie. Serez-vous content ?

FABIO. O Mazetto ! si tu dis vrai, tu me sauves la vie !

MAZETTO. Et, par reconnaissance, vous me prêtez les vingt louis convenus.

FABIO. Tu les recevras quand je lui aurai parlé.

MAZETTO. Vous êtes méfiant ; mais votre amour

m'intéresse, et je l'aurais servi par pure amitié, si je n'avais à nourrir ma famille. Tenez-vous là comme rêvant en vous-même et composant quelque sonnet ; je vais rôder aux environs pour prévenir toute surprise.

(Il sort.)

FABIO, seul.

Je vais la voir ! la voir pour la première fois à la lumière du ciel, entendre, pour la première fois, des paroles qu'elle aura pensées ! Un mot d'elle va réaliser mon rêve ou le faire envoler pour toujours ! Ah ! j'ai peur de risquer ici plus que je ne puis gagner ; ma passion était grande et pure, et rasait le monde sans le toucher, elle n'habitait que des palais radieux et des rives enchantées ; la voici ramenée à la terre et contrainte à cheminer comme toutes les autres. Ainsi que Pygmalion, j'adorais la forme extérieure d'une femme ; seulement la statue se mouvait tous les soirs sous mes yeux avec une grâce divine, et, de sa bouche, il ne tombait que des perles de mélodies. Et maintenant voici qu'elle descend à moi. Mais l'amour qui a fait ce miracle est un honteux valet de comédie, et le rayon qui fait vivre pour moi cette idole adorée est de ceux que Jupiter versait au sein de Danaé [2] !... Elle vient, c'est bien elle ; oh ! le cœur me manque, et je serais tenté de m'enfuir si elle ne m'avait aperçu déjà !

FABIO, UNE DAME en mantille.

LA DAME, *passant près de lui.* Seigneur cavalier, donnez-moi le bras, je vous prie, de peur qu'on ne nous observe, et marchons naturellement. Vous m'avez écrit...

FABIO. Et je n'ai reçu de vous aucune réponse...

LA DAME. Tiendriez-vous plus à mon écriture qu'à mes paroles ?

FABIO. Votre bouche ou votre main m'en voudrait si j'osais choisir.

LA DAME. Que l'une soit le garant de l'autre : vos

lettres m'ont touchée, et je consens à l'entrevue que vous me demandez. Vous savez pourquoi je ne puis vous recevoir chez moi ?

FABIO. On me l'a dit.

LA DAME. Je suis très entourée, très gênée dans toutes mes démarches. Ce soir, à cinq heures de la nuit, attendez-moi au rond-point de la Villa-Reale, j'y viendrai sous un déguisement, et nous pourrons avoir quelques instants d'entretien.

FABIO. J'y serai.

LA DAME. Maintenant, quittez mon bras et ne me suivez pas, je me rends au théâtre. Ne paraissez pas dans la salle ce soir... Soyez discret et confiant.

(Elle sort.)

FABIO, *seul.* C'était bien elle !... En me quittant, elle s'est toute révélée dans un mouvement, comme la Vénus de Virgile [3]. J'avais à peine reconnu son visage, et pourtant l'éclair de ses yeux me traversait le cœur, de même qu'au théâtre, lorsque son regard vient croiser le mien dans la foule. Sa voix ne perd pas de son charme en prononçant de simples paroles ; et, cependant, je croyais jusqu'ici qu'elle ne devait avoir que le chant, comme les oiseaux ! Mais ce qu'elle m'a dit vaut tous les vers de Métastase, et ce timbre si pur, et cet accent si doux, n'empruntent rien pour séduire aux mélodies de Paesiello ou de Cimarosa. Ah ! toutes ces héroïnes que j'adorais en elle, Sophonisbe, Alcime, Herminie, et même cette blonde Molinara [4], qu'elle joue à ravir avec des habits moins splendides, je les voyais toutes enfermées à la fois sous cette mantille coquette, sous cette coiffe de satin... Encore Mazetto !

FABIO, MAZETTO.

MAZETTO. Eh bien ! seigneur, suis-je un fourbe, un homme sans parole, un homme sans honneur ?

FABIO. Tu es le plus vertueux des mortels ! Mais, tiens, prends cette bourse et laisse-moi seul.

MAZETTO. Vous avez l'air contrarié.

FABIO. C'est que le bonheur me rend triste ; il me force à penser au malheur qui le suit toujours de près.

MAZETTO. Peut-être avez-vous besoin de votre argent pour jouer au lansquenet cette nuit ? Je puis vous le rendre, et même vous en prêter d'autre.

FABIO. Cela n'est point nécessaire. Adieu.

MAZETTO. Prenez garde à la *jettatura* [5], seigneur Fabio !

(Il sort.)

FABIO, seul.

Je suis fatigué de voir la tête de ce coquin faire ombre sur mon amour ; mais, Dieu merci, ce messager va me devenir inutile. Qu'a-t-il fait, d'ailleurs, que de remettre adroitement mes billets et mes fleurs, qu'on avait longtemps repoussés ? Allons, allons, l'affaire a été habilement conduite et touche à son dénouement... Mais pourquoi suis-je donc si morose ce soir, moi qui devrais nager dans la joie et frapper ces dalles d'un pied triomphant ? N'a-t-elle pas cédé un peu vite, et surtout depuis l'envoi de mes présents ?... Bon, je vois les choses trop en noir, et je ne devrais songer plutôt qu'à préparer ma rhétorique amoureuse. Il est clair que nous ne nous contenterons pas de causer amoureusement sous les arbres, et que je parviendrai bien à l'emmener souper dans quelque hôtellerie de Chiaia ; mais il faudra être brillant, passionné, fou d'amour, monter ma conversation au ton de mon style, réaliser l'idéal que lui ont présenté mes lettres et mes vers... et c'est à quoi je ne me sens nulle chaleur et nulle énergie... J'ai envie d'aller me remonter l'imagination avec quelques verres de vin d'Espagne.

FABIO, MARCELLI.

MARCELLI. C'est un triste moyen, seigneur Fabio ; le vin est le plus traître des compagnons ; il vous prend dans un palais et vous laisse dans un ruisseau.

FABIO. Ah ! c'est vous, seigneur Marcelli ; vous m'écoutiez ?

MARCELLI. Non, mais je vous entendais.

FABIO. Ai-je rien dit qui vous ait déplu ?

MARCELLI. Au contraire ; vous vous disiez triste et vous vouliez boire, c'est tout ce que j'ai surpris de votre monologue. Moi, je suis plus gai qu'on ne peut dire. Je marche le long de ce quai comme un oiseau ; je pense à des choses folles, je ne puis demeurer en place, et j'ai peur de me fatiguer. Tenons-nous compagnie l'un à l'autre un instant ; je vaux bien une bouteille pour l'ivresse, et cependant je ne suis rempli que de joie ; j'ai besoin de m'épancher comme un flacon de sillery [6], et je veux jeter dans votre oreille un secret étourdissant.

FABIO. De grâce, choisissez un confident moins préoccupé de ses propres affaires. J'ai la tête prise, mon cher ; je ne suis bon à rien ce soir, et, eussiez-vous à me confier que le roi Midas a des oreilles d'âne, je vous jure que je serais incapable de m'en souvenir demain pour le répéter.

MARCELLI. Et c'est ce qu'il me faut, vrai Dieu ! un confident muet comme une tombe.

FABIO. Bon ! ne sais-je pas vos façons ?... Vous voulez publier une bonne fortune, et vous m'avez choisi pour le héraut de votre gloire.

MARCELLI. Au contraire, je veux prévenir une indiscrétion, en vous confiant bénévolement certaines choses que vous n'avez pas manqué de soupçonner.

FABIO. Je ne sais ce que vous voulez dire.

MARCELLI. On ne garde pas un secret surpris, au lieu qu'une confidence engage.

FABIO. Mais je ne soupçonne rien qui vous puisse concerner.

MARCELLI. Il convient alors que je vous dise tout.

FABIO. Vous n'allez donc pas au théâtre ?

MARCELLI. Non, pas ce soir ; et vous ?

FABIO. Moi, j'ai quelque affaire en tête, j'ai besoin de me promener seul.

MARCELLI. Je gage que vous composez un opéra ?

FABIO. Vous avez deviné.

MARCELLI. Et qui s'y tromperait ? Vous ne manquez pas une seule des représentations de San-Carlo ; vous arrivez dès l'ouverture, ce que ne fait aucune personne du bel air ; vous ne vous retirez pas au milieu du dernier acte, et vous restez seul dans la salle avec le public du parquet. Il est clair que vous étudiez votre art avec soin et persévérance. Mais une seule chose m'inquiète : êtes-vous poète ou musicien ?

FABIO. L'un et l'autre.

MARCELLI. Pour moi, je ne suis qu'amateur et n'ai fait que des chansonnettes. Vous savez donc très bien que mon assiduité dans cette salle, où nous nous rencontrons continuellement depuis quelques semaines, ne peut avoir d'autre motif qu'une intrigue amoureuse...

FABIO. Dont je n'ai nulle envie d'être informé.

MARCELLI. Oh ! vous ne m'échapperez point par ces faux-fuyants, et ce n'est que quand vous saurez tout que je me croirai certain du mystère dont mon amour a besoin.

FABIO. Il s'agit donc de quelque actrice... de la Borsella ?

MARCELLI. Non, de la nouvelle cantatrice espagnole, de la divine Corilla !... Par Bacchus ! vous avez bien remarqué les furieux clins d'œil que nous nous lançons ?

FABIO, *avec humeur.* Jamais !

MARCELLI. Les signes convenus entre nous à de certains instants où l'attention du public se porte ailleurs ?

FABIO. Je n'ai rien vu de pareil.

MARCELLI. Quoi ! vous êtes distrait à ce point ? J'ai donc eu tort de vous croire informé d'une partie de mon secret ; mais la confidence étant commencée...

FABIO, *vivement.* Oui, certes ! vous me voyez maintenant curieux d'en connaître la fin.

MARCELLI. Peut-être n'avez-vous jamais fait grande attention à la signora Corilla ? Vous êtes plus occupé, n'est-ce pas, de sa voix que de sa figure ? Eh bien ! regardez-la, elle est charmante !

FABIO. J'en conviens.

MARCELLI. Une blonde d'Italie ou d'Espagne, c'est toujours une espèce de beauté fort singulière et qui a du prix par sa rareté.

FABIO. C'est également mon avis.

MARCELLI. Ne trouvez-vous pas qu'elle ressemble à la Judith de Caravagio, qui est dans le Musée royal [7] ?

FABIO. Eh ! monsieur, finissez. En deux mots, vous êtes son amant, n'est-ce pas ?

MARCELLI. Pardon ; je ne suis encore que son amoureux.

FABIO. Vous m'étonnez.

MARCELLI. Je dois vous dire qu'elle est fort sévère.

FABIO. On le prétend.

MARCELLI. Que c'est une tigresse, une Bradamante...

FABIO. Une Alcimadure [8].

MARCELLI. Sa porte demeurant fermée à mes bouquets, sa fenêtre à mes sérénades, j'en ai conclu qu'elle avait des raisons pour être insensible... chez elle, mais que sa vertu devait tenir pied moins solidement sur les planches d'une scène d'opéra... Je sondai le terrain, j'appris qu'un certain drôle, nommé Mazetto, avait accès près d'elle, en raison de son service au théâtre...

FABIO. Vous confiâtes vos fleurs et vos billets à ce coquin.

MARCELLI. Vous le saviez donc ?

FABIO. Et aussi quelques présents qu'il vous conseilla de faire.

MARCELLI. Ne disais-je pas bien que vous étiez informé de tout ?

FABIO. Vous n'avez pas reçu de lettres d'elle ?

MARCELLI. Aucune.

FABIO. Il serait trop singulier que la dame elle-même, passant près de vous dans la rue, vous eût, à voix basse, indiqué un rendez-vous...

MARCELLI. Vous êtes le diable, ou moi-même !

FABIO. Pour demain ?

MARCELLI. Non, pour aujourd'hui.

FABIO. A cinq heures de la nuit ?

MARCELLI. A cinq heures.

FABIO. Alors, c'est au rond-point de la Villa-Reale ?

MARCELLI. Non ! devant les bains de Neptune.

FABIO. Je n'y comprends plus rien.

MARCELLI. Pardieu ! vous voulez tout deviner, tout savoir mieux que moi. C'est particulier. Maintenant que j'ai tout dit, il est de votre honneur d'être discret.

FABIO. Bien. Ecoutez-moi, mon ami... nous sommes joués l'un ou l'autre.

MARCELLI. Que dites-vous ?

FABIO. Ou l'un et l'autre, si vous voulez. Nous avons rendez-vous de la même personne, à la même heure : vous, devant les bains de Neptune ; moi, à la Villa-Reale !

MARCELLI. Je n'ai pas le temps d'être stupéfait ; mais je vous demande raison de cette lourde plaisanterie.

FABIO. Si c'est la raison qui vous manque, je ne me charge pas de vous en donner ; si c'est un coup d'épée qu'il vous faut, dégainez la vôtre.

MARCELLI. Je fais une réflexion : vous avez sur moi tout avantage en ce moment.

FABIO. Vous en convenez ?

MARCELLI. Pardieu ! vous êtes un amant malheureux, c'est clair ; vous alliez vous jeter du haut de cette rampe, ou vous pendre aux branches de ces tilleuls, si je ne vous eusse rencontré. Moi, au contraire, je suis reçu, favorisé, presque vainqueur ; je soupe ce soir avec l'objet de mes vœux. Je vous rendrais service en vous tuant ; mais, si c'est moi qui suis tué, vous conviendrez qu'il serait dommage que ce fût avant, et non après. Les choses ne sont pas égales ; remettons l'affaire à demain.

FABIO. Je fais exactement la même réflexion que vous, et pourrais vous répéter vos propres paroles. Ainsi, je consens à ne vous punir que demain de votre folle vanterie. Je ne vous croyais qu'indiscret.

MARCELLI. Bon ! séparons-nous sans un mot de plus. Je ne veux point vous contraindre à des aveux humiliants, ni compromettre davantage une dame qui n'a pour moi que des bontés. Je compte sur votre réserve et vous donnerai demain matin des nouvelles de ma soirée.

FABIO. Je vous en promets autant ; mais ensuite nous ferraillerons de bon cœur. A demain donc.

MARCELLI. A demain, seigneur Fabio.

FABIO, seul.

Je ne sais quelle inquiétude m'a porté à le suivre de loin, au lieu d'aller de mon côté. Retournons ! *(Il fait quelques pas.)* Il est impossible de porter plus loin l'assurance, mais aussi ne pouvait-il guère revenir sur sa prétention et me confesser son mensonge. Voilà de nos jeunes fous à la mode ; rien ne leur fait obstacle, ils sont les vainqueurs et les préférés de toutes les femmes, et la liste de don Juan ne leur coûterait que la peine de l'écrire. Certainement, d'ailleurs, si cette beauté nous trompait l'un pour l'autre, ce ne serait pas à la même heure. Allons, je crois que l'instant approche, et que je ferais bien de me diriger du côté de la Villa-Reale, qui doit être déjà débarrassée de ses promeneurs et rendue à la solitude. Mais en vérité n'aperçois-je pas là-bas Marcelli qui donne le bras à une femme ?... Je suis fou véritablement ; si c'est lui, ce ne peut être elle... Que faire ? Si je vais de leur côté, je manque l'heure de mon rendez-vous... et, si je n'éclaircis pas le soupçon qui me vient, je risque, en me rendant là-bas, de jouer le rôle d'un sot. C'est là une cruelle incertitude. L'heure se passe, je vais et reviens, et ma position est la plus bizarre du monde. Pourquoi faut-il que j'aie rencontré cet étourdi, qui s'est joué de moi peut-être ? Il aura su mon amour par Mazetto, et tout ce qu'il m'est venu conter tient à quelque obscure fourberie que je saurai bien démêler. — Décidément, je prends mon parti, je cours à la Villa-Reale. *(Il revient.)* Sur mon âme, ils approchent ; c'est la même mantille garnie de longues dentelles ; c'est la même robe de soie grise... en deux pas ils vont être ici. Oh ! si c'est elle, si je suis trompé... je n'attendrai pas à demain pour me venger de tous les deux !... Que vais-je faire ? un éclat ridicule... retirons-nous derrière ce treillis pour mieux nous assurer que ce sont bien eux-mêmes.

FABIO, caché, MARCELLI ; la signora CORILLA, lui donnant le bras.

MARCELLI. Oui, belle dame, vous voyez jusqu'où va la suffisance de certaines gens. Il y a par la ville un cavalier qui se vante d'avoir aussi obtenu de vous une entrevue pour ce soir. Et, si je n'étais sûr de vous avoir maintenant à mon bras, fidèle à une douce promesse trop longtemps différée...

CORILLA. Allons, vous plaisantez, seigneur Marcelli. Et ce cavalier si avantageux... le connaissez-vous ?

MARCELLI. C'est à moi justement qu'il a fait ses confidences...

FABIO, *se montrant.* Vous vous trompez, seigneur, c'est vous qui me faisiez les vôtres... Madame, il est inutile d'aller plus loin ; je suis décidé à ne point supporter un pareil manège de coquetterie. Le seigneur Marcelli peut vous reconduire chez vous, puisque vous lui avez donné le bras ; mais ensuite, qu'il se souvienne bien que je l'attends, moi.

MARCELLI. Ecoutez, mon cher, tâchez, dans cette affaire-ci, de n'être que ridicule.

FABIO. Ridicule, dites-vous ?

MARCELLI. Je le dis. S'il vous plaît de faire du bruit, attendez que le jour se lève ; je ne me bats pas sous les lanternes, et je ne me soucie point de me faire arrêter par la garde de nuit.

CORILLA. Cet homme est fou ; ne le voyez-vous pas ? Eloignons-nous.

FABIO. Ah ! madame ! il suffit... ne brisez pas entièrement cette belle image que je portais pure et sainte au fond de mon cœur. Hélas ! content de vous aimer de loin, de vous écrire... j'avais peu d'espérance, et je demandais moins que vous ne m'avez promis !

CORILLA. Vous m'avez écrit ? à moi !...

MARCELLI. Eh ! qu'importe ? ce n'est pas ici le lieu d'une telle explication...

CORILLA. Et que vous ai-je promis, monsieur ?... je ne vous connais pas et ne vous ai jamais parlé.

MARCELLI. Bon ! quand vous lui auriez dit quelques paroles en l'air, le grand mal ! Pensez-vous que mon amour s'en inquiète ?

CORILLA. Mais quelle idée avez-vous aussi, seigneur ? Puisque les choses sont allées si loin, je veux que tout s'explique à l'instant. Ce cavalier croit avoir à se plaindre de moi : qu'il parle et qu'il se nomme avant tout ; car j'ignore ce qu'il est et ce qu'il veut.

FABIO. Rassurez-vous, madame ! j'ai honte d'avoir fait cet éclat et d'avoir cédé à un premier mouvement de surprise. Vous m'accusez d'imposture, et votre belle bouche ne peut mentir. Vous l'avez dit, je suis fou, j'ai rêvé. Ici même, il y a une heure, quelque chose comme votre fantôme passait, m'adressait de douces paroles et promettait de revenir... Il y avait de la magie, sans doute, et cependant tous les détails restent présents à ma pensée. J'étais là, je venais de voir le soleil se coucher derrière le Pausilippe, en jetant sur Ischia le bord de son manteau rougeâtre ; la mer noircissait dans le golfe, et les voiles blanches se hâtaient vers la terre comme des colombes attardées... Vous voyez, je suis un triste rêveur, mes lettres ont dû vous l'apprendre, mais vous n'entendrez plus parler de moi, je le jure, et vous dis adieu.

CORILLA. Vos lettres... Tenez, tout cela a l'air d'un imbroglio de comédie, permettez-moi de ne m'y point arrêter davantage ; seigneur Marcelli, veuillez reprendre mon bras et me reconduire en toute hâte chez moi. *(Fabio salue et s'éloigne.)*

MARCELLI. Chez vous, madame ?

CORILLA. Oui, cette scène m'a bouleversée !....... Vit-on jamais rien de plus bizarre ? Si la place du Palais n'est pas encore déserte, nous trouverons bien une chaise, ou tout au moins un falot. Voici justement les valets du théâtre qui sortent ; appelez un d'entre eux...

MARCELLI. Holà ! quelqu'un ! par ici... Mais, en vérité, vous sentez-vous malade ?

CORILLA. A ne pouvoir marcher plus loin...

FABIO, MAZETTO, LES PRÉCÉDENTS.

FABIO, *entraînant Mazetto.* Tenez, c'est le ciel qui nous l'amène ; voilà le traître qui s'est joué de moi.

MARCELLI. C'est Mazetto ! le plus grand fripon des Deux-Siciles. Quoi ! c'était aussi votre messager ?

MAZETTO. Au diable ! vous m'étouffez.

FABIO. Tu vas nous expliquer...

MAZETTO. Et que faites-vous ici, seigneur ? je vous croyais en bonne fortune ?

FABIO. C'est la tienne qui ne vaut rien. Tu vas mourir si tu ne confesses pas toute ta fourberie.

MARCELLI. Attendez, seigneur Fabio, j'ai aussi des droits à faire valoir sur ses épaules. A nous deux, maintenant.

MAZETTO. Messieurs, si vous voulez que je comprenne, ne frappez pas tous les deux à la fois. De quoi s'agit-il ?

FABIO. Et de quoi peut-il être question, misérable ? Mes lettres, qu'en as-tu fait ?

MARCELLI. Et de quelle façon as-tu compromis l'honneur de la signora Corilla ?

MAZETTO. Messieurs, l'on pourrait nous entendre.

MARCELLI. Il n'y a ici que la signora elle-même et nous deux, c'est-à-dire deux hommes qui vont s'entretuer demain à cause d'elle ou à cause de toi.

MAZETTO. Permettez : ceci dès lors est grave, et mon humanité me défend de dissimuler davantage...

FABIO. Parle.

MAZETTO. Au moins, remettez vos épées.

FABIO. Alors nous prendrons des bâtons.

MARCELLI. Non ; nous devons le ménager s'il dit la vérité tout entière, mais à ce prix-là seulement.

CORILLA. Son insolence m'indigne au dernier point.

MARCELLI. Le faut-il assommer avant qu'il ait parlé ?

CORILLA. Non ; je veux tout savoir, et que, dans une si noire aventure, il ne reste du moins aucun doute sur ma loyauté.

MAZETTO. Ma confession est votre panégyrique, madame ; tout Naples connaît l'austérité de votre vie. Or, le seigneur Marcelli, que voilà, était passionnément épris de vous ; il allait jusqu'à promettre de vous offrir son nom si vous vouliez quitter le théâtre ; mais il fallait qu'il pût du moins mettre à vos genoux l'hommage de son cœur, je ne dis pas de sa fortune ; mais vous en aviez bien pour deux, on le sait, et lui aussi.

MARCELLI. Faquin !...

FABIO. Laissez-le finir.

MAZETTO. La délicatesse du motif m'engagea dans son parti. Comme valet du théâtre, il m'était aisé de mettre ses billets sur votre toilette. Les premiers furent brûlés ; d'autres, laissés ouverts, reçurent un meilleur accueil. Le dernier vous décida à accorder un rendez-vous au seigneur Marcelli, lequel m'en a fort bien récompensé !...

MARCELLI. Mais qui te demande tout ce récit ?

FABIO. Et moi, traître ! âme à double face ! comment m'as-tu servi ? Mes lettres, les as-tu remises ? Quelle est cette femme voilée que tu m'as envoyée tantôt, et que tu m'as dit être la signora Corilla elle-même ?

MAZETTO. Ah ! seigneurs, qu'eussiez-vous dit de moi et quelle idée madame en eût-elle pu concevoir, si je lui avais remis des lettres de deux écritures différentes et des bouquets de deux amoureux ? Il faut de l'ordre en toute chose, et je respecte trop madame pour lui avoir supposé la fantaisie de mener de front deux amours. Cependant le désespoir du seigneur Fabio, à mon premier refus de le servir, m'avait singulièrement touché. Je le laissai d'abord épancher sa verve en lettres et en sonnets que je feignis de remettre à la signora, supposant que son amour pourrait bien être de ceux qui viennent si fréquemment se brûler les ailes aux flammes de la rampe ;

passions d'écoliers et de poètes, comme nous en voyons tant... Mais c'était plus sérieux, car la bourse du seigneur Fabio s'épuisait à fléchir ma résolution vertueuse...

MARCELLI. En voilà assez ! Signora, nous n'avons point affaire, n'est-ce pas, de ces divagations...

CORILLA. Laissez-le dire, rien ne nous presse, monsieur.

MAZETTO. Enfin, j'imaginai que le seigneur Fabio étant épris par les yeux seulement, puisqu'il n'avait jamais pu réussir à s'approcher de madame et n'avait jamais entendu sa voix qu'en musique, il suffisait de lui procurer la satisfaction d'un entretien avec quelque créature de la taille et de l'air de la signora Corilla... Il faut dire que j'avais déjà remarqué une petite bouquetière qui vend ses fleurs le long de la rue de Tolède ou devant les cafés de la place du Môle. Quelquefois elle s'arrête un instant, et chante des chansonnettes espagnoles avec une voix d'un timbre fort clair...

MARCELLI. Une bouquetière qui ressemble à la signora ; allons donc ! ne l'aurais-je point aussi remarquée ?

MAZETTO. Seigneur, elle arrive tout fraîchement par le galion de Sicile, et porte encore le costume de son pays.

CORILLA. Cela n'est pas vraisemblable, assurément.

MAZETTO. Demandez au seigneur Fabio si, le costume aidant, il n'a pas cru tantôt voir passer madame elle-même ?

FABIO. Eh bien ! cette femme...

MAZETTO. Cette femme, seigneur, est celle qui vous attend à la Villa-Reale, ou plutôt qui ne vous attend plus, l'heure étant de beaucoup passée.

FABIO. Peut-on imaginer une plus noire complication d'intrigues ?

MARCELLI. Mais non ; l'aventure est plaisante. Et, voyez, la signora elle-même ne peut s'empêcher d'en rire... Allons, beau cavalier, séparons-nous sans rancune, et corrigez-moi ce drôle d'importance... Ou plutôt, tenez, profitez de son idée : la nuée qu'embrassait Ixion [9] valait bien pour lui la divinité dont elle était l'image, et je vous crois assez poète pour vous soucier peu des réalités. — Bonsoir, seigneur Fabio !

FABIO, MAZETTO.

FABIO, *à lui-même.* Elle était là ! et pas un mot de pitié, pas un signe d'attention ! Elle assistait, froide et morne, à ce débat qui me couvrait de ridicule, et elle est partie dédaigneusement sans dire une parole, riant seulement, sans doute, de ma maladresse et de ma simplicité !... Oh ! tu peux te retirer, va, pauvre diable si inventif, je ne maudis plus ma mauvaise étoile, et je vais rêver le long de la mer à mon infortune, car je n'ai plus même l'énergie d'être furieux.

MAZETTO. Seigneur, vous feriez bien d'aller rêver du côté de la Villa-Reale. La bouquetière vous attend peut-être encore...

FABIO, seul.

En vérité, j'aurais été curieux de rencontrer cette créature et de la traiter comme elle le mérite. Quelle femme est-ce donc que celle qui se prête à une telle manœuvre ? Est-ce une niaise enfant à qui l'on a fait la leçon, ou quelque effrontée qu'on n'a eu que la peine de payer et de mettre en campagne ? Mais il faut l'âme d'un plat valet pour m'avoir jugé digne de donner dans ce piège un instant. Et pourtant elle ressemble à celle que j'aime... et moi-même, quand je la rencontrai voilée, je crus reconnaître et sa démarche et le son si pur de sa voix... Allons, il est bientôt six heures de nuit, les derniers promeneurs s'éloignent vers Sainte-Lucie et vers Chiaia, et les terrasses des maisons se garnissent de monde... A l'heure qu'il est, Marcelli soupe gaiement avec sa conquête facile. Les femmes n'ont d'amour que pour ces débauchés sans cœur.

FABIO, UNE BOUQUETIÈRE.

FABIO. Que me veux-tu, petite ?

LA BOUQUETIÈRE. Seigneur, je vends des roses, je vends des fleurs du printemps. Voulez-vous acheter tout ce qui me reste pour parer la chambre de votre amoureuse ? On va bientôt fermer le jardin, et je ne puis remporter cela chez mon père ; je serais battue. Prenez le tout pour trois carlins.

FABIO. Crois-tu donc que je sois attendu ce soir, et me trouves-tu la mine d'un amant favorisé ?

LA BOUQUETIÈRE. Venez ici à la lumière. Vous m'avez l'air d'un beau cavalier, et, si vous n'êtes pas attendu, c'est que vous attendez... Ah ! mon Dieu !

FABIO. Qu'as-tu, ma petite ? Mais vraiment, cette figure... Ah ! je comprends tout maintenant : tu es la fausse Corilla !... A ton âge, mon enfant, tu entames un vilain métier !

LA BOUQUETIÈRE. En vérité, seigneur, je suis une honnête fille, et vous allez me mieux juger. On m'a déguisée en grande dame, on m'a fait apprendre des mots par cœur ; mais, quand j'ai vu que c'était une comédie pour tromper un honnête gentilhomme, je me suis échappée et j'ai repris mes habits de pauvre fille, et je suis allée, comme tous les soirs, vendre mes fleurs sur la place du Môle et dans les allées du Jardin royal.

FABIO. Cela est-il bien vrai ?

LA BOUQUETIÈRE. Si vrai, que je vous dis adieu, seigneur ; et puisque vous ne voulez pas de mes fleurs, je les jetterai dans la mer en passant : demain elles seraient fanées.

FABIO. Pauvre fille, cet habit te sied mieux que l'autre, et je te conseille de ne plus le quitter. Tu es, toi, la fleur sauvage des champs ; mais qui pourrait se tromper entre vous deux ? Tu me rappelles sans doute quelques-uns de ses traits, et ton cœur vaut mieux que le sien, peut-être. Mais qui peut remplacer dans l'âme d'un amant la belle image qu'il s'est plu tous les jours à parer d'un nouveau prestige ? Celle-là n'existe plus en réalité sur la terre ; elle est gravée seulement au fond du cœur fidèle, et nul portrait ne pourra jamais rendre son impérissable beauté.

LA BOUQUETIÈRE. Pourtant on m'a dit que je la valais bien, et, sans coquetterie, je pense qu'étant parée comme la signora Corilla, aux feux des bougies, avec l'aide du spectacle et de la musique, je pourrais bien vous plaire autant qu'elle, et cela sans blanc de perle et sans carmin.

FABIO. Si ta vanité se pique, petite fille, tu m'ôteras même le plaisir que je trouve à te regarder un instant. Mais, vraiment, tu oublies qu'elle est la perle de l'Espagne et de l'Italie, que son pied est le plus fin et sa main la plus royale du monde. Pauvre enfant ! la misère n'est pas la culture qu'il faut à des beautés si accomplies, dont le luxe et l'art prennent soin tour à tour.

LA BOUQUETIÈRE. Regardez mon pied sur ce banc de marbre ; il se découpe encore assez bien dans sa chaussure brune. Et ma main, l'avez-vous seulement touchée ?

FABIO. Il est vrai que ton pied est charmant, et ta main... Dieu ! qu'elle est douce !... Mais, écoute, je ne veux pas te tromper, mon enfant, c'est bien elle seule que j'aime, et le charme qui m'a séduit n'est pas né dans une soirée. Depuis trois mois que je suis à Naples, je n'ai pas manqué de la voir un seul jour d'Opéra. Trop pauvre pour briller près d'elle, comme tous les beaux cavaliers qui l'entourent aux promenades, n'ayant ni le génie des musiciens, ni la renommée des poètes qui l'inspirent et qui la servent dans son talent, j'allais sans espérance m'enivrer de sa vue et de ses chants, et prendre ma part dans ce plaisir de tous, qui pour moi seul était le bonheur et la vie. Oh ! tu la vaux bien peut-être, en effet... mais as-tu cette grâce divine qui se révèle sous tant d'aspects ? As-tu ces pleurs et ce sourire ? As-tu ce chant divin, sans lequel une divinité n'est qu'une belle idole ? Mais alors tu serais à sa place, et tu ne vendrais pas des fleurs aux promeneurs de la Villa-Reale...

LA BOUQUETIÈRE. Pourquoi donc la nature, en me donnant son apparence, aurait-elle oublié la voix ? Je chante fort bien, je vous jure ; mais les directeurs de San-Carlo n'auraient jamais l'idée d'aller ramasser une prima donna sur la place publique... Ecoutez ces vers d'opéra que j'ai retenus pour les avoir entendus seulement au petit théâtre de la Fenice.

(Elle chante.)

AIR ITALIEN.

Qu'il m'est doux — de conserver la paix du cœur, — le calme de la pensée.

Il est sage d'aimer — dans la belle saison de l'âge ; — plus sage de n'aimer pas [10].

FABIO, *tombant à ses pieds.* Oh ! madame, qui vous méconnaîtrait maintenant ? Mais cela ne peut être... Vous êtes une déesse véritable, et vous allez vous envoler ! Mon Dieu ! qu'ai-je à répondre à tant de bontés ? je suis indigne de vous aimer, pour ne vous avoir point d'abord reconnue !

CORILLA. Je ne suis donc plus la bouquetière ?... Eh bien ! je vous remercie ; j'ai étudié ce soir un nouveau rôle, et vous m'avez donné la réplique admirablement.

FABIO. Et Marcelli ?

CORILLA. Tenez, n'est-ce pas lui que je vois errer tristement le long de ces berceaux, comme vous faisiez tout à l'heure ?

FABIO. Evitons-le, prenons une allée.

CORILLA. Il nous a vus, il vient à nous.

FABIO, CORILLA, MARCELLI.

MARCELLI. Hé ! seigneur Fabio, vous avez donc trouvé la bouquetière ? Ma foi, vous avez bien fait, et vous êtes plus heureux que moi ce soir.

FABIO. Eh bien ! qu'avez-vous donc fait de la signora Corilla ? vous alliez souper ensemble gaiement.

MARCELLI. Ma foi, l'on ne comprend rien aux caprices des femmes. Elle s'est dite malade, et je n'ai pu que la reconduire chez elle ; mais demain...

FABIO. Demain ne vaut pas ce soir, seigneur Marcelli.

MARCELLI. Voyons donc cette ressemblance tant vantée... Elle n'est pas mal, ma foi !... mais ce n'est rien ; pas de distinction, pas de grâce. Allons, faites-vous illusion à votre aise... Moi, je vais penser à la prima donna de San-Carlo, que j'épouserai dans huit jours.

CORILLA, *reprenant son ton naturel.* Il faudra réfléchir là-dessus, seigneur Marcelli. Tenez, moi, j'hésite beaucoup à m'engager. J'ai de la fortune, je veux choisir. Pardonnez-moi d'avoir été comédienne en amour comme au théâtre, et de vous avoir mis à l'épreuve tous deux. Maintenant, je vous l'avouerai, je ne sais trop si aucun de vous m'aime, et j'ai besoin de vous connaître davantage. Le seigneur Fabio n'adore en moi que l'actrice peut-être, et son amour a besoin de la distance et de la rampe allumée ; et vous, seigneur Marcelli, vous me paraissez vous aimer avant tout le monde, et vous émouvoir difficilement dans l'occasion. Vous êtes trop mondain, et lui trop poète. Et maintenant, veuillez tous deux m'accompagner. Chacun de vous avait gagé de souper avec moi : j'en avais fait la promesse à chacun de vous ; nous souperons tous ensemble ; Mazetto nous servira.

MAZETTO, *paraissant et s'adressant au public.* Sur quoi, messieurs, vous voyez que cette aventure scabreuse va se terminer le plus moralement du monde. — Excusez les fautes de l'auteur.

EMILIE [1]

..... Personne n'a bien su l'histoire du lieutenant Desroches, qui se fit tuer l'an passé au combat de Hambergen [2], deux mois après ses noces. Si ce fut là un véritable suicide, que Dieu veuille lui pardonner ! Mais, certes, celui qui meurt en défendant sa patrie ne mérite pas que son action soit nommée ainsi, quelle qu'ait été sa pensée d'ailleurs.

— Nous voilà retombés, dit le docteur, dans le chapitre des capitulations de consciences. Desroches était un philosophe décidé à quitter la vie : il n'a pas voulu que sa mort fût inutile ; il s'est élancé bravement dans la mêlée ; il a tué le plus d'Allemands qu'il a pu, en disant : Je ne puis mieux faire à présent ; je meurs content ; et il a crié : *Vive l'empereur !* en recevant le coup de sabre qui l'a abattu. Dix soldats de sa compagnie vous le diront.

— Et ce n'en fut pas moins un suicide, répliqua Arthur. Toutefois, je pense qu'on aurait eu tort de lui fermer l'église...

— A ce compte, vous flétririez le dévouement de Curtius [3]. Ce jeune chevalier romain était peut-être ruiné par le jeu, malheureux dans ses amours, las de la vie, qui sait ? Mais, assurément, il est beau en songeant à quitter le monde de rendre sa mort utile aux autres, et voilà pourquoi cela ne peut s'appeler un suicide, car le suicide n'est autre chose que l'acte suprême de l'égoïsme, et c'est pour cela seulement qu'il est flétri parmi les hommes... A quoi pensez-vous, Arthur ?

— Je pense à ce que vous disiez tout à l'heure, que Desroches, avant de mourir, avait tué le plus d'Allemands possible...

— Eh bien ?

— Eh bien, ces braves gens sont allés rendre devant Dieu un triste témoignage de la belle mort du lieutenant, vous me permettrez de dire que c'est là un *suicide* bien *homicide.*

— Eh ! qui va songer à cela ? Des Allemands, ce sont des ennemis.

— Mais y en a-t-il pour l'homme résolu à *mourir* ? A ce moment-là, tout instinct de nationalité s'efface, et je doute que l'on songe à un autre pays que l'autre monde, et à un autre empereur que Dieu. Mais l'abbé nous écoute sans rien dire, et cependant j'espère que je parle ici selon ses idées. Allons, l'abbé, dites-nous votre opinion, et tâchez de nous mettre d'accord ; c'est là une mine de controverse assez abondante, et l'histoire de Desroches, ou plutôt ce que nous en croyons savoir, le docteur et moi, ne paraît pas moins ténébreuse que les profonds raisonnements qu'elle a soulevés parmi nous.

— Oui, dit le docteur, Desroches, à ce qu'on prétend, était très affligé de sa dernière blessure, celle qui l'avait si fort défiguré ; et peut-être a-t-il surpris quelque grimace ou quelque raillerie de sa nouvelle épouse ; les philosophes sont susceptibles. En tous cas, il est mort et volontairement.

— Volontairement, puisque vous y persistez ; mais n'appelez pas suicide la mort qu'on trouve dans une bataille ; vous ajouteriez un contresens de mots à celui que peut-être vous faites en pensée ; on meurt dans une mêlée parce qu'on y rencontre quelque chose qui tue ; ne meurt pas qui veut.

— Eh bien ! voulez-vous que ce soit la fatalité ?

— A mon tour, interrompit l'abbé, qui s'était recueilli pendant cette discussion : il vous semblera singulier peut-être que je combatte vos paradoxes ou vos suppositions...

— Eh bien ! parlez, parlez ; vous en savez plus que nous, assurément. Vous habitez Bitche [4] depuis longtemps ; on dit que Desroches vous connaissait, et peut-être même s'est-il confessé à vous...

— En ce cas, je devrais me taire ; mais il n'en fut rien malheureusement, et toutefois la mort de Desroches fut chrétienne, croyez-moi ; et je vais vous en raconter les causes et les circonstances, afin que vous emportiez cette idée que ce fut là encore un honnête homme ainsi qu'un bon soldat, mort à temps pour l'humanité, pour lui-même, et selon les desseins de Dieu [5].

Desroches était entré dans un régiment à quatorze ans, à l'époque où la plupart des hommes s'étant fait tuer sur la frontière, notre armée républicaine se recrutait parmi les enfants. Faible de corps, mince comme une jeune fille, et pâle, ses camarades souffraient de lui voir porter un fusil sous lequel ployait son épaule. Vous devez avoir entendu dire qu'on obtint du capitaine l'autorisation de le lui rogner de six pouces. Ainsi accommodée à ses forces, l'arme de l'enfant fit merveille dans les guerres de Flandre ; plus tard, Desroches fut dirigé sur Haguenau, dans ce pays où nous faisions, c'est-à-dire où vous faisiez la guerre depuis si longtemps.

A l'époque dont je vais vous parler, Desroches était dans la force de l'âge et servait d'enseigne au régiment bien plus que le numéro d'ordre et le drapeau, car il avait à peu près seul survécu à deux renouvellements, et il venait enfin d'être nommé lieutenant quand, à Bergheim [6], il y a vingt-sept mois, en commandant une charge à la baïonnette, il reçut un coup de sabre prussien tout au travers de la figure. La blessure était affreuse ; les chirurgiens de l'ambulance, qui l'avaient souvent plaisanté, lui vierge encore d'une égratignure, après trente combats, froncèrent le sourcil quand on l'apporta devant eux. S'il guérissait, dirent-ils, le malheureux deviendra imbécile ou fou.

C'est à Metz que le lieutenant fut envoyé pour se guérir. La civière avait fait plusieurs lieues sans qu'il s'en aperçût ; installé dans un bon lit et entouré de soins, il lui fallut cinq ou six mois pour arriver à se mettre sur son séant, et cent jours encore pour ouvrir un œil et distinguer les objets. On lui commanda bientôt les fortifiants, le soleil, puis le mouvement, enfin la promenade, et un matin, soutenu par deux camarades, il s'achemina tout vacillant, tout étourdi, vers le quai Saint-Vincent, qui touche presque à l'hôpital militaire, et là, on le fit asseoir sur l'esplanade, au soleil du midi, sous les tilleuls du jardin public ; le pauvre blessé croyait voir le jour pour la première fois.

A force d'aller ainsi, il put bientôt marcher seul, et chaque matin il s'asseyait sur un banc, au même endroit de l'esplanade, la tête ensevelie dans un amas de taffetas noir, sous lequel à peine on découvrait un coin de visage humain, et sur son passage, lorsqu'il se croisait avec des promeneurs, il était assuré d'un grand salut des hommes, et d'un geste de profonde commisération des femmes, ce qui le consolait peu.

Mais une fois assis à sa place, il oubliait son infortune pour ne plus songer qu'au bonheur de vivre après un tel ébranlement, et au plaisir de voir en quel séjour il vivait. Devant lui la vieille citadelle, ruinée sous Louis XVI, étalait ses remparts dégradés ; sur sa tête les tilleuls en fleur projetaient leur ombre épaisse, à ses pieds, dans la vallée qui se déploie au-dessous de l'esplanade, les prés Saint-Symphorien que vivifie, en les noyant, la Moselle débordée, et qui verdissent entre ses deux bras ; puis le petit îlot, l'oasis de la poudrière, cette île du Saulcy, semée d'ombrages, de chaumières, enfin, la chute de la Moselle et ses blanches écumes, ses détours étincelant au soleil, puis tout au bout, bornant le regard, la chaîne des Vosges, bleuâtre et comme vaporeuse au grand jour, voilà le spectacle qu'il admirait toujours davantage, en pensant que là était son pays, non pas la terre conquise, mais la province vraiment française, tandis que ces riches départements nouveaux, où il avait fait la guerre, n'étaient que des beautés fugitives, incertaines, comme celles de la femme gagnée hier, qui ne nous appartiendra plus demain [7].

Vers le mois de juin, aux premiers jours, la chaleur était grande, et le banc favori de Desroches se trouvant bien à l'ombre, deux femmes vinrent s'asseoir près du blessé. Il salua tranquillement et continua de contempler l'horizon, mais sa position inspirait tant d'intérêt, que les deux femmes ne purent s'empêcher de le questionner et de le plaindre.

L'une des deux, fort âgée, était la tante de l'autre que se nommait Emilie, et qui avait pour occupation de broder des ornements d'or sur de la soie ou du velours. Desroches questionna comme on lui en avait donné l'exemple, et la tante lui apprit que la jeune fille avait quitté Haguenau pour lui faire compagnie, qu'elle brodait pour les églises, et qu'elle était depuis longtemps privée de tous ses autres parents.

Le lendemain, le banc fut occupé comme la veille ; au bout d'une semaine, il y avait traité d'alliance entre les trois propriétaires de ce banc favori, et Desroches, tout faible qu'il fût, tout humilié par les attentions que la jeune fille lui prodiguait comme au plus inoffensif vieillard, Desroches se sentit léger, en fonds de plaisanteries, et plus près de se réjouir que de s'affliger de cette bonne fortune inattendue.

Alors, de retour à l'hôpital, il se rappela sa hideuse blessure, cet épouvantail dont il avait souvent gémi en lui-même, lui, et que l'habitude et la convalescence lui avaient rendu depuis longtemps moins déplorable.

Il est certain que Desroches n'avait pu encore ni soulever l'appareil inutile de sa blessure, ni se regarder dans un miroir. De ce jour-là cette idée le fit frémir plus que jamais. Cependant il se hasarda à écarter un coin du taffetas protecteur, et il trouva dessous une cicatrice un peu rose encore, mais qui n'avait rien de trop repoussant. En poursuivant cette observation, il reconnut que les différentes parties de son visage s'étaient recousues convenablement entre elles, et que l'œil demeurait fort limpide et fort sain. Il manquait bien quelques brins du sourcil, mais c'était si peu de chose ! cette raie oblique qui descendait du front à l'oreille en traversant la joue, c'était... Eh bien ! c'était un coup de sabre reçu à l'attaque des lignes de Bergheim, et rien n'est plus beau, les chansons l'ont assez dit.

Donc, Desroches fut étonné de se retrouver si présentable après la longue absence qu'il avait faite de lui-même. Il ramena fort adroitement ses cheveux qui grisonnaient du côté blessé, sous les cheveux noirs abondants du côté gauche, étendit sa moustache sur la ligne de la cicatrice, le plus loin possible, et ayant endossé son uniforme neuf, il se rendit le lendemain à l'esplanade d'un air assez triomphant.

Dans le fait, il s'était si bien redressé, si bien tourné, son épée avait si bonne grâce à battre sa cuisse, et il portait le schako si martialement incliné en avant, que personne ne le reconnut dans le trajet de l'hôpital au jardin ; il arriva le premier au banc des tilleuls, et s'assit comme à l'ordinaire, en apparence, mais au fond bien plus troublé et bien plus pâle, malgré l'approbation du miroir.

Les deux dames ne tardèrent pas à arriver ; mais elles s'éloignèrent tout à coup en voyant un bel officier occuper leur place habituelle. Desroches fut tout ému.

— Eh quoi ! leur cria-t-il, vous ne me reconnaissez pas ?...

Ne pensez pas que ces préliminaires nous conduisent à une de ces histoires où la pitié devient de l'amour, comme dans les opéras du temps. Le lieutenant avait désormais des idées plus sérieuses. Content d'être encore jugé comme un cavalier passable, il se hâta de rassurer les deux dames, qui paraissaient disposées, d'après sa transformation, à revenir sur l'intimité commencée entre eux trois. Leur réserve ne put tenir devant ses franches déclarations. L'union était sortable de tous points, d'ailleurs : Desroches avait un petit bien de famille près d'Epinal ; Emilie possédait, comme héritage de ses parents, une petite maison à Haguenau, louée au café de la ville, et qui rapportait encore cinq à six cents francs de rente. Il est vrai qu'il en revenait la moitié à son frère Wilhelm, principal clerc du notaire de Schennberg.

Quand les dispositions furent bien arrêtées, on résolut de se rendre pour la noce à cette petite ville, car là était le domicile réel de la jeune fille, qui n'habitait Metz depuis quelque temps que pour ne point quitter sa tante. Toutefois, on convint de revenir à Metz après le mariage. Emilie se faisait un grand plaisir de revoir son frère. Desroches s'étonna à plusieurs reprises que ce jeune homme ne fût pas aux armées comme tous ceux de notre temps ; on lui répondit qu'il avait été réformé pour cause de santé. Desroches le plaignit vivement.

Voici donc les deux fiancés et la tante en route pour Haguenau, ils ont pris des places dans la voiture publique qui relaye à Bitche, laquelle était alors une simple patache composée de cuir et d'osier. La route est belle, comme vous savez. Desroches, qui ne l'avait jamais faite qu'en uniforme, un sabre à la main, en compagnie de trois à quatre mille hommes, admirait les solitudes, les roches bizarres, les horizons bornés par cette dentelure des monts revêtus d'une sombre verdure, que de longues vallées interrompent seulement de loin en loin. Les riches plateaux de Saint-Avold, les manufactures de Sarreguemines, les petits taillis compacts de Limblingne [8], où les frênes, les peupliers et les sapins étalent leur triple couche de verdure nuancée du gris au vert sombre ; vous savez combien tout cela est d'un aspect magnifique et charmant.

A peine arrivés à Bitche, les voyageurs descendirent à la petite auberge du Dragon, et Desroches me fit demander au fort. J'arrivai avec empressement ; je vis sa nouvelle famille, et je complimentai la jeune demoiselle, qui était d'une rare beauté, d'un maintien doux, et qui paraissait fort éprise de son futur époux. Ils déjeunèrent tous trois avec moi, à la place où nous sommes assis dans ce moment. Plusieurs officiers, camarades de Desroches, attirés par le bruit de son arrivée, le vinrent chercher à l'auberge et le retinrent à dîner chez l'hôtelier de la redoute, où l'état-major payait pension. Il fut convenu que les deux dames se retireraient de bonne heure, et que le lieutenant donnerait à ses camarades sa dernière soirée de garçon.

Le repas fut gai ; tout le monde savourait sa part du bonheur et de la gaieté que Desroches ramenait avec lui. On lui parla de l'Egypte, de l'Italie, avec transport, en faisant des plaintes amères sur cette mauvaise fortune qui confinait tant de bons soldats dans des forteresses de frontière.

— Oui, murmuraient quelques officiers, nous étouffons ici, la vie est fatigante et monotone, autant vaudrait être sur un vaisseau, que de vivre ainsi sans combats, sans distractions, sans avancement possible. Le fort est imprenable, a dit Bonaparte quand il a passé ici en rejoignant l'armée d'Allemagne, nous n'avons donc rien que la chance de mourir d'ennui.

— Hélas ! mes amis, répondit Desroches, ce n'était guère plus amusant de mon temps ; car j'ai été ici comme vous, et je me suis plaint comme vous aussi. Moi, soldat parvenu jusqu'à l'épaulette à force d'user les souliers du gouvernement dans tous les chemins du monde, je ne savais guère alors que trois choses : l'exercice, la direction du vent et la grammaire, comme on l'apprend chez le magister. Aussi, lorsque je fus nommé sous-lieutenant et envoyé à Bitche avec le 2e bataillon du Cher, je regardais ce séjour comme une excellente occasion d'études sérieuses et suivies. Dans cette pensée, je m'étais procuré une collection de livres, de cartes et de plans. J'ai étudié la théorie et appris l'allemand sans étude, car dans ce pays français et bon français, on ne parle que cette langue. De sorte que ce temps, si long pour vous qui n'avez plus tant à apprendre, je le trouvais court et insuffisant, et quand la nuit venait, je me réfugiais dans un petit cabinet de pierre sous la vis du grand escalier ; j'allumais ma lampe en calfeutrant hermétiquement les meurtrières, et je travaillais ; une de ces nuits-là...

Ici Desroches s'arrêta un instant, passa la main sur ses yeux, vida son verre, et reprit son récit sans terminer sa phrase.

— Vous connaissez tous, dit-il, ce petit sentier qui monte de la plaine ici, et que l'on a rendu tout à fait impraticable, en faisant sauter un gros rocher, à la place duquel à présent s'ouvre un abîme. Eh bien ! ce passage a toujours été meurtrier pour les ennemis toutes les fois qu'ils ont tenté d'assaillir le fort ; à peine engagés dans ce sentier, les malheureux essuyaient le feu de quatre pièces de vingt-quatre, qu'on n'a pas dérangées sans doute, et qui rasaient le sol dans toute la longueur de cette pente... — Vous avez dû vous distinguer, dit un colonel à Desroches, est-ce là que vous avez gagné la lieutenance ? — Oui, colonel, et c'est là que j'ai tué le premier, le seul homme que j'aie frappé en face et de ma propre main. C'est pourquoi la vue de ce fort me sera toujours pénible.

— Que nous dites-vous là ? s'écria-t-on ; quoi ! vous avez fait vingt ans la guerre, vous avez assisté à quinze batailles rangées, à cinquante combats peut-être, et vous prétendez n'avoir jamais tué qu'un seul ennemi ?

Je n'ai pas dit cela, messieurs : des dix mille cartouches que j'ai bourrées dans mon fusil, qui sait si la moitié n'a pas lancé une balle au but que le soldat cherche ? mais j'affirme qu'à Bitche, pour la première fois, ma main s'est rougie du sang d'un ennemi, et que j'ai fait le cruel essai d'une pointe de sabre que le bras pousse jusqu'à ce qu'elle crève une poitrine humaine et s'y cache en frémissant.

— C'est vrai, interrompit l'un des officiers, le soldat tue beaucoup et ne le sent presque jamais. Une fusillade n'est pas, à vrai dire, une exécution, mais une intention mortelle. Quant à la baïonnette, elle fonctionne peu dans les charges les plus désastreuses ; c'est un conflit dans lequel l'un des deux ennemis tient ou cède sans porter de coups, les fusils s'entre-choquent, puis se relèvent quand la résistance cesse ; le cavalier, par exemple, frappe réellement...

— Aussi, reprit Desroches, de même que l'on n'oublie pas le dernier regard d'un adversaire tué en duel, son dernier râle, le bruit de sa lourde chute, de même, je porte en moi presque comme un remords, riez-en si vous pouvez, l'image pâle et funèbre du sergent prussien que j'ai tué dans la petite poudrière du fort.

Tout le monde fit silence, et Desroches commença son récit.

— C'était la nuit, je travaillais, comme je l'ai expliqué tout à l'heure. A deux heures tout doit dormir, excepté les sentinelles. Les patrouilles sont fort silencieuses, et tout bruit fait esclandre. Pourtant je crus entendre comme un mouvement prolongé dans la galerie qui s'étendait sous ma chambre ; on heurtait à une porte, et cette porte craquait. Je courus, je prêtai l'oreille au fond du corridor, et j'appelai à demi-voix la sentinelle ; pas de réponse. J'eus bientôt réveillé les canonniers, endossé l'uniforme, et prenant mon sabre sans fourreau, je courus du côté du bruit. Nous arrivâmes trente à peu près dans le rond-point que forme la galerie vers son centre, et à la lueur de quelques lanternes, nous reconnûmes les Prussiens, qu'un traître avait introduits par la poterne fermée. Ils se pressaient avec désordre, et en nous apercevant ils tirèrent quelques coups de fusil, dont l'éclat fut effroyable dans cette pénombre et sous ces voûtes écrasées.

Alors on se trouva face à face ; les assaillants continuaient d'arriver ; les défenseurs descendirent précipitamment dans la galerie ; on en vint à pouvoir à peine se remuer, mais il y avait entre les deux partis un espace de six à huit pieds, un champ clos que personne ne songeait à occuper, tant il y avait de stupeur chez les Français surpris, et de défiance chez les Prussiens désappointés.

Pourtant l'hésitation dura peu. La scène se trouvait éclairée par des flambeaux et des lanternes ; quelques canonniers avaient suspendu les leurs aux parois ; une sorte de combat antique s'engagea ; j'étais au premier rang, je me trouvais en face d'un sergent prussien de haute taille, tout couvert de chevrons et de décorations. Il était armé d'un fusil, mais il pouvait à peine le remuer, tant la presse était compacte ; tous ces détails me sont encore présents, hélas ! Je ne sais s'il songeait même à me résister ; je m'élançai vers lui, j'enfonçai mon sabre dans ce noble cœur ; la victime ouvrit horriblement les yeux, crispa ses mains avec effort, et tomba dans les bras des autres soldats.

Je ne me rappelle pas ce qui suivit ; je me retrouvai dans la première cour tout mouillé de sang ; les Prussiens, refoulés par la poterne, avaient été reconduits à coups de canon jusqu'à leurs campements [9].

Après cette histoire, il se fit un long silence, et puis l'on parla d'autre chose. C'était un triste et curieux spectacle pour le penseur, que toutes ces physionomies de soldats assombries par le récit d'une infortune si vulgaire en apparence... et l'on pouvait savoir au juste ce que vaut la vie d'un homme, même d'un Allemand, docteur, en interrogeant les regards intimidés de ces tueurs de profession.

— Il est certain, répondit le docteur un peu étourdi, que le sang de l'homme crie bien haut, de quelque façon qu'il soit versé ; cependant Desroches n'a point fait de mal ; il se défendait.

— Qui le sait ? murmura Arthur.

— Vous qui parliez de capitulation de conscience, docteur, dites-nous si cette mort du sergent ne ressemble pas un peu à un assassinat. Est-il sûr que le Prussien eût tué Desroches ?

— Mais c'est la guerre, que voulez-vous ?

— A la bonne heure, oui, c'est la guerre. On tue à trois cents pas dans les ténèbres un homme qui ne vous connaît pas et ne vous voit pas ; on égorge en face et avec la fureur dans le regard des gens contre lesquels on n'a pas de haine, et c'est avec cette réflexion qu'on s'en console et qu'on s'en glorifie ! Et cela se fait honorablement entre des peuples chrétiens !...

L'aventure de Desroches sema donc différentes impressions dans l'esprit des assistants. Et puis l'on fut se mettre au lit. Notre officier oublia le premier sa lugubre histoire, parce que de la petite chambre qui lui était donnée on apercevait parmi les massifs d'arbres une certaine fenêtre de l'hôtel du Dragon éclairée de l'intérieur par une veilleuse. Là dormait tout son avenir. Lorsqu'au milieu de la nuit, les rondes et le qui-vive venaient le réveiller, il se disait qu'en cas d'alarme son courage ne pourrait plus comme autrefois galvaniser tout l'homme, et qu'il s'y mêlerait un peu de regret et de crainte. Avant l'heure de la diane, le lendemain, le capitaine de garde lui ouvrit là une porte, et il trouva ses deux amies qui se promenaient en l'attendant le long des fossés extérieurs. Je les accompagnai jusqu'à Neunhoffen [10], car ils devaient se marier à l'état civil d'Haguenau, et revenir à Metz pour la bénédiction nuptiale.

Wilhelm, le frère d'Emilie, fit à Desroches un accueil assez cordial. Les deux beaux-frères se regardaient parfois avec une attention opiniâtre. Wilhelm était d'une taille moyenne, mais bien prise. Ses cheveux blonds étaient rares déjà, comme s'il eût été miné par l'étude ou par les chagrins ; il portait des lunettes bleues à cause de sa vue, si faible, disait-il, que la moindre lumière le faisait souffrir. Desroches apportait une liasse de papiers que le jeune praticien examina curieusement, puis il produisit lui-même tous les titres de sa famille, en forçant Desroches à s'en rendre compte, mais il avait affaire à un homme confiant, amoureux et désintéressé, les enquêtes ne furent donc pas longues. Cette manière de procéder parut flatter quelque peu Wilhelm ; aussi commença-t-il à prendre le bras de Desroches, à lui offrir une de ses meilleures pipes, et à le conduire chez tous ses amis d'Haguenau.

Partout on fumait et l'on buvait force bière. Après dix présentations, Desroches demanda grâce, et on lui permit de ne plus passer ses soirées qu'auprès de sa fiancée.

Peu de jours après, les deux amoureux du banc de l'esplanade étaient deux époux unis par M. le maire d'Haguenau, vénérable fonctionnaire qui avait dû être bourgmestre avant la Révolution française, et qui avait tenu dans ses bras bien souvent la petite Emilie, que peut-être il avait enregistrée lui-même à sa naissance ; aussi lui dit-il bien bas, la veille de son mariage : — Pourquoi n'épousez-vous donc pas un bon Allemand ?

Emilie paraissait peu tenir à ces distinctions. Wilhelm lui-même s'était réconcilié avec la moustache du lieutenant, car, il faut le dire, au premier abord, il y avait eu réserve de la part de ces deux hommes ; mais Desroches y mettant beaucoup du sien, Wilhelm faisant un peu pour sa sœur, et la bonne tante pacifiant et adoucissant toutes les entrevues, on réussit à fonder un parfait accord. Wilhelm embrassa de fort bonne grâce son beau-frère après la signature du contrat. Le jour même, car tout s'était conclu vers neuf heures, les quatre voyageurs partirent pour Metz. Il était six heures du soir quand la voiture s'arrêta à Bitche, au grand hôtel du Dragon.

On voyage difficilement dans ce pays entrecoupé de ruisseaux et de bouquets de bois ; il y a dix côtes par lieue, et la voiture du messager secoue rudement ses voyageurs. Ce fut là peut-être la meilleure raison du malaise qu'éprouva la jeune épouse en arrivant à l'auberge. Sa tante et Desroches s'installèrent auprès d'elle, et Wilhelm, qui souffrait d'une faim dévorante, descendit dans la petite salle où l'on servait à huit heures le souper des officiers.

Cette fois, personne ne savait le retour de Desroches. La journée avait été employée par la garnison à des excursions dans les taillis de Huspoletden [11]. Desroches, pour n'être pas enlevé au poste qu'il occupait près de sa femme, défendit à l'hôtesse de prononcer son nom. Réunis tous trois près de la petite fenêtre de la chambre, ils virent rentrer les troupes au fort, et la nuit s'approchant, les glacis se bordèrent de soldats en négligé qui savouraient le pain de munition et le fromage de chèvre fourni par la cantine.

Cependant Wilhelm, en homme qui veut tromper l'heure et la faim, avait allumé sa pipe, et sur le seuil de la porte il se reposait entre la fumée du tabac et celle du repas, double volupté pour l'oisif et pour l'affamé. Les officiers, à l'aspect de ce voyageur bourgeois dont la casquette était enfoncée jusqu'aux oreilles et les lunettes bleues braquées vers la cuisine, comprirent qu'ils ne seraient pas seuls à table et voulurent lier connaissance avec l'étranger ; car il pouvait venir de loin, avoir de l'esprit, raconter des nouvelles, et dans ce cas c'était une bonne fortune ; ou arriver des environs, garder un silence stupide, et alors c'était un niais dont on pouvait rire.

Un sous-lieutenant des écoles s'approcha de Wilhelm avec une politesse qui frisait l'exagération.

— Bonsoir, monsieur, savez-vous des nouvelles de Paris ?

— Non, monsieur, et vous ? dit tranquillement Wilhelm.

— Ma foi, monsieur, nous ne sortons pas de Bitche, comment saurions-nous quelque chose ?

— Et moi, monsieur, je ne sors jamais de mon cabinet.

— Seriez-vous dans le génie ?...

Cette raillerie dirigée contre les lunettes de Wilhelm égaya beaucoup l'assemblée.

— Je suis clerc de notaire, monsieur.

— En vérité ? à votre âge c'est surprenant.

— Monsieur, dit Wilhelm, est-ce que vous voudriez voir mon passeport ?

— Non, certainement.

— Eh bien ! dites-moi que vous ne vous moquez pas de ma personne et je vais vous satisfaire sur tous les points.

L'assemblée reprit son sérieux.

— Je vous ai demandé, sans intention maligne, si vous faisiez partie du génie, parce que vous portiez des lunettes. Ne savez-vous pas que les officiers de cette arme ont seuls le droit de se mettre des verres sur les yeux ?

— Et cela prouve-t-il que je sois soldat ou officier, comme vous voudrez...

— Mais tout le monde est soldat aujourd'hui. Vous n'avez pas vingt-cinq ans, vous devez appartenir à l'armée ; ou bien vous êtes riche, vous avez quinze ou vingt mille francs de rente, vos parents ont fait des sacrifices... et dans ce cas-là, on ne dîne pas à une table d'hôte d'auberge.

— Monsieur, dit Wilhelm, en secouant sa pipe, peut-être avez-vous le droit de me soumettre à cette inquisition, alors je dois vous répondre catégoriquement. Je n'ai pas de rentes, puisque je suis un simple clerc de notaire, comme je vous l'ai dit. J'ai été réformé pour cause de mauvaise vue. Je suis myope, en un mot.

Un éclat de rire général et intempéré accueillit cette déclaration.

— Ah ! jeune homme, jeune homme ! s'écria le capitaine Vallier en lui frappant sur l'épaule, vous avez bien raison, vous profitez du proverbe : Il vaut mieux être poltron et vivre plus longtemps !

Wilhelm rougit jusqu'aux yeux : — Je ne suis pas un poltron, monsieur le capitaine ! et je vous le prouverai quand il vous plaira. D'ailleurs, mes papiers sont en règle, et si vous êtes officier de recrutement, je puis vous les montrer.

— Assez, assez, crièrent quelques officiers, laisse ce bourgeois tranquille, Vallier. Monsieur est un particulier paisible, il a le droit de souper ici.

— Oui, dit le capitaine, ainsi mettons-nous à table, et sans rancune, jeune homme. Rassurez-vous, je ne suis pas chirurgien examinateur, et cette salle à manger n'est pas une salle de révision. Pour vous prouver ma bonne volonté, je m'offre à vous découper une aile de ce vieux dur à cuire qu'on nous donne pour un poulet.

— Je vous remercie, dit Wilhelm, à qui la faim avait passé, je mangerai seulement de ces truites qui sont au bout de la table. Et il fit signe à la servante de lui apporter le plat.

— Sont-ce des truites, vraiment ? dit le capitaine à Wilhelm, qui avait ôté ses lunettes en se mettant à table. Ma foi, monsieur, vous avez meilleure vue que moi-même, tenez, franchement, vous ajusteriez votre fusil tout aussi bien qu'un autre... Mais vous avez eu des protections, vous en profitez, très bien. Vous aimez la paix, c'est un goût tout comme un autre. Moi, à votre place, je ne pourrais pas lire un bulletin de la grande armée, et songer que les jeunes gens de mon âge se font tuer en Allemagne, sans me sentir bouillir le sang dans les veines. Vous n'êtes donc pas Français ?

— Non, dit Wilhelm, avec effort et satisfaction à la fois, je suis né à Haguenau ; je ne suis pas Français, je suis Allemand [12].

— Allemand ? Haguenau est situé en deçà de la frontière rhénane, c'est un bon et beau village de l'Empire français, département du Bas-Rhin. Voyez la carte.

— Je suis de Haguenau, vous dis-je, village d'Allemagne il y a dix ans, aujourd'hui village de France ; et moi je suis Allemand toujours, comme vous seriez Français jusqu'à la mort, si votre pays appartenait jamais aux Allemands.

— Vous dites là des choses dangereuses, jeune homme, songez-y.

— J'ai tort peut-être, dit impétueusement Wilhelm ; mon sentiment à moi est de ceux qu'il importe, sans doute, de garder dans son cœur, si l'on ne peut les changer. Mais c'est vous-même qui avez poussé si loin les choses, qu'il faut, à tout prix, que je me justifie ou que je passe pour un lâche. Oui, tel est le motif qui, dans ma conscience, légitime le soin que j'ai mis à profiter d'une infirmité réelle, sans doute, mais qui peut-être n'eût pas dû arrêter un homme de cœur. Oui, je l'avouerai, je ne me sens point de haine contre les peuples que vous combattez aujourd'hui. Je songe que si le malheur eût voulu que je fusse obligé de marcher contre eux, j'aurais dû, moi aussi, ravager des campagnes allemandes, brûler des villes, égorger des compatriotes ou d'anciens compatriotes, si vous aimez mieux, et frapper, au milieu d'un groupe de prétendus ennemis, oui, frapper, qui sait ? des parents, d'anciens amis de mon père... Allons, allons, vous voyez bien qu'il vaut mieux pour moi écrire des rôles chez le notaire d'Haguenau... D'ailleurs, il y a assez de sang versé dans ma famille ; mon père a répandu le sien jusqu'à la dernière goutte, voyez-vous, et moi...

— Votre père était soldat ? interrompit le capitaine Vallier.

— Mon père était sergent dans l'armée prussienne, et il a défendu longtemps ce territoire que vous occupez aujourd'hui. Enfin, il fut tué à la dernière attaque du fort de Bitche.

Tout le monde était fort attentif à ces dernières paroles de Wilhelm, qui arrêtèrent l'envie qu'on avait, quelques minutes auparavant, de rétorquer ses paradoxes touchant le cas particulier de sa nationalité.

— C'était donc en 93 ?

— En 93, le 17 novembre, mon père était parti la veille de Sirmasen [13] pour rejoindre sa compagnie. Je sais qu'il dit à ma mère qu'au moyen d'un plan hardi, cette citadelle serait emportée sans coup férir. On nous le rapporta mourant vingt-quatre heures après ; il expira sur le seuil de la porte, après m'avoir fait jurer de rester auprès de ma mère, qui lui survécut quinze jours.

J'ai su que dans l'attaque qui eut lieu cette nuit-là, il reçut dans la poitrine le coup de sabre d'un jeune soldat, qui abattit ainsi l'un des plus beaux grenadiers de l'armée du prince de Hohenlohe.

— Mais on nous a raconté cette histoire, dit le major...

— Eh bien ! dit le capitaine Vallier, c'est toute l'aventure du sergent prussien tué par Desroches.

— Desroches ! s'écria Wilhelm, est-ce du lieutenant Desroches que vous parlez ?

— Oh ! non, non, se hâta de dire un officier, qui

s'aperçut qu'il allait y avoir là quelque révélation terrible ; ce Desroches dont nous parlons était un chasseur de la garnison, mort il y a quatre ans, car son premier exploit ne lui a pas porté bonheur.

— Ah ! il est mort, dit Wilhelm en appuyant son front d'où tombaient de larges gouttes de sueur.

Quelques minutes après, les officiers le saluèrent et le laissèrent seul. Desroches ayant vu par la fenêtre qu'ils s'étaient tous éloignés, descendit dans la salle à manger, où il trouva son beau-frère accoudé sur la longue table et la tête dans ses mains.

— Eh bien, eh bien, nous dormons déjà ?... Mais je veux souper, moi, ma femme s'est endormie enfin, et j'ai une faim terrible... Allons, un verre de vin, cela nous réveillera et vous me tiendrez compagnie.

— Non, j'ai mal à la tête, dit Wilhelm, je monte à ma chambre. A propos, ces messieurs m'ont beaucoup parlé des curiosités du fort. Ne pourriez-vous pas m'y conduire demain ?

— Mais sans doute, mon ami.

— Alors demain matin je vous éveillerai.

Desroches soupira, puis il alla prendre possession du second lit qu'on avait préparé dans la chambre où son beau-frère venait de monter (car Desroches couchait seul, n'étant mari qu'au civil). Wilhelm ne put dormir de la nuit, et tantôt il pleurait en silence, tantôt il dévorait de regards furieux le dormeur, qui souriait dans ses songes.

Ce qu'on appelle le pressentiment ressemble fort au poisson précurseur qui avertit les cétacés immenses et presque aveugles que là pointille une roche tranchante, ou qu'ici est un fond de sable. Nous marchons dans la vie si machinalement que certains caractères, dont l'habitude est insouciante, iraient se heurter ou se briser sans avoir pu se souvenir de Dieu, s'il ne paraissait un peu de limon à la surface de leur bonheur. Les uns s'assombrissent au vol du corbeau, les autres sans motifs, d'autres, en s'éveillant, restent soucieux sur leur séant, parce qu'ils ont fait un rêve sinistre. Tout cela est pressentiment. Vous allez courir un danger, dit le rêve ; prenez garde, crie le corbeau ; soyez triste, murmure le cerveau qui s'alourdit.

Desroches, vers la fin de la nuit, eut un songe étrange. Il se trouvait au fond d'un souterrain, derrière lui marchait une ombre blanche dont les vêtements frôlaient ses talons ; quand il se retournait, l'ombre reculait ; elle finit par s'éloigner à une telle distance que Desroches ne distinguait plus qu'un point blanc, ce point grandit, devint lumineux, emplit toute la grotte et s'éteignit. Un léger bruit se faisait entendre, c'était Wilhelm qui rentrait dans la chambre, le chapeau sur la tête et enveloppé d'un long manteau bleu.

Desroches se réveilla en sursaut.

— Diable ! s'écria-t-il, vous étiez déjà sorti ce matin ?

— Il faut vous lever, répondit Wilhelm.

— Mais nous ouvrira-t-on au fort ?

— Sans doute, tout le monde est à l'exercice ; il n'y a plus que le poste de garde.

— Déjà ! eh bien, je suis à vous... Le temps seulement de dire bonjour à ma femme.

— Elle va bien, je l'ai vue, ne vous occupez pas d'elle.

Desroches fut surpris de cette réponse, mais il la mit sur le compte de l'impatience, et plia encore une fois devant cette autorité fraternelle qu'il allait bientôt pouvoir secouer.

Comme ils passaient sur la place pour aller au fort, Desroches jeta les yeux sur les fenêtres de l'auberge. Emilie dort sans doute, pensa-t-il. Cependant le rideau tremble, se ferme, et le lieutenant crut remarquer qu'on s'était éloigné du carreau pour n'être pas aperçu de lui.

Les guichets s'ouvrirent sans difficulté. Un capitaine invalide, qui n'avait pas assisté au souper de la veille, commandait l'avant-poste. Desroches prit une lanterne et se mit à guider de salle en salle son compagnon silencieux.

Après une visite de quelques minutes sur différents points où l'attention de Wilhelm ne trouva guère à se fixer : Montrez-moi donc les souterrains, dit-il à son beau-frère.

— Avec plaisir, mais ce sera, je vous jure, une promenade peu agréable ; il règne là-dessous une grande humidité. Nous avons les poudres sous l'aile gauche, et là, on ne saurait pénétrer sans ordre supérieur. A droite sont les conduits d'eau réservés et les salpêtres bruts ; au milieu, les contre-mines et les galeries... Vous savez ce que c'est qu'une voûte ?

— N'importe, je suis curieux de visiter des lieux où se sont passés tant d'événements sinistres... où même vous avez couru des dangers, à ce qu'on m'a dit.

— Il ne me fera pas grâce d'un caveau, pensa Desroches. — Suivez-moi, frère, dans cette galerie qui mène à la poterne ferrée.

La lanterne jetait une triste lueur aux murailles moisies, et tremblait en se reflétant sur quelques lames de sabres et quelques canons de fusil rongés par la rouille.

— Qu'est-ce que ces armes ? demanda Wilhelm.

— Les dépouilles des Prussiens tués à la dernière attaque du fort, et dont mes camarades ont réuni les armes en trophées.

— Il est donc mort plusieurs Prussiens ici ?

— Il en est mort beaucoup dans ce rond-point...

— N'y tuâtes-vous pas un sergent, vieillard de haute taille, à moustaches rousses ?

— Sans doute, ne vous en ai-je pas conté l'histoire ?

— Non, pas vous ; mais hier à table on m'a parlé de cet exploit... que votre modestie nous avait caché.

— Qu'avez-vous donc, frère, vous pâlissez ?

Wilhelm répondit d'une voix forte :

— Ne m'appelez pas frère, mais ennemi !... Regardez, je suis un Prussien ! Je suis le fils de ce sergent que vous avez assassiné.

— Assassiné !

— Ou tué, qu'importe ! Voyez ; c'est là que votre sabre a frappé.

Wilhelm avait rejeté son manteau et indiquait une déchirure dans l'uniforme vert qu'il avait revêtu, et qui était l'habit même de son père, pieusement conservé.

— Vous êtes le fils de ce sergent ! Oh ! mon Dieu, me raillez-vous ?

— Vous railler ? Joue-t-on avec de pareilles horreurs ?... Ici a été tué mon père, son noble sang a rougi ces dalles ; ce sabre est peut-être le sien ! Allons, prenez-en un autre et donnez-moi la revanche de cette partie !... Allons, ce n'est pas un duel, c'est le combat d'un Allemand contre un Français ; en garde !

— Mais vous êtes fou, cher Wilhelm, laissez donc ce sabre rouillé. Vous voulez me tuer, suis-je coupable ?

— Aussi, vous avez la chance de me frapper à mon tour, et elle est double pour le moins de votre côté. Allons, défendez-vous.

— Wilhelm ! tuez-moi sans défense ; je perds la raison moi-même, la tête me tourne... Wilhelm ! j'ai fait comme tout soldat doit faire ; mais songez-y donc... D'ailleurs, je suis le mari de votre sœur ; elle m'aime ! Oh ! ce combat est impossible.

— Ma sœur !... et voilà justement ce qui rend impossible que nous vivions tous deux sous le même ciel ! Ma sœur ! elle sait tout ; elle ne reverra jamais celui qui l'a faite orpheline. Hier, vous lui avez dit le dernier adieu.

Desroches poussa un cri terrible et se jeta sur Wilhelm pour le désarmer ; ce fut une lutte assez longue, car le jeune homme opposait aux secousses de son adversaire la résistance de la rage et du désespoir.

— Rends-moi ce sabre, malheureux, criait Desroches, rends-le-moi ! Non, tu ne me frapperas pas, misérable fou !... rêveur cruel !...

— C'est cela, criait Wilhelm d'une voix étouffée, tuez aussi le fils dans la galerie !... Le fils est un Allemand... un Allemand !

En ce moment des pas retentirent et Desroches lâcha prise. Wilhelm abattu ne se relevait pas...

Ces pas étaient les miens, messieurs, ajouta l'abbé. Emilie était venue au presbytère me raconter tout pour se mettre sous la sauvegarde de la religion, la pauvre enfant. J'étouffai la pitié qui parlait au fond de mon cœur, et lorsqu'elle me demanda si elle pouvait aimer encore le meurtrier de son père, je ne répondis pas. Elle comprit, me serra la main et partit en pleurant. Un pressentiment me vint ; je la suivis, et quand j'entendis qu'on lui répondait à l'hôtel que son frère et son mari étaient allés visiter le fort, je me doutai de l'affreuse vérité. Heureusement j'arrivai à temps pour empêcher une nouvelle péripétie entre ces deux hommes égarés par la colère et par la douleur.

Wilhelm, bien que désarmé, résistait toujours aux prières de Desroches ; il était accablé, mais son œil gardait encore toute sa fureur.

— Homme inflexible ! lui dis-je, c'est vous qui réveillez les morts et qui soulevez des fatalités effrayantes ! N'êtes-vous pas chrétien, et voulez-vous empiéter sur la justice de Dieu ? Voulez-vous devenir ici le seul criminel et le seul meurtrier ? L'expiation sera faite, n'en doutez point ; mais ce n'est pas à nous qu'il appartient de la prévoir, ni de la forcer.

Desroches me serra la main et me dit : Emilie sait tout. Je ne la reverrai pas. Mais je sais ce que j'ai à faire pour lui rendre sa liberté.

— Que dites-vous, m'écriai-je, un suicide ?

A ce mot, Wilhelm s'était levé et avait saisi la main de Desroches.

— Non ! disait-il, j'avais tort. C'est moi seul qui suis coupable, et qui devais garder mon secret et mon désespoir !

Je ne vous peindrai pas les angoisses que nous souffrîmes dans cette heure fatale ; j'employai tous les raisonnements de ma religion et de ma philosophie, sans faire naître d'issue satisfaisante à cette cruelle situation ; une séparation était indispensable dans tous les cas, mais le moyen d'en déduire les motifs devant la justice ! Il y avait là, non seulement un débat pénible à subir, mais encore un danger politique à révéler ces fatales circonstances.

Je m'appliquai surtout à combattre les projets sinistres de Desroches et à faire pénétrer dans son cœur les sentiments religieux qui font un crime du suicide. Vous savez que ce malheureux avait été nourri à l'école des matérialistes du dix-huitième siècle. Toutefois, depuis sa blessure, ses idées avaient changé beaucoup. Il était devenu l'un de ces chrétiens à demi sceptiques comme nous en avons tant, qui trouvent qu'après tout un peu de religion ne peut nuire, et qui se résignent même à consulter un prêtre *en cas* qu'il y ait un Dieu ! C'est en vertu de cette religiosité vague qu'il acceptait mes consolations. Quelques jours s'étaient passés. Wilhelm et sa sœur n'avaient pas quitté l'auberge ; car Emilie était fort malade après tant de secousses. Desroches logeait au presbytère et lisait toute la journée des livres de piété que je lui prêtais. Un jour il alla seul au fort, y resta quelques heures, et, en revenant, il me montra une feuille de papier où son nom était inscrit ; c'était une commission de capitaine dans un régiment qui partait pour rejoindre la division Partouneaux [14].

Nous reçûmes au bout d'un mois la nouvelle de sa mort glorieuse autant que singulière. Quoi qu'on puisse dire de l'espèce de frénésie qui le jeta dans la mêlée, on sent que son exemple fut un grand encouragement pour tout le bataillon qui avait perdu beaucoup de monde à la première charge...

Tout le monde se tut après ce récit, chacun gardait la pensée étrange qu'excitait une telle vie et une telle mort. L'abbé reprit en se levant : Si vous voulez, messieurs, que nous changions ce soir la direction habituelle de nos promenades, nous suivrons cette allée de peupliers jaunis par le soleil couchant, et je vous conduirai jusqu'à la Butte-aux-Lierres, d'où nous pourrons apercevoir la croix du couvent où s'est retirée madame Desroches.

LES CHIMÈRES

EL DESDICHADO [1]

Je suis le ténébreux, — le veuf, — l'inconsolé,
Le prince d'Aquitaine à la tour abolie :
Ma seule *étoile* est morte, — et mon luth constellé
Porte le *Soleil noir* de la *Mélancolie.*

Dans la nuit du tombeau, toi qui m'as consolé,
Rends-moi le Pausilippe et la mer d'Italie,
La *fleur* qui plaisait tant à mon cœur désolé,
Et la treille où le pampre à la rose s'allie.

Suis-je Amour ou Phébus ?... Lusignan ou Biron ?
Mon front est rouge encor du baiser de la reine ;
J'ai rêvé dans la grotte où nage la syrène...

Et j'ai deux fois vainqueur traversé l'Achéron :
Modulant tour à tour sur la lyre d'Orphée
Les soupirs de la sainte et les cris de la fée.

MYRTHO [1]

Je pense à toi, Myrtho, divine enchanteresse,
Au Pausilippe altier, de mille feux brillant,
A ton front inondé des clartés d'Orient,
Aux raisins noirs mêlés avec l'or de ta tresse.

C'est dans ta coupe aussi que j'avais bu l'ivresse,
Et dans l'éclair furtif de ton œil souriant,
Quand aux pieds d'Iacchus on me voyait priant,
Car la Muse m'a fait l'un des fils de la Grèce.

Je sais pourquoi là-bas le volcan s'est rouvert...
C'est qu'hier tu l'avais touché d'un pied agile,
Et de cendres soudain l'horizon s'est couvert.

Depuis qu'un duc normand brisa tes dieux d'argile,
Toujours, sous les rameaux du laurier de Virgile,
Le pâle Hortensia s'unit au Myrthe vert !

HORUS [1]

Le dieu Kneph en tremblant ébranlait l'univers :
Isis, la mère, alors se leva sur sa couche,
Fit un geste de haine à son époux farouche,
Et l'ardeur d'autrefois brilla dans ses yeux verts.

« Le voyez-vous, dit-elle, il meurt, ce vieux pervers,
Tous les frimas du monde ont passé par sa bouche,
Attachez son pied tors, éteignez son œil louche,
C'est le dieu des volcans et le roi des hivers !

L'aigle a déjà passé, l'esprit nouveau m'appelle,
J'ai revêtu pour lui la robe de Cybèle...
C'est l'enfant bien-aimé d'Hermès et d'Osiris ! »

La Déesse avait fui sur sa conque dorée,
La mer nous renvoyait son image adorée,
Et les cieux rayonnaient sous l'écharpe d'Iris.

ANTÉROS [1]

Tu demandes pourquoi j'ai tant de rage au cœur
Et sur un col flexible une tête indomptée ;
C'est que je suis issu de la race d'Antée,
Je retourne les dards contre le dieu vainqueur.

Oui, je suis de ceux-là qu'inspire le Vengeur,
Il m'a marqué le front de sa lèvre irritée,
Sous la pâleur d'Abel, hélas ! ensanglantée,
J'ai parfois de Caïn l'implacable rougeur !

Jéhovah ! le dernier, vaincu par ton génie,
Qui, du fond des enfers, criait : « O tyrannie ! »
C'est mon aïeul Bélus ou mon père Dagon...

Ils m'ont plongé trois fois dans les eaux du Cocyte,
Et protégeant tout seul ma mère Amalécyte,
Je ressème à ses pieds les dents du vieux dragon.

DELFICA [1]

La connais-tu, DAFNÉ, cette ancienne romance,
Au pied du sycomore, ou sous les lauriers blancs,
Sous l'olivier, le myrthe ou les saules tremblants,
Cette chanson d'amour... qui toujours recommence !

Reconnais-tu le TEMPLE, au péristyle immense,
Et les citrons amers où s'imprimaient tes dents ?
Et la grotte, fatale aux hôtes imprudents,
Où du dragon vaincu dort l'antique semence.

Ils reviendront ces dieux que tu pleures toujours !
Le temps va ramener l'ordre des anciens jours ;
La terre a tressailli d'un souffle prophétique...

Cependant la sibylle au visage latin
Est endormie encor sous l'arc de Constantin :
— Et rien n'a dérangé le sévère portique.

ARTÉMIS [1]

La Treizième revient... C'est encor la première ;
Et c'est toujours la seule, — ou c'est le seul moment :
Car es-tu reine, ô toi ! la première ou dernière ?
Es-tu roi, toi le seul ou le dernier amant ?...

Aimez qui vous aima du berceau dans la bière ;
Celle que j'aimai seul m'aime encor tendrement :
C'est la mort — ou la morte... O délice ! ô tourment !
La rose qu'elle tient, c'est la *Rose trémière.*

Sainte napolitaine aux mains pleines de feux,
Rose au cœur violet, fleur de sainte Gudule :
As-tu trouvé ta croix dans le désert des cieux ?

Roses blanches, tombez ! vous insultez nos dieux :
Tombez fantômes blancs de votre ciel qui brûle :
— La sainte de l'abîme est plus sainte à mes yeux !

LE CHRIST AUX OLIVIERS [1]

Dieu est mort ! le ciel est vide...
Pleurez ! enfants, vous n'avez plus de
[père !
JEAN PAUL.

I

Quand le Seigneur, levant au ciel ses maigres bras,
Sous les arbres sacrés, comme font les poètes,
Se fut longtemps perdu dans ses douleurs muettes,
Et se jugea trahi par des amis ingrats ;

Il se tourna vers ceux qui l'attendaient en bas
Rêvant d'être des rois, des sages, des prophètes...
Mais engourdis, perdus dans le sommeil des bêtes,
Et se prit à crier : « Non, Dieu n'existe pas ! »

Ils dormaient. « Mes amis, savez-vous *la nouvelle ?*
J'ai touché de mon front à la voûte éternelle ;
Je suis sanglant, brisé, souffrant pour bien des jours !

Frères, je vous trompais : Abîme ! abîme ! abîme !
Le dieu manque à l'autel, où je suis la victime...
Dieu n'est pas ! Dieu n'est plus ! » Mais ils dormaient
[toujours !

II

Il reprit : « Tout est mort ! J'ai parcouru les mondes ;
Et j'ai perdu mon vol dans leurs chemins lactés,
Aussi loin que la vie, en ses veines fécondes,
Répand des sables d'or et des flots argentés :

Partout le sol désert côtoyé par des ondes,
Des tourbillons confus d'océans agités...
Un souffle vague émeut les sphères vagabondes,
Mais nul esprit n'existe en ces immensités.

En cherchant l'œil de Dieu, je n'ai vu qu'un orbite
Vaste, noir et sans fond ; d'où la nuit qui l'habite
Rayonne sur le monde et s'épaissit toujours ;

Un arc-en-ciel étrange entoure ce puits sombre,
Seuil de l'ancien chaos dont le néant est l'ombre,
Spirale, engloutissant les Mondes et les Jours !

III

« Immobile Destin, muette sentinelle,
Froide Nécessité !... Hasard qui t'avançant,
Parmi les mondes morts sous la neige éternelle,
Refroidis, par degrés l'univers pâlissant,

Sais-tu ce que tu fais, puissance originelle,
De tes soleils éteints, l'un l'autre se froissant...
Es-tu sûr de transmettre une haleine immortelle,
Entre un monde qui meurt et l'autre renaissant ?...

O mon père ! est-ce toi que je sens en moi-même ?
As-tu pouvoir de vivre et de vaincre la mort ?
Aurais-tu succombé sous un dernier effort

De cet ange des nuits que frappa l'anathème...
Car je me sens tout seul à pleurer et souffrir,
Hélas ! et si je meurs, c'est que tout va mourir ! »

IV

Nul n'entendait gémir l'éternelle victime,
Livrant au monde en vain tout son cœur épanché ;
Mais prêt à défaillir et sans force penché,
Il appela le *seul* — éveillé dans Solyme :

« Judas ! lui cria-t-il, tu sais ce qu'on m'estime,
Hâte-toi de me vendre, et finis ce marché :
Je suis souffrant, ami ! sur la terre couché...
Viens ! ô toi qui, du moins, as la force du crime ! »

Mais Judas s'en allait mécontent et pensif,
Se trouvant mal payé, plein d'un remords si vif
Qu'il lisait ses noirceurs sur tous les murs écrites...

Enfin Pilate seul, qui veillait pour César,
Sentant quelque pitié, se tourna par hasard :
« Allez chercher ce fou ! » dit-il aux satellites.

V

C'était bien lui, ce fou, cet insensé sublime...
Cet Icare oublié qui remontait les cieux,
Ce Phaéton perdu sous la foudre des dieux,
Ce bel Atys meurtri que Cybèle ranime !

L'augure interrogeait le flanc de la victime,
La terre s'enivrait de ce sang précieux...
L'univers étourdi penchait sur ses essieux,
Et l'Olympe un instant chancela vers l'abîme.

« Réponds ! criait César à Jupiter Ammon,
Quel est ce nouveau dieu qu'on impose à la terre ?
Et si ce n'est un dieu, c'est au moins un démon... »

Mais l'oracle invoqué pour jamais dut se taire ;
Un seul pouvait au monde expliquer ce mystère :
— Celui qui donna l'âme aux enfants du limon.

VERS DORÉS [1]

Eh quoi ! tout est sensible !
PYTHAGORE.

Homme, libre penseur ! te crois-tu seul pensant
Dans ce monde où la vie éclate en toute chose ?
Des forces que tu tiens ta liberté dispose,
Mais de tous tes conseils l'univers est absent.

Respecte dans la bête un esprit agissant :
Chaque fleur est une âme à la Nature éclose ;
Un mystère d'amour dans le métal repose ;
« Tout est sensible ! » Et tout sur ton être est puissant.

Crains, dans le mur aveugle, un regard qui t'épie :
A la matière même un verbe est attaché...
Ne la fais pas servir à quelque usage impie !

Souvent dans l'être obscur habite un Dieu caché ;
Et comme un œil naissant couvert par ses paupières,
Un pur esprit s'accroît sous l'écorce des pierres !

APPENDICES

Appendice I
Sonnets manuscrits

1. Manuscrit Dumesnil de Gramont α [1]

à Mad[e] Aguado [1]

Colonne de saphir, d'arabesques brodée,
Reparais ! Les ramiers s'envolent de leur nid,
De ton bandeau d'azur à ton pied de granit
Se déroule à longs plis la pourpre de Judée.

Si tu vois Bénarès, sur son fleuve accoudée,
Détache avec ton arc ton corset d'or bruni
Car je suis le vautour volant sur Patani,
Et de blancs papillons la mer est inondée.

Lanassa ! fais flotter tes voiles sur les eaux !
Livre les fleurs de pourpre au courant des ruisseaux
La Neige du Cathay tombe sur l'Atlantique.

Cependant la prêtresse au visage vermeil
Est endormie encor sous l'arche du soleil,
Et rien n'a dérangé le sévère portique.

à Mad^e Ida-Dumas [1]

J'étais assis chantant aux pieds de Michael,
Mithra sur notre tête avait fermé sa tente,
Le Roi des rois dormait dans sa couche éclatante,
Et tous deux en rêvant nous pleurions Israël !

Quand Tippōo se leva dans la nuée ardente...
Trois voix avaient crié vengeance au bord du ciel :
Il rappela d'en haut mon frère Gabriel,
Et tourna vers Michel sa prunelle sanglante :

« Voici venir le Loup, le Tigre et le Lion...
L'un s'appelle Ibrahim, l'autre Napoléon,
Et l'autre Abdel-Kader, qui rugit dans la poudre ;

Le glaive d'Alaric, le sabre d'Attila,
Ils les ont... Mon épée et ma lance sont là...
Mais le Cœsar romain nous a volé la foudre ! »

à Hélène de Mecklembourg [1]

Fontainebleau, mai 1837

Le vieux palais attend la princesse saxonne
Qui des derniers Capets veut sauver les enfans ;
Charlemagne attentif à ses pas triomphans
Crie à Napoléon que Charles quint pardonne.

Mais deux rois à la grille attendent en personne ;
Quel est le souvenir qui les tient si tremblans,
Que l'ayeul aux yeux morts s'en retourne à pas lents,
Dédaignant de frapper ces pêcheurs de couronne !

O Médicis ! les tems seraient-ils accomplis ?
Tes trois fils sont rentrés dans ta robe aux grands plis
Mais il en reste un seul qui s'attache à ta mante.

C'est un aiglon tout faible, oublié par hasard,
Il rapporte la foudre à son père Cœsar...
Et c'est lui qui dans l'air amassait la tourmente !

à J-Y Colonna [1]

La connais tu, Daphné, cette vieille romance
Au pied du sycomore... ou sous les muriers blancs,
Sous l'olivier plaintif, ou les saules tremblans,
Cette chanson d'amour, qui toujours recommence,

Reconnais tu le Temple au pérystile immense,
Et les citrons amers, où s'imprimaient tes dents,
Et la grotte fatale aux hôtes imprudents,
Où du serpent vaincu dort la vieille semence ?

Sais tu pourquoi, là-bas, le volcan s'est rouvert ?
C'est qu'un jour nous l'avions touché d'un pied agile,
Et de sa poudre au loin l'horizon s'est couvert !

Depuis qu'un Duc Normand brisa vos dieux d'argile,
Toujours sous le palmier du tombeau de Virgile
Le pâle hortensia s'unit au laurier vert.

à Louise d'Or Reine [1]

Le vieux père en tremblant ébranlait l'univers.
Isis la mère enfin se leva sur sa couche,
Fit un geste de haine à son époux farouche,
Et l'ardeur d'autrefois brilla dans ses yeux verts.

« Regardez-le, dit-elle ! il dort ce vieux pervers,
Tous les frimats du monde ont passé par sa bouche.
Prenez garde à son pied, éteignez son œil louche,
C'est le roi des volcans et le Dieu des hivers !

L'aigle a déjà passé : Napoléon m'appelle ;
J'ai revêtu pour lui la robe de Cybèle,
C'est mon époux hermès, et mon frère Osiris ;

La Déesse avait fui sur sa conque dorée ;
La mer nous renvoyait son image adorée
Et les cieux rayonnaient sous l'écharpe d'Iris ! »

à Mad[e] Sand [1]

« Ce roc vouté par art, chef-d'œuvre d'un autre âge,
Ce roc de Tarascon hébergeait autrefois
Les géans descendus des montagnes de Foix,
Dont tant d'*os* excessifs rendent sûr témoignage. »

O seigneur Du Bartas ! Je suis de ton lignage
Moi qui soude mon vers à ton vers d'autrefois ;
Mais les vrais descendans des vieux *Comtes de Foix*
Ont besoin de *témoins* pour parler dans notre âge !

J'ai passé près Salzbourg sous des rochers tremblans,
La Cigogne d'Autriche y nourrit les Milans,
Barberousse et Richard ont sacré ce refuge.

La neige règne au front de leurs pics infranchis ;
Et ce sont, m'a-t-on dit, les *ossemens* blanchis
Des anciens monts rongés par la mer du Déluge.

2. Manuscrit Lovenjoul, D. 741, f° 5.

LA TÊTE ARMÉE [1]

Napoléon mourant vit une *Tête armée...*
Il pensait à son fils, déjà faible et souffrant :
La Tête, c'était donc sa france bien aimée
Décapitée aux pieds du César expirant.

Dieu, qui jugeait cet homme et cette renommée,
Appela Jésus Christ ; mais l'abyme s'ouvrant
Ne rendit qu'un vain souffle, un spectre de fumée :
Le Demi-Dieu vaincu se releva plus grand.

Alors on vit sortir du fond du purgatoire
Un jeune homme inondé des pleurs de la Victoire,
Qui tendit sa main pure au monarque des cieux ;

Frappés au flanc tous deux par un double mystère,
L'un répandait son sang pour féconder la Terre,
L'autre versait au Ciel la semence des Dieux !

3. Manuscrit Lombard [1]

El Desdichado

Je suis le Ténebreux, le Veuf, l'Inconsolé :
Le prince d'Aquitaine à la tour abolie
Ma seule Etoile est morte : et mon luth constellé
Porte le Soleil noir de la Melancholie.

Dans la nuit du Tombeau toi qui m'as consolé
Rends moi le Pausilippe et la mer d'Italie
La Fleur qui plaisait tant à mon cœur désolé
Et la Treille où le Pampre à la Vigne s'allie !

Suis je Amour ou Phœbus, — Lusignan ou Biron ?
Mon front est rouge encor du baiser de la Reine,
J'ai dormi dans la Grotte où verdit la syrène

Et j'ai deux fois, vivant, traversé l'Acheron
Modulant et chantant sur la lyre d'Orphée
Les soupirs de la Sainte — et les cris de la Fée.

Ballet des Heures

La Treizième revient... C'est encor la première :
Et c'est toujours la Seule — ou c'est le seul moment !
Car es tu Reine, ô toi, la première ou dernière ?
Es tu Roi, toi le seul ou le dernier Amant ?...

Aimez qui vous aima du berceau dans la bière :
Celle que j'aimai seul m'aime encor tendrement...
C'est la Mort... ou la Morte ! O délice ! ô tourment !
La rose qu'elle tient, c'est la Rose trémière

O Sainte de Sicile aux mains pleines de feux
Rose au cœur violet, sœur de Sainte Gudule
As tu trouvé ta croix dans le désert des Cieux ?

Roses blanches, tombez ! vous insultez nos Dieux !
Tombez, fantômes blancs de votre Ciel qui brûle
La Sainte de l'Abyme est plus sainte à mes yeux.

4. Manuscrit Eluard [1]

Le Destin [1]

Je suis le Ténébreux, — le Veuf *, — l'Inconsolé
Le Prince d'Aquitaine à la Tour abolie :
Ma seule *Etoile* est morte, — et mon luth constellé
Porte le *Soleil noir* de la *Mélancholie.*

Dans la nuit du Tombeau, Toi qui m'as consolé,
Rends moi le Pausilippe et la mer d'Italie
La *fleur* ** qui plaisait tant à mon cœur desolé
Et la Treille où le Pampre à la Rose s'allie ***

Suis-je Amour ou Phœbus ?... Lusignan ou Biron ?
Mon front est rouge encor du baiser de la Reine ****
J'ai rèvé dans la Grotte où nage la Syrène...

Et j'ai deux fois vainqueur traversé l'Acheron :
Modulant tour à tour sur la lyre d'Orphée
Les soupirs de la Sainte et les cris de la Fée *****.

* *Olim :* Mausole (?)
** l'ancolie
*** Jardins du Vatican
**** Reine Candace ?
***** Mélusine ou Manto

Artémis [1]

La Treizième * revient... C'est encor la première ;
Et c'est toujours la Seule — ou c'est le seul moment :
Car est tu Reine ô Toi ! la première ou dernière
Es tu Roi, toi le Seul ou le dernier amant ?..

Aimez qui vous aima du berceau dans la bierre ;
Celle que j'aimai seul m'aime encor tendrement :
C'est la Mort — ou la Morte... O délice ! O tour-
[ment !
La rose qu'elle tient, c'est la Rose trémière **.

Sainte napolitaine aux mains pleines de feux
Rose au cœur violet fleur de Sainte Gudule :
As tu trouvé ta Croix dans l'abyme des Cieux ?

Roses blanches tombez ! vous insultez nos Dieux :
Tombez fantômes blancs de votre ciel qui brule :
— La Sainte de l'Abyme *** est plus sainte à mes
[yeux !

* La XIIIe heure (pivotale)
** Philomène
*** Rosalie

Erythrea [1]

Colonne de Saphir, d'arabesques brodée,
— Reparais ! — Les *Ramiers* pleurent, cherchant leur
[nid :
Et, de ton pied d'azur à ton front de granit
Se déroule à longs plis la pourpre de Judée !

Si tu vois *Benarès* * sur son fleuve accoudée
Prends ton arc, et revets ton corset d'or bruni :
Car voici *le Vautour* **, volant sur *Patani* ***
Et de *papillons blancs* la Mer est inondée.

MAHDEWA ! **** Fais flotter tes voiles sur les eaux,
Livre tes fleurs de pourpre au courant des ruisseaux :
La neige du *Cathay* ***** tombe sur l'Atlantique :

Cependant la *Prêtresse* ******, au visage vermeil,
Est endormie encor sous l'*Arche du Soleil :*
— Et rien n'a dérangé le sévère Portique.

* Ben-Arès — la fille de Mars
** Typhon
*** Patna ou hiéro-solime, la Ville Sainte
**** Mahadoé la Zendovère
***** Thibet
****** Amany

Appendice II
Confession d'Angélique de Longueval

UN ENLÈVEMENT

EN 1632 [1].

VIE D'ANGELIQUE DE LONGUEVAL,

FILLE DE M. D'HARAUCOURT,

GOUVERNEUR DE CLERMONT ET DU CATELET, EN PICARDIE,

ECRITE PAR ELLE-MÊME *.

[Les Mémoires qu'on va lire, s'ils ne retracent pas toujours des faits d'une entière innocence, sont du moins écrits avec une si imperturbable naïveté, que nous avons pensé qu'ils pourraient par cela même causer quelque surprise et quelque plaisir à nos lecteurs. Ce récit d'un rapt par la jeune fille enlevée, fait connaître, dans quelques-uns de ses détails, l'intérieur d'une famille noble dans la première moitié du dix-septième siècle.

Mademoiselle de Longueval n'a point terminé son récit ; mais un de ses parens, un Père Célestin, nommé de Goussencourt, a laissé un manuscrit qui complète le sien, et est, comme celui-ci, conservé aux Archives générales du royaume ; nous en donnons un extrait à la fin du morceau qu'on va lire. Nous voyons dans la même notice que l'enlèvement eut lieu dans la nuit du premier dimanche de carême, le 1er mars 1632, et que, pendant le voyage, La Courbinière prit le nom de Saint-Martin.

Nous lisons dans les *Historiettes de Tallemant des Réaux*

* Archives générales du royaume.

(t. VI, article *Naïvetés, Bons-mots,* etc.) qu'une demoiselle de Longueval fut enlevée par le baron de Ville. Nous ignorons si c'est encore notre héroïne ; mais il n'y aurait rien de hasardé dans cette supposition, car, pour les filles séduites, comme pour saint Denis, il n'y a que le premier pas qui coûte.]

Lorsque ma mauvaise fortune jura de continuer à ne plus me laisser en repos, ce fut un soir à Saint-Rimault, par un homme que j'avais connu il y avait plus de sept ans et pratiqué deux ans entiers, sans l'aimer. Ce garçon étant entré dans ma chambre sous prétexte du bien qu'il voulait à la damoiselle de ma mère, nommée Beauregard, s'approcha de mon lit en me disant : « Vous plaît-il, madame » ; et en s'approchant de plus près, me dit ces paroles : « Ah ! que je vous aime, il y a long-temps ! » Auxquelles paroles je répondis : « Je ne vous aime point, je ne vous hais point aussi ; seulement allez vous-en, de peur que mon papa ne sache que vous êtes ici à ces heures. »

Le jour étant venu, je cherchai incontinent l'occasion de voir celui qui m'avait fait la nuit sa déclaration d'amour, et, le considérant, je ne le trouvai haïssable que de sa condition, laquelle lui donna tout ce jour-là une grande retenue ; et me regardait continuellement. Tous les jours ensuivans se passèrent avec de grands soins qu'il prenait de s'ajuster bien pour me plaire. Il est vrai aussi qu'il était fort aimable, et que ses actions ne procédaient pas du lieu d'où il était sorti, car il avait le cœur très haut et très courageux.

La fortune donc nous sépara : il s'en alla à Charleville où monseigneur de Longueville était malade d'une dyssenterie, et mon père lui rendait les témoignages de son affection, car continuellement il restait auprès de Sa Grandeur et madame la duchesse sa femme, et faisait réponse pour mondit seigneur à Sa Majesté et aux princes qui l'envoyaient visiter. Cette maladie me causa de grands déplaisirs, voyant le ressentiment que mon père nous écrivait qu'il en avait, et de plus qu'elle m'empêchait de voir celui dont l'affection ne me déplaisait pas, et pour qui mon cœur commençait de soupirer de désir de le revoir, ce que je fis à Verneuil. Mais la difficulté de lui parler me fit aller à l'église incontinent, où il ne manqua pas de venir, quoique je ne l'eusse averti ; auquel lieu sacré, il eut plus de hardiesse qu'à Saint-Rimault, et me dit : « Prenez, madame, ces bracelets de senteur que j'ai apportés de Charleville où il m'a grandement ennuyé. » Moi, toute tremblante, je pris ces bracelets et sortis de l'église toute rouge de honte.

Un mois entier se passa que, tous les soirs lorsqu'il faisait un temps obscur, il entrait dans ma chambre lorsque je m'en allais coucher, où était Beauregard, et il faisait des caresses à ladite fille, lui faisant accroire qu'il ne venait dans la chambre que pour l'amour d'elle. Cette simple fille le croyait fermement. Ainsi nous passions deux ou trois heures à rire tous trois ensemble tous les soirs, dans le donjon de Verneuil, en la chambre tendue de blanc ; mais un laquais qu'avait mon père, qui s'appelait Dourdillie, nous donnait de l'appréhension, parce que, couchant dans la chambre de celui dont la conversation ne me déplaisait pas, nous avions peur qu'il ne s'aperçût de ce que nous voulions tenir caché. Il fallut se séparer ; de vous dire ce qui se passa dans cette absence, il serait mal aisé, à cause de longueur de temps ; seulement il me souvient que difficilement j'avais de ses lettres, quoiqu'il n'y eût personne en ce temps-là qui s'aperçût qu'elles m'étaient agréables. Après lesquelles, mon père étant allé à Rouen, pour voir M. le duc de Longueville, et ayant laissé à Paris celui qui disait ne vouloir vivre que pour moi, il prit la poste et s'en vint chez Tancar à Coucy-la-Ville, et lorsqu'il fut la mi-nuit, vint monter à la muraille du petit jardin qui était rompue, et, étant entré dans le parterre, il jeta une pierre à ma vitre. Auquel bruit je me jetai en bas de mon lit, et en ayant ouvert la fenêtre, je le reconnus, ce qui m'obligea de dire à Beauregard : « Je crois que votre serviteur est fou ; allez vitement lui ouvrir la porte de la salle basse qui donne dans le parterre, car il y est entré ; ce pendant je m'en vais m'habiller, et allumer de la chandelle. »

Elle ne fut pas sitôt sur la table, que voici entré dans ma chambre celui qui disait n'y être venu que pour la pauvre Beauregard, vêtu de drap d'Espagne gris de perle, avec un collet de point coupé, un chapeau gris avec des plumes gris de perle et jaunes. Il fut question de lui donner à souper, lequel ne fut que de confiture liquide que j'envoyai quérir à Beauregard au cabinet, pendant lequel temps nous nous moquions qu'elle était si bien trompée, ou pour mieux dire, je me riais à moi-même. Toute cette nuit nous la passâmes tous trois à rire, et, comme le jour venait, nous l'allâmes mettre en la chambre nommée celle du roi, en laquelle il fut trois jours ; et quand la nuit venait, nous l'allions quérir et l'amenions dans ma chambre. Son manger fut en ces trois jours de poulet frais que je lui portais entre ma chemise et ma cotte.

Il reprit son chemin à Paris, où difficilement je pouvais lui écrire. Un an se passa ainsi, où je trouvai plus de contentement dans ce divertissement que je ne saurais dire, puisqu'il me tirait des tristes pensées où mon âme était tellement plongée, que je ne respirais que la mort pour guérir mon esprit, lequel semblait être un peu en repos depuis que je prenais plaisir à ce divertissement, puisque je n'en avais pas d'autre. Car les belles pierres, ni les belles tapisseries et beaux habits, sans la conversation des honnêtes gens, ne me pouvaient plaire. Notre revue fut à Saint-Rimault avec des contentemens si grands que personne ne pourrait savoir que ceux qui ont aimé. Je le trouvai beaucoup plus aimable dans cet habit qu'il avait d'écarlate. Mais la difficulté de lui parler était si grande que cela rendait notre affection plus violente, et sans autre dessein que de vivre de cette sorte. Nous fûmes séparés derechef avec des douleurs si grandes que l'on ne saurait dire, mais nous ne tardâmes guère de nous revoir, car il fallut que mon père revînt à Saint-Rimault où alors nous trouvâmes une invention de nous parler tous les soirs de cette sorte : étant auprès de la chambre où couchait celui qui devait être cause de tant de peines, il y avait un cabinet duquel il tira deux planches pour descendre dans le mien, et ainsi facilement il venait dans ma chambre, car elle tenait audit cabinet. Beauregard n'était point marrie de cette invention, car elle croyait que ce ne fût que pour elle. Nous passions presque toutes les nuits dans ces contentemens, tous trois ensemble à rire, et quelquefois à faire des collations. Mais je m'étonne qu'un fauconnier de mon père, lequel couchait dans la chambre de celui que j'aimais, ne s'apercevait pas qu'il en sortait toutes les nuits. Ce fauconnier avait nom Lavigne.

Ce contentement dura un mois, et trois autres d'absence, ou pour mieux dire d'enfer. De dire tous les contentements et peines que nous eûmes en trois ans de temps en France, dans cette affection, il serait impossible. Seulement il me souvient qu'un jour étant à La Neuville, j'étais couchée dans une chambre sur celle de mon père, où était couchée à terre ladite damoiselle suivante ; celui que j'aimais y vint à minuit sans mon consentement, et premièrement faisant des caresses à cette fille, et lui disant : « Il faut que je fasse peur à madame », et puis, tout d'un temps, comme je dormais, se glissa dans mon lit avec seulement un caleçon. Moi plus effrayée que contente, je le suppliai, par la passion qu'il disait avoir pour moi, de s'en aller bien vite, parce qu'il était impossible de marcher ni de parler dans ma chambre, que mon papa ne l'entendît. J'eus beaucoup de peine à le faire sortir.

Et quelques jours après il s'en alla à Paris, et ne le revis plus qu'à Verneuil où l'affection étant plus grande et beaucoup augmentée, elle commençait à donner des soupçons à mon père et à ma mère. C'est pourquoi ils prenaient garde de fort près à mes actions, ce qui m'empêchait de parler à lui entièrement. De quoi, lui, étant un jour désespéré, il se coucha dessous la table, couvert d'un grand tapis de Turquie, sans que je le susse, et lorsque je fus couchée dans cette chambre du Roi, et endormie, il se vint mettre auprès de moi, et n'en voulut sortir qu'il ne fût un peu jour, quoique je lui en suppliai cinquante fois, car il me semblait que mon papa viendrait à tout moment, le tuer et moi aussi. De vous dire les caresses que nous nous faisions, il m'est impossible, puisque, outre de m'ôter la virginité, il ne se pouvait davantage, laquelle je gardai toujours dans ces assauts, car il me disait : « Je suis assuré que dès lors que je vous possèderai entièrement, que vous viendrez grosse tout aussitôt. » Le jour étant donc venu, il sort par la grande salle ; mon papa, qui s'était levé pour aller à la garde-robe, le vit sortir de bonne heure de cette grande salle, s'imagina qu'infailliblement il fallait qu'il eût de l'intelligence avec moi. Ce pour quoi mon très cher papa resta tout ce jour-là très mélancolique et ne faisait autre que de parler avec maman, résolu de savoir la vérité. Pourtant l'on ne me dit rien du tout, seulement deux jours se passèrent avec de grandes impatiences pour mon papa, car il croyait en savoir la vérité. Le troisième jour l'occasion en étant fort bonne, et sans que personne en sût rien, parce qu'il était convié aux funérailles de mon oncle de Manicamp, et que la forêt qu'il devait passer pour y aller lui donnerait commodité de savoir quelque vérité de son soupçon ; il s'achemina donc seulement avec mon frère de Saint-Rimault, celui qu'il soupçonnait, et un palefrenier et deux laquais, et lorsqu'il fut dans la forêt il s'approcha de celui duquel il avait soupçon, et lui tirant l'épée du baudrier, et lui mettant le pistolet sur la gorge, dit au laquais : « Ote les éperons à ce traître, et vous en allez un peu devant », et dit à Saint-Rimault : « Fouille ce traître, car il a des lettres de ma fille » ; et il lui disait : « Dis, perfide, en lui tenant le pistolet sur la tête, d'où venais-tu lorsque tu sortais de si bonne heure de la grande salle ? » — Je venais, disait-il, de la chambre de M. de La Porte, et ne sais ce que vous me voulez dire de lettres ; fouillez, disait-il, M. de Saint-Rimault, car je suis innocent de tout. » De bonne fortune pour lui et pour moi, il avait brûlé toutes mes lettres un jour auparavant, mais pourtant il croyait toujours mourir, ce qui l'obligea, en se jetant de son cheval en bas, de dire à mon père : « Monsieur, je vous supplie au nom de Dieu, puisque je vois que vous avez le dessein de me tuer, de ne me faire plus languir. » — « Non, dit mon père, remonte à cheval, » et lors dit à mon frère de Saint-Rimault, avec toujours le pistolet à la main, « Coupe-lui la moustache et les cheveux », s'imaginant qu'il ne me plairait plus.

Ce garçon se voyant de cette sorte, voulait mourir, car il croyait en effet que je ne l'aimerais plus ; mais au contraire, lorsque je le vis en cet état pour l'amour de moi, mon affection redoubla de telle sorte que j'avais juré, si mon père le traitait plus mal, de me tuer devant lui. Lequel usa de prudence comme homme d'esprit qu'il était, car, sans éclater davantage, il l'envoya avec un bon cheval en Beauvoisis, avertir les messieurs les gendarmes de se tenir prêts pour venir en garnison à Orbais. Mais le mauvais traitement que lui avait fait mon père, ni le commandement qu'il lui avait enjoint de se tenir dans les bornes de son devoir, ne purent empêcher qu'il ne passât toute cette nuit-là avec moi, par cette invention : mon père donc lui ayant commandé de s'en aller en Beauvoisis, il monta à cheval, et, au lieu de s'en aller vitement, il s'arrêta dans le bois de Guny jusqu'à ce qu'il fût nuit, et alors il s'en vint chez Tancar à Coucy-la-Ville, et lorsqu'il eut soupé, il prit ses deux pistolets et s'en vint à Verneuil, grimper par le petit jardin où je l'attendais avec assurance et sans peur, sachant que l'on croyait qu'il fût bien loin. Je le menai dans ma chambre, et lors il me dit : « Il ne faut pas perdre cette bonne occasion sans nous embrasser, c'est pourquoi il nous faut déshabiller, car il n'y a nul danger. » Toute cette nuit-là nous la passâmes donc sans crainte, et avec un contentement qui n'était pas parfait, ce qui l'obligea à me dire : « Mon Dieu, quelle peine ! si vous m'aimiez autant que je vous aime, nous en sortirions quelque jour. » Sur ce discours je me mis à rire, et le jour en parlant commença à se faire voir, ce qui l'obligea à s'en aller si vite qu'il en fut malade à son retour à Verneuil, où il ne voulait manger que lorsque je lui avais envoyé quelque chose. Pour mes visites, elles étaient lorsque mon père se promenait dans le grand jardin, car de la chambre du malade je voyais toutes les promenades.

Sitôt qu'il fut guéri, mon père, qui était dans l'appréhension que je ne lui voulusse du bien, lui dit : « Il vous en faut aller, La Corbinière, à la garnison à Orbais, car déjà les autres gendarmes y sont » ; ce qu'il fit avec un si grand déplaisir pour moi, que je me mis au lit fort mal. Les premiers jours se passèrent sans que mon père me vînt voir, croyant que je n'étais si mal ; mais lorsqu'on lui dit que j'allais toujours empirant, il vint me voir, et, s'étant assis près de mon lit, me prit le bras, et ne me sentant pas de fièvre, le dit au médecin, et me faisant montrer la langue la trouva fort chargée, avec une si grande débilité que je ne pouvais parler. Alors il me témoigna la continuation de son affection, car lui-même me râclait la langue pour la décharger, mais mon plus grand mal était celui de l'esprit. Dieu me voulut donner un peu de soulagement dans cette vie languissante que je traînais, comme je vous vais dire.

Le fauconnier de mon père envoyant à Verneuil son valet, nommé Toquette, lequel se partait d'Orbais, celui qui me faisait souffrir tant de peine lui donna une lettre pour moi, et, parce qu'il craignait qu'elle ne fût vue, lui dit qu'en entrant dans le château, il la devait laisser sous une pierre, afin que, si d'abord on le fouillait, on ne lui trouvât rien, et puis, que lorsque la furie serait passée, il irait quérir la lettre. Ce petit garçon fit fort bien son message, car s'étant approché de moi, en me témoignant le déplaisir qu'il avait de mon mal, me dit un peu plus bas : « J'ai quelque chose pour vous » ; paroles qui me réjouirent en telle sorte, qu'il était bien facile de le reconnaître à mon visage. Je mourais d'impatience que le soir fût venu pour avoir la lettre qu'il m'écrivait, qui n'était autre que de la peine qu'il souffrait d'être absent de moi, et du désir qu'il avait de mettre sa vie en hasard pour me revoir. Cette lettre fit plus en moi que tous les médecins, car incontinent je me levai du lit, mais avec de si grands ennuis, qu'il me semblait que la terre et le ciel y prenaient part.

Alors mon père s'en alla à ladite garnison pour faire montre, et eut ordre de M. de Longueville de renvoyer tous les gendarmes chez eux. Alors mon père, de crainte que je n'aimasse celui qui était destiné pour mon mari, et pour nous faire perdre à tous deux cette affection, lui dit qu'il fallait pour son avancement, qu'il s'en allât en Allemagne ; mon père croyant que l'éloignement me pourrait ôter de l'esprit celui qui y était continuellement. Il fut impossible de nous pouvoir dire adieu que par des lettres, encore si difficilement, que le garçon qui me les apportait demeurait caché dans un fossé près de la maison de La Neuville, attendant à me donner ces lettres lorsque je m'irais promener. De pouvoir exprimer la douleur que je ressentis dans cette absence, il m'est impossible, car mon affection allait toujours croissant, de sorte que je faisais résolution que, si bientôt il ne me donnait de ses nouvelles, ou qu'il ne vînt, de me laisser mourir. Dieu permit qu'il revînt au bout de quatre mois, comme il m'avait promis. Et lorsque je l'appris, ce fut en passant à Clermont. Comme j'étais en carrosse avec ma mère, il vint un garçon que je ne connaissais pas, à la portière, lequel me glissa une lettre sans me rien dire. Je me doutai incontinent de qui elle venait, et d'impatience de la voir, je me mis au derrière du carrosse et fis tirer le rideau, disant que je voulais dormir. Ma mère, qui était à une portière, le crut facilement, ainsi je lus sa lettre, où il me témoignait qu'il avait quitté de grands avantages en Allemagne pour me venir voir, et qu'il lui était impossible de vivre davantage sans moi, et que je lui donnasse commodité de me voir avant mon père.

Cette lettre me mit hors de moi de contentement de voir qu'il était si près de moi, le croyant si loin. Sitôt que nous fûmes arrivés à La Neuville, et que mon père et ma mère furent couchés, je dis à un laquais qui était à ma mère, et lequel se nommait *Court-Toujours :* « Oblige-moi d'aller trouver La Corbinière, lequel est venu d'Allemagne, et lui porte cette lettre de ma part bien secrètement. » Ce laquais ne songeait rien moins qu'à la bonne volonté que je portais à celui qu'il allait trouver avec ma lettre, qui n'était autre chose que de ravissement que j'avais de son arrivée, mais que pour nous voir il était impossible. Néanmoins il ne laissa de venir avec ce laquais toute la nuit à La Neuville, où j'étais couchée dans une chambre basse, laquelle avait un cabinet dont la fenêtre donnait dans la rue, par laquelle nous nous vîmes avec de si grands contentemens, que nul ne saurait penser. Cette nuit même il s'en retourna à Clermont, et comme il fut dix heures du matin, il vint voir mon père, vêtu de drap d'Espagne noir, parce qu'il portait le deuil. Mon père fut fort étonné que son voyage avait été si court. Néanmoins il lui fit bonne mine. L'heure du dîner étant venue, nous nous mîmes à table, premièrement ma mère, Beauregard, La Corbinière et moi, qui ne pouvais manger de ravissement de voir devant moi celui qui disait être venu de si loin pour me voir, et lequel me plaisait plus que jamais. Mon père, qui ne tâchait qu'à l'éloigner de moi, sachant que je ne le haïssais pas, dit à ma mère de nous en aller à Saint-Rimault, afin de nous séparer, où Dieu m'inspira de laisser cette affection puisqu'elle m'était désavantageuse ; et de fait, je crois que si, de son côté, il se fût retiré, comme je lui en suppliai, que ce mal d'esprit me fût passé. Mais au contraire, il me dit qu'il n'y avait que la mort qui pouvait l'empêcher de me voir.

Le commandement que mon père nous fit d'aller à Saint-Rimault donnait à celui qu'il croyait avoir éloigné de moi, les commodités de me voir en cette façon : lorsque tout était endormi, il partait du bourg de La Neuville, et ne pouvant avoir de chevaux sans en donner connaissance, il s'en venait toutes les nuits à Saint-Rimault, et passait par le parc dont il y avait une muraille rompue, et s'en retournait avant qu'il fût jour. De dire la peine qu'il avait, il est impossible, puisqu'un jour il faillit se noyer dans un étang près de Bule, le mauvais temps et la tempête lui ayant fait perdre son chemin. Mon père lui commanda d'aller à Saint-Messan au Maine, pour aller quérir de l'argent et lui bailla pour cet effet bonne procuration.

Cependant nous nous acheminâmes tous à Verneuil, où j'étais si mélancolique, qu'il semblait bien que quelque chose d'extraordinaire devait arriver, quoique je n'en eusse pour lors nul dessein. Je me trouvais désespérée lorsque je pensais que depuis cinq ans que mon père était venu de la Valteline, je n'avais jamais eu de repos. Car dès lors qu'il fut arrivé, un gentilhomme qui était à lui, et qui était fort bien fait, jetait continuellement les yeux sur moi, et quelquefois sur les mérites qu'il disait être en moi, et combien il s'estimerait heureux de me servir. Moi qui ne savais que voulait dire amour, je lui faisais des réponses si niaises que rien n'était si innocent que mes paroles, mais sa conversation ne me pouvait déplaire, ne sachant pourtant qu'il avait de l'amour. Un jour il laissa tomber une lettre que mon père vit, où il y avait ces paroles :

« Je ne m'étonne plus de ce que les simples, sans la force des rayons du soleil, n'ont nulle vertu, puisqu'aujourd'hui j'ai été si malheureux que de sortir sans avoir vu cette belle aurore, laquelle m'a toujours mis en pleine lumière, et dans l'absence de laquelle je suis perpétuellement accompagné d'un cercle de ténèbres, dont le désir d'en sortir, et celui de vous revoir, ma belle, m'a obligé, comme ne pouvant vivre sans vous voir, de retourner avec tant de promptitude, afin de me ranger à l'ombre de vos belles perfections, l'aimant desquelles m'a entièrement dérobé le cœur et l'âme ; larcin toutefois, que je révère, en ce qu'il m'a élevé en un lieu si saint et si redoutable, et lequel je veux adorer toute ma vie avec autant de zèle et de fidélité que vous êtes parfaite. »

Hélas ! sa vie fut bien courte, car il fut tué quatre jours après, mort qui m'ôta la vie et tout contentement ; car mille fois le jour, je mourais de douleur, et un mort alors m'apprit que c'était amour, car trois mois de temps que je l'avais pratiqué n'étais capable de m'en apercevoir. Je pleurai donc ce mort deux ans durant, avec de tels déplaisirs, qu'il n'est possible à personne de l'exprimer. En ces douleurs, il me semblait que deux choses me guériraient, ou la mort, ou une autre affection. C'est pourquoi je suppliai mon père de me mettre dans le monde, afin qu'en voyant tant de seigneurs, il y en aurait quelqu'un qui me plairait, et par conséquent me ferait oublier ce mort, que continuellement j'avais dans mon esprit. Mon père ne voulut pas entendre à ma volonté, et ainsi je me consumais pour une personne morte. Deux ans se passèrent dans ces douleurs, au bout desquels cette maudite affection prit lieu dans mon cœur, et à laquelle je ne faisais point de résistance, me semblant que j'étais bien heureuse, puisqu'elle me tirait de l'extrême douleur où mon cœur était plongé.

Mais pour revenir à la résolution que je fis de quitter ma patrie, elle fut en cette sorte : lorsque celui qui était allé au Maine fut revenu à Verneuil, mon père lui demanda avant le souper : « Avez-vous force d'argent ? » A quoi il répondit : « J'ai tant. » Mon père non content, prit un couteau sur la table, parce que le couvert était mis, et se jetant sur lui pour le blesser, ma mère et moi y accourûmes ; mais déjà celui qui devait être cause de tant de peine, s'était blessé lui-même au doigt en voulant ôter le couteau à mon père, et encore qu'il eût reçu ce mauvais traitement, l'amour qu'il avait pour moi l'empêchait de s'en aller, comme était son devoir. Huit jours se passèrent que mon père ne lui disait ni bien, ni mal, pendant lequel temps il me sollicitait par lettres de prendre résolution de nous en aller ensemble, à quoi je n'étais encore résolue, mais les huit jours étant passés, mon père lui dit dans le jardin : « Je m'étonne de votre effronterie, que vous restiez encore dans ma maison, après ce qui s'est passé ; allez-vous en vitement, et ne venez jamais à pas une de mes maisons, car vous ne serez jamais le bienvenu. » Il s'en vint donc vitement faire seller un cheval qu'il avait, et monta à sa chambre pour y prendre ses hardes, et m'avait fait signe de monter à la chambre d'Haraucourt, où dans l'antichambre il y avait une porte fermée, où l'on pouvait néanmoins parler. Je m'y en allai vitement, et me dit ces paroles : « C'est cette fois qu'il faut prendre résolution, ou bien vous ne me verrez jamais. » Je lui demandai trois jours de temps pour y penser ; il s'en alla donc à Paris, et revint au bout de trois jours à Verneuil, pendant lequel temps je fis tout ce que je pus pour me pouvoir résoudre à laisser cette affection, mais il me fut impossible, encore que toutes les misères que j'ai souffertes se présentèrent devant mes yeux, avant de partir. L'amour et le désespoir passèrent sur toutes ces considérations ; me voilà donc résolue.

Les trois jours étant expirés, il ne manqua de venir, et entra par le petit jardin où je l'attendais. Je le menai dans la chambre basse, où lui ayant dit ma résolution, il fut ravi de joie, et nous fixâmes le départ au premier dimanche de Carême et pour cet effet qu'il fallait avoir de l'argent et un cheval pour moi, je lui dis que je ferais ce que je pourrais. Il prit congé de moi, et s'en retourna à Paris, où mon père était, auquel la colère était demi-passée, puisqu'il lui envoya dire que s'il voulait aller à sa place de gendarme, qu'il lui donnerait un fort bon cheval. Il l'en remercia, car notre résolution était prise.

Cependant ces choses, je cherchais dans mon esprit le moyen d'avoir de la vaisselle d'argent, car pour de l'argent monnoyé, mon père avait tout avec lui à Paris. Le jour étant venu duquel il me devait venir quérir la nuit, je dis à un palefrenier qui avait nom Breteau : « Je voudrais bien que tu me prêtasses un cheval pour envoyer à Soissons, cette nuit, quérir du taffetas pour me faire un corps-de-cotte, te promettant que le cheval sera ici avant que maman se lève ; et ne t'étonne pas si je te le demande pour la nuit, car c'est afin qu'elle ne te crie. » Ce palefrenier consentit sans difficulté à ma volonté. Pour la clé de la première porte du château, je dis au portier que je voulais faire sortir quelqu'un de nuit pour m'aller chercher quelque chose à Soissons, que je ne voulais que Madame sût, et que, pour cet effet, il ôtât de son trousseau de clés celle de la première porte, et qu'il ne laissât de porter à Madame son trousseau de clés, comme il avait tous les soirs accoutumé, et que par conséquent elle s'imaginerait être bien fermée. Le pauvre garçon croyait justement comme je lui disais.

Il ne me restait donc plus que le principal qui était la vaisselle d'argent, et ne savais comment l'avoir, car ma mère, qui semblait être inspirée de Dieu, dit à celle qui l'avait en garde, le samedi, comme j'étais à souper avec elle : « Huberde, à cette heure que M. d'Haraucourt n'est point ici, serrez presque toute la vaisselle d'argent dans le coffre, et m'apportez la clé. » A ces paroles je change de couleur, de crainte de ne la pouvoir avoir. Néanmoins le dimanche après dîner, que ma mère était allée promener au-delà du grand jardin, je ne perdis courage, car, après avoir donné des commissions aux valets et servantes qui restaient dans le château, je fis venir un maréchal du village pour lever la serrure du coffre, lequel n'eut jamais l'assurance, qui me donnait un grand déplaisir. Mais ce ne fut pas tout, car mon frère le chevalier, qui était seul resté avec moi, et qui était petit, me dit, lorsqu'il vit que j'avais donné des commissions à tous, et que j'avais fermé moi-même la première porte du château : « Ma sœur, si vous voulez voler papa et maman, pour moi je ne le veux pas faire ; je m'en vais trouver vitement maman. » — « Va, lui dis-je, petit impudent, car aussi bien le saura-t-elle de ma bouche ; et si elle ne me fait raison, je me la ferai bien moi-même. » Mais c'était au plus loin de ma pensée que je disais ces paroles. Cet enfant s'en courait pour aller dire ce que je voulais tenir caché ; mais se retournant toujours pour voir si je ne le regardais pas, il s'imagina que je ne m'en souciais guère, ce qui le fit revenir. Je le faisais exprès, sachant qu'aux enfans tant plus on leur montre de crainte, et plus ils ont d'ardeur à dire ce qu'on leur prie de taire.

Ainsi j'évitai ce péril qui était bien petit au prix de celui auquel j'allais tomber. De cette sorte, la nuit étant venue et l'heure de coucher s'approchant, je donnai le dernier bonsoir à ma mère avec un grand ressentiment de douleur, et, entrant dans ma chambre, je dis à ma fille de chambre, qui n'avait que quinze ans : « Jeanne, couchez-vous ; j'ai quelque chose qui me travaille l'esprit ; je ne puis me déshabiller encore ; ne laissez de dormir. » Je me jetai dessus mon lit, attendant l'heure de minuit, que celui qui était destiné pour me faire souffrir tant de peines, vint. Oh ! Dieu, quelle heure ! Je tressaillis toute lorsque j'entendis qu'il jetait une petite pierre à ma fenêtre, car il était entré par le petit jardin. Je m'encourus en bas de ma chambre dans la salle basse, où il y avait une porte qui donnait dans le petit jardin, laquelle je lui ouvris ; et lorsqu'il fut entré dans la salle, je lui dis : « Notre affaire va bien mal, car madame a pris la clé de la vaisselle d'argent, ce qu'elle n'avait jamais fait ; mais pourtant j'ai la clé de la dépense où est le coffre. » Sur ces paroles il me dit : « Il faut commencer à t'habiller, et puis nous regarderons comme nous ferons. »

Je commençai donc à mettre les chausses, et les bottes et éperons, lesquels il m'aidait à mettre. Sur cela le palefrenier vint à la porte de la salle avec le cheval ; moi, tout éperdue, je me mis vitement ma cotte de ratine pour couvrir mes habits d'homme que j'avais jusques à la ceinture, et m'en vins prendre le cheval des mains de Breteau, et le menai hors de la première porte du château, à un ormeau sous lequel dansaient aux fêtes les filles du village, et puis m'en retournai à la salle, où je trouvai mon cousin qui m'attendait avec grande impatience (tel était le nom que je le devais appeler par le voyage), lequel me dit : « Allons donc voir si nous pourrons avoir quelque chose, ou, sinon, nous ne laisserons de nous en aller avec rien. » A ces paroles je m'en allai dans la cuisine, qui était près de la dépense, et, ayant découvert le feu pour voir clair, j'aperçus une grande pelle à feu, de fer, laquelle je pris, et puis lui dis : « Allons à la dépense, » et étant proche du coffre, nous mîmes la main au couvercle, lequel ne serrait tout près ; alors je dis : « Mets un peu la pelle entre le couvercle et le coffre. » Alors haussant tous deux les bras, nous n'y fîmes rien, mais la seconde fois les deux ressorts de serrure se rompirent, et soudain je mis la main dedans, et ayant trouvé une pile de plats d'argent, je lui donnai et tournai à en prendre encore une autre, ce qui l'obligea à me dire : « N'en tire plus dehors, car le sac de mouquette est plein. » J'en voulais prendre davantage, comme bassins, aiguières et chandeliers, mais il me dit : « Cela est trop embarrassant, et ne sais où le mettre ; allez vitement vous mettre le pourpoint et la casaque, tandis que je m'en vais devant accommoder cela sur ton cheval. » Je fis donc le plus vite que je pus pour le suivre, et le trouvai vis-à-vis du château, dans une cavée près de Marie-Fesselle, avec un paysan de Guny, village à une lieue de Verneuil, où il était venu descendre le soir : « Allons, me dit-il, mon cousin, monte sur mon cheval, et moi je monterai sur le vôtre. » Et, ayant payé le paysan, il lui dit adieu.

Nous nous en allâmes droit à Compiègne, où, après avoir vendu mon cheval quarante écus, nous prîmes la poste à huit heures du matin, et vînmes le soir à Charenton, à dessein de passer la rivière, mais le batelier dit qu'il était impossible, et qu'il fallait attendre qu'il fût jour, et encore qu'il y aurait grand péril ; nous restâmes donc. La maîtresse de l'hôtellerie nous vint demander à notre chambre, comme le postillon nous tirait nos bottes : « Messieurs, que vous plaît-il de souper ? » — « Tout ce que vous aurez de bon, madame ; mais ce pendant commandez un peu que l'on fasse les lits ; » dans un desquels, sans attendre le souper, je me mis si lasse, qu'il me fut impossible de manger. La crainte que j'avais de mon père, qui était si près de nous, me saisissait le cœur ; car il était à Paris. Le jour étant venu, nous nous mîmes dans le bateau avec le postillon et les trois chevaux de poste, lesquels nous menèrent jusque à Essonne, où je me trouvai tellement lasse, qu'il me fut impossible de plus courir, ce qui m'obligea de dire à mon cousin : « Allez-vous en toujours devant, m'attendre à Lyon avec la vaisselle, afin que si l'on vient après nous, vous soyez en sûreté de votre personne. » Il est vrai aussi que j'appréhendais plus pour lui que pour moi. Il n'en voulut rien faire, me disant qu'il aimait autant mourir que je fusse prise.

Nous restâmes donc trois jours en ce dit lieu d'Essonne, pour deux raisons, l'une pour attendre le coche, et l'autre pour guérir mes écorchures, car en courant je m'étais emporté tout le dessous des cuisses. Le premier jour, la maîtresse de l'hôtellerie ni les filles ne s'aperçurent que j'étais fille ; mais le second, ils s'en doutèrent fort bien, et me faisaient tant de caresses dans mon habit d'homme, que j'en étais honteuse. Nous eûmes une grande frayeur le soir, lorsque entendant appeler, de la rue, Lacarière, qui était le maître de la maison, nous crûmes que c'était un suivant qu'avait mon père, qui s'appelait La Ferrière.

Le jour étant venu, le coche vint, dans lequel nous nous mîmes, et après avoir passé Moulins, un homme qui était dans le coche, qui se disait gentilhomme, fit venir le prévôt des marchands à nous en campagne, lequel, après avoir abordé le coche, commença à dire ces paroles : « N'y a-t-il point ici une damoiselle vêtue en homme ? » Mon mari répondit sans s'étonner : « Oui da, monsieur, pourquoi ? Avez-vous quelque chose à dire là dessus ? Ne suis-je pas maître de faire habiller ma femme comme il me plaît ? Allons, madame, dit de plus mon mari, prenez vos habits de femme. » Ce que je fis incontinent, ce qui rendit confus le prévôt, et nous quitta sans autre bruit. Mais pour moi, je restai tellement épouvantée, que je ne cessais de dire à mon mari qu'il prît la poste pour s'en aller devant avec la vaisselle, car j'avais beaucoup plus d'appréhension de lui que de moi, quoique je savais que le péril était aussi grand pour l'un que pour l'autre, sachant que le grand courage de mon père eût fait le même effet en moi qu'en celui qui m'amenait. Je restai donc seule dans le coche, où je ne voulus autre qu'une pistole, à dessein au moins que si j'étais prise, il eût de quoi se sauver. Mais Dieu qui permettait ceci, nous conduisait. A une couchée près de Lyon, celui qui m'avait laissée, me vint au devant en poste, de quoi j'étais ravie de joie. Le soir ensuite nous arrivâmes à Lyon, au *Chapeau rouge,* où le matin nous vendîmes ouvertement la vaisselle, laquelle monta à trois cents écus, desquels celui qui devait tenir l'argent plus cher que sa vie, se fit faire, encore qu'il n'en eût du tout besoin, un fort bel habit d'écarlate, avec les aiguillettes d'or et d'argent.

Nous restâmes trois semaines en la dite ville, attendant mes hardes qu'il avait envoyées par Orléans, avec celles du duc de Mantoue ; mais je fus bien étonnée lorsque je vis qu'il y manquait une robe de tabis noire, et d'autres choses qu'il avait vendues dès Paris. Cela m'affligea fort ; néanmoins nous nous mîmes sur le Rhône, et ayant pris terre le soir à l'hôtellerie, il voulut tirer ses pistolets, parce qu'il y avait long-temps qu'ils étaient chargés. Pour cet effet, il prit l'un d'une main, et l'autre de l'autre. Celui qu'il tenait de la main droite il le tira en l'air, en même temps l'autre qu'il tenait le bout en terre tira aussi. Du coup je tombai en terre, me sentant blessée au pied droit, à deux doigts, lesquels furent percés tout à fait. Beaucoup de gens accoururent à cet accident, mais celui duquel il procédait les fit tous retirer, disant : « C'est un malheur qui m'est arrivé, je puis dire à moi-même, puisque c'est ma femme. » J'étais en colère, et pour me consoler, il me dit : « Je voudrais vous l'avoir donné dans la jambe. » Mais je crois qu'il disait ces paroles de rage de m'avoir blessée. Ma colère ne put durer que jusqu'au lendemain, qu'il me fallut porter dans la barque, et étant arrivés à Avignon, il fallut faire le même jusqu'à l'hôtellerie, où incontinent on envoya quérir un bon chirurgien, lequel trouva mes plaies fermées, qui me firent un grand mal à ouvrir. Je restai les deux jours au lit que nous fûmes en Avignon, après lesquels nous prîmes une litière pour Marseille, parce que mon mal ne me permettait d'aller à cheval. Nous vînmes loger sur le port, où ma blessure me fit rester trois semaines, où celui qui disait en France ne pouvoir vivre éloigné de moi, me tenait fort mauvaise compagnie, car tout le jour il demeurait hors du logis, ce qui m'affligeait, car je ne pouvais vivre contente éloignée de lui ; mais le pis était de voir jouer mon argent et le perdre.

Nous nous embarquâmes sur une très mauvaise barque, n'ayant point d'autre commodité, et vînmes prendre terre à Toulon, où, par la grâce de Dieu, nous fîmes notre bon jour étant le jour de Pâques. Nous y passâmes les fêtes, et puis nous tournâmes à nous embarquer, mais après avoir navigué environ trente milles, un vent contraire nous rechassa dans Toulon, dont nous ne fîmes voile encore que de trois ou quatre jours, avec un temps qui n'était pas trop favorable, et lequel fit grandement grossir la mer auprès de Villefranche, sous le château de Saint-Soupir, avec un vent si grand et si changeant, que les mariniers voulurent ôter les voiles, mais le vent les leur emporta des mains. Alors les cris furent si grands de tous ceux qui étaient dans la barque, que les mariniers ne savaient ce qu'ils faisaient, car tout le monde criait miséricorde, de voir la barque renversée. Mais par miracle de Dieu, nous prîmes port au dit château de Saint-Soupir, dont la dame nous voyant de sa fenêtre en ce grand péril, eut grande compassion de nous, et fit chanter le *Salve regina,* comme elle m'assura. Car elle nous envoya quérir tous deux, et après nous avoir fait faire collation à la mode de son pays, savoir olives et câpres, elle commanda que l'on donnât pour nous à notre valet des artichauts, et me voulant conduire jusque à la dernière porte du château, un garde l'en empêcha. Voyez que c'est de l'amour ; encore que nous étions à un lieu qui n'était habité de personne, et où nous ne pouvions faire feu qu'en la campagne, et de plus où il fallut jeûner les trois jours que nous y attendîmes le bon vent, néanmoins j'y étais si fort contente auprès de celui que j'aimais, que les heures me semblaient des minutes, encore que j'étais bien affamée. Car à Villefranche, peur de la peste, ils ne voulurent nous laisser prendre des vivres. Ainsi tous bien affamés, nous fîmes voile ; mais auparavant, de crainte de faire naufrage, je me voulus confesser à un bon père cordelier, qui était en notre compagnie, et lequel venait à Gênes aussi.

Où étant arrivés tous, par la grâce de Dieu, au port, nous ne pûmes désembarquer sitôt, et eussions fait quarantaine sans une lettre de recommandation que nous avions pour un fameux marchand, nommé M. Audiffret, auquel nous confiâmes notre trésor, qui n'était autre que cent pistoles, lesquelles il nous rendit, sans nulle chose à redire. Mais je ne puis passer outre sans dire la peine que j'eus au port, la chaleur y étant tellement grande que le cœur me faillait, et me semblait de ne voir jamais l'heure d'être à l'hôtellerie, où nous fûmes dix jours, tant pour nous pouvoir épouser, que pour attendre une bonne commodité pour Rome. Mais notre attente ne nous servit de rien, au contraire pour nous perdre, si Dieu n'y eût mis la main. Car mon mari voyant entrer dans notre chambre un gentilhomme génevois, lequel écorchait un peu le français, lui demanda : « Monsieur, vous plaît-il quelque chose ? » — « Monsieur, dit ce Génevois, je voudrais bien parler à madame. » Mon mari, tout d'un temps, mettant l'épée à la main, lui dit : « La connaissez-vous ? Sortez d'ici, car autrement je vous tuerai. » Incontinent, M. Audiffret nous vint voir, lequel lui conseilla de nous en aller le plus promptement qu'il se pourrait, parce que ce Génevois très assurément lui ferait faire du déplaisir.

Nous nous embarquâmes en une barque chargée de blé, et par conséquent dangereuse, où néanmoins, avec danger encore, nous arrivâmes à Civita-Vecchia, à deux journées près de Rome, où nous prîmes des chevaux pour aller audit Rome, avec un grand contentement que Dieu nous avait préservés de tant de périls, dont nous espérions lui en rendre grâces très particulières en ce lieu, que nous allions chercher, où nous espérions que l'Eglise, sans difficultés, ferait ce qu'elle nous avait refusé à Gênes. Nous fûmes descendre à la meilleure hôtellerie, attendant de trouver la commodité de se mettre en chambre garnie, laquelle on nous fit trouver en la rue des Bourguignons, chez un Piémontais, duquel la femme était Romaine. Et un jour étant à sa fenêtre, le neveu de Sa Sainteté passant avec dix-neuf estafiers, en envoya un qui me dit ces paroles en italien : « Mademoiselle, Son Eminence m'a commandé de venir savoir si vous aurez agréable qu'il vous vienne voir ? » Toute tremblante, je lui répondis : « Si mon mari était ici, j'accepterais cet honneur ; mais n'y étant pas, je supplie très humblement votre maître de m'excuser. » Lequel avait fait arrêter son carrosse à trois maisons de la nôtre, attendant la réponse, laquelle soudain qu'il l'eût entendue, il fit marcher son carrosse, et depuis je n'entendis plus parler de lui.

Mon mari, en revenant, me conta une autre histoire, laquelle était qu'il avait rencontré un ancien fauconnier de mon père, lequel se nommait Laroirie. Moi, quoiqu'il n'y eût que trois mois que nous étions partis de Picardie, j'avais un grand désir de voir cet homme, lequel, en me voyant, resta sans parler, et me dit que madame l'ambassadrice avait ouï parler de moi, et qu'elle désirait me voir. Je ne manquai de prendre un carrosse et de m'y en aller, où elle me reçut avec un fort bon visage et trop d'honneur, ce qui me donna de l'appréhension que ce fauconnier n'eût dit quelque chose, et que, par conséquent, on ne nous arrêtât. C'est pourquoi nous nous en allâmes plus vite que nous n'eussions fait, mais non pas sans être fâchés tous deux, d'avoir resté vingt-neuf jours à Rome et avoir fait toutes les diligences qui se peuvent faire et dépendu beaucoup d'argent sans nous pouvoir épouser. Il est vrai que la nuit de laquelle nous devions partir le matin, la maîtresse vint heurter à notre porte en pleurant, me suppliant de ne point nous en aller, parce qu'on lui avait envoyé dire que l'on nous épouserait. Nous ne voulûmes retarder davantage, de crainte de quelque accident. Ainsi pour moi je partis sans voir le pape, encore qu'il m'était fort aisé, puisque le jour de la Pentecôte il passa de bon matin tout près de notre logis ; mais l'amour surpassait la curiosité.

Nous prîmes donc des chevaux, de quoi j'étais ravie, car si c'eût été un carrosse, je n'eusse jamais eu la hardiesse d'être dedans lorsqu'il fallut passer les montagnes de Lorette, car le chemin est si étroit, que même à cheval j'avais peur de tomber dans les précipices. Toute notre frayeur se passa lorsque nous, indignes, fûmes dans la sainte maison ou dans son église ; nous communiâmes s'il a plu à Dieu, et gagnâmes les indulgences avec un très grand contentement. Nous vînmes nous embarquer à Ancône pour aller à Venise, et étant à dix lieues près, à une ville qui se nomme Choise *, nous faillîmes périr au port, car la mer se grossissant, et le vent venant de tous les côtés, nous ne pouvions ni reculer ni avancer, ce qui nous obligea de jeter l'ancre. Néanmoins nous n'attendions que l'heure d'être engloutis qui obligeait tout le monde à crier : Miséricorde ! et faire des vœux que si Dieu nous faisait la grâce de nous mettre au port, où il n'y avait qu'un mille, que nous irions tous lui rendre grâces en Notre-Dame-de-Choise ; ce que nous fîmes, et puis trouvâmes à nous embarquer, et en peu de temps fûmes à Venise où nous allâmes loger sur le grand canal. Cette ville, quoique admirable, ne me pouvait plaire à cause de la mer, et il m'était impossible encore d'y pouvoir boire et manger, seulement que pour m'empêcher de mourir. Tout le voyage j'avais été de cette sorte sans appétit.

Néanmoins, l'argent ne laissait de se dépenser fort largement, car celui qui le gouvernait en tenait aussi peu d'état, comme s'il eût été assuré d'en avoir quand

* C'est sans doute une traduction faite par mademoiselle de Longueval d'un nom de ville italienne, rendu ainsi méconnaissable. *(Note de l'éditeur.)*

il lui plairait ; et quoiqu'il vît qu'il était diminué de beaucoup, néanmoins il n'en était pas du tout affligé, ce qui m'étonnait, et je lui demandai : « Mais que ferons-nous ? il n'y a plus tantôt d'argent. » Il me répondit : « Lorsque nous serons en terre ferme, Dieu y pourvoira ; habillez-vous, et nous irons à la messe à Saint-Marc. » Ce que nous fîmes ; et nous ayant mis dans le chœur auprès des sénateurs, où il y avait d'autres personnes, peu de temps après on les fit tous sortir, hors mon mari et moi, qui était une grande faveur, parce qu'il ne resta dans le chœur que les sénateurs et nous. Je crois qu'ils eurent honte de chasser des étrangers couverts de la façon, car il avait des chausses de petit velours noir, avec le pourpoint de toile d'argent blanc, le manteau pareil, des chausses avec la petite oie d'argent. Pour moi, je n'étais pas moins ajustée, et l'habit à la française faisait que continuellement ils avaient l'œil sur moi. Monsieur l'ambassadeur de France, qui marchait en procession avec le prince, me salua.

L'heure du dîner étant venue, nous nous retirâmes au logis, d'où je n'en voulus sortir, aimant mieux reposer que d'aller encore en mer en gondole. Pour celui pour lequel j'étais à Venise, il se promenait, et sa promenade ne nous servit pas peu, car ayant salué M. de La Morte en place Saint-Marc, parce que tous les Français se saluent, ce gentilhomme l'accosta avec tant de civilité en lui demandant combien il y avait qu'il était parti de France, et tant d'offres de services, que mon mari en demeura confus, et à l'heure même ils restèrent amis intimes, ce qui obligea mon mari de lui dire ce qu'il avait sur le cœur sur le sujet de la difficulté que jusqu'à l'heure nous avions eue à nous épouser. Ce gentilhomme assura mon mari que dans peu de jours nos désirs seraient accomplis, et que pour cet effet, il nous fallait aller avec lui en sa garnison de Palma-Nova, à quoi j'eus un peu de peine à me résoudre parce qu'il fallait encore aller sur mer, où je fus aussi malade qu'en partant de Marseille.

M. de La Morte, avec lequel nous allions, fit faire à mon mari la révérence à Son Excellence le général, à Palma-Nova, et la supplia de remettre mon mari dans la compagnie de son capitaine, M. de Riper de Montelimart. Son Excellence ne voulait point croire, voyant que mon mari était si bien couvert, qu'il se fût arrêté à prendre une pique dans une compagnie de laquelle M. de Riper était capitaine, lequel nous traita deux ou trois jours avec trop de cérémonie, et puis nous servit à notre mariage de témoin et son lieutenant M. de La Morte ; auxquels, et avec le prêtre qui nous avait épousés, nous fîmes un petit festin, car nous n'avions plus autre que vingt pistoles, quoiqu'ils croyaient tous que nous en étions chargés.

Huit jours ne furent sitôt passés, que le sénat donna ordre au général d'envoyer la compagnie à Vérone, ce qui me mit au désespoir, car, encore que Palma-Nova fût fort petit, néanmoins pour y avoir tout ce que j'aimais de plus au monde, je m'y plaisais, et pour les vivres qui y sont en abondance et à fort grand marché. Néanmoins il fallut revenir à Venise pour aller à Vérone, où en passant j'ai oublié de dire que nous avions acheté du ménage, deux paires de draps pour deux pistoles, sans compter une couverte, un matelas, six plats de faïence et six assiettes. De dire l'extrême désir que j'avais d'être à Vérone, il ne se peut, puisqu'il me promettait que ce serait le lieu de notre demeure. Où d'abord que nous fûmes arrivés, plusieurs officiers français nous traitaient. L'un desquels, nommé M. de Beaupuis, voyant que nous étions en peine de chercher logis, parce que nous avions couché les premières nuits chez M. de Breunel, enseigne, et que nous ne voulions plus l'incommoder, nous pria de prendre deux chambres dans son logis, lesquelles nous acceptâmes sachant que nous ne l'incommodions pas, car les maisons sont à fort grand marché. Vis-à-vis de la nôtre il y avait un couvent de religieuses qui m'envoyèrent prier d'aller les voir, et me firent tant de caresses et d'honneur que j'en étais confuse, et vous jure qu'il ne se passait jour sans que je ne les visse..... *.

Vers ce temps j'accouchai de mon premier enfant, lequel Son Excellence Alluisi Georges tint à baptême avec une dame des principales de Vérone, nommée la comtesse Bevilacqua, qui, comme je fus relevée de ma couche, dans laquelle elle m'avait visitée, m'envoyait son carrosse assez souvent. Entre autres, elle me l'envoya un soir pour être à un bal qu'elle donnait, et où se devait trouver le général Alluisi Georges, lequel me prit la première pour danser, qui étonna toutes les dames de voir danser une étrangère : car j'étais vêtue à la Française. Tous les Français, officiers de la république, étaient ravis de voir que ce grand général, craint et redouté partout, me faisait tant d'honneur. Mon mari était en présence, auquel Son Excellence faisait en dansant un fort bon visage. Mais la fortune envieuse de mon bonheur, ne nous laissa guère en repos, ou pour mieux dire l'amour de ce lieutenant-colonel, lequel allait tous les jours augmentant, et cherchait toutes les inventions du monde pour nous séparer, mon mari et moi. Il en fit une, en me montrant une fausse lettre que ce M. Turet lui avait écrite, où il lui mandait que mon père et ma mère ne recevraient jamais un plus grand contentement que de me voir entre ses mains : « Eh ! bien, me disait il, mademoiselle, voulez-vous pas donner ce contentement à tous vos parens ? Qu'attendez-vous en Italie avec votre mari ? La misère le reste de vos jours. Si vous dites qu'il vous aime, vous ne pouvez dire, sans faire tort à votre esprit, que je ne vous adore, car ma vie, ne l'ai-je pas mise au hasard pour vous ? mon bien, il ne tient qu'à vous d'en être plus maîtresse que moi-même ; moi, dis-je, qui vous achèterai les plus belles perles qui seront ici, et d'abord deux cottes de brocard telles qu'il vous plaira. Pensez, Mademoiselle, à laisser votre amour pour une personne dont les intentions sont

* Il y a ici une lacune au manuscrit.

pour votre honneur, pour votre bien, et pour vous remettre en bonne grâce de messieurs vos parens. »

J'avoue que tous ces discours suivis d'effets me faisaient penser à ce qu'il me disait ; car, de toutes façons, j'y voyais fort mon avantage. Lui, cependant, travaillait fort puissamment à son dessein, en mettant tous les jours à la tête de mon mari, car il se disait son intime, de vendre son enseigne, et qu'il trouverait beaucoup d'avantage à Innspruck, qui n'était qu'à sept journées de Vérone, pays qui s'appelle le Frioul, et que, y passant le duc de Feria, sans doute mon mari attraperait une compagnie. Ces discours lui donnèrent tellement dans la vue, que le voilà résolu de vendre son enseigne, et de me laisser à Vérone. Il s'en alla pour cet effet trouver le général, qui témoigna être fâché de sa résolution, et m'envoya un colonel, nommé M. de La Battie, me dire ces paroles : « Madame, Son Excellence m'a commandé de vous venir dire que si vous n'êtes contente que M. de Saint-Martin, votre mari, se défasse de son enseigne, que Son Excellence empêchera qu'il ne la vende, parce que c'est plutôt à vous que Son Excellence l'a donnée qu'à lui, et que vous en êtes maîtresse. » A quoi, après de grands remerciemens, je dis à ce colonel que j'étais contente, parce que je voyais que si je pouvais faire ce que ce lieutenant-colonel me disait, que la faute que j'avais faite en France serait réparée.

Voilà donc l'enseigne vendue, et cet homme qui m'aimait content, croyant que je ne m'en pouvais plus dédire. Mais l'amour, qui est la reine de toutes les passions, se moqua bien de la charge, car lorsque je vis que mon mari faisait son préparatif pour s'en aller, il me fut impossible de penser seulement de vivre sans lui. Tous les avantages que ce lieutenant-colonel me promettait, ni toutes les personnes qui me venaient parler de sa part, ne purent empêcher que je ne m'en allasse avec mon mari, au grand regret de M. de Tour, et je crois que s'il n'eût craint que je le perdisse, il serait arrivé mal à mon mari, qu'il se serait vengé sur lui. Ainsi l'amour nous ruina en Italie aussi bien qu'en

France, quoiqu'en celle d'Italie je n'y avais point de coulpe.

Nous partîmes donc de Vérone avec un valet et un nommé M. Boyez, à qui mon mari avait promis de faire sa dépense jusqu'en Allemagne, parce qu'il n'avait point d'argent. Lorsque nous fûmes à vingt-cinq milles de Vérone, qui veut dire neuf lieues et un quart de France, à un lieu où, par le lac, on va à la rive de Trente, je fis tout ce que je pus pour engager mon mari à s'arrêter à quelque autre ville des Vénitiens, comme Brescia, prévoyant bien que ce long voyage qu'il voulait faire nous ruinerait entièrement. Mais il ne me voulut écouter, de façon que nous nous mîmes sur le lac à mon grand déplaisir, car il me fâchait fort de quitter le bon pays des Vénitiens. Nous arrivâmes à la rive de Trente, et de là à Trente, en deux journées, où nous prîmes des chevaux pour Innspruck ; mais pour moi je faisais ce voyage à grand regret, prévoyant bien que les cinquante pistoles seulement que nous avions, ne nous dureraient guère ; mais mon amour était plus grand que toutes ces considérations.

Après avoir demeuré huit jours à Innspruck, où le duc de Feria passa, on dit à mon mari qu'il fallait aller encore plus loin pour avoir de l'emploi dans une ville qui se nomme Fish, où le soir même, ou pour mieux dire la nuit, il me prit un si grand flux de sang que j'en faillis mourir, car il me dura huit jours ; et ne pouvant avoir de médecin, à ce que disait mon mari, je fis venir une sage-femme, laquelle me fit plutôt entendre par signes qu'autrement, car je n'entendais pas l'allemand, que je m'étais gâtée d'un enfant. Elle m'étancha le sang en me faisant manger de mon sang propre, et toute débile que j'étais, ou pour dire la vérité, demi-morte, car je crois qu'il ne m'était resté de sang que ce qu'il m'en fallait pour m'empêcher de mourir, je montai à cheval pour aller avec mon mari joindre l'armée, qui était au moins encore à quatre journées de là ; où je fus si étonnée de voir autant de femmes que d'hommes, entre autres beaucoup de celles des colonels et capitaines. D'abord mon mari s'en alla faire la révérence au grand colonel, nommé Gildase, aimé et estimé de toutes les nations, lequel, pour être Valon, et ayant ouï parler de la maison de Longueval, fit grande caresse à mon mari, et lui dit qu'en attendant une compagnie, il lui donnerait une lieutenance, et que pour moi il m'allait mettre dans le carrosse de sa sœur, qui était mariée au premier capitaine de son régiment : ce qui fut fait incontinent. Mais pour mon mari, il lui prit une fièvre qui lui empêcha de prendre possession de la lieutenance.

Pour moi, quoique cette dame et son frère me faisaient trop d'honneur, néanmoins cette façon de vivre comme les Egyptiennes, tantôt à un lieu, tantôt à un autre, ne me pouvait plaire, encore que j'eusse plus de sujets de me contenter que pas une femme, puisque j'étais la seule qui mangeais à la table du colonel, avec seulement sa sœur, quelques-uns de ses officiers et mon mari, auquel ledit colonel montrait trop de bonté, car il lui donnait les meilleurs morceaux qui étaient sur la table, à cause qu'il le voyait malade. Une nuit, il fit bien davantage, car étant dans son quartier couchés dans une écurie où sa sœur et son beau-frère étaient couchés ainsi que mon mari et moi, tous habillés, de crainte de l'ennemi, à mon premier réveil je ressentis un si grand frais, que je ne pus m'empêcher de dire tout haut : « Mon Dieu ! je meurs de frais ; » ce que lui entendant, parce qu'il ne dormait pas, prit sa casaque sur lui-même, et me la jeta, quoiqu'il n'eût autre couverture. Tous ces honneurs pouvaient bien arrêter une Allemande, mais non pas les Françaises, à qui la guerre ne peut plaire, ce qui m'obligea de dire à mon mari qu'il fallait qu'il prît la résolution, puisque aussi bien il était malade, de retourner en Italie ; que pour moi je n'étais point Allemande pour suivre la guerre, et que celle des Vénitiens était bonne pour nous, et que nous n'étions pas partis de France pour Mars, mais seulement pour Vénus.

Je n'eus pas beaucoup de peine à le faire résoudre, car son mal le pressait toujours plus, de sorte que nous tournâmes tous deux sur une cavale que nous avions, sans songer à prendre de passeport. Mais nous fûmes bien confus, ou pour mieux dire au désespoir, lorsque nous fûmes à une forteresse nommée Reitre, qu'un lieutenant-colonel, qui y commandait, ne le voulut laisser passer et le retint prisonnier, encore que la fièvre lui continuât toujours de plus en plus. Pour moi, ils me laissèrent ma liberté, qui fut cause que, par bons conseils d'honnêtes gens de la forteresse, je m'en vins à Innspruck pour me jeter aux pieds de Son Altesse l'archiduchesse Léopold, qui était veuve, pour avoir d'elle un commandement de faire sortir mon mari. Mais la nuit qui précéda le jour où je devais l'aller trouver, il me prit un flux de sang, qui empêcha mon dessein, lequel me dura dix jours seulement, car les bons traitemens de mon hôtesse, qui me faisait comme à son enfant propre, me remirent avec l'aide de Dieu. Sitôt sur pied, comme on me disait que l'archiduchesse ne donnerait nullement passage à mon mari, je me résolus de l'aller voir, ne pouvant vivre loin de lui. Ainsi, avec le peu d'argent que je pus ramasser, je montai sur notre haquenée, accompagnée seulement d'un homme à pied, parce qu'il n'y avait nul danger, étant un chemin entre deux montagnes où les malfaiteurs ne trouveraient pas leur compte. Je n'eus pas plus tôt fait la première journée que je rencontrai dans un bourg des gens qui étaient de Reitre où mon mari était retenu, et les ayant abordés, je leur demandai s'ils n'avaient rien ouï dire d'un gentilhomme français prisonnier en ce lieu ; à quoi ils me répondirent : « Il est ici, après avoir été malade jusqu'à la mort. » Aussitôt je me fis enseigner l'hôtellerie où je le trouvai contre un poêle demi-mort, et ne saurais dire lequel des deux fut le plus ravi et la peine que j'eus à le ramener à Vérone.

Une fois audit Vérone, j'envoyai dire à M. de Tour que s'il ne considérait la peine que je venais de recevoir et la coulpe qu'il avait d'avoir fait vendre à mon mari son enseigne, je le perdrais entièrement. Je ne sais s'il avait encore de l'amour pour moi, ou si ce fut la pitié, tant y a qu'il m'envoya vingt pistoles et tout un ameublement de maison où mon mari se gouverna si mal, qu'en peu de temps il mangea entièrement tout, étant chaque jour, depuis le matin jusqu'à la mi-nuit, en débauche dont ses camarades les plus ordinaires étaient M. de La Perle et M. Esculte. Néanmoins tout le mauvais ménage de mon mari ne diminua en rien mon extrême affection, laquelle me faisait toujours trouver des inventions de vivre ensemble. Voyant donc qu'il n'y avait autre remède pour nous empêcher d'être tout-à-fait dans l'incommodité, je me résolus de prendre des gens en pension, desquels mon mari jouait et dépensait tout le gagnage hors du logis, ce qui m'affligea jusqu'à la mort. Dans une couche que je fis d'une fille, il joua cent réales, qui étaient toute notre richesse, et puis vendait tous les jours les meubles jusques au linceul du lit. Toutes ces choses ne pouvaient me faire résoudre à le quitter, car je ressentais mon affection être aussi grande que lorsque nous partîmes de France. Il est vrai qu'après avoir reçu la première lettre de ma mère, cette affection se partagea en deux, puisque, quoique j'aie témoigné avoir peu de naturel, si est-ce que je puis dire avec vérité qu'il n'y a personne qui aime plus ses parens que moi ; mais j'avoue que l'amour que j'avais pour cet homme surpassait l'affection que je portais à mes parens. Voyez ce que l'amour peut, quoiqu'il y eût déjà trois ans que nous étions ensemble, et que sa mauvaise vie nous réduisait à n'avoir autre au monde que deux ducatons...

[Ici s'arrête le récit inachevé d'Angélique ; mais la notice manuscrite de son cousin Goussencourt nous met à même de compléter cette relation par l'extrait suivant :]

Elle conseillait souvent à la Corbinière de retourner, mais il n'en voulait entendre parler. Aussi bien ne faisait-il pas bon pour eux en France ; car cette faute fut cause que M. d'Haraucourt chassa des faubourgs de Clermont la mère et les frères du ravisseur qui vivaient de leur boutique de charcuterie. Enfin la mère d'Angélique lui ayant laissé huit mille livres dans son testament, elle fit tant près de son mari qu'ils vendirent tout, s'embarquèrent à Livourne et arrivèrent à Avignon, où ils furent toujours tous les deux malades. La Corbinière y mourut le 5 août 1642 et repose à Sainte-Madelaine.

Angélique, après avoir été réduite à la dernière extrémité, arriva à Paris le dimanche 19 d'octobre, par le coche, et manda à madame Boulogne, sa grande amie, de la venir quérir. Le lendemain après dîner elle me vint trouver avec madame Boulogne. La première chose qu'elle fit fut de venir se jeter à mes pieds, les mains jointes, me demandant pardon, ce qui fit pleurer les femmes. Je lui dis que je ne lui pardonnais pas (ce qui la fit soupirer, et respirer ayant entendu le reste), car elle ne m'avait pas offensé, et, la prenant par la main, lui dis : « Levez-vous, » et la fis asseoir auprès de moi où elle me répéta ce qu'elle m'avait souvent écrit, qu'après Dieu et sa mère, elle tenait la vie de moi.

[Dernière page du manuscrit d'Angélique.]

néanmoins il m'était impossible de pouvoir m'imaginer de vivre sans lui. C'est pourquoi il n'eut pas beaucoup de peine à me faire résoudre de quitter Vérone, car où il était, j'avais tous les contentements que peuvent recevoir les mortels. Alors il me dit donc : « De quoi vous étonnez-vous ? Allons-nous en sur l'état du duc de Parme qui n'est qu'à trois journées d'ici ; je suis assuré que j'aurai un fort bon entretien. » Mais je lui répondais : « Nous n'avons que deux ducatons, comment voulez-vous faire ? ce n'est que pour aller à Mantoue. » Où étant arrivés tous deux, un capitaine français nommé Mr de Jumel nous vint quérir à l'hôtellerie pour aller souper à son logis, où mon mari l'entretint sur le dessein qu'il avait d'aller à

Parme, ce que le capitaine ne trouva pas à propos de mener une femme grosse comme j'étais, et offrit à mon mari s'il voulait rester et prendre une pique dans sa compagnie, une double paie qui n'était autre en tout que douze sols par jour. Nous voilà donc demeurant à Mantoue avec ces douze sols par jour pour le père, la mère et ce petit garçon que j'ai, qui, pour être petit, me faisait beaucoup de mal. Pour le père, il n'était non plus affligé que s'il eût eu un trésor.

NOTES

A ALEXANDRE DUMAS

1. Personnage du *Roland furieux* de l'Arioste (1516) qui va rechercher dans la lune la raison perdue de Roland, enfermée dans une bouteille. L'hippogriffe appartient au même poème épique.

2. On pourra comparer le texte de Dumas (*Aurélia,* GF, p. 376-379) à la citation de Nerval qui pratique quelques coupures et arrangements.

3. La formule est peut-être un souvenir de la préface de *Cromwell,* où Victor Hugo attribuait cette pensée à La Harpe.

4. Le « prophète socialiste », ami de George Sand, défendait en effet la doctrine de la métempsycose.

5. Ces trois conteurs du XVIIIe siècle ont publié des œuvres où la métempsycose joue un rôle – plus ou moins sérieux ; *Le Sopha, conte moral,* de Crébillon fils (1740) est évoqué dans les lignes suivantes. On remarquera que l'image de la broderie revient avec les personnages de la Napolitaine et d'Emilie.

6. Dans le *De Republica* de Cicéron (55 av. J.-C.), Scipion a, en songe, la vision des espaces célestes où les âmes immortelles reçoivent leur récompense. Dans *La Jérusalem délivrée* du Tasse (1575), Godefroy de Bouillon a une vision semblable. Enfin, la « visite » de l'autre monde est évidemment le sujet de *La Divine Comédie* (XIVe siècle).

7. La scène de l'arrivée au Mans des comédiens ambulants est célèbre. L'Etoile et Destin sont deux jeunes gens de bonne famille qui se cachent, sous des surnoms, parmi les comédiens ; c'est Destin qui porte « un vaste emplâtre » pour mieux se dissimuler. Mme Bouvillon, Ragotin, poète ridicule, La Rancune et La Caverne sont aussi des personnages du roman de Scarron – où l'on trouve également une Angélique.

8. Une telle formule ne peut guère se comprendre qu'au XIXe siècle. En 1844, date de la publication du *Roman tragique,* la célèbre Rachel, qui avait contribué à la remise en honneur des tragiques du XVIIe siècle, était en pleine gloire.

9. C'est à la scène 2 de l'acte V d'*Iphigénie* qu'Achille, « furieux », propose à l'héroïne de l'enlever. Signalons, dans la même tragédie, un vers de la scène 1 de l'acte II :

« Dans la nuit du tombeau, j'enfermerai ma honte »

10. C'est Néron lui-même et non Burrhus qui raconte l'enlèvement de Junie sur son ordre (acte II, sc. 2). Il est question plus loin de la scène 6 du même acte, durant laquelle Néron écoute, caché, le dialogue de Junie et de Britannicus.

11. Déjà ici, comme dans *Sylvie,* le « frère » obtient la femme aimée avec l'assentiment du narrateur. Dans le *Roman comique* de Scarron, La Caverne préfère au brillant Sigognac un « jeune premier ridé », Bellefleur.

12. *Calot,* mot argotique désignant un teigneux, selon le *TLF* ; le *Dictionnaire* de Napoléon Landais (1834) en fait un mot dérivé du nom du graveur Jacques Callot, avec le sens de « figure d'un grotesque ridicule », qui semble mieux convenir ici.

13. Ce seront, on le sait, les derniers mots d'*Aurélia.*

ANGÉLIQUE

1. « A Monsieur le Directeur. » Rappelons que, sous sa première forme, *Les Faux Saulniers,* le récit était adressé au Directeur du *National.*

2. Gérard était passé à Francfort en 1838 et 1850.

3. Il faudrait *Volkskalender* (almanach du peuple) ; le *Roemer* est l'hôtel de ville de Francfort. Ce qui suit a été fortement élagué par rapport au texte de 1850 qui insistait sur les tentatives révolutionnaires de 1848 en Allemagne. Robert Blum, écrivain et homme politique allemand, avait soutenu le soulèvement prohongrois de 1848 en Autriche et avait été exécuté par les Autrichiens.

4. La contrefaçon des livres français en Europe, et spécialement en Belgique, était la plaie de l'édition française – et réduisait de beaucoup les gains des écrivains. Nerval avait été chargé d'une enquête officielle sur cette question en 1840.

5. Description exacte à deux détails près : il faudrait *Jean de la Franchise,* et 1719.

6. Ilot qui constituait la promenade élégante de Francfort.

7. Cet amendement à la loi sur la presse du 16 juillet 1850 frappait d'une taxe additionnelle tout journal publiant un roman-feuilleton. Au moment où le prince-président entreprenait sa conquête du pouvoir personnel, la mesure visait des écrits soupçonnés, depuis *Les Mystères de Paris,* de diffuser des idées « socialistes » et subversives.

8. *Les Lettres historiques et galantes* de Mme Dunoyer (1720) donnent le même récit que l'*Histoire de l'abbé de Bucquoy.*

9. En réalité : Louis Phélypeaux, comte de Pontchartrain, à qui revenait la nomination des censeurs, de par la charge de chancelier de France qu'il occupa de 1699 à 1714.

10. Les *Débats* et *La Quotidienne* étaient des journaux gouvernementaux, *Le National* et *Le Charivari* des organes d'opposition. Pilat, secrétaire de Metternich, avait vécu quelques années à Paris sous l'Empire. Plus bas, la mention de la censure des théâtres fait allusion aux difficultés que Nerval avait éprouvées pour faire représenter *Léo Burckart* en 1839, et qui faisaient l'objet d'un long développement dans *Les Faux Saulniers.*

11. Alexandre Pillon, conservateur-adjoint de la Bibliothèque nationale, de 1848 à 1859. Son collègue Ravenel était conservateur et sous-directeur du département des Imprimés.

12. On trouve dans bien des articles à cette époque les mêmes doléances ainsi que l'évocation du pittoresque *Carnevale* que l'on pouvait voir tous les matins à la Bibliothèque nationale, jusqu'à sa mort en octobre 1849. Le terme d'« histoires amusantes » est cruel envers deux historiens qui se donnent pour sérieux.

13. L'événement est sujet à controverse encore aujourd'hui ; l'incendie de 390 n'a rien à voir avec la mort d'Hypatie (415). C'est la bibliothèque reconstituée ensuite et dont une partie se trouvait au *Sérapéion,* qui fut brûlée en 641 par Amrou, lieutenant d'Omar.

14. « Tout le dedans des maisons tremble » ; V. Hugo, *Angelo tyran de Padoue,* acte I, sc. 1. Le terme de *fantaisiste* qu'on trouve plus loin, était employé par les critiques « du bon sens » contre des écrivains appartenant à la bohème.

15. Le voyageur Jacques de Bucquoy ne semble pas apparenté à l'abbé Archambault de Bucquoy, mort en 1740, et qui est peut-être un imposteur.

16. L'abbé s'est évadé du For-l'Évêque en 1706, de la Bastille dans la nuit du 4 au 5 mai 1709. Nerval lui prête plus loin une évasion – imaginaire – de la prison de Soissons.

17. En fait : « Bon/ne peut trop ». Jérôme Phélypeaux, comte de Pontchartrain, ministre de la Maison du Roi de 1699 à 1715 ; le marquis d'Argenson, lieutenant général de police de 1697 à 1718. Le dossier consulté par Nerval et retrouvé par Nicolas Popa est toujours conservé à la Bibliothèque nationale (ms. fr. 8121).

18. Il faudrait : son *frère.*

19. Froissart (XIVe siècle) et Monstrelet (XVe siècle) ont laissé des *chroniques,* mais seul le premier « met en scène » les faits.

20. Philarète Chasles, conservateur de 1837 à 1873. *Piquillo* avait été représenté en 1839.

21. Charles Cayx avait été professeur d'histoire au lycée Charlemagne, où Gérard avait fait ses études, avant d'être administrateur

de l'Arsenal, de 1842 à 1851. Nerval mêle les fonctions de bibliothécaire en chef (Nodier), celles d'administrateur (Saint-Martin, Cayx) et celles de conservateur (Jean-Baptiste-Augustin Soulié).

22. Trois parmi les plus célèbres libraires de Paris, spécialistes des ouvrages anciens ; France est le père d'Anatole, Techener le fondateur du *Bulletin du Bibliophile.*

23. Nous n'avons pu découvrir nulle part ce livre que Nerval prétend cependant avoir donné à la Bibliothèque nationale en même temps que l'*Histoire de l'abbé* ; ni le registre des dons, ni la lettre de remerciements, n'en font mention.

24. Perdu, retrouvé par Auguste Longnon, puis par Nicolas Popa, le manuscrit utilisé par Gérard est toujours conservé dans le fonds ancien des *Archives nationales* sous la cote M. 422 ; d'autres pièces se trouvent à la Bibliothèque nationale. Nerval s'est servi de ce manuscrit de la Confession, du récit du P. de Goussencourt, mais aussi de la publication qu'avait faite de la Confession Jules Taschereau dans la *Revue rétrospective.* Pour des raisons de commodité de lecture (l'orthographe des manuscrits est indescriptible), c'est ce dernier texte qu'on trouvera *infra,* p. 345-376. Nous ne relèverons donc pas en note les divergences entre le récit nervalien et l'original.

25. *Vingt ans après,* chap. XXXI ; *Le Comte de Monte-Cristo,* chap. XCIX.

26. Détail exact. Nerval revient à plusieurs reprises sur l'isolement de cette région du Valois.

27. Jacques de Longueval était marquis d'Haraucourt, le château de Saint-Rimault (l'édition Giraud écrit Rimbaud), à Essuiles, lui avait été apporté par son épouse ; Le Catelet (transformé en Châtelet par l'édition) est proche de Saint-Quentin. A la ligne suivante, Gérard utilise le manuscrit du P. de Goussencourt qui donne treize ans à Angélique, par erreur : elle en avait alors dix-sept.

28. Verneuil-sous-Coucy, dont le château, demeure des Haraucourt, fut abattu en 1860.

29. Manchettes parfumées, selon une mode précieuse (aimable renseignement de René Pintard).

30. On distinguait alors les confitures liquides des confitures sèches, ou pâtes de fruits.

31. Comme on s'en convaincra en lisant la Confession, Gérard idéalise fortement son héroïne.

32. Il n'existe aucun Saint-Maixent dans le Valois ; le chemin de fer faisait halte à Pont-Sainte-Maxence.

33. Cette chanson du déserteur sera de nouveau évoquée dans l'appendice de *Sylvie,* p. 215.

34. Le padischa est le sultan, les pachas ses gouverneurs de provinces.

35. Mot prêté à Danton à qui l'on conseillait la fuite.

36. La ligne Paris-Creil suivait alors la vallée de l'Oise ; la ligne actuelle, par Chantilly, ne sera mise en service qu'en 1859.

37. Graphie conforme à l'étymologie : à la queue du loup.

38. Ce nom sera pourtant transformé en Adrienne dans *Sylvie*... On n'a pu identifier aucune Delphine (aucune Adrienne non plus) dans les « grandes familles du pays ». Nous avons suggéré que le prénom pourrait cacher une presque « dauphine », Louise d'Orléans, fille de Louis-Philippe, à qui Nerval dédie un sonnet en 1841 (« Adrienne est-elle Louise d'Orléans ? »), *Œuvres et Critiques,* XVII, 1, 1992).

39. A la Neuville-en-Hez, près de Saint-Rimault, les Haraucourt possédaient une maison de ville, non un château. Orbaix est Orbais-l'abbaye, près d'Epernay.

40. *La Jolie Fille de la Garde,* belle eau-forte de Celestin Nanteuil, ami de Gérard, dédiée à la reine Marie-Amélie.

41. Gérard a pourtant reproduit plus haut (p. 121) un passage de la Confession où il était nommé...

42. A Saint-Jean-Cap-Ferrat.

43. Accessoire de costume à la mode alors (voir *Les Précieuses ridicules,* sc. 9).

44. Le 20 juin 1632, selon l'acte retrouvé par Nicolas Popa. Les troupes autrichiennes dont il est question sont engagées dans la guerre de Trente Ans, mais ces régions sont en paix en 1632, ce qui explique le conseil donné plus loin à La Corbinière de rejoindre des unités combattantes en Allemagne.

45. Représentation du 1er novembre à Senlis de ce drame en vers d'Alexandre Dumas, créé en 1831 ; les deux acteurs du Théâtre-Français dont il est question, avaient interprété les rôles principaux à Paris en 1845-1846.

46. En particulier de Mortefontaine.

47. En 1589. Le développement qui précède fait référence aux théories d'Augustin Thierry sur la « lutte des races », mais y mêle des développements dus à Chateaubriand et plus encore à l'*Histoire du duché de Valois* de Carlier (1764). Le comte de Bucquoy dont il va être question est le plus illustre personnage de cette famille ; il se distingua au service du roi d'Espagne, en combattant Henri IV, puis en « pacifiant » la Bohême durant la guerre de Trente Ans.

48. C'est probablement le nom, qui s'accorde au caractère de l'héroïne, plus que le sens (robe serrée à la taille et à jupe flottante), qui a déterminé le choix du mot.

49. Gilles de Haes commandait des mercenaires au service de l'Espagne ; une armée commandée par le duc de Feria se dirigeait vers la Bavière en 1633. *Fisch* est Fiecht, près d'Innsbruck. Angélique s'y « gâte d'un enfant », c'est-à-dire fait une fausse couche : Gérard n'a pas compris l'expression.

50. Il faudrait Thusnelda, épouse d'Arminius, à qui Klopstock a consacré un poème, *Hermann,* que Nerval a traduit en 1830.

51. Reistre ou Reitz serait, selon Auguste Longnon et Nicolas Popa, Brixen, au sud d'Innsbruck.

52. En réalité, en 1640 ; c'est le testament qui date de 1636.

53. Nivillers dans l'Oise, près de Beauvais. Nous rétablissons une virgule dont l'omission faisait contresens.

54. Ce château n'appartenait plus en 1632 à la famille d'Angélique qui résidait, on l'a vu, à Verneuil-sous-Coucy. Gérard s'est embrouillé dans la généalogie (complexe) des Longueval.

55. Référence à une lettre des *Faux Saulniers* supprimée d'*Angélique...* De même, plus haut, les armoiries sont données pour la première fois.

56. Le Palais-Royal prit ce nom après février 1848.

57. C'est-à-dire à l'estimation faite en vue d'une vente aux enchères. Les éditions de ce roman médiéval sont en effet rarissimes.

58. Dans les *Confessions,* livre III. « Pointes d'ossements » (cf. *Sylvie,* p. 207) par analogie avec les apophyses vertébrales.

59. On attendrait : « biographie ». Gérard a consulté l'édition de 1812 qui ne mentionne pas le voyageur hollandais.

60. Détail exact. Henri IV avait félicité les habitants de Senlis pour leur résistance aux Ligueurs. Nerval fait allusion à un épisode du chant IX de *La Henriade,* dont il pense qu'il est inspiré par le chant VII du *Roland furieux.* Plus bas, Ermenonville tire en réalité son nom d'Ermenon, évêque de Senlis au IXᵉ siècle, mais Gérard aime ce genre d'étymologies qui remontent à l'Antiquité (cf. Clos de Nerval-Nerva, *Promenades et Souvenirs,* IV, *Aurélia,* GF, p. 226).

61. Les armoiries sont celles d'Hippolyte d'Este, premier abbé commendataire de Châalis au XVIᵉ siècle ; Nerval commet plusieurs confusions : c'est un cardinal de Bourbon, non de Lorraine, qui fut proclamé roi par les Ligueurs.

62. Erreur pour *Catherine* de Médicis. L'anecdote qui suit, à laquelle on n'a pu découvrir aucun fondement historique, pas plus que de source chez Beaumarchais, provient d'un article anonyme de la *Revue britannique,* février 1839.

63. En fait Blücher.

64. La signature « abbé de Lille » figure cependant sous le premier vers cité... Toutes ces inscriptions viennent du parc de Mortefontaine.

65. C'était en réalité une « fabrique » dans le goût du XVIIIᵉ siècle. Quoi qu'on en ait dit, elle était encore visible – sinon visitable – au temps de Nerval.

66. L'usage exclusif du système métrique dans les publications officielles avait été rendu récemment obligatoire.

67. Nerval aimait passionnément cet ouvrage auquel il a consacré un chapitre du *Voyage en Orient,* et dont Nodier était également épris ; on le désigne d'ordinaire sous le nom d'*Hypnerotomachie* (combat de l'amour en songe) ou de *Songe de Poliphile* par référence au surnom (amant de Polia) de l'auteur, Francesco Colonna (voir *Sylvie,* p. 204). Les gravures de l'édition princeps sont attribuées à Giovanni Bellini.

68. Maurice Tourneux et Nicolas Popa ont montré qu'il s'agissait de la vente Maréchal (le catalogue ne portait que l'initiale M***) et non de la vente Motteley comme pouvait le laisser penser un article de *L'Indépendance belge.* L'ouvrage a bien été vendu le 30 novembre au prix indiqué par Gérard.

69. En 486, donc au *cinquième* siècle.

70. Classification de 1821, selon le nombre de fronts de fortification. L'*Adoration des bergers* de Rubens se trouve toujours dans la cathédrale, mais la belle église Saint-Jean-des-Vignes, n'a jamais été « l'ancienne cathédrale ». On restaurait alors Saint-Pierre-au-Parvis, « l'église lourde », et Saint-Léger. Abélard n'a été enfermé que quelques jours à Saint-Médard qui n'abrite pas la tombe de Louis le Débonnaire.

71. Cuffies possède une église romane ; la verrerie de Prémontré s'y était installée en 1825. La tisane de Champagne, vin plus léger que le champagne, était prisée alors.

72. Enumération inspirée du chapitre « Objection » de l'*Histoire du roi de Bohême et de ses sept châteaux.* Nerval évoque plusieurs fois l'*Histoire macaronique de Merlin Coccaïe* de Folengo (début du XVIe siècle).

73. Description exacte. Le livre offert est aujourd'hui à la réserve des Imprimés.

SYLVIE

1. Première publication : *Revue des Deux Mondes,* 15 août 1853, p. 745-771.

2. Au troisième acte de *L'Imagier de Harlem,* que Nerval avait fait représenter en 1851, figurait un Ballet des Heures. L'actrice est-elle Jenny Colon ? on remarquera qu'Aurélie n'est nullement cantatrice et qu'elle ne chante jamais...

3. Philosophe du IIe siècle qui se donna la mort sur un bûcher ; Lucien de Samosate et Wieland ont contribué à le faire connaître. On sait combien Nerval s'intéressait à *L'Ane d'or* d'Apulée (voir l'Introduction p. 48 et, plus loin, *Isis*). La description du « mal du siècle » qui figure ici n'est pas sans ressemblance avec le début de *La Confession d'un enfant du siècle* de Musset (1836), mais c'est

spécifiquement l'époque de la « curée » qui a suivi 1830, que Nerval vise ici, époque marquée par le retrait volontaire de nombreux écrivains et artistes hors de toute vie publique.

4. Précisions imaginaires si l'on veut voir ici une autobiographie : Gérard fut couvert de dettes après la liquidation du *Monde dramatique* – qu'il ne dirigea qu'un an (1835-1836) –, et ne retrouva jamais la moindre opulence.

5. Loisy possédait, depuis 1837, une compagnie d'archers et un jeu d'arc, encore visible en 1970, – et qui a laissé la place à un lotissement. Le déroulement de la fête du bouquet est, aujourd'hui encore, conforme aux détails donnés par Nerval ici et au début du chapitre IV, mais ces traditions ne remontent qu'au XIVe siècle. Le « phénomène de mémoire » qu'admirait Proust est ici déclenché par une lecture, non par une sensation.

6. Cette scène célèbre a-t-elle un fondement réel ? On a voulu la situer, malgré l'indication « près d'Orry » du chapitre XIII, au château de Mortefontaine, non sans vraisemblance, mais ce décor constitue une sorte d'obsession pour Gérard : voir « Fantaisie » (*Aurélia*, GF, p. 143-144). La rencontre par les hasards de la danse sous les yeux de tous rappelle la rencontre de Mme de Clèves et de M. de Nemours dans *La Princesse de Clèves*.

7. On a longtemps assimilé Adrienne à Mme de Feuchères, maîtresse du prince de Condé, qui habita le château de Mortefontaine à partir de 1827 ; de façon « extravagante », déclare pertinemment Pierre-Georges Castex : femme « imposante » (voir p. 205), aventurière suspecte, sans aucune ascendance aristocratique, de seize ans plus âgée que Gérard, elle ne s'accorde guère avec le personnage éthéré d'Adrienne. Mieux vaut penser que Nerval a créé, à partir de figures rencontrées et admirées (peut-être Louise de Junquières, jeune châtelaine du Valois, Louise d'Orléans, d'autres encore ?), une figure idéale et doublement inaccessible, par sa naissance et par sa vocation religieuse. C'est l'idéal défini au chapitre I : « il fallait qu'elle apparût reine ou déesse, et surtout n'en pas approcher ».

8. Au moment où les repères temporels se brouillent, insistance révélatrice sur les instruments qui mesurent le temps : absence de montre, pendule inutile et coucou du concierge, instrument un peu dérisoire par sa vulgarité (on le retrouvera au chapitre XII avec le père Dodu) et dont l'oiseau est de mauvais augure pour un projet de demande en mariage... La référence aux maisons de jeu du Palais-Royal montre que Gérard situe cet épisode avant leur fermeture le 31 décembre 1836.

9. Le décor rappelle celui du parc de Vallière à Mortefontaine, mais l'île Molton, dans l'étang de l'Epine, ne possède aucun temple « à l'antique ». Nerval et ses amis du Doyenné avaient contribué à lancer une « mode Watteau » après 1830.

10. Le nom de ce village, situé trop à l'est d'Ermenonville pour concorder avec les indications données, dissimule sans doute Mortefontaine où habitait le grand-oncle de Gérard. Les paysages dépeints ensuite sont tout à fait conformes à la réalité. Le couvent de Saint-Sulpice-du-Désert, proche de Loisy, n'abritait plus de religieux depuis 1778.

11. Après la transformation physique de Sylvie au chapitre précédent, voici l'ascension sociale, seconde infidélité à l'image de la petite paysanne. Les fabriques de dentelles de Chantilly employaient beaucoup de travailleuses à domicile autour de 1830, mais la production ne cessa de baisser (voir p. 197). Le « carreau » est le coussin sur lequel travaille la dentellière.

12. L'assèchement de cette zone marécageuse a modifié le paysage : la Thève qui prenait alors sa source au sud de Loisy, surgit aujourd'hui à Saint-Sulpice.

13. Prolifique romancier populaire allemand (1758-1831).

14. Doit-on prêter attention au fait que la digitale est une fleur particulièrement toxique ?

15. Présage alarmant et qui illustre, au cœur de l'idylle, les effets destructeurs du temps qui vont s'abattre sur le jeune couple.

16. Manches courtes et évasées, garnies de dentelles, à la mode au XVIIIe siècle.

17. On trouvera un épithalame de ce genre p. 209. La scène du mariage d'enfants revient à plusieurs reprises dans l'œuvre de Nerval (voir par exemple *Promenades et Souvenirs,* V, *Aurélia,* GF, p. 229). On a remarqué depuis longtemps la similitude de cette matinée avec Sylvie et de la « journée des cerises » des *Confessions* de Rousseau. Le souvenir « réel », semble lié plutôt aux cousines de Saint-Germain (voir *Aurélia,* GF, p. 241-242) qu'au Valois.

18. Précisions satisfaisantes pour le temps (la malle-poste parcourt en moyenne 12 km par heure), beaucoup moins pour la topographie, peu explicable au regard de la carte.

19. On remarquera que le « nain bizarre » est une sorte de caricature d'Adrienne ; Gérard s'emploie à insinuer le doute sur la réalité de cette apparition, comme il l'avait fait au chapitre III par l'expression « souvenir à demi rêvé ». L'existence d'Adrienne est-elle « incontestable » ? au chapitre III, le narrateur disait de Sylvie : « Elle existe, elle ».

20. Tout le vocabulaire de cette scène dénote la fatigue, l'usure, la dégradation d'un monde où le narrateur a « peine à rencontrer des figures connues ». A son tour, le paysage va s'associer à la débâcle des souvenirs, l'évocation du paysage d'autrefois intervenant alors qu'il a disparu, selon un procédé qu'on trouvera tout au long des chapitres suivants.

21. Ce temple est volontairement inachevé : Nerval veut-il dire qu'il ne s'est plus trouvé aucun philosophe dont le nom méritât d'y

être inscrit ? L'inscription citée plus loin vient des *Géorgiques,* II, v. 490.

22. Au contraire de la fauvette, oiseau sauvage accordé à l'ancienne Sylvie (plusieurs variétés portent ce nom), le canari est un oiseau « civilisé » auquel on apprend à chanter avec une « mécanique ».

23. Coup sévère porté aux souvenirs de l'enfance champêtre et idyllique : le narrateur n'était qu'un intrus.

24. La bonne tante est-elle morte de cette profanation ?

25. Compositeur napolitain (1686-1767) dont George Sand avait fait l'un des personnages principaux de *Consuelo* (1842-1843).

26. C'est maintenant le mythe rousseauiste qui est dégradé par la caricature qu'en donne le père Dodu.

27. Vraisemblablement *Marie Stuart* de Pierre Lebrun, d'après Schiller, créée en 1820 et reprise régulièrement ensuite. Mme Prévost était la fleuriste du Théâtre-Français.

28. Formule souvent associée aux mystères antiques, comme aux opérations magiques.

29. C'est le versant aristocratique du Valois, dans le domaine de Chantilly qui rappelle le souvenir des Condé, d'où la mention de Mme de Feuchères peu après. C'est la Thève qui alimente les étangs de Commelle, la Nonette ceux de Chantilly.

30. Voir la note 6. On trouve, tout près d'Orry, le château de La Chapelle-en-Serval où résidait la famille de Gontaut-*Biron,* mais le château ne ressemble guère à la description du chapitre II.

31. L'admiration, unanime au XIXe siècle, pour la double couleur d'Aldébaran, ne semble reposer sur aucun fondement scientifique.

32. Ce jeu de l'arc subsiste encore de nos jours.

33. Ainsi la ressemblance d'Adrienne et d'Aurélie n'existait qu'aux yeux du seul narrateur, et la réalité de l'existence d'Adrienne n'est affirmée que par sa mort, mais cette mort peut inciter à une nouvelle lecture de la nouvelle où Aurélie apparaîtrait, après 1832, comme une réincarnation d'Adrienne : dans *Aurélia,* le narrateur s'écriera : « Une seconde fois perdue ! »

CHANSONS ET LÉGENDES DU VALOIS

1. Première publication : « Les Vieilles Ballades françaises », *La Sylphide,* 10 juillet 1842 ; puis : *Journal du Dimanche,* 25 avril 1847 ; *La Russie musicale,* 7 et 14 août 1847 ; *La Chronique de Paris,* 3 août 1851. Pour « La Reine des poissons », *Le National,* 29 décembre 1850, puis *La Bohême galante* (*L'Artiste,* 15 décembre 1852) et *Contes et Facéties,* Giraud et Dagneau, 1852.

2. Allusion au célèbre *Barzas-Breiz* de La Villemarqué (1839).

3. On reconnaît les théories défendues par Gérard : Liberté dans

l'art, c'est-à-dire refus de l'arbitraire des règles édictées par des théoriciens étrangers à la création poétique.

4. Trois chansonniers du XVIIIe siècle, dont les créations avaient souvent été publiées dans les mêmes recueils que des chansons populaires.

5. Comme l'a montré Paul Bénichou, les chansons qui précèdent étaient connues avant Nerval, alors qu'il est le premier à donner un texte complet du *Roi Renaud* et à révéler la complainte de saint Nicolas qui suit.

6. Paul Bénichou a montré qu'Arcabonne était l'affreuse magicienne de l'*Amadis de Gaule.* Mélusine à laquelle Nerval fait plusieurs fois allusion (voir p. 9) est liée à la légende des Lusignan, dont le nom se retrouvera dans « El Desdichado ». La version donnée par Gérard de la chanson « de Lautrec » est très différente des versions connues par ailleurs, où l'héroïne est innocente.

7. On remarque que, tout en affirmant l'origine valoisienne des chansons, Gérard les associe à d'autres contrées qui lui sont chères, Allemagne ou Orient. La *Lénore* de Bürger a fortement impressionné Nerval qui a donné huit versions de sa traduction et la mentionne à plusieurs reprises (voir l'article de Michel Brix dans *Les Lettres Romanes,* 1991/3).

8. Sur Biron, voir la note à « El Desdichado », p. 398.

9. C'est encore Paul Bénichou qui a découvert que la référence apparemment incohérente à Percival et Griselidis provenait d'un drame allemand intitulé *Griseldis* (1835), mais la chanson (qui est la « chanson favorite » de Sylvie) reste inconnue par ailleurs.

10. On a contesté l'authenticité folklorique de ce conte dont on ne trouve, il est vrai, aucune autre version. Cependant, le « motif du poisson merveilleux » qui supplie le pêcheur de le relâcher figure dans de nombreux contes populaires, lesquels sont fertiles aussi en petits garçons qu'un parent indigne fait travailler au delà de leurs forces ; le nom de Tord-Chêne figure, pour sa part, dans un conte bien connu. On peut supposer, avec quelque vraisemblance, que Gérard a associé deux contes qu'il avait entendus pour les assembler, infléchissant le récit en fonction de thèmes personnels.

11. Ce trait humoristique est évidemment étranger au ton du conte folklorique.

12. La rencontre des amants en rêve est le sujet du *Songe de Poliphile,* si cher à Gérard. On va trouver ensuite les idées pythagoriciennes qui cloront *Les Chimères.*

13. Ces divinités mythologiques germaniques reparaîtront dans *Aurélia,* GF, p. 312.

14. Ce développement, que l'on dirait aujourd'hui écologique, n'a rien à voir avec l'esprit du conte folklorique.

15. Ce sont maintenant les figures des légendes – et de l'illumi-

nisme – qui apparaissent pour refermer le conte sur une dimension mythique.

16. Nerval rejoint ici un souhait plusieurs fois exprimé par Charles Nodier.

JEMMY

1. Première publication, sous le titre de « Jemmy O' Dougherty », dans *La Sylphide,* 19 et 26 mars 1843, puis dans *Le Journal du dimanche,* 2 et 9 mai 1847.

2. Ce confluent est à Pittsburgh (Pennsylvanie) ; la réunion des deux rivières forme l'Ohio, comme Gérard le note plus loin.

3. Coquille pour *framehouse* qui figurait chez Sealsfield et dans *La Sylphide.*

4. Noyer d'Amérique utilisé en ébénisterie.

5. Ville dont l'existence n'est pas attestée et dans les archives de laquelle Sealsfield prétend avoir trouvé l'anecdote qui sert de base au récit.

6. Ville d'eaux de l'Etat de New York, que Nerval écrit, dans toutes les éditions, *Saragota.*

7. *Bärenhäuter* était, on s'en souvient, le nom du héros chez Sealsfield, mais Gérard ne l'a jamais donné auparavant.

8. Origine de Pittsburgh.

9. Michel Brix a montré (Pléiade, t. III, p. 1238-1239) que les indications contradictoires fournies par le texte ne permettaient pas de localiser ce camp qui porte le nom de deux affluents de l'Ohio. Sealsfield indique dans une note que la tribu Shawneese réside près du Grand-Miamy.

10. On prenait fréquemment, au XIXe siècle, un véritable repas en guise de petit déjeuner au milieu de la matinée.

11. Tiretaine (étoffe de laine).

12. Ce type d'accord de l'adjectif était plus fréquent alors qu'aujourd'hui où l'on écrirait : irlandais.

13. « Mon Dieu ! Mon trésor ! »

14. « Mieux vaut, en effet se marier que de brûler » (en enfer, pour cause d'adultère) ; saint Paul, I Cor, 7, 9.

15. C'est Gérard qui insiste, dans son adaptation, sur la bigamie de Toffel et qui mentionne Lamech, patriarche de la race de Caïn (Gn 4, 19), lui aussi bigame. Le squire (à l'origine : écuyer) était une sorte de juge de paix et d'officier d'état civil (voir plus loin).

16. Sealsfield écrivait : 1796.

17. Gérard commet un faux-sens sur Squaw, « femme » chez les Peaux-rouges, et probablement aussi sur *wigwams* qui sont les tentes des Indiens et dont il fait plus loin le nom d'un « canton ».

18. Il faudrait : *Stubbs,* comme chez Sealsfield. Michel Brix a

établi qu'il existait un magasin de ce nom à Philadelphie, mais que ce n'était pas un magasin de vêtements.

OCTAVIE

1. Publications précédentes : pour la lettre centrale, « Un roman à faire », 3e lettre, *La Sylphide,* 24 (ou 25) décembre 1842 (*Aurélia,* GF, p. 45-55), lettre reprise dans *L'Artiste* du 6 juillet 1845, sous le titre de « L'Illusion » avec la dédicace « A Madame*** ». La nouvelle complète avait paru dans *Le Mousquetaire* du 17 décembre 1853.

2. Dans *Le Mousquetaire* : 1832. Ni l'une ni l'autre de ces dates ne correspondent au voyage réel de Gérard qui eut lieu de septembre à novembre 1834.

3. Ville d'Ombrie, près de laquelle on trouve la célèbre cascade ; le Teverone est un affluent du Tibre. Dans cette même région, le lac Trasimène rappelle une grande victoire d'Hannibal sur les Romains.

4. Contrairement à ce qu'affirmait N. Popa, Civita-Vecchia (où Stendhal était alors consul de France) possédait un théâtre, comme l'a établi Monique Streiff-Moretti (*Cahiers G. de Nerval* n° 10, 1987, p. 56-59).

5. Voir plus loin *Delfica,* p. 321.

6. Séjour des riches Romains dans l'Antiquité, célébré par Horace, aujourd'hui Tivoli. La sibylle Tiburtine (voir *Sylvie,* p. 195) et la sibylle de Cumes sont les deux prophétesses italiennes ; deux autres sibylles ont donné leur nom à deux sonnets : « Delfica » et « Erythrea ». On sait que ces quatre sibylles ornent le plafond de la chapelle Sixtine, peint par Michel-Ange.

7. Ville construite sur le site d'Herculanum ; on disait couramment alors : les ruines de Portici (voir le début du *Diable amoureux* de Cazotte). Ischia et Nisida sont deux îles du golfe.

8. Comme l'a montré Marilia Marchetti (*L'Imaginaire nervalien,* p. 277-295), il s'agit de Francesco Gargallo dont le salon était l'un des plus prestigieux de Naples ; Nerval lui a peut-être été recommandé par Alexandre Dumas qui avait fréquenté la famille Gargallo en 1835 : Francesco deviendra un des personnages principaux du *Speronare* (1842). Marilia Marchetti a retrouvé dans les archives de la famille un texte de Francesco Gargallo concernant Nerval.

Le théâtre des Florentins, spécialisé dans la tragédie et la comédie, était la plus ancienne salle de Naples ; il se trouvait via Guantai Nuovi, à quelques centaines de mètres au nord du San-Carlo, dans un quartier renommé pour ses auberges bon marché. L'hôtel de Rome, au contraire, se trouvait au sud du San-Carlo, à l'angle des actuelles rues N. Sauro et C. Console. Le San-Carlo est, avec la Scala de Milan et la Fenice de Venise, le plus célèbre théâtre lyrique d'Italie (voir *Corilla*). Le musée des études abritait les antiquités provenant des fouilles d'Herculanum et de Pompéi. La rue de Tolède traverse Naples du nord au sud, du Musée au San-Carlo.

9. Divinité du feu particulièrement honorée à Rome où les vestales gardaient et entretenaient le feu sacré. Le « temple de la sibylle » à Tivoli est en fait un temple de Vesta. Les mystères d'Eleusis auxquels Gérard a fait allusion dans *Sylvie* (p. 204) sont liés au culte de Cérès-Déméter à qui les Grecs assimilèrent de bonne heure Isis. La pierre sur laquelle la déesse s'était assise durant la recherche de sa fille était devenue objet de culte. On remarquera que, dans cette nouvelle qui précède *Isis,* Nerval n'évoque que des divinités féminines.

10. La *Villa Reale* (aujourd'hui *Comunale*) est le grand jardin public qui sépare le quartier populaire de Chiaia, dont il sera question plus loin, de la mer, entre le port de Santa-Lucia et le Pausilippe – qui sera évoqué plus loin, également.

11. Voir l'introduction, p. 22. Le *lacryma-christi* est un célèbre vin blanc provenant des vignobles du Vésuve.

12. Voir l'introduction, p. 48, comme, plus loin, pour « magiciennes de Thessalie ». Sainte Rosalie est peut-être la « sainte napolitaine » d'Artémis ; elle tenait une place notable dans l'opéra de Meyerbeer *Robert le Diable* (1831) qui avait connu un grand succès.

13. La colline du Pausilippe sépare Naples du golfe de Pouzzoles, un tunnel routier de construction très ancienne la traverse. L'origine de cette célèbre « grotte » a donné lieu à diverses légendes auxquelles est mêlé le nom de Virgile, dont le prétendu tombeau (voir « Myrtho ») est situé non loin de là.

14. Forteresse datant de Charles Quint située sur une autre colline de Naples, autrefois Paturcium, aujourd'hui San Martino.

15. Ce phénomène volcanique est attesté par les journaux napolitains, mais pour le 22 novembre 1843, c'est-à-dire lors du second séjour de Gérard... Quant aux temples de Vénus et de Mercure, ils se trouvent à Pompéi, non à Herculanum.

16. La scène rappelle de près une scène du *Songe de Poliphile.*

17. Si « nervalienne » que soit cette histoire de ressemblance et de profanation, on doit lui reconnaître de nombreux antécédents littéraires : Saint-Preux avouant à Julie qu'il s'est laissé entraîner dans le lit d'une courtisane (*La Nouvelle Héloïse,* II, lettre 26) ; Gustave de Linar suivant une chanteuse vénitienne qui ressemble à son amante – qui se trouve alors à Naples (Mme de Krüdener, *Valérie,* lettres XXXI et XXXVI) ; Octave tenté par le suicide après avoir attiré chez lui une fille qui ressemble à sa maîtresse perdue (Musset, *La Confession d'un enfant du siècle,* I, chap. IX-X).

18. L'allusion reste mystérieuse : on a proposé un conte des *Mille*

et Une Nuits et le mythe de Typhon, mais les rapprochements ne sont pas entièrement satisfaisants.

ISIS

1. Première publication dans *La Phalange. Revue de la science sociale,* nov.-déc. 1845, sous le titre « Le Temple d'Isis. Souvenir de Pompéi » ; le même texte est repris dans *L'Artiste* des 27 juin et 4 juillet 1847 sous le titre « Iseum. Souvenir de Pompéi ». Comme nous l'avons dit en introduction (p. 49), la « nouvelle » contenait alors des citations beaucoup plus longues du texte de Böttiger et comprenait sept chapitres.

2. La ligne avait été créée en 1839 et prolongée en 1841 ; Resina est l'ancien port d'Herculanum ; Torre Annunziata, près de Pompéi, était le terminus de la ligne. Nerval l'évoque dans une lettre à son père de décembre 1843.

3. Personnages dont des maisons de Pompéi portent le nom, mais Michel Brix a établi que Julia Felix était fille de Spurius, non de Scaurus.

4. Le terme de palingénésie, à peu près synonyme de résurrection, est employé dans nombre de doctrines illuministes. On n'a retrouvé aucune trace de cette fête qui est probablement imaginaire.

5. Nerval utilise ici un passage de Böttiger ; il fait plusieurs fois allusion dans le *Voyage en Orient* aux Cabires, mystérieuses divinités phéniciennes ; *Liber Pater* et *Hébon* sont des divinités de Campanie et de Grande-Grèce.

6. Il faudrait *Alcinoüs* (roi des Phéaciens qui accueille Ulysse dans l'*Odyssée*) qui figurait d'ailleurs dans le texte de *La Phalange.*

7. *Hypœthron* : temple dont la *cella* n'est pas couverte.

8. Nerval avait mentionné ces deux tableaux provenant d'Herculanum, qui font l'objet de l'article de Böttiger, dans un passage supprimé en 1854.

9. Important développement « autobiographique », le plus personnel sans doute des *Filles du Feu* ; on y voit les préoccupations religieuses qui agitent Nerval et qu'on retrouvera tout au long d'*Aurélia,* en particulier dans les premiers chapitres de la seconde partie (GF, p. 283-293).

10. Publié en 1791, le célèbre ouvrage de Volney passait, avec *L'Origine de tous les cultes* de Dupuis (1794) dont il sera question plus loin, pour le grand manifeste de l'athéisme ; l'un et l'autre considèrent les religions comme des recueils de légendes, obstacles au développement de l'humanité.

11. Ville de la basse Egypte où l'on vénérait une divinité voilée, Neith ; Gérard l'a déjà évoquée dans le *Voyage en Orient* (« Les Femmes du Caire », I, 1, GF, t. I, p. 149).

12. Pour ce qui suit, emprunté au livre XI de *L'Ane d'or* d'Apulée, Nerval utilise, comme l'a montré Michel Brix, la traduction de J.-A. Maury (1822).

13. Voir le *Voyage en Orient* (« Les Femmes du Caire », IV, 3, GF, t. I, p. 293-294).

14. On ne voit pas bien à quelle apparition peut faire allusion Gérard en 1845 ; celles de la rue du Bac remontaient à 1830, celles de La Salette ne se produiront qu'en 1846.

15. Tout ce développement constitue une véritable profession de foi syncrétiste de Nerval. Les Pélasges peuplaient, à l'époque préhistorique, la Grèce et une partie du littoral méditerranéen de l'Asie et de l'Italie. Plus loin Inachus, père d'Io, paraît confondu avec Iacchus, dieu jouant un rôle dans les mystères d'Eleusis.

16. Aimé de Cybèle et frappé de folie pour l'avoir dédaignée, le berger Atys se mutile ; une tradition le fait ressusciter au printemps (voir « Le Christ aux Oliviers », p. 325). Les « grottes mystérieuses » sont peut-être celles où se célébrait primitivement le culte de Mithra en Perse.

CORILLA

1. Première publication : *La Presse,* 15 et 16-17 août 1839, sous le titre « Les Deux Rendez-vous. Intermède » ; l'héroïne s'y nomme : Mercédès, comme dans la publication suivante, sous le même titre, *La Revue pittoresque,* février 1844. Sous le titre « Corilla », le texte réapparaît en 1852 (ou 1853) dans *Petits Châteaux de Bohême* (voir *Aurélia,* GF, p. 155-174). Le nouveau nom de l'héroïne est vraisemblablement dû à la *Consuelo* de George Sand (1844) où une cantatrice porte ce nom. La Malibran avait chanté à Paris le rôle de Corilla dans un opéra-bouffe de Gnecco, *La Prova di un opera seria,* que Gérard a vu en 1845, pour la première fois ?.

2. C'est-à-dire l'or : Jupiter avait séduit Danaé en se métamorphosant en pluie d'or.

3. *Enéide* I, v. 402-406.

4. Paisiello et Cimarosa, compositeurs italiens du XVIIIe siècle ; le premier est l'auteur d'un *Barbier de Séville,* supplanté par celui de Rossini, et de *La Molinara o L'Amor contrastato* (1788) ; le second du *Matrimonio segreto* qu'aimait tant Stendhal. *Sofonisba* peut être l'opéra de Gluck (1744) ou celui de Jommelli (1746). Alcime pourrait être la magicienne Alcine de l'*Alcina* de Haendel (1735) d'après le *Roland furieux.* Herminie vient de *Erminia Sul Giordano* de Michel Angelo Rossi (1788).

5. Le mauvais œil, particulièrement redouté des superstitieux Napolitains, au dialecte desquels le mot appartient. Le lansquenet

est un jeu de cartes se jouant contre un banquier, qui remonte à l'époque de la Renaissance.

6. Le plus renommé alors des crus de Champagne.

7. Cette toile, que l'on attribuait alors au Caravage est due à Artemisia Gentileschi, elle est aujourd'hui conservée au musée de Capodimonte à Naples. C'est l'une des rares représentations où l'on voie Judith égorgeant Holopherne.

8. Deux héroïnes connues à la fois pour leur beauté et leur cruauté ; la première vient du *Roland furieux,* la seconde est évoquée dans une fable de La Fontaine, « Daphnis et Alcimadure » (XII, 24) imitée de Théocrite.

9. Nuée à l'image de Junon, suscitée par Jupiter, jaloux de l'amour porté par Ixion à son épouse.

10. Nous n'avons pu identifier cet air.

EMILIE

1. Première publication sous le titre « Le Fort de Bitche. Souvenir de la Révolution française » dans *Le Messager* des 25, 26 et 28 juin 1839.

2. Il existe au nord de Brême une petite ville du nom de Hambergen où aucune bataille n'a laissé de traces. *Le Messager* donnait *Hausbergen,* ville inconnue.

3. Action demeurée proverbiale d'un jeune patricien romain qui se jeta avec son cheval dans un gouffre ouvert sur le Forum par un tremblement de terre, afin d'apaiser la colère des dieux.

4. Petite ville lorraine située en effet entre Metz et Haguenau, à environ 100 km de Metz et 40 km d'Haguenau ; son fort, construit par Vauban, avait repoussé les Autrichiens en 1744 et les Prussiens en 1793.

5. Par cette conversation qui encadre le récit, *Emilie* est, de toutes les *Filles du Feu,* celle qui correspond le mieux à la tradition de la nouvelle.

6. Aucune des villes qui portent ce nom en France et en Allemagne ne paraît avoir été le théâtre d'une bataille.

7. Une bonne partie de cette description de Metz est fantaisiste, comme l'a montré M. Brix.

8. Selon Nicolas Popa, Limblingne serait Lemberg et, selon Monique Cornand, Schennberg serait Belmont-de-la-Roche, près de Molsheim.

9. Comme l'a montré Nicolas Popa, ce récit n'est guère conforme à la réalité d'une bataille qui mit en œuvre des forces prussiennes de près de deux mille hommes dans la nuit du 16 au 17 novembre 1793, mais ces forces ne parvinrent jamais à pénétrer dans le fort.

10. Sur l'ancienne route de Bitche à Haguenau.

11. Haspelscheidt, au nord de Bitche.

12. Comme on l'a dit en introduction, Haguenau était français depuis 1648.

13. Il faudrait *Pirmasen,* comme dans *Le Messager,* en Allemagne cette fois ; ce n'est pas de cette ville qu'était partie l'attaque prussienne, mais de Nonsviller (en France).

14. Général français des années d'Italie qui rejoignit la Grande Armée en 1812 (Michel Brix).

LES CHIMÈRES

Commenter les sonnets des *Chimères* semble aller à l'encontre de la volonté exprimée par Nerval dans la dédicace « A Alexandre Dumas » ; en outre, l'abondante littérature que les sonnets ont suscitée (environ 150 études pour le seul *Desdichado*) imposerait, à qui voudrait en rendre compte, des développements incompatibles avec le cadre de cette édition. Notre incompétence — et notre scepticisme — nous ont amené en particulier à ne mentionner aucune des interprétations astrologiques, alchimiques, etc., qui ont fleuri sur *Les Chimères.* On ne trouvera donc ici que quelques propositions — que chacun pourra contester à son gré — destinées à ouvrir des pistes de réflexion et des éclaircissements sommaires concernant les noms propres.

On a beaucoup disserté sur ce titre. Rappelons seulement ce qu'était le monstre antique : lion par-devant, serpent par-derrière, chèvre par le milieu du corps (Homère, *Iliade,* VI, v. 181) ; Virgile la fait figurer parmi les monstres qui rôdent sous l'orme immense où dorment les vains songes (*Enéide,* VI, v. 288), non loin des fameuses « portes d'ivoire ou de corne » (*ibid.,* v. 893-896).

Afin de ne pas hérisser de disgracieux appels de notes le texte poétique de Nerval, nous regroupons pour chaque sonnet, les commentaires et éclaircissements.

El Desdichado

1. Première publication : *Le Mousquetaire,* 10 décembre 1853 (*Aurélia,* GF, p. 377-378). Manuscrits Eluard (titre : « le Destin »), Lombard, voir p. 338-340). On peut signaler une petite énigme : sur le catalogue d'une vente aux enchères de mai 1985, que nous a aimablement communiqué Claude Pichois, figurait l'album de Philoxène Boyer, relation plutôt qu'ami de Nerval ; dans cet album, on trouve un sonnet de Théodore de Banville daté du 11 août 1851,

que les rédacteurs du catalogue donnent comme « une sorte de pastiche parodique du sonnet de Nerval El Desdichado », ce qui conduirait à dater la composition du poème de 1851. Sans qu'aucun autre document ou témoignage puisse appuyer cette hypothèse, on doit néanmoins reconnaître qu'elle n'est pas invraisemblable : l'emploi du temps de Gérard durant l'été de 1851 nous est inconnu et la possibilité d'une première crise précédant la rechute n'est pas exclue. Cependant, la ressemblance entre les deux poèmes est assez lointaine et l'on peut aussi bien penser que Nerval avait un vague souvenir du poème de Banville en composant son sonnet deux ans plus tard.

Ce sonnet liminaire est un sonnet irrégulier : quatrains à rimes croisées, tercets à rimes cdd ccc. On retrouve cette disposition dans « Le Christ aux oliviers », III.

Le titre du sonnet provient de l'*Ivanhoé* de Walter Scott (1819) où un mystérieux chevalier portait cette devise dans un tournoi : Scott et son traducteur rendent le terme espagnol par : Déshérité.

On peut s'intéresser à la très forte construction du sonnet : à la quadruple identité proposée par le premier quatrain, succède la demande de restitution de quatre objets perdus. Les tercets s'ouvrent sur une double question envisageant quatre identités possibles et mentionnent ensuite quatre personnages féminins. L'objet du sonnet est, à l'évidence, l'identité. On remarquera que seul le nom d'Orphée se trouve isolé : c'est peut-être à lui que s'identifie pour finir le poète.

V.2. Nerval s'attribuait une ascendance paternelle mythique : les Labrunie du Périgord, descendants de l'empereur Othon, porteraient sur leurs armoiries trois tours d'argent. Les deux premiers vers évoquent la chanson du roi de Thulé, du *Faust* de Goethe, que Gérard a traduite et dont on connaît dix versions : le roi, veuf et inconsolé, y réside dans une tour.

V.3. *étoile* renvoie à la dédicace avec laquelle, nous l'avons dit, ce sonnet d'ouverture a plusieurs liens. Le luth du poète porte la figure d'une constellation : on trouvera à la fin du sonnet la *lyre* d'Orphée.

V.4. *Melancholia,* célèbre gravure d'Albert Dürer, est mentionnée à plusieurs reprises par Gérard ; on peut y voir un soleil noir que Jean-Paul Richter suggère dans un rêve qui a frappé Nerval. Voir *Aurélia,* II, 4, GF, p. 296.

V.5. Le *toi* reste, nous l'avons dit, mystérieux ; l'apostrophe tient, dans *Les Chimères,* une place importante et inhabituelle en poésie : les interlocuteurs de « Myrtho » et de « Delfica » sont nommés, celui d'« Antéros » reste, lui aussi, mystérieux. Le mystère est accru ici par l'ambiguïté syntaxique : faut-il faire de « dans la nuit du tombeau » le complément de « m'as consolé » ou de « rends-moi » ?

V.8. Pareille image se trouvait dans *Sylvie* à propos de la fenêtre de l'héroïne (p. 179).

V.9. De nombreux critiques, à la suite de Léon Cellier et de Jacques Geninasca, ont montré que ce vers jouait un rôle pivotal dans le sonnet, et ont cherché à l'interpréter. Cette interprétation est rendue malaisée par les différentes identités possibles de deux personnages : Phébus est-il le dieu Apollon ou Gaston Phoebus d'Aquitaine, comte de Foix, dont Gérard a emprunté la signature pour une lettre délirante à George Sand ? Biron est-il l'amiral, ami de Henri IV, puis décapité à la suite d'une conspiration (c'est à lui que se rapporte la chanson citée plus haut p. 215) un personnage de *Peines d'amour perdues* de Shakespeare, ou Lord Byron dont le nom est parfois orthographié ainsi, par exemple dans la version du *Mousquetaire* (*Aurélia,* GF, p. 378).

On peut repérer différents types d'oppositions : deux divinités, Amour et Phébus, s'opposant à deux mortels, Lusignan et Biron ; Amour condamné à ne jamais être vu de son amante Psyché s'opposant à Phébus, dieu solaire, et en rapport avec Lusignan qui ne devait pas voir son épouse à certains jours ; Lusignan, personnage aquitain (l'ascendance paternelle de Gérard) s'oppose à Biron, personnage valoisien lié à l'ascendance maternelle.

Il serait pleinement satisfaisant pour l'esprit de pouvoir mettre en rapport chacun de ces noms avec l'une des périphrases du premier quatrain, avec l'un des objets perdus du second et avec l'une des femmes des tercets... Bien des commentateurs s'y sont essayés, sans résultat réellement convaincant.

V.11. Il existe une grotte de la sirène au cap Misène, près de Naples (on en trouve également une à Tivoli). C'est le monde d'*Octavie* que nous retrouvons ici, mais aussi la légende de Lusignan et Mélusine que rappelle, en un lointain écho « La Reine des poissons ».

V.12. Cette double descente aux Enfers (voir la dédicace, p. 82), représentant sans doute les deux crises de 1841 et 1851-1853, est présentée ici comme triomphale.

V.14. Sainte : Adrienne ou « sainte napolitaine » d'« Artémis » ? fée : Sylvie ou Mélusine (voir le manuscrit Eluard, p. 340) ? L'opposition annonce le thème qui sous-tend l'ensemble des *Chimères* : la lutte du paganisme et du christianisme.

Myrtho

1. Autre publication : *L'Artiste,* 15 février 1854. Manuscrit : quatrains de « Delfica » et tercets de « Myrtho » : « A J.-Y. Colonna » voir p. 334). On a publié en 1924 une version de « Myrtho » dont

les tercets sont ceux de « Delfica », mais le manuscrit n'a jamais reparu et l'authenticité de cette version a été contestée.

Le titre, dérivé du myrte (emblème de Vénus) du dernier vers, rappelle l'héroïne du poème d'André Chénier, « La Jeune Tarentine ».

Le schéma métrique, régulier pour les quatrains, n'utilise pour les tercets que deux rimes : cdc ddc. On retrouvera ce schéma dans « Le Christ aux oliviers », V.

Ce sonnet est le plus proche de la nouvelle *Octavie,* par le « matériel » utilisé : enchanteresse, Pausilippe, raisins, ivresse, volcan, cendres, comme par l'atmosphère de retour aux divinités antiques. L'ensemble paraît placé sous le signe de Bacchus-Dionysos, dont Iacchus (mentionné dans *Isis*) est un avatar.

V.12. On sait que le royaume de Naples a été fondé par des aventuriers normands au XIe siècle. Les Normands, avec l'appui des papes, chassèrent les Sarrasins et les Grecs de l'Italie du Sud. Dans l'opéra de Meyerbeer, on voit Robert le Diable, duc de Normandie, épouser la princesse Isabelle de Sicile après avoir été chercher le rameau magique toujours vert près du tombeau de sainte Rosalie.

V.13-14. Le symbolisme végétal paraît être une des clés des *Chimères,* mais l'ambiguïté règne, en ce domaine comme en d'autres : l'alliance de la vigne et de la rose du sonnet précédent doit-elle être interprétée comme l'accord de deux divinités antiques, l'une chtonienne, Bacchus-Dionysos, l'autre ouranienne, Vénus-Aphrodite (ou Isis), ou bien faut-il donner un sens chrétien à l'un des deux symboles, la rose, qu'on retrouvera dans « Artémis » avec cette signification ? Ici le laurier — d'Apollon et des poètes — est l'arbre qui abrite, sur le Pausilippe, le tombeau de Virgile, et le myrte la plante de Vénus ; l'hortensia est une fleur « moderne », connue depuis le XVIIIe siècle : faut-il y voir l'emblème d'un christianisme nouveau qui s'unirait au paganisme ?

Horus

1. Premier état manuscrit : « A Louise d'Or. Reine », voir p. 335. Le sonnet est régulier, avec les tercets « à l'italienne » (ccd eed), disposition toujours adoptée par Gérard dans ses sonnets réguliers.

On passe du monde campanien au monde égyptien : Horus, fils d'Isis et d'Osiris, était déjà mentionné dans *Isis* (voir p. 268) avec une assimilation à Jésus, lui aussi enfant d'une « Mère céleste » : le syncrétisme est donc sous-jacent dans ce sonnet encore, mais on y voit apparaître un nouveau thème, la révolte.

La composition est très marquée : un discours occupe le second quatrain et le premier tercet, il est encadré par un récit. On retrouvera une structure analogue dans « Le Christ aux oliviers » ; au *je* du poète, présent dans les autres sonnets, se substitue ici celui de la déesse Isis, alors que le poète se fond, au second tercet, dans un *nous* qui échappe au temps présent. En outre, les quatrains, évocateurs d'un monde révolu, s'opposent aux tercets, dominés par « l'esprit nouveau ».

V.1. Kneph était l'ancêtre des dieux égyptiens, le créateur du monde ; les tremblements dus à la vieillesse sont d'ordinaire rapportés à Ammon-Râ auquel Kneph n'est pas assimilé. On va voir que Nerval prend d'autres libertés avec la mythologie égyptienne — ou utilise des sources qui nous sont inconnues.

V.2. C'est la maternité qui semble être pour Gérard le principal attribut d'Isis ; du même coup, Kneph, « son époux farouche », devient « le père » (voir le sonnet « A Louise d'Or », p. 335).

V.3. On ne connaît aucune tradition où Kneph soit l'époux d'Isis. Nerval l'assimile-t-il à Seth (ou à Typhon), meurtrier d'Osiris ?

V.4. Questions sans réponse encore : quelle est cette « ardeur d'autrefois » ? pourquoi la déesse a-t-elle des « yeux verts » ?

V.5. On ne sait à qui s'adresse le discours de la déesse : le *vous* doit-il se confondre avec le *nous* du second tercet ?

V.7. Les commentateurs n'ont pas manqué de remarquer que le Dr Labrunie, blessé au pied durant les campagnes napoléoniennes, était boiteux. L'ascendance à la fois germanique et méditerranéenne que Gérard prête à son père pourrait s'accorder avec le v. 8.

V.9. Référence implicite ici, explicite dans « A Louise d'Or », à Napoléon, fondateur d'un âge nouveau au cours duquel, selon de nombreux penseurs, doit apparaître une religion nouvelle ; on interprétait ainsi la quatrième églogue de Virgile, célébrant l'âge d'or nouveau apporté par Auguste, âge nouveau que l'on a assimilé ultérieurement au monde chrétien.

V.10. Geste rituel marquant la régénération à l'issue d'une initiation. Cybèle est, comme Isis, une déesse-mère.

V.11. Hermès passe pour avoir été l'initiateur d'Horus qui rassemble en sa personne, comme les pharaons, la figure du prêtre et celle du roi.

V.12. L'image évoque plutôt Vénus à laquelle Isis est également assimilée. Le plus-que-parfait et les imparfaits qui suivent, « nous » installent dans la nouvelle durée qui succède à l'acte créateur d'Isis ; les dieux quittent le monde des mortels et leur aspect anthropomorphe pour rejoindre le cosmos.

V.14. L'écharpe d'Iris — l'arc-en-ciel — accompagnait, dans la mythologie antique, les épiphanies ; c'est à une apparition de la déesse que « nous » venons d'assister. Dans la Bible, l'arc-en-ciel est le signe d'une nouvelle alliance entre Dieu et les hommes (voir Gn 9, 12-17). A la fin de ce sonnet, l'harmonie du monde paraît retrouvée.

Antéros

1. Premier état manuscrit : lettre à Victor Loubens datant de la fin de 1841, découverte par Claude Pichois (voir p. 57-58). Le poète y donnait ce commentaire sur l'obscurité de ce sonnet — commentaire qui pourrait s'appliquer à tous : « Cela tient toujours à cette mixture semi-mythologique et semi-chrétienne qui se brassait dans mon cerveau. » (Pléiade, t. III, p. 1489).

Le sonnet est régulier, comme « Horus », avec lequel il forme une « paire » (Jacques Geninasca) : deux noms de divinités masculines occupant la position centrale dans l'ensemble des six premiers sonnets et marqués du signe de la révolte.

Le titre pose un premier problème : fils d'Arès et d'Aphrodite, Antéros s'oppose à Eros soit comme ennemi de l'amour, soit comme vengeur des amants méprisés ; c'est ce dernier sens qui paraît résulter du vers 5, mais Gérard joue aussi sur une étymologie fantaisiste qui ferait d'Antéros un descendant d'Antée. Ce géant qui reprenait force chaque fois qu'il touchait la Terre, sa mère, fut étouffé par Héraklès. La référence aux Géants, qui entrèrent en révolte contre Zeus et furent foudroyés par lui — à Naples, sur le mont Capodimonte, selon une tradition —, contribue à faire du poème un hymne à la révolte. Un autre problème est posé par l'identification des pronoms personnels : le *je* est-il à coup sûr Antéros ? Le *tu* est-il dès le début Jéhovah, comme au premier tercet ? ou un destinataire inconnu, le lecteur par exemple ? Enfin, on peut trouver les références mythiques incohérentes, mêlant la mythologie grecque à la Bible.

V.2. Le « col flexible » semble s'opposer à la « nuque raide » des Hébreux dans l'Ancien Testament, qui marque leur difficulté à comprendre les messages divins et leur caractère rebelle.

V.4. Les dards seraient, logiquement, les flèches d'Eros, mais le vainqueur sera, au premier tercet, Jéhovah : est-ce parce qu'il se présentera dans le Nouveau Testament, comme Dieu d'amour ?

V.5-8. Le Vengeur est un qualificatif ordinairement appliqué à Dieu dans l'Ancien Testament ; rappelons que Yahvé marque Caïn afin qu'il ne soit pas tué en vertu de la loi du talion (Gn, 4,15). On sait que Gérard revendique son appartenance à la race de Caïn qui est celle des artistes (voir l'*Histoire de la Reine du Matin* dans le *Voyage en Orient*, GF, t. II, p. 235-341). Le « hélas ! » du vers 7 rend ici problématique l'adhésion du *je* au caïnisme.

V.11. Bélus (ou Baal), dieu babylonien et phénicien, Dagon, dieu des Philistins, sont assimilés aux Géants qui, comme Antée, ont été vaincus par le dieu des Hébreux.

V.12. Le geste rappelle le « baptême » d'Achille dans le Styx, qui le rendit invulnérable ; le Cocyte est le fleuve des pleurs et des gémissements.

V.13. Amalécyte n'est pas le nom de la mère, mais celui d'un peuple d'Arabie, souvent en guerre contre les Hébreux et exterminé par David. Le père de cette race, Amalec, était un descendant d'Esaü le déshérité ; on voit que le motif des frères ennemis constitue l'ossature mythique du sonnet.

V.14. Retour à la mythologie grecque pour le mythe de Cadmos (d'origine phénicienne, il est vrai), fondateur de Thèbes : ayant semé les dents du dragon qu'il avait tué, cinq des hommes qui en sortirent construisirent la ville. Le sonnet suivant reprendra une image analogue.

Delfica

1. Première publication : *L'Artiste,* 28 décembre 1845, sous le titre « Vers dorés », avec l'épigraphe « Ultima Cumaei venit jam carminis aetas », empruntée à la 4e Bucolique ; les vers 9 et 10 sont cités dans *Quintus Aucler* (*Revue de Paris,* novembre 1851, puis *Les Illuminés,* 1852) où l'on trouve le nom d'Antéros. Le sonnet reparaît, sous le titre « Daphné », dans *Petits Châteaux de Bohême* (1852-1853) où il est placé entre « Le Christ aux oliviers » et « Vers dorés » (*Aurélia* GF, p. 180), avec l'épigraphe « Jam redit et virgo », elle aussi empruntée à la 4e Bucolique.

Gérard paraît avoir composé ce sonnet à partir de deux sonnets figurant sur le manuscrit Dumesnil de Gramont α : quatrains de « A J-Y Colonna », second tercet (modifié) de « A Made Aguado ». Le sonnet est régulier comme les deux précédents.

Le titre rappelle la plus souvent reproduite des sibylles peintes par Michel-Ange au plafond de la Sixtine, mais le « lieu de l'action » est pour le moins difficile à définir : sommes-nous à Delphes, résidence de la sibylle et domaine d'Apollon à qui renvoient le laurier et le nom de la nymphe aimée, Daphné ? Pourtant, Nerval a écrit à la fin de la première publication : « Tivoli, 1843 ». Le temple et les citrons semblent un souvenir de Pompéi (cf. *Octavie*) alors que, dans le même quatrain, la grotte du dragon nous ramène à Thèbes. Au dernier tercet, la sibylle a pris un « visage latin » et nous sommes, avec l'arc de Constantin, à Rome... Nulle part, depuis *Sylvie,* l'effort de désorganisation-réorganisation de l'espace n'a été plus apparent qu'ici.

Il en va de même du temps : les différentes valeurs des présents employés dans le sonnet, la juxtaposition des futurs et des passés composés, interdisent une lecture diachronique. Nous sommes ici au-delà de l'espace et du temps. C'est la situation que Nerval reconnaissait à Goethe dans sa préface de 1840 pour *Faust.* Or, à la suite du texte du drame, il donnait la traduction par Toussenel de la « Chanson de Mignon », tirée du troisième livre des *Années d'ap-*

prentissage de Wilhelm Meister : « Connais-tu la contrée où dans le noir feuillage / Brille comme un fruit d'or le fruit du citronnier, / Où le vent d'un ciel bleu rafraîchit sans orage / Les bocages de myrte et les bois de laurier ? / La connais-tu ? [...] Connais-tu la maison, le vaste péristyle, / [...] Et la sombre caverne où dort le vieux serpent. » On voit qu'une bonne part du « matériel » de cette chanson a été utilisée dans le sonnet dont l'inspiration goethéenne est évidente, à plusieurs niveaux, on l'a vu.

V.1. Dafné, orthographiée, comme Delfica, à l'italienne, est la nymphe aimée d'Apollon, vainement poursuivie par lui, et métamorphosée en laurier. Cette apostrophe s'adresse-t-elle à quelque figure féminine masquée par ce nom ? L'« ancienne romance » figurait au chapitre II de *Sylvie* ; le rôle de la musique et du chant dans la pérennisation du souvenir est affirmé dès le début d'un poème qui se veut victoire sur le temps.

V.2-3. Ces végétaux — qui s'opposent au monde de la pierre qu'on va trouver plus loin — ne sont pas choisis au hasard. Nerval avait évoqué dans le *Voyage en Orient* « le sycomore touffu sous lequel se réfugia la Sainte Famille » (GF, t. I, p. 313) ; le laurier appartient à Apollon, le myrte à Vénus, l'olivier à Minerve, mais aussi au Christ : les religions, comme les lieux et les temps, se confondent.

V.8-10. Référence explicite à la 4e Bucolique, d'inspiration pythagoricienne, mais interprétée ultérieurement d'un point de vue chrétien.

V.13. L'arc érigé par Constantin en 315 était dédié « au Dieu inconnu » ; l'empereur fut le premier à reconnaître le christianisme et à s'y convertir. Le poème ne marque pas le triomphe d'une religion sur une autre, mais se fige sur un dernier vers gnomique dans la paix d'une harmonie entre les croyances, sous l'apparence de la pierre, dont on apprendra bientôt qu'elle peut être vivante.

Artémis

1. Aucune publication précédente. On connaît deux manuscrits du poème : Eluard, avec le même titre (p. 341), et Lombard, avec le titre « Ballet des Heures » (p. 339). C'est le plus irrégulier des sonnets des *Chimères* : abab abba cdc cdc ; le système de rimes du sonnet est comme inversé, les tercets deviennent parallèles alors que les quatrains ne le sont plus.

Ce sonnet, le plus mystérieux de tous, offre de nombreuses affinités avec « El Desdichado » auquel il répond (on trouve d'ailleurs ces deux sonnets réunis dans les deux manuscrits mentionnés plus haut), fermant la série des six premiers sonnets sur un sonnet

« féminin ». On remarquera que, dans cette série, Nerval a pris soin d'ouvrir chaque sonnet à titre masculin par une rime masculine, chaque sonnet à titre féminin par une rime féminine. Les images féminines dominent le poème : la Treizième, reine, morte, sainte, rose ; les quatre derniers de ces mots figuraient dans « El Desdichado ». Aux quatrains qui évoquent, comme dans le premier sonnet, la femme aimée et perdue, succèdent des tercets qui mettent en présence, sinon deux religions, du moins deux groupes de saintes, les saintes célestes et les saintes de l'abîme.

Artémis-Diane, déesse de la chasse, de la nuit et de la chasteté, est la déesse lunaire, comme son frère Apollon est le dieu solaire. Cependant, l'Artémis vénérée à Ephèse, la Grande-Artémis ne se confond pas entièrement avec cette image, c'était une déesse de la fertilité, plus aisément assimilable à Isis. Le titre porté par le sonnet dans le manuscrit Lombard a incité nombre de commentateurs à un rapprochement avec la pendule du chapitre III de *Sylvie* (p. 180) ; le rapprochement s'impose également avec la figure d'Adrienne, « fleur de la nuit éclose à la pâle clarté de la lune » qui jouera ensuite le rôle d'« un esprit monta[n]t de l'abîme » (p. 178 et 190). Enfin, il convient de rappeler que, dans une liste manuscrite de ses *Œuvres complètes,* Gérard avait mentionné : *Artémis ou le Rêve et la Vie,* qui était donc le titre primitif d'*Aurélia.*

V.1. La note du manuscrit Eluard : « La XIIIe heure (pivotale) » éclaire ce premier vers et confirme le rapprochement avec la pendule de *Sylvie.* Le constat banal de l'identité, sur un cadran d'horloge, entre la première et la treizième heure, suggère aussi l'idée du temps cyclique que l'on trouvait au poème précédent. Le vers 2 confirme ce caractère temporel, il s'agit, une fois de plus, d'échapper au temps.

V.3. On est tenté d'évoquer ici Louise d'Orléans, première reine des Belges : on trouvera plus loin sainte Gudule, patronne de Bruxelles. Il n'est cependant pas légitime de mettre un seul nom derrière ce vocable de *reine :* le manuscrit Eluard mettait en note au vers 10 d'« El Desdichado » : « reine Candace », nom générique des reines d'Ethiopie, et l'on sait combien la figure de la Reine de Saba est chère à Gérard. Dans un manuscrit d'*Aurélia,* il évoquait, aux côtés de Louise d'Orléans, une « reine du chant » qu'il nommait ensuite Aurélie (GF, p. 318) ; dans le texte définitif, paraîtra une dernière fois le mot : « *Pauvre Marie !* reine des cieux ! » Enfin, un dessin exécuté par Gérard à la fin de sa vie représente « Le poète et les reines » (reproduit dans *Aurélia,* GF, face à la p. 196). La figure de la reine est donc pour lui une véritable obsession.

V.8 La rose trémière, ou rose d'outremer, reparaîtra au chapitre VI de la première partie d'*Aurélia* (GF, p. 268), associée à la vision d'une femme maternelle. Gérard met ici en note au manuscrit Eluard : « Philomène » ; cette sainte, « découverte » en 1802, avait vu ses reliques transportées à Naples. La floraison successive des bouquets le long de la hampe de la rose trémière peut amener à faire de cette fleur une représentation du temps cyclique ou des réincarnations successives d'un idéal féminin.

V.9. « O sainte de Sicile » dans le manuscrit Lombard invite à voir ici sainte Rosalie, patronne de Palerme, dont Gérard avait vu une image à Naples (*Octavie,* p. 252) et dont le nom figure en note au vers 14 dans le manuscrit Eluard.

V.10. Du Midi, on passe au Nord, la « rose au cœur violet » pourrait être un vitrail de la cathédrale de Bruxelles. Le manuscrit Lombard porte « sœur de sainte Gudule », rapprochant Nord et Midi : on est tenté de se référer, ici encore, à Louise d'Orléans, née à Palerme, dont la mère, Marie-Amélie, épouse de Louis-Philippe, était une princesse napolitaine. La personne de la jeune reine réalisait donc cette réconciliation du Nord et du Midi, si souvent souhaitée implicitement dans notre volume.

V. 12-14. Le sonnet s'achève sur un appel à la chute des figures chrétiennes, d'un ciel qui brûle (allusion aux bûchers de l'Inquisition ?), et le souhait du triomphe des divinités païennes.

LE CHRIST AUX OLIVIERS

1. Première publication : *L'Artiste,* 31 mars 1844 ; repris en 1852-1853 dans *Petits Châteaux de Bohême* (*Aurélia,* GF, p. 177-179). Les sonnets I et IV figurent, avec d'importantes variantes, dans la lettre à Loubens. Un manuscrit de la collection Marsan paraît être celui qui a été remis à *L'Artiste.*

Ce poème marque une rupture : un groupement de sonnets succède à des sonnets isolés, le titre n'est plus un nom ou un surnom, le poème est pourvu, comme le sera « Vers dorés », d'une épigraphe. Les sonnets I et IV sont réguliers, le sonnet II présente des quatrains à rimes croisées, le sonnet III est du même type que « El Desdichado », le sonnet V du même type que « Myrtho ».

Un poème composé de plusieurs sonnets peut paraître étrange, c'est pourtant une pratique bien établie dès la Renaissance et Gérard pouvait trouver, plus près de lui, des exemples chez Sainte-Beuve. Le texte portait, dans *L'Artiste,* la mention : « Imité de Jean Paul » ; l'épigraphe, ici, adapte, plus qu'elle ne traduit, un passage du *Siebenkaes* de Jean-Paul Richter (1790) ; c'est d'ailleurs surtout à l'adaptation donnée par Mme de Staël dans *De l'Allemagne,* adaptation qui fausse le sens du texte en en omettant la fin où l'on voit le poète se réveiller et rendre hommage au créateur, que se réfère surtout Nerval (voir l'ouvrage de Cl. Pichois cité dans la bibliographie). La conclusion du poème de Gérard et l'emploi de certains termes omis par Mme de Staël laissent cependant supposer qu'il a connu aussi le texte original.

L'inspiration jean-paulienne du poème est au demeurant limitée : les sonnets I, IV et V ne doivent pratiquement rien au « Songe » ; en outre, le Christ n'est plus ici un mort annonçant à des morts l'absence de Dieu, mais un Christ vivant annonçant la mort de Dieu à des vivants endormis ; le décor du « récit » qui encadre le discours du Christ, est un décor terrestre et non les débris de l'univers détruit. L'ensemble du poème traduit les hésitations religieuses qui sont celles du Nerval des années quarante, lors de la crise de 1841 (d'où proviennent au moins les sonnets I et IV) et au moment de la publication du poème, après le retour d'Orient où il n'a visité aucun des Lieux saints où « il n'y a plus rien » (*Voyage en Orient,* GF, t. II, p. 121).

Les deux premiers vers du poème suggèrent un rapprochement entre le Seigneur et les poètes ; le *je* du discours, qui se dit homme-dieu, accomplit une aventure unique qui lui paraît dépourvue de sens, embrasse l'univers dans sa vision, mais la limite au moment présent ; le *je* du récit, narrateur-poète, embrasse toute l'histoire de l'humanité, se dégage du présent pour situer l'événement dans une perspective d'éternité. Le véritable homme-dieu ne serait-il pas ce dernier ? Dans la lettre à Loubens, Gérard déclarait : « il y avait dans ma tête un carnaval de toutes les philosophies et de tous les dieux [...] je me croyais Dieu moi-même ».

I, v. 9. *La nouvelle,* soulignée par Gérard, n'est plus *la bonne nouvelle,* sens étymologique d'*évangile ;* de même, au sonnet IV, Solyme ne sera plus Hiéro-Solyme, la sainte. Tout ce récit du début de la Passion est désacralisé, les apôtres dorment comme « des bêtes », le Christ est simplement « trahi par des amis ingrats ».

II. Ce sonnet et le suivant sont très proches du texte de Jean Paul.

V.9. *Orbite* est, à l'époque, aussi bien masculin que féminin. L'image est proche du « soleil noir » d'« El Desdichado ».

V. L'atmosphère change avec l'apparition du mot *fou,* à partir de laquelle le Christ va retrouver un statut divin : sans doute est-ce une nouvelle manière pour Gérard de s'identifier au Christ et de sublimer sa folie. On sait qu'Icare perdit ses ailes pour avoir trop approché le soleil et que Phaéton, fils d'Apollon, s'égara en conduisant le char du Soleil et fut foudroyé par Zeus ; sur Atys, voir la note 16 à Isis, p. 394.

V.5. L'augure interrogeait en fait le vol des oiseaux, non les entrailles des victimes, examinées par l'haruspice.

V.7. Souvenir, encore ici, de la 4e Bucolique, au moment où le destin du monde change.

V.9. Amalgame du dieu gréco-romain de l'Olympe et du dieu solaire égyptien, Jupiter Ammon avait un oracle fort célèbre en Libye.

V.14. Par opposition à la mort de Dieu proclamée dans le premier sonnet, la conclusion du poème affirme la présence immanente, malgré son silence, du Dieu-créateur de la *Genèse* — que Nerval a représenté ailleurs en persécuteur des « enfants du feu » (*Voyage en Orient,* « Histoire de la Reine du matin »).

VERS DORES

1. Première publication : *L'Artiste,* 16 mars 1845, sous le titre « Pensée antique », repris dans *Petits Châteaux de Bohême* sous le titre « Vers dorés » (*Aurélia,* GF, p. 181)

Nerval emprunte l'épigraphe du poème à la *Philosophie de la nature* de Delisle de Sales qui avait contribué, au XVIIIe siècle, à faire connaître la pensée pythagoricienne avant la publication des *Vers dorés* attribués à Pythagore, par Fabre d'Olivet au début du XIXe siècle ; ces « vers dorés » sont des maximes. Paul Bénichou remarque à ce propos que l'affirmation de la sensibilité dans l'univers provient de « vers dorés » composés par Delisle de Sales et publiés avec les textes pythagoriciens, et non du recueil antique (*L'Ecole du désenchantement,* p. 361). Ces maximes eurent une influence notable sur la pensée romantique : le grand poème du livre VI des *Contemplations* (1856), « Ce que dit la Bouche d'ombre », rappelle, parfois de très près, le sonnet nervalien.

Gérard a donc souhaité conclure *Les Chimères* par ce poème, qui terminait déjà la section « Mysticisme » de *Petits Châteaux de Bohême.* Le sonnet apporte une solution aux antinomies que l'on a pu relever dans d'autres sonnets entre végétal et minéral : ici « tout est sensible », foisonnement de vie, création continue, qu'affirme l'avant-dernier vers où l'« œil naissant » s'oppose à l'orbite infernale du « Christ aux oliviers », diffusant la nuit et engloutissant l'espace et le temps. Le choix de ce poème comme conclusion est aussi un choix poétique : retour à l'origine de la poésie, du langage, au temps où le *charme* des mots avait pouvoir sur le monde.

NOTES DES APPENDICES

SONNETS MANUSCRITS

(Les noms portés par les manuscrits sont ceux des propriétaires au moment de la première publication de ces sonnets.)

Manuscrit Dumesnil de Gramont α

1. Comme nous l'avons indiqué plus haut (p. 57), ce manuscrit, écrit durant l'internement de 1841, a vraisemblablement été remis à

Théophile Gautier. Six sonnets, d'une écriture très serrée, y sont disposés sur deux colonnes et suivis de ces lignes :

« En voilà 6 fais les copier et envoie à diverses personnes. Va d'abord les lire (et la / lettre au père L-y. Tu verras si l'on peut révoquer ma lettre de cachet. Sinon je refais / l'Erotica Biblion de M. de Mirabeau, car je n'ai pas même de Sophie pour venir me / consoler (écrire à l'Archiduchesse) Si tu veux les 6 autres sonnets, viens vite les chercher / demain. Adieu Muffe. / Ton ami / Lb Gérard de Nerval » (*Lb* est sans doute mis pour *Labrunie*). Le texte est en partie délirant : on voit que Nerval se considère comme emprisonné, à l'image de Mirabeau à la suite de sa liaison avec Sophie de Monnier que Gérard rapproche de l'Archiduchesse Sophie. Les six femmes représentaient vraisemblablement, à ses yeux, des personnes suffisamment influentes pour obtenir sa libération.

On ne sait pas quels étaient les six autres sonnets ; la manière dont le feuillet est déchiré a conduit le P. Guillaume à supposer que ces « 6 autres » figuraient sur une autre partie de la feuille, qui constituerait le manuscrit Dumesnil de Gramont β ; ce manuscrit est resté introuvable jusqu'ici. Les sonnets pourraient être les cinq du « Christ aux oliviers », le sixième un état primitif de « Myrtho » — les éditeurs de cette version en 1924 auraient en ce cas disposé de ce manuscrit —, ou « La Tête armée » (voir p. 398-399 et 337).

En fonction des habitudes du XIXe siècle où l'impression sur deux colonnes était très répandue, nous donnons dans l'ordre d'abord les sonnets de la première colonne, puis ceux de la seconde. Les graphies et la ponctuation du manuscrit ont été respectées. Les sonnets sont tous réguliers, à l'exception de « A J-Y Colonna ».

A MAD^e^ AGUADO

1. La destinataire paraît être, plutôt que l'épouse du riche banquier Aguado, la femme du fils de ce banquier, Alexandre, que Gérard avait pu connaître à Vienne ; Claire Aguado fera partie des dames d'honneur de l'impératrice Eugénie représentées sur la toile de Winterhalter.

Ce poème s'inspire, comme l'a montré Gilbert Rouger, d'un pantoum malais dont Victor Hugo avait annexé une traduction à ses *Orientales* en 1829. On le retrouvera, sous une forme un peu différente, avec le titre « Erythrea », dans le manuscrit Eluard (voir p. 342). Une note de ce dernier manuscrit au vers 12, « Amany », renvoie au spectacle des bayadères qui avait fort impressionné Nerval et son ami Gautier en 1838 (voir le compte rendu qu'il donne de ce spectacle dans Pléiade, t. I, p. 447-451) ; le vers 6 rappelle le costume de ces danseuses. Le second tercet se retrouve, avec de notables différences, dans « Delfica ».

Dans ce poème, Nerval paraît soucieux avant tout de retrouver la musicalité de l'original malais, d'en respecter le caractère incantatoire, bien que les répétitions propres au pantoum aient disparu du sonnet ; l'impression est celle d'un affrontement cosmique dans lequel les quatre éléments sont impliqués. Les noms propres sont particulièrement abondants : Bénarès est une ville de l'Inde, Patani un port de Malaisie, le Cathay l'ancien nom de la Chine. Lanassa a résisté à toutes les tentatives d'identification.

Le premier quatrain, avec son apostrophe, évoque le ton des prophètes d'Israël ; on a relevé des analogies avec Isaïe, 52-54, ce que peut confirmer la note 3 à « Erythrea » qui rapproche Patani de Jérusalem.

A MAD^e IDA-DUMAS

1. Ida Ferrier, actrice assez connue, faisait partie de la troupe de la Renaissance ; elle avait incarné Francesca dans *L'Alchimiste* de Dumas et Nerval en 1839. Compagne de Dumas depuis 1832, elle l'avait épousé en 1840 sur injonction du duc d'Orléans, ami du romancier. Gérard, selon divers documents, aurait éprouvé pour Ida au moins une tendre affection.

Le sonnet, particulièrement obscur, s'apparente, comme le précédent, aux textes prophétiques ; il contient seize noms propres qui appartiennent à deux univers, l'un biblique, l'autre païen. Un affrontement paraît mettre aux prises les archanges et les grands conquérants. Au vers 5, Tippôo-Sahib est le sultan de Mysore que Napoléon refusa d'aider dans sa lutte contre les Anglais.

Au v. 3, *couche* remplace *Gloire*, biffé.

A HELÈNE DE MECKLEMBOURG

1. Hélène de Mecklembourg-Schwerin avait épousé, le 30 mai 1837 au château de Fontainebleau, le duc d'Orléans, fils aîné de Louis-Philippe, ami des écrivains et des artistes. Le château, construit par François Ier et Henri II, garde, de ce fait, le souvenir des Médicis chers à Gérard ; il gardait aussi le souvenir de l'abdication de Napoléon Ier, le 20 avril 1814, et des « adieux » de l'Empereur à sa Garde ; en 1827, le jeune Gérard avait consacré une « élégie nationale » à ces adieux (« Fontainebleau », Pléiade, t. I, p. 178-182). Tous ces souvenirs sont présents dans le sonnet. D'autres allusions sont plus difficiles à percer : Charlemagne et Charles Quint ont réalisé, avant Napoléon, une unité européenne que le mariage franco-allemand peut annoncer. Les deux rois qui atten-

dent à la grille, « ces pêcheurs de couronne », sont-ils des prétendants au trône ? et lesquels ? les commentateurs sont en désaccord ; sont-ils Louis-Philippe et Léopold Ier qui ne doivent pas leur royaume à la légitimité dynastique ? ce serait conforme au déroulement de la cérémonie (et aux sources mentionnées plus loin), mais peu adroit si Gérard espérait une intervention de la princesse... Qui est l'aïeul aux yeux morts ? question sans réponse. Si enfin Médicis et ses trois fils semblent bien désigner Catherine de Médicis, François II, Charles IX et Henri III, l'identification de l'aiglon du dernier tercet avec le duc de Reichstadt se heurte à la chronologie : il était mort en 1832.

Mme Fumiko Endô-Satô a montré (*RHLF,* mars-avril 1993) que le sonnet nervalien reprenait des thèmes et des expressions de deux sonnets d'Antoine de Latour, tous deux intitulés « L'Escalier de Fontainebleau, 29 mai 1837 », publiés en mars 1841. Le souvenir de Napoléon y est également très présent et le second tercet du premier sonnet a pu fournir à Gérard l'amorce de la clôture de « A Made Aguado », puis de « Delfica » : « Mais par-delà les flots, sur le roc solitaire, / Le saule pleure encore, et de ce grand tombeau / Nulle main aujourd'hui n'a dérangé la pierre. »

Le sonnet de Nerval — encore que la princesse n'y soit guère présente — est ouvertement un épithalame. On peut remarquer à ce propos que quatre, sinon cinq, des six sonnets sont adressés à des destinataires récemment mariées : Claire Aguado, le 17 mars 1841, Ida Dumas, le 25 février 1840, Jenny Colon, le 11 avril 1838 ; Louise d'Orléans, pour sa part, avait épousé le roi des Belges le 9 août 1832.

A J-Y COLONNA

1. Ce sonnet marque le début d'une métamorphose de l'image de Jenny Colon. La cantatrice, que Gérard avait aimée sans que l'on sache exactement quand il l'avait rencontrée et quelle fut la nature de leurs rapports, avait épousé un musicien, le flûtiste Leplus, en 1838, nous l'avons dit. On voit ici son prénom réduit à deux lettres, par discrétion sans doute, et surtout son nom transformé en celui de l'auteur du *Songe de Poliphile,* marquant ainsi nettement le caractère mystique pris par son amour. On sait que l'image de la cantatrice se retrouvera dans *Aurélia,* complètement idéalisée cette fois. L'amplification de cette image se mesure au fait que Gérard semble attribuer à la cantatrice une influence assez grande pour le faire libérer, influence que, au contraire des autres dédicataires, elle était loin de posséder.

Cela dit, la référence à Francesco Colonna est le seul élément qui permette de rattacher la cantatrice au contenu du poème : on voit mal ce que Jenny Colon avait à faire avec la région napolitaine et quel rapprochement on pourrait tenter entre elle et le nom de Daphné.

Comme on le voit, les quatrains du sonnet seront utilisés dans « Delfica », les tercets dans « Myrtho » ; on se reportera à ces deux sonnets pour l'annotation.

A LOUISE D'OR REINE

1. Dans ce sonnet, Nerval masque à nouveau le nom de la dédicataire, ce qu'on pourrait interpréter, dans ce cas également, comme l'indice de tendres sentiments. Louise d'Orléans, aînée des filles de Louis-Philippe, avait épousé en 1832 le premier roi des Belges, Léopold de Saxe Cobourg, de vingt ans son aîné ; le sort de la princesse sacrifiée à la raison d'Etat avait suscité des commentaires apitoyés. On sait que, dans un manuscrit primitif d'*Aurélia,* Gérard évoque une ressemblance entre la reine et la cantatrice (*Aurélia,* GF, p. 318) ; il fait encore de la reine un modèle possible pour le portrait de l'actrice Aurélie dans la lettre à Maurice Sand où il lui demande d'illustrer *Sylvie.* La jeune reine, morte en 1850, laissera le souvenir d'une sainte.

La transformation du nom de la princesse va dans le même sens que celle du nom de Jenny : pour *L'Ane d'or,* comme pour *Vers dorés,* l'or dénote un trésor spirituel caché ; c'est donc là encore une figure mystique qu'il faut chercher derrière le visage de la reine, peut-être celle d'Isis, présente dans le sonnet.

Au contraire du sonnet précédent, en effet, il n'est pas impossible d'opérer des rapprochements entre la dédicataire et le contenu : « vieux père », « époux farouche », « vieux pervers », pourraient être des allusions — désobligeantes — au roi Léopold dont les frasques étaient bien connues. Le vers 9, pour sa part, peut être mis en rapport avec le retour des cendres de l'Empereur — que Léopold avait combattu en 1813-1814 —, retour qui s'est déroulé alors que Gérard était à Bruxelles et revoyait, à la même soirée, Jenny Colon et la reine, deux jours après avoir assisté à une séance de magnétisme où était évoqué le retour des cendres (*Aurélia,* GF, p. 317). Enfin, le premier vers du poème peut être lu comme une allusion à la crise internationale qui éclata après le mariage de Louise, crise qui nécessita l'envoi de troupes françaises en Belgique.

Le sonnet deviendra « Horus » pour *Les Chimères* ; on s'y reportera pour l'annotation.

A MAD[e] SAND

1. Faute de disposer de leur correspondance, les rapports entre George Sand et Nerval nous demeurent obscurs (voir l'étude

d'Henri Bonnet dans *Hommage à George Sand,* PUF, 1969). Gérard, réticent envers quelques romans de George Sand, avoue cependant l'influence qu'ont pu avoir sur lui les « bergeries du Berry ». Le seul témoignage qui nous reste de leurs relations est une lettre délirante de novembre 1853, qui contient de nouveau le présent sonnet, amputé du second quatrain, avec quelques variantes. Fait notable : la lettre est signée « Gaston Phœbus d'Aquitaine », affirmant de nouveau le « lignage » mythique que l'on trouve au second quatrain. Le sonnet figurait en outre, sous le titre « Tarascon » dans la lettre à Loubens.

L'originalité de ce sonnet réside dans l'utilisation faite par Nerval du texte d'autrui : le premier quatrain d'un sonnet de Guillaume Salluste Du Bartas, tiré du *Dialogue des neuf Muses Pyrénées* (1582), sonnet que Gérard avait fait figurer dans son *Choix* de 1830. En « soudant » ses vers à ceux du poète de la Renaissance, Nerval met en scène une continuité à la fois poétique et généalogique.

V.1. Du Bartas écrivait « cambré par art » et « par nature ou par l'aage ».

V.2. Il s'agit de Tarascon dans l'Ariège, près de Foix. Du Bartas : « hébergea quelquefois ».

V.3. Du Bartas : « qui voloyent les montagnes de Foix ».

V.7. Nerval s'attribue, par l'ascendance paternelle des Labrunie, des ancêtres parmi ces comtes de Foix ; le plus illustre, Gaston Phœbus (XIVe siècle), a été mentionné à propos d'« El Desdichado ».

V.9. Des Pyrénées, on passe, avec les tercets, aux Alpes d'Autriche ; Gérard avait visité Salzbourg en 1839 (*Voyage en Orient,* GF, t. I, p. 84). Le rapprochement opéré entre les Pyrénées et les Alpes d'Autriche peut se situer dans la même perspective que celle qui sous-tend la lettre (délirante ?) à Auguste Cavé du 31 mars 1841 où « Le *Cantal* d'Auvergne correspond au *Cantal* des monts Himalaya ».

V.10. L'allusion est difficile à percer et laisse supposer que le sonnet contient des calembours dont le sens nous échappe.

V.13-14. Retour à Du Bartas dont la peinture du Déluge dans *La Seconde Sepmaine* avait été insérée par Nerval dans son *Choix* de 1830.

Manuscrit Lovenjoul D. 741.

LA TÊTE ARMÉE

1. Le manuscrit est conservé à la Bibliothèque de l'Institut de France, collection Spoelberch de Lovenjoul, sous la cote D. 741,

f° 5 ; il est écrit à l'encre bleue sur un petit feuillet (100 × 150 mm).

Les thèmes évoqués et la date du retour des cendres rapprochent ce sonnet des précédents ; la plupart des commentateurs le datent donc de 1841. Un argument supplémentaire est apporté par Jean-Luc Steinmetz : des périphrases identiques à celles que l'on trouve dans « A Mad[e] Ida-Dumas » et dans « A Hélène de Mecklembourg », des rimes semblables dans « Le Christ aux oliviers » et dans ce poème (Pléiade, t. I, p. 1779-1780).

Le titre, que le premier vers explique, provient d'une anecdote rapportée par Antommarchi, médecin de l'Empereur à Sainte-Hélène : ces mots seraient les derniers prononcés par Napoléon. L'anecdote était bien connue, Gérard y avait fait allusion dans un poème de jeunesse, elle figurait dans le drame de Dumas consacré à l'Empereur. Nerval s'attribuait volontiers, dans ses moments de délire, une ascendance napoléonienne, tantôt se présentant comme le fils de Joseph Bonaparte (propriétaire du domaine de Mortefontaine sous l'Empire), tantôt comme fils de l'Empereur et frère du duc de Reichstadt : dans un manuscrit de *La Pandora,* il écrivait en 1853 : « J'ai pleuré devant les statues sur les rampes gazonnées de Schoennbrunn celui que j'appelais mon frère » (éd. J. Guillaume, Namur, 1968, pl. 1).

On peut penser que l'Aiglon, mort en 1832, est assimilé dans les tercets au Christ sacrifié : on sait que des courants mystico-historiques tendaient à faire de Napoléon un nouveau Messie.

Manuscrit Lombard

1. Le manuscrit se présente sous la forme d'une feuille pliée en deux dont les pages 1 et 3 sont seules utilisées et portent les numéros 2 et 3. Les deux sonnets sont écrits à l'encre rouge, utilisée par Gérard chez le Dr Emile Blanche dans les derniers mois de 1853 ; des corrections et adjonctions sont portées à l'encre noire. Ce manuscrit semble avoir été primitivement partie d'une lettre dont le destinataire reste inconnu. Pour l'étude détaillée de ce manuscrit et du suivant, voir l'édition des *Chimères* procurée par le P. Jean Guillaume, Bruxelles, 1966, p. 58-80. C'est sur les photocopies de ces manuscrits, jointes à cette édition, que nous établissons le texte des cinq sonnets suivants. Le premier sonnet, « El Desdichado » est suivi de l'indication, ensuite biffée, « En voici un autre » ; le second, « Ballet des Heures » est suivi de ces deux lignes, ensuite barrées d'une croix : « Vous ne comprenez pas ? Lisez ceci : / D. M. — LUCIUS. AGATHO. PRISCIUS. » Suit l'indication, non biffée : « Nec maritus », et la signature Gérard de Nerval. Cette inscription peut se traduire : « Aux dieux Mânes. Lucius. Agatho. Priscius. Non marié. » Elle provient de la « pierre de Bologne », citée tout au long par Gérard dans *Le Comte de Saint-Germain* et men-

tionnée au début de *Pandora* (*Aurélia,* GF, p. 193). Sur les multiples interprétations de cette inscription énigmatique, voir l'édition J. Guillaume de *Pandora,* citée *supra,* et, de Maria Luisa Belleli, « Aelia Laelia » dans l'édition Senelier de *Pandora,* Klincksieck, 1975.

Manuscrit Eluard

1. Trois feuillets de même format présentant chacun un sonnet écrit à l'encre rouge. Chaque sonnet est suivi de notes qui correspondent à des appels dans le texte. Ces notes apportent-elles des éclaircissements ? chaque lecteur en jugera...

LE DESTIN

1. Le titre peut se rapporter au destin du locuteur et suggérer ainsi que le sonnet constitue une sorte de micro-autobiographie. Il peut aussi se référer au personnage du *Roman comique* souvent évoqué par Nerval, et dont l'amante est *L'Etoile.*

Au v. 3, le *o* de *morte* est surmonté du signe ♁.

n.1. « Autrefois : Mausole ». Mausole, roi de Carie au IVe siècle av. J.-C., est célèbre par le tombeau (le Mausolée, l'une des sept merveilles du monde) que lui fit élever son épouse Artémise II. Il n'était donc pas veuf...

n.2. L'ancolie, emblème de la tristesse ou de la folie, est probablement suscitée par la rime du v. 4.

n.3. Souvenir ? Le passage à Rome de Gérard en 1834 semble avoir été de courte durée ; il a toutefois visité la chapelle Sixtine.

n.4. Candace est le nom générique des reines d'Ethiopie dont la première est la Reine de Saba.

n.5. Mélusine est bien connue, Manto l'est moins ; Nerval l'avait évoquée en 1840, en tant que personnage de *Faust* : fille d'Esculape et devineresse, elle guide Faust vers l'antre de Perséphone pour sa descente aux Enfers. Les mythes antiques en font une fille de Tirésias, nommée aussi *Daphné,* sibylle de Delphes. On ne voit pas bien quel rapport Gérard peut établir entre ces deux figures.

ARTÉMIS

1. Voir, pour les notes, p. 403-405.

ERYTHREA

1. Ce sonnet reprend le sonnet « A Made Aguado », avec quelques variantes. Le titre peut évoquer la mer Rouge (où les Anciens

plaçaient l'Atlantide, l'appelant de ce fait Atlantique), ou la sibylle Erythrée : mer et prêtresse seront présentes dans le sonnet. Parmi les dix sibylles qui passaient, au Moyen Age, pour avoir annoncé un Sauveur aux païens, Erythréa est la plus célèbre ; elle est mentionnée par saint Augustin dans *La Cité de Dieu* (XVIII, 23).

n.1. Etymologie fantaisiste dont Nerval est friand.

n.2. C'est la divinité des ténèbres et du mal chez les Egyptiens, le meurtrier d'Osiris.

n.3. Assimilation d'une ville indienne à Jérusalem : Gérard veut-il suggérer l'existence d'une ville sainte, donc d'une religion, antérieure à l'époque biblique ?

n.4. (Gérard utilise par mégarde une seconde fois le chiffre 3.) Le nom reste mystérieux bien qu'il rappelle plusieurs personnages, dont l'un du *Chariot d'enfant,* drame indien adapté par Nerval et Méry (Odéon, 1850) : Mahdava. Les Zendovères sont des esprits dans l'hindouisme.

n.5 et 6. Voir p. 408-409.

CONFESSION D'ANGÉLIQUE DE LONGUEVAL

1. Nous reproduisons simplement, sans le commenter, le texte publié par la *Revue rétrospective* en décembre 1834, en le faisant suivre de la dernière page du manuscrit d'*Angélique,* auquel Gérard a également eu recours. Pour connaître l'ensemble des documents consultés par Nerval et en avoir un commentaire détaillé, on se reportera à notre *Dossier des « Faux Saulniers »,* Presses universitaires de Namur, 1984.

BIBLIOGRAPHIE

Editions

L'édition de référence est désormais : *Œuvres complètes,* sous la direction de Jean Guillaume et Claude Pichois, Gallimard (« Bibliothèque de la Pléiade »), 3 vol. : t. I, 1989 ; t. II, 1984 ; t. III (avec *Les Filles du Feu*), 1993.

Pour *Les Filles du Feu* :

Edition Nicolas Popa, Champion, 1931, 2 vol. (Importante annotation, mais sans *Les Chimères*).

Edition Claude Pichois, Le Club du meilleur livre, 1957. Donne l'intégralité du texte nervalien, suivi par :

Monique Cornand, Imprimerie nationale, 1958.

Léon Cellier, GF, 1965.

Gabrielle Malandain, Le Livre de poche, 1985 et Presses Pocket, 1992.

Les Chimères ont fait l'objet d'une savante édition critique par le P. Jean Guillaume, Bruxelles, Palais des Académies, 1966.

Angélique et la Confession d'Angélique de Longueval, éd. Henri Longnon, A la Cité des Livres, 1927.

Sylvie avec un important commentaire de Pierre-Georges Castex, SEDES, 1970.

Bibliographie

SENELIER Jean, *Gérard de Nerval, essai de bibliographie,* Nizet, 1959 ; suivi de : *Bibliographie nervalienne (1960-1967),* 1968 ; *id. (1968-1980),* 1982 ; *id. (1981-1989),* 1991.

Utile pour connaître l'ensemble de la critique nervalienne,

cet ouvrage contient beaucoup d'erreurs et nombre d'attributions imprudentes. Pour les œuvres de Nerval, on lui préférera :

BRIX Michel, *Nerval Journaliste (1826-1851),* Namur (« Etudes nervaliennes et romantiques », VIII), 1986, qui étudie rigoureusement l'attribution des œuvres parues dans des périodiques.

Choix d'ouvrages critiques

(L'abondance de la bibliographie nous a contraint à nous limiter aux livres, à l'exclusion des articles.)

BÉNICHOU Paul, *L'Ecole du désenchantement,* Gallimard (« Bibliothèque des Idées »), 1992.

BÉNICHOU Paul, *Nerval et la chanson folklorique,* José Corti, 1970.

BONNET Henri, « *Sylvie* » *de Nerval,* Hachette (« Poche critique »), 1975.

BONY Jacques, *Le Récit nervalien,* José Corti, 1990.

BONY Jacques, *L'Esthétique de Nerval,* SEDES, 1997.

BOULENGER Jacques, *Au pays de Gérard de Nerval,* Champion, 1914.

CONSTANS François, *Gérard de Nerval devant le destin,* Nizet, 1979.

CELLIER Léon, *Gérard de Nerval,* Hatier (« Connaissance des Lettres »), 2e éd., 1963.

CHAMBERS Ross, *Gérard de Nerval et la poétique du voyage,* José Corti, 1969.

EISENZWEIG Uri, *L'Espace imaginaire d'un récit : « Sylvie » de Gérard de Nerval,* Neuchâtel, A la Baconnière (« Langages »), 1976.

GAULMIER Jean, *Gérard de Nerval et « Les Filles du Feu »,* Nizet, 1956.

GENINASCA Jacques, *Analyse structurale des « Chimères » de Nerval,* Neuchâtel, A la Baconnière (« Langages »), 1971.

GENINASCA Jacques, *« Les Chimères » de Nerval, discours critique et discours poétique,* Larousse (« L »), 1973.

GUILLAUME Jean, s.j., *Nerval. Masques et Visage,* Namur (« Etudes nervaliennes et romantiques », IX), 1988.

GUNDERSEN Karin, *Textualité nervalienne, remarques sur la lettre de l'Illustre Brisacier,* Thèse, Oslo, 1980.

L'Imaginaire nervalien, l'espace de l'Italie (Colloque de Pérouse, mai 1987), textes réunis par M. Streiff-Moretti, Naples, ESI, 1988.

JEAN Raymond, *Nerval par lui-même,* Seuil (« Ecrivains de toujours »), 1964.

JEAN Raymond, *La Poétique du désir,* Seuil (« Pierres vives »), 1974.

JEANNERET Michel, *La Lettre perdue, écriture et folie dans l'œuvre de Nerval,* Flammarion (« Sciences humaines »), 1978.

MALANDAIN Gabrielle, *L'Incendie du théâtre [...],* José Corti, 1986.

MARIE Aristide, *Gérard de Nerval, le poète, l'homme,* Hachette, 1914, rééd. 1955.

MAURON Charles, *Des métaphores obsédantes au mythe personnel,* José Corti, 1964.

MESCHONNIC Henri, *Pour la Poétique, III,* Gallimard 1973.

MILNER Max, *Le Romantisme I* (*Littérature française,* 12), Arthaud, 1979.

PEYROUZET Edouard, *Gérard de Nerval inconnu,* José Corti, 1965.

PICHOIS Claude et BRIX Michel, *Gérard de Nerval,* Fayard, 1995.

PICHOIS Claude, *L'Image de Jean-Paul Richter dans les lettres françaises,* José Corti, 1963.

PICHOIS Claude, *Le Romantisme II* (*Littérature française,* 13), Arthaud, 1979.

POULET Georges, *Trois essais de mythologie romantique,* José Corti, 1966.

Le Rêve et la Vie (Colloque de Paris, janvier 1986), SEDES, 1986.

RICHER Jean, *Nerval, expérience et création,* Hachette, 1963, 2e éd. 1970.

SANGSUE Daniel, *Le Récit excentrique,* José Corti, 1987.

SCHAEFFER Gérald, *Une double lecture de Gérard de Nerval, « Les Illuminés » et « Les Filles du Feu »,* Neuchâtel, A la Baconnière (« Langages »), 1977.

STREIFF-MORETTI Monique, *Nerval : l'autre discours,* Perugia, 1990.

STREIFF-MORETTI Monique, *Le Rousseau de Gérard de Nerval,* Nizet, 1976.

Publications périodiques

Les *Cahiers Gérard de Nerval* publient une livraison par an depuis 1078 (le n° 10, 1987 sur *Les Filles du Feu*). Les *Etudes nervaliennes et romantiques* (Namur) ont publié dix volumes de 1978 à 1993. Un *Cahier de l'Herne* (n° 37) a été consacré à Nerval en 1980.

CHRONOLOGIE

1808 : *22 mai.* Naissance à Paris, 96 (aujourd'hui 168), rue Saint-Martin, de Gérard Labrunie, fils d'Etienne Labrunie, médecin militaire, et de Marie-Antoinette-Marguerite Laurent, dont les parents sont lingers rue Coquillière.
23 mai. Baptême à Saint-Merri ; l'enfant est mis en nourrice peu après, à Loisy, près de Mortefontaine.
Juin. Nomination du Dr Labrunie comme médecin de la Grande Armée. Sa femme le suivra en Autriche et en Allemagne les années suivantes.

1810 : *29 novembre.* Mort de Mme Labrunie à Gross-Glogau en Silésie, où elle est enterrée. Gérard est élevé chez son grand-oncle maternel Antoine Boucher, à Mortefontaine.

1814 : *Printemps.* Retour du Dr Labrunie. Il s'installe avec son fils, 72, rue Saint-Martin.

1820 : *30 mai.* Mort d'Antoine Boucher.

1822-1826 : Etudes au collège Charlemagne, avec Théophile Gautier. Publication des premiers vers en 1826-1827.

1827 : Traduction de *Faust* qui paraît en novembre.

1828 : *Août.* Mort de la grand-mère maternelle.

1829 : *10 août.* Baccalauréat.
Début de la collaboration au *Mercure de France.*

1830 : *Février. Poésies allemandes.*
25 février. Bataille d'*Hernani,* Gérard et Gautier sont dans les troupes hugoliennes.

14 août. Le Peuple, poème à la gloire des insurgés de juillet.
Octobre. Choix des poésies de Ronsard.

1831 : *Novembre ?* Séjour à la prison Sainte-Pélagie.

1832 : *Février.* Nouvel emprisonnement après le complot de la rue des Prouvaires.
Mars. Gérard aide son père lors de l'épidémie de choléra.
Septembre. La Main de gloire.
Toute cette année, Gérard fréquente le Petit Cénacle de Jehan Duseigneur (Célestin Nanteuil, Pétrus Borel, les *Jeunes-France*).

1834 : *Janvier.* Mort du grand-père Laurent. Gérard hérite d'environ 30 000 F.
Septembre-octobre. Voyage dans le midi de la France et en Italie (Florence, Rome, Naples) ; retour par Nîmes et Agen.

1835 : *Mai.* Fondation du luxueux *Monde dramatique.*
La Bohème galante, impasse du Doyenné (Gautier, Houssaye, Rogier, Ourliac...).

1836 : *Avril.* Vente du *Monde dramatique* qui a englouti le reste de l'héritage. Endettement. Débuts dans le journalisme.
Juillet-septembre. Voyage en Belgique avec Gautier.

1837 : *31 octobre.* Première de *Piquillo,* livret avec Dumas, musique de Monpou, où chante Jenny Colon.

1838 : *11 avril.* Jenny Colon épouse le flûtiste Leplus.
Août-septembre. Voyage en Allemagne avec Dumas pour préparer *Léo Burckart.*

1839 : *10 avril.* Première de *L'Alchimiste,* avec Dumas.
16 avril. Première de *Léo Burckart,* avec Dumas.
25-28 juin : « Le Fort de Bitche » dans *Le Messager.*
15-17 août : « Les Deux Rendez-vous » dans *La Presse.*
Fin octobre. Départ pour Vienne. Gérard y fréquente l'ambassade de France, il y rencontre Marie Pleyel.

1840 : *Mars.* Retour à Paris.
Juillet. Troisième édition de *Faust,* enrichie d'une préface nouvelle.
Octobre. Départ pour la Belgique.
15 décembre. Représentation de *Piquillo* à Bruxelles, rencontre de Jenny Colon et de Marie Pleyel.

1841 : *21 ? février.* Première crise, Gérard est interné rue de Picpus chez Mme Sainte-Colombe.

1er mars. Feuilleton de Jules Janin dans le *Journal des Débats.*
16 mars. Nerval sort de la clinique.
21 mars. Il est interné à Montmartre chez le Dr Esprit Blanche jusqu'en novembre.

1842 : *5 avril.* Mariage d'Arsène Houssaye.
5 juin : Mort de Jenny Colon.
10 juillet : « Les Vieilles Ballades françaises » dans *La Sylphide ; 24 décembre* ; Un roman à faire, *ibid.*
22 décembre : Départ pour l'Orient.

1843 : *Février-avril.* Le Caire.
19 et 26 mars : « Jemmy O'Dougherty » dans *La Sylphide.*
Mai-juin. Le Liban, Gérard y est malade.
Juillet-octobre. Constantinople.
Fin novembre. Naples.
Décembre. Retour en France, Gérard est à Nîmes pour Noël.

1844 : *10 mars :* « Le Roman tragique » dans *L'Artiste.*
31 mars : « Le Christ aux oliviers » dans *L'Artiste.*
Septembre-octobre. Voyage avec Houssaye : Belgique, Hollande.

1845 : *16 mars :* « Pensée antique » (= « Vers dorés »), *ibid.*
Novembre-décembre : « Le Temple d'Isis » dans *La Phalange.*
28 décembre : « Vers dorés » (= « Delfica ») dans *L'Artiste.*

1845-1846 : Activité journalistique. Un ou deux brefs voyages à Londres.

1846-1847 : Publication des premières versions de ce qui sera le *Voyage en Orient.*

1848 : Traductions de Heine (*Revue des Deux Mondes,* 15 août et 15 sept.).

1849 : *1er mars.* Début du *Marquis de Fayolle,* dans *Le Temps.*
31 mars. Première des *Monténégrins,* musique de Limnander.
Fin mai. Bref séjour à Londres.

1850 : *13 mai.* Première du *Chariot d'enfant,* pièce indienne, adaptée avec Méry. Demi-échec.
Voyages dans le Valois toute cette année.
Août-septembre. Voyage en Allemagne et en Belgique.
Octobre-décembre. Publication, dans *Le National* des *Faux Saulniers,* première œuvre « valoisienne ».

1851 : *Mai.* Publication du *Voyage en Orient.*

24 septembre. Nerval fait une chute chez l'imprimeur Rigo, à Montmartre.
27 décembre. Première de *L'Imagier de Harlem,* avec Méry.

1852 : *Janvier.* La pièce n'a pas le succès escompté, Nerval est malade.
23 janvier. Il est conduit à la maison Dubois ; il en sort le 15 février.
Mai. Voyage en Hollande et en Belgique. Publication des *Illuminés.*
Juin. Publication de *Lorely.*
1er juillet. Début de la publication de *La Bohême galante* dans *L'Artiste* (jusqu'au 15 décembre).
Août. Excursions dans le Valois.
Octobre-novembre. Les Nuits d'octobre dans *L'Illustration.*
Décembre. Publication de *Contes et facéties* et de *Petits Châteaux de Bohême.*

1853 : *6 février.* Nouvel internement à la maison Dubois ; Nerval en sort le 27 mars.
15 août. Sylvie dans la *Revue des Deux Mondes.*
25 août. Début de la plus grave crise, Gérard est conduit à la Charité, puis, le 27 août, à Passy chez le Dr Emile Blanche.
Fin septembre. Sortie prématurée et rechute.
Octobre. Installation à Passy avec son mobilier.
Novembre. Rédaction à Passy de manuscrits à l'encre rouge *(La Pandora, El Desdichado, Artémis).*
Décembre. Rédaction de premiers fragments d'*Aurélia.*
10 décembre. Article de Dumas dans *Le Mousquetaire,* avec le texte d'*El Desdichado.*

1854 : *Janvier.* Publication des *Filles du Feu* suivies des *Chimères.*
27 mai. Sortie de la clinique du Dr Blanche.
Juin-juillet. Voyage en Allemagne.
Début août. Nerval entre de nouveau chez le Dr Blanche.
19 octobre. A la suite d'une malencontreuse intervention de la Société des Gens de Lettres, Gérard sort de la clinique, contre l'avis du Dr Blanche.
31 octobre. Publication de *Pandora,* tronquée, dans *Le Mousquetaire.*
12 décembre. Mort de Mme Houssaye, Gérard assiste aux obsèques le 14.
30 décembre. Début de la publication de *Promenades et Souvenirs* dans *L'Illustration.*

1855 : *1er janvier.* Première moitié d'*Aurélia* dans la *Revue de Paris.*

6 janvier. Suite de *Promenades et Souvenirs.*
26 janvier. A l'aube, Gérard est trouvé pendu rue de la Vieille-Lanterne (emplacement du Théâtre de la Ville).
30 janvier. Après intervention du Dr Blanche auprès de l'Archevêque de Paris, les obsèques se déroulent à Notre-Dame de Paris ; Nerval est enterré au Père-Lachaise aux frais de la Société des Gens de Lettres, sa famille ayant refusé de s'en occuper.
6 février. Derrière publication de *Promenades et Souvenirs.*
15 février. « Seconde partie » d'*Aurélia* dans la *Revue de Paris.*

TABLE

DERNIÈRES PARUTIONS

ARISTOTE
Parties des animaux, livre I (784)

AUFKLÄRUNG. LES LUMIÈRES ALLEMANDES (793)

AVERROÈS
Discours décisif (bilingue) (871)

BACON
La Nouvelle Atlantide (770)

BALZAC
César Birotteau (854)
La Femme de trente ans (885)
La Peau de chagrin (899)
La Rabouilleuse (821)
Le Père Goriot (826)

BARBEY D'AUREVILLY
Une vieille maîtresse (955)

BICHAT
Recherches physiologiques sur la vie et la mort (808)

BORON
Merlin (829)

LE BOUDDHA
Dhammapada (849)

BRANCATI
Le Vieux avec les bottes (790)
Rêve de valse (795)

BÜCHNER
La Mort de Danton. Léonce et Léna. Woyzeck. Lenz (888)

CALDERÓN
La vie est un songe (bilingue) (973)

CHATEAUBRIAND
Atala. René. Le Dernier des Abencérages (862)

CHRÉTIEN DE TROYES
Erec et Enide (bilingue) (763)
Perceval ou le Conte du graal (bilingue) (814)

CONFUCIUS
Entretiens avec ses disciples (799)

CONRAD
La Ligne d'ombre (622)
Typhon (796)

CORNEILLE
L'Illusion comique (951)

CRÉBILLON
Le Sopha (846)

DESCARTES
Les Passions de l'âme (865)
Lettre-préface des Principes de la philosophie (975)

DOSTOÏEVSKI
Le Joueur (866)

DUMAS
La Dame de Monsoreau I (850)
La Dame de Monsoreau II (851)
La Reine Margot (798)

ÉPICTÈTE
Manuel (797)

ÉSOPE
Fables (bilingue) (721)

FABLES FRANÇAISES DU MOYEN ÂGE (bilingue) (831)

GOETHE
Écrits sur l'art (893)

GOLDONI
La Locandiera. Les Rustres (949)

GRADUS PHILOSOPHIQUE (773)

HAWTHORNE
La Maison aux sept pignons (585)

HEGEL
Préface de la Phénoménologie de l'esprit (bilingue) (953)

HÉLOÏSE ET ABÉLARD (827)

HISTOIRES D'AMOUR ET DE MORT DE LA CHINE ANCIENNE (985)

HISTOIRE DE LA LITTÉRATURE FRANÇAISE :
De Chateaubriand à Baudelaire (963)
De Zola à Apollinaire (964)
Du surréalisme à l'empire de la critique (965)

HUGO
Hernani (968)
Les Contemplations (843)
Ruy Blas (908)

HUME
L'Entendement. Traité de la nature humaine, livre I (701)

IBSEN
Le Canard sauvage (855)
Hedda Gabler (867)

JOYCE
Les Gens de Dublin (709)

KANT
Métaphysique des mœurs I (715)
Métaphysique des mœurs II (716)

LACLOS
Les Liaisons dangereuses (758)

LAFAYETTE
La Princesse de Clèves (757)

LA FONTAINE
Fables (781)

LAFORGUE
Les Complaintes (897)

LAIS DE MARIE DE FRANCE (759)

LAMARCK
Philosophie zoologique (707)

LA VIE DE LAZARILLO DE TORMÈS (bilingue) (646)

LEIBNIZ
Principes de la nature et de la grâce.

GF – TEXTE INTÉGRAL – GF

97/06/59091-VI-1997 – Impr. MAURY Eurolivres SA, 45300 Manchecourt.
N° d'édition FG078211. – Mai 1994. – Printed in France.